新　潮　文　庫

ヒ　ト　で　な　し

金剛界の章

京　極　夏　彦　著

新　潮　社　版

11078

ヒトでなし
金剛界の章
目次

ヒトでなし

金剛界の章

第一話　堕

俺は、ヒトでなしなんだそうだ。

妻が言っていたのだから間違いあるまい。いや、あの人はもう妻ではない。

前妻――というと、まるで次がいるかのようだし、別れた妻というのも違う気がする。別れる前は妻だったのだけれど、今はもう他人だ。

物凄《ものすご》く遠くにいる他人だ。

――妻だった人、か。

もっと遠いような気がするけれど。

そんなことを考える。

他人だ。無縁だ。もう無関係なのだ。

無関係な人間に言われたと思った途端、無性に肚《はら》が立った。

ヒトでなしって何だよ。人間じゃないというのかよじゃあ犬かよ虫かよクソかよ巫《ふ》山戯《ざけ》るなよ馬鹿《ばか》野郎――。

大きく息を吐《は》いて、夜天を見上げた。

――乎《ああ》もう如何《どう》でも好《い》い。

憤《いきどお》りはすうと抜けた。

何だか、何かが眼に染《し》みる。

息を吸うと鼻腔《びこう》から瑞瑞《みずみず》しい気体が侵入して来て、肺を満たした。

噎《む》せた。

肋間《ろっかん》が痛い。体が重たい。ずっと空気が湿っているような気がしていたのだが、どうも霧雨が降っているらしい。降っているというより、舞っているといった方が近いか。重力にまで忤《さから》えてしまう程に、水滴の質量が微《ち》さいのである。霧雨ではなく、ただの霧なのかもしれない。

何の明かりか判《わか》らないけれど、ところどころからサーチライトのように侵入し無明を蝕《むしば》んでいる光の中にだけ、細かい水の粒が蠢《うごめ》いて見える。

プランクトンのようだ。

気持ち悪い。半端《はんぱ》に照らさないで欲しい。瞑《くら》いなら暗いままの方が好い。水滴は浮いてしまう程小さいというのに、そして多分透き通ってもいる筈《はず》なのに、お節介な光の所為《せい》で白く光ったり影を生んだりしてしまうのだ。

布地の目よりも細かいのだろうに。

霧は衣服に浸透し、身体にまで至る。もしかしたら皮膚を通り抜け、体内に溜《た》まるのかもしれない。だから体が重い。

心が重いのか。いや、そんなことはない。

心は、意外と軽いと思う。さっき全部吐《は》き出してしまったのかもしれない。何もかも、本当に何もかも一度に失ってしまったというのに、自分はそれ程深刻な想《おも》いに駆られてはいないように思う。いや、すっからかんに失《な》くしてしまって、中身は空っぽのスカスカなのだから、重い訳もないか。

そんな風にも思う。

そんなだから。

——だからヒトでなしなのか。

そうなのだろうと思う。

娘は可愛《かわい》いと思う。今でも思う。顔やら何やら思い出せば愛《いと》おしく思う。でも、それだけだ。どれだけ愛おしく思ったところで、いったい何ができるというのか。

可愛いからといって朝から晩まで眺めている訳には行くまい。もし二十四時間眺め続けていたならば、それはそれで狂気の沙汰《さた》だろう。だから、まあ忘れている時だってある。邪魔に思う時だってあるだろう。生きて暮らしているんだから。

でも。

朝から晩まで眺めずに済むものであるならば。

全く見なくたって済むのじゃないか。

一緒だよ。

——気持ちは変わらないさ。

丸一日顔を見なくたって平気なのだ。だから多分、もう一生会わなくたって平気なのだ。そうじゃないのか。

そうじゃないらしい。

突然轟音《ごうおん》を発して電車が通過した。

線路なのか。

この金網の向こうは。

遠くに幾つも光源がある。俺は半分だけ遠い明かりに照らされている。そこだけ霧が舞っている。厭《いや》なものだ。

湿っている。

歩みを止め、金網に指をかけて線路を覗《のぞ》き込んだ。霧雨が立ち籠《こ》めているから、まるで大昔の映りの悪いテレビのように安っぽい景色に見える。

何も考えずに暫《しばら》くそうしていた。

金網に溜まった水滴が指先に移って滑り落ちる。

つうっと。

冷たい。

取《と》り敢《あ》えず、生きてはいる。

――それだけだけどな。

死んでいないというだけだ。

離婚届を突きつけられた時は目の前が真っ白になった。真っ暗ではなく真っ白だった。頸《くび》と、顳顬《こめかみ》に血が巡るのが判った。血圧が高くなったのだろうか。どくどくという心臓の鼓動に同期して、身体の細部が脈打った。

そうした、体調のようなものはよく覚えているのだけれど、その時に何を思ったのか何を考えたのか、俺はあまり覚えていない。

何も思いつかず、考えてもいなかったのかもしれない。

そんな男だ。

自分が正しいとか、間違っていないとか、そんなことは思っていない。

妻が――妻だった人が悪いとも思わない。間違ってもいないと思う。

聞くだに、彼女の言い分は尤《もっと》もだと、そう感じたからだ。彼女の言う通り自分は無責任で、冷血漢で、自制心に欠ける屑《くず》なのだろう。掛け替えのないものを失っても如《ど》何《う》とも思わぬ、無神経で鈍感な人間なのだろう。いや――。

――ヒトでなしか。

否定はしない。できない。

でも。

では――自分の何処《どこ》がそれ程いけなかったのか、そこのところが判らない。

彼女の言い分は尤もだけれど、それが何だと、何処かで俺は思っている。

実際あれこれ正しくもなかったのだろうし間違ってもいたのだろう。

でも、それが何だというのだ。皆はそうじゃないのか。

例えば娘が死んで悲しかったら――。

自分も死ぬのが普通なんだろうか。泣こうが喚《わめ》こうが死人は帰って来ないじゃないか。何かしたら生き返るというなら、何だってやるさ。

何をしたって。

どう過ごしていたって。

死んだ者が生きて戻ることは決してないのだ。

時間は行き っ放しで、巻き戻せるものではないのだ。悲しくたって辛《つら》くったって飯も喰うし糞《くそ》もする。それがいけないことなのか。悲しさというのは全人生を捧《ささ》げるようにして表さなくては表現できないものなのか。

そうなのか。

——俺も死ねば良かったのか。

いや。

そういう問題ではないのだろう。それくらいのことは解《わか》っている。単に俺のコミュニケーション能力が低いというだけのことだ。

伝わらなかったのだろうきっと。俺の気持ちなど何ひとつ伝わらなかったのだ、妻だった人には。敢えて汲《く》みたくなかっただけかもしれないが。

両方なのか。

俺だってあの人の気持ちが解っていたのかどうか怪しい。解ろうという努力はしたつもりだが、解っているという驕《おご》りもあったかもしれないし、よく判らない。

元気出せよとか乗り越えて行こうよとかいう、歯の浮くような台詞《せりふ》しか思い浮かばなかったし、そんな常套句《じょうとうく》みたいなことしか言えなかった俺は、蔑《さげす》まれたって仕方がないだろう。

気の利《き》いたことなんか言えるか。

俺だって、もうどうしていいか判らなかったんだから。そんなことはあの人だって解っていただろうに。

ならば何がいけなかったのか。何が決定的な過《あやま》ちだったのかが、判らない。

自分だけが。

自分だけが一方的に悪罵《あくば》を浴び、物を投げつけられ、汚物のように見下げられ、蔑まれ疎《うと》んじられなければならないのかその理由が解らない。自分だけが悪かったという自覚も俺にはない。

そこが駄目なのかとも思う。

お互い様だと思っていた。その辺りが甘っちょろいということか。

甘っちょろいのだな。

金網から手を離す。

がたごとと音を立て、背後から逆向きの電車が通り過ぎた。車窓に何人もの他人の顔が見えた。

向こうからも見えただろう。

――俺は。

奴等《やつら》にとって俺はただの景色だ。

電車に乗っている他人達にしてみれば、右から左に流れて行くだけの電柱と変わりのないものだ。人格を持った人間ではないだろう。いや、ゴミみたいなものでしかない。ほんの。

一秒か二秒だから。

それなら、人と思われなくたって仕方がないだろう。でも。

あの人とは八年も暮らした。八年の歳月が、それこそ一瞬のうちに一秒か二秒と同じスケールになってしまったのだろうか。

鈍鈍《のろのろ》と歩き出す。

家族のために。

下の娘が亡《な》くなったので。

妻が大いに動揺しているので。

家族が壊れてしまいそうなので。

勿論《もちろん》、忌引は普通にある。多少長引いたとしても、多分一週間や十日なら有給だの何だので賄《まかな》えたのだろうが。

一月半《ひとつきはん》は――ない。

一箇月以上空けて、戻れたところで居場所はない。そういう仕事だ。働きたくなかった訳ではない。仕事は、できる方ではないが嫌いではない。不器用だから失敗《しくじ》ることも多いが、少なくとも厭だと思ったことはない。只管《ひたすら》愚直に務め上げるのだけが身上と、ただそうして生きて来た。生きて来たつもりだ。目立った業績が上げられないならば、際立《きわだ》った活躍ができないならば、せめて怠惰にだけは過ごすまいと、そう思っていたのだが。

——意味がなかったか。

ない。

そんなものは要らない。会社にとっては必要のないゴミ同然のものだろう。クソ真面目《まじめ》に、休まないのだけが取り柄だった使えない男が出社さえしないのだから。そんなものはもう、雇い主にしてみれば無価値なお荷物でしかなかろう。幾度も勧告があり、その度に死ぬ程辛い思いをして釈明《いいわけ》をした。すいませんすいませんすいません。妻が妻が妻が。家が家が家が。

甘えるんじゃない。

馬鹿野郎いい加減にしろ。

ずっと家にいればいいだろう。

最初は同情し、電話口で涙声まで出してくれた上司が、葬式で力を落とすなと励ましてくれた同僚が、最後には口汚くそう怒鳴った。

まあ、自分が彼等の立場でもキレるような気がする。

そこまでして休みを取ったというのに、家に居る間中、職場が気になって仕事が気になって仕方がなかったのだ。落ち着かなくて、背徳《うしろめた》くて、何だか怖くて、気も漫《そぞ》ろになって——。

悲しかったのに。

だから。

——悲しく見えなかったのか。

そうかもしれない。

そんな想いまでして、その結果俺は解雇された。不当解雇ではない。それはきっと違う。法律上はどうなのか判らないけれど、あの会社はそんな余裕のある会社じゃないのだから、ぎりぎり最大限の猶予《ゆうよ》をくれたのだ。俺はそのぎりぎりのラインを破ってしまっただけだ。

明日いっぱい待つ。限界だ。

そう言われた。

仕事に行くと言うと、このヒトでなしと言われた。そう。あの時、最初にそう言われたのだ。取り繕《つくろ》って、言い訳して謝って頼み込んで、それで俺もキレた。喧嘩《けんか》になって、摑《つか》み合いになって。

上の子が泣いた。

――何をしてるんだ俺は。

謝って、頭を地面に擦《こす》りつけて謝って、それでも許しては貰《もら》えなかった。

仕事には行かなかった。

馘《くび》になった。

俺は職を失った。

娘が死んだ所為《せい》じゃない。俺は――仕事を抛《なげう》ってまで、妻の機嫌を取りたかっただけだ。そしてそれも失敗したのだ。

許しては貰えなかった。

許して――。

――許して貰う?

俺が何をしたというのか。何故《なぜ》謝らなくてはならないのか。何か罪を犯したというのか。

浮気したとか、ギャンブルに溺《おぼ》れたとか、一方的に暴力を振るい続けたとか、それなら仕方がない。逆に、何もしなかったというのであっても、それは責められるべきことかもしれない。

そんなことはない。

俺の中で、また憤りが膨らみ始める。衣服は、もうすっかり濡《ぬ》れそぼっている。霧雨も小雨に変わっている。髪の毛も濡れている。滴《しずく》が次次に額を頰を伝う。泣いていたって判りやしない。

「馬鹿野郎」

声に出す。

誰もいない線路脇《わき》の汚い道で、俺は漸《ようや》く悪態を吐《つ》くことができた。妻だった人の前では最後まで言えなかった言葉を、水を含んだ虚空《こくう》に吐き散らす。

「馬鹿野郎。いい加減にしろよ」

死ねよ——と口にして、そして俺は萎《な》えた。

——そんなこと言うなよ。

自分。

そんな風に思ってないだろう。

胃に穴が空く程に思い悩んで堪えて努力したのは誰のためだ。妻だった人に、そして娘に、家族に好かれようと思ってしたことではなかったのか。

――いや。

いいんだろう、もう。

皆、去ってしまった。妻も娘も、ここにはいないし、もう会うこともない。

職場も家庭も何もかも、俺にはない。

我慢することもない。

何を言ったって聞こえやしない。叫んだって怒鳴ったって届きやしない。

絶対に届かない。

耳許《みみもと》で、息が掛かる程近くで、誠心誠意語ったというのに、蜿蜒《えんえん》と語ったというのに、何も届かなかったんだし。

その結果がヒトでなしだったのだし。

怠惰でいい。

不誠実でいい。

もう、それでいい。どんなに不心得者になろうとも、どれだけ自堕落になろうとも構いやしない。俺はもう誰にも繫《つな》がっていないのだから。

肩の力を抜いて。重力に任せるように両手をだらりと下げて。大きく息を吐き出すと、少しだけ腹筋が痙攣《けいれん》した。震えているのか俺は。

「死ねよ」

小声で言ったらすっとした。

妻だった人のことは考えていなかった。誰に向けて言ったのでもなく、いやそれは多分、自分に向けて言ったのだろうと思うが。

気が抜けた。

そのままふらりと右に折れて跨線橋《こせんきょう》の階段を上る。

もう帰る家はない。所持金も殆《ほとん》どない。何もかも処分してしまった。そうしなければ離婚はできなかった。

条件をつけられた訳ではない。争ってもいない。そんな気力はなかった。親権は譲れないとだけ言われた。

当然——なのだろう。妻だった人が要求したのはそれだけだった。

養育費も要らないと言われた。今後一切の縁を切りたいから経済的な援助は遠慮するということだった。

援助はしたくてもできないだろうし。

妻だった人は、弁護士事務所に務めていたこともあり、そちら方面の知識も豊富にあったし、多分ブレインもいたのだろう。代理人も立てず、事務処理的な諸手続きは総《すべ》て彼女本人がするということになった。俺は蚊帳《かや》の外にいろ、という意味だろうと思った。

いや——そもそも俺にできることなどは何一つなかっただろう。する気もなかったし、する気があったところでややこしいことは解らない。

当事者である自覚は持てなかった。

だから裁判やら何やら、そうした面倒なことは一切しなかったのだけれども、何だか清算だけはしなければいけないような気がした。

財産総てを処分して借財を返済し、残りを等分に分けることを提案した。

自暴自棄だった訳ではない。もう後戻りはできなかったし、ならば潔《いさぎよ》くする方がいいと考えたのだ。気が済まぬからだらだら養育費を渡し続けたいというよりも、多少マシな気もした。

でも。

分ける程残らなかった。

不甲斐《ふがい》のない話である。笑うに笑えない。

家計を遣《や》り繰《く》りしていたのは妻だった人なのだから、彼女はその結果を予《あらかじ》め承知していたのだろうと思う。でもこれ以上何か言われるのが厭で、というよりも事態が拗《こじ》れるのが怖くて仕様がなかったから、僅《わず》かな退職金を慰謝料の名目で丸ごと渡すことにした。

全額現金化して封筒に入れ、慰謝料と書いて渡した。

適当だ。こんな適当なことでいいのかとも思ったが、他に渡し方を思いつかなかった。税法上どうなるのか判らなかったが、まあ後は勝手に何とかするだろう。

念書を書かされ、捺印《なついん》した。

妻だった人にも、子供にも、二度と会わない。近づかない。電話もメールも一切しない。

まるで。

罪人だなと思った。

でも、俺は判を捺《お》した。自分がヒトでなしだと認めたのだ。

肚も立たなかった。

悲しくも寂しくもなかった。

離婚届に判を捺した時よりは、ずっとショックが少なかった。

慣れた訳ではなく、何だかもう如何《どう》でも好《よ》かったのである。

それじゃあ、と言った。

最後の言葉にしては随分と間抜けなものだが、未練たらたらの美辞麗句を並べるのは厭だったし、捨て台詞を飛ばす程の勢いは、もう俺にはなかった。

立会人もいなかった。

上の子は誰かに預けたのだろう。買い手の決まっている他人の家で二人きりの会見だった。俺はずっと床を見ていたように思う。視線を動かすと、八年間の想い出の滓《かす》みたいなものが飛び込んで来るような気がしたからだ。

今更そんなものは要らない。

床にもそれは染みていたのだけれど。

妻だった人は最初から最後まで一言も口を利かなかった。

つまり――八年間の結婚生活を締め括《くく》る会見で発せられた言葉は、俺が発したそれじゃあ、の一言だけだったことになる。

滑稽《こっけい》だ。

それで、何もかも終わった。

俺は階段を上る。

地表から離れる、上昇するというのは、それだけで心地良いことだ。

少なくとも、羽を毟《むし》られ地べたを這《は》い廻る術《すべ》しかなくなってしまった虫螻蛄《むしけら》のような今の俺にとっては、そうだった。

別に景色が変わる訳ではないのだが。

雨は、いつの間にか本降りになっている。

ただ、音は余りしない。雨粒は静かに、糸を引くように落ちて来る。

寒いのだろうか。

そうでもないのか。

この間まで風は身を切るように冷たかった。その頃だったら、確実に風邪をひいていただろう。

こんなに濡れているのだ。流石《さすが》に凍死することこそないだろうが、まともでいられなかったことだけは間違いない。幸い、季節は移っている。

もう、そんなに寒くない。

それとも感じなくなっただけなのだろうか。

色色投げ出してしまえば人は何とかなるものなのだ。不快も、拒否しているうちは上っ面を撫《な》でるように人を苛立《いらだ》たせるが、呑《の》み込んでしまえば何ということはない。

水中にいる者は己が濡れていることを意識しないだろう。不幸せというのは、幸せという陸《おか》に上がっている者のみが感じることなのだ。

——もう。

快も不快も幸も不幸もない。

俺は笑った。

単なる自虐《じぎゃく》だ。開き直りだ。何とでも言え。何だっていい。

自堕落に後ろ向きに、思い切り不真面目に。不道徳に。反社会的に。

誰も文句は言わないだろう。顔を顰《しか》め、唾《つば》を吐き掛ける者ならいるのかもしれないが、俺はもう何とも思わない。

恥や外聞や自尊心や、そうしたものが擦り切れてしまっているから。

ヒトでなしだから。

階段を上り切る。

でもフェンス越しに見る景色は代わり映えのしないものだった。糸引く雨に闇《やみ》が霞《かす》んで広がっているだけだ。決して行き着けないくらい遠くに、朦朧《ぼんやり》とＬＥＤライトのような光が明滅している。ビルか何かなのだろう。

雨が眼に入って、余計に滲《にじ》んだ。

橋を渡る。

線路を越えたところで、それこそ何かが変わる訳ではないのだろうが、もう向こうへ渡るしかないだろう。

また電車が通過した。

眼の端に光源がちらつき、すぐに消えた。

俺の下を振動だけが過ぎる。

安普請《やすぶしん》の跨線橋は結構揺れる。

古いのだろう。慥《たし》か、俺はこの橋を随分前に数度渡っている。フェンスの接合部に赤錆《あかさび》が浮いていた記憶がある。鉄の塗装は剝《は》げていて、コンクリートには罅《ひび》が入っていた。汚い橋だと思った。

今は、雨と夜に紛れて真っ黒だ。

古くも汚くも感じない。この振動も却《かえ》って好ましく感じられる。

——渡り切れば。

下りるだけである。

向こう側には同じような街が続いているだけだ。

——さて。

どうしたものか。宿もない。荷物もない。着替えすらない。必ずや困ることになるのは承知のうえで、何もかも処分してしまったのだ、俺は。必要最低限のものまで捨てたり売ったりしてしまった。住む場所が決められなかったから、送ろうにも送れなかったという事情もある。

無職の離婚男に部屋を貸す者などいないのだ。収入もないし、家族も保証人もいない。嘘《うそ》はすぐにばれる。それ以前に金がなかった。家賃は疎《おろ》か敷金も礼金も収められない。住むところがないのに家財があっても困るだけだ。

安宿に一泊するくらいの金は所持しているけれど、その後がない。後というか、先がない。

働く気力が、そもそも俺にはない。

まあ、この就職難に気力だけあったところで意味はないだろう。土下座して頼み込んだところで雇っては貰えまい。資格がある訳ではないし、特殊な技能も持っていない。学歴も高くはない。年齢も、もう三十九だ。

何といっても。俺は弱小教材メーカーに殆ど縁故採用で入社して十五年、まるで出世はできず、十五年目にして出庫管理主任補佐にして貰った途端、長期欠勤で解雇された——役立たずなのである。

——ヒトでなしだしな。

それで納得し、泥だか雨だか判然としない足許から視軸を上げると。

妙なものが視界に入った。

橋の真ん中辺り。

フェンスに、何かが生えている。

白い固まりがへばりついている。

何だか判らなかった。

丁度、羽化する途中の蟬《せみ》のように見えた。蛻《から》が割れて、白い、半透明の身体が半分くらい覗いている——そんな感じである。

勿論、蟬の訳はなかった。季節云云《うんぬん》をいう以前に、それは巨《おお》きかった。一メートル以上あるだろう。そんな蟬はいない。いたら怪獣である。

——馬鹿馬鹿しい。

頭を振ると滴が散った。余計に眼に水滴が入ったので、手で擦《こす》った。

それはまだ見えていた。

白い——のだろう。

暗いし、雨も降っている。視認性は著しく低い。

それでも見えているのだから、まあ白いのだろう。

少しだけぞっとした。

悪寒《おかん》だ。雨で体が冷えてしまったのだろうか。怖いと思った訳ではなかったが、禍《まが》禍《まが》しいもののようには感じた。自分の中にそんな感情めいたものが残っていることが新鮮な気もした。

――厭だ。

あれは、きっと厭なものだ。

橋の幅は狭い。

人が擦れ違うのがやっとだ。

いや、田舎の吊り橋《つばし》でもあるまいに流石にもう少し広いのだろうが、印象的にはそんなものである。

彼処《あそこ》に行き着いたとして。

触れずに通り抜けられるだろうか。もしかしたら触ってしまうのじゃないか。肩が当たったりするのじゃないか。

それは厭だ。

引き返せばいいことだ。ところが。

俺は引き返せなかった。先に進まねばならぬ理由は皆無なのだから、踵《きびす》を返し階段を下ってしまったって一向に構わなかったのだろうに。

俺は前進した。

とても緩寛《ゆっくり》と。

幻覚であれば消える。消えずとも接触することなどない。

消えなかった。

ゴミ袋が引っ掛かっているように見えぬこともない。捨てる衣類か何かをゴミ袋に詰めて、それをフェンスの金網に掛けたのではないか。だらしなく撓《たわ》んでいるし、下の方でひらひらしているのは袋が破けて食《は》み出ている襤褸布《ぼろぬの》だろう。

残り三メートルまで接近し、俺はそれが動いていることに気づいた。

雨に打たれて揺れている訳ではない。

それは重力や雨の勢いに逆らって自律していた。

竦《すく》んだ。

ゴミ袋ではなかった。

細い鉤《かぎ》のようなものが二本突き出していて、金網に取りついている。あれは——。

腕だ。

蠟細工《ろうざいく》のような腕だ。

白く見えるのは、濡れた衣服だ。その下に垂れ下がっているのは、多分スカートだろう。

女だった。

ぐっしょりと濡れた女が金網にしがみついているのだ。

闇に溶けていて見えなかったが、髪の毛もある。濡れてへばりついている。顔は見えなかった。

再びぞっとして、すぐに思い直した。

酔っ払いだろう。

それ以外に考えようがない。見れば下にはバッグが落ちている。落ちた拍子に転げ出たのか、ピルケースやハンカチ、携帯電話らしきものも確認できた。

そんなものをぶちまける幽霊なんかはいないだろうから、これは明らかにこの世のものである。ただ、動作というか姿勢というか、状況が異常なだけだ。

痙攣するように、僅かな上下運動をしている。両足が下についていないところから見ても、上に登ろうとしていることは間違いないようだ。

でも、登れないのだろう。

取りついたはいいが、そこで止まってしまったということか。

跳《と》んでしがみついたのだろう。しかし、取りついたままの体勢で二進《にっち》も三進《さっち》もいかなくなってしまったのだ。どちらかの手を放せば落ちてしまう。しかし、放さねば上には行けない。下りるという発想はないのかもしれない。

酔っ払いだ。間違いない。

——厄介なことだ。

面倒臭い。

関わりたくない。

気がつかないでいて欲しい。

身体を横にして擦り抜ければいいだろうか。

酔っているなら気がつきはしまい。遣り過ごせばいいのだ。

どんなクソみたいな現実も遣り過ごせたのだから平気だ。だったらこんな酔っ払い女なんか——。

乎《ああ》。

ぐっしょり濡れている。

俺もだ。

厭だ厭だこんなのは厭だ。

これ以上堕《お》ちることはないと思っていたのに、こんな気の狂《ふ》れたものに行き合ってしまうなんて、どれだけ巡り合わせが悪いんだ俺は。

もう触《さわ》れる程に近い。

俺は、俺が向けられていたのと同様の蔑みの視線を、女に向ける。

左手。

筋張った細い腕から伸びた五本の指がこれ以上開かないという程に開かれている。

懸命に摑まっている。やはりフェンスを登ろうとしているのだ。

——登ってどうする。

登って——。

乗り越える気か。

つまり、この女は死のうとしている——ということなのか。投身自殺を図ろうとしているのだろう。通過する電車の上に身を投げようとしているのである。

なんて面倒臭いシチュエーションだ。

でも、まあ乗り越えるのは無理だろう。この体勢では登れやしない。精精ひくひくして、落ちて終わりだ。

早く。

通り過ぎるしかない。

反対側のフェンスに身を寄せるようにして、できるだけ女から距離をとって、通り抜けようとした。

その時。

俺は何かを踏んだ。

靴の底に異物感が生じ、同時にぱりんと何かが壊れるような音がした。

咄嗟《とっさ》に視線を下げる。

俺はどうやら携帯電話を踏んだのだ。

壊してしまったか。

いや。

何だ。何か——見覚えのあるものが見えている。

俺が踏んだのは携帯電話本体ではなく、どうやらストラップのようだった。

いや、踏み割ったのは、ストラップ替わりにつけられていた、キャラクターのフィギュアか何かだ。これは。

下の娘が持っていた——。

うあああッ。

耳許で、けもののような声がした。

顔を上げるのと頬に飛沫《しぶき》がかかったのは同時だった。

見える筈《はず》の女の頭は見えず、続いて鈍い衝撃があった。

女が落ちたのだ。

選《よ》りにも選《よ》って俺が真後ろに差し掛かったその時に、こいつは手を放したのだ。

——巫山戯《ふざけ》るなよ。

俺は反射的に飛び退いた。

女は尻餅《しりもち》をつくような姿勢でバッグの上に落ちて、そのまま前傾し、やがて貌《かお》を俺に向けた。

二十五六か。

着ているものはちゃらちゃらしているが、十代ではないだろう。アイラインかマスカラか、眼を縁取ったものが流れて、まるで黒い涙を流しているかのようだ。

恨みがましい目つきだ。

下から見上げる者を上から見下ろすなら、誰でもこんな風に見えるものなのかもしれない。こいつの心中など知れない。

見ちゃいけない、と思った。

このままさっさと行けばいい。

俺は関係ない。こんな酔っ払いのクソ女とは何の関係もない。この女は、俺にとってただの景色だ。俺だってこの女にとっては雨や風と変わりのない、通り過ぎるだけの自然現象だろう。

目を合わせるな。

俺はまた下を向いた。足が竦んでいたのかもしれない。

俺は、壊れたフィギュアを見ていた。

「あぁッ」

女は犬が吠《ほ》えるような声を発した。

「邪魔しないで。ほっといてッ」

「邪魔？」

邪魔なんかしていない。邪魔してるのはお前の方じゃないか。お前が邪魔なんじゃないか。俺は――。

俺は何もしていない。

何をする気もない。

いや。

俺は、こいつと行き合わなくたって何もしていなかったのだ。

何処に行く気もなかったのだし、ならばいったい何を邪魔されたというのだ。歩行の邪魔か。当てもなく彷徨《さまよ》っている屑の前に別の屑が落ちて来ただけじゃないのか。

「死ぬのか」

何を話し掛けている。

関わるな。とっとと行けと、俺の裡《なか》で俺が言う。

「死ぬのよ」

女は答えた。

「だから邪魔しないでッ」

「邪魔なんかしてないだろ。俺はここを通り抜けようとしただけだ。お前が勝手に落ちたんだろうよ」

必ず言い返して来るだろう。そういうものだ。煩瑣《うるさ》いとか黙れとか、どっか行けとか、そういう意味不明の言葉を発するに決まっているのだ。こんな奴とコミュニケーションなど取れやしない。どれだけ好意を寄せていても、どれだけ誠意を持って接しても、誠心誠意伝えようと努力したって、何も伝わらなかったじゃないか。

あんなに賢い、聡明《そうめい》な人であっても、八年も連れ添った気心の知れた相手だった筈なのに、何一つ通じなかったじゃないか。

俺は痛罵を浴びせられ軽蔑《けいべつ》されただけだったのだ。

況《まし》てこいつは酔っ払いだ。前後不覚に酩酊《めいてい》しているのだ。動物の方がまだ話が通じる。どうせこいつも俺を敵視し、軽蔑して攻撃して来るに違いない。

――ヒトでなしだからな。

行けと言われたら行けばいいのだ。

しかし。

女は薄い眉《まゆ》を寄せ、眼を見開いた。

「そうなの？」

そしてそう言った。

「そう――だよ」

「止《と》めたんじゃないの」

止めないよと言った。

「止めるもんなのかと思ってた」

「止めて欲しかったのか？　ならこんな人気《ひとけ》のないところでやるなよ」

　大体、死ぬ死ぬと言う奴は本気で死のうと思っていないと聞く。それは他人の気を引くためのパフォーマンスであることが多いのだそうだ。誰だって死ぬと言えば止める。嘘と承知していても万が一死なれては夢見が悪い。だから、死ぬ意思を顕示する者の多くは、止めて貰えるということを計算に入れている。

　それは、一種のお約束というか、歪《いび》つなコミュニケーションなのだ。かなり捩《ね》じ曲がってはいるけれど、多くの場合織り込まれたメッセージは通じる。

　だから、普通の人間なら制止していたことだろう。でも、俺は。

　ヒトでなしだから。

「悪いな。俺は止める気がない。止めて欲しいなら、どっか別の場所で死ぬ振りをしなさい」

「そうじゃないです」

　止めて欲しくなんかないですと女は言った。

「振りでもないです」

　――酔ってないのか。

　いや、この錯乱振りは正常ではない。

　素面《しらふ》でここまで取り乱すことなどないだろうと思う。

「本気で死ぬつもりだったんです。でも、こういう場面に行き合ったら、止めるものなのかと思い込んでいたかもしれない。あなたは違うんですか」

「は？」

俺は壊れたキャラクターから女の顔に視線を動かした。

——ほんとに酔ってないのか。

「悪いけど、俺はさ、あんたとは関係ないから、あんたが何しようと知ったことじゃないし、口出す義務も権利もないから」

そうですね、と言って女は座り直した。そして俺の足許に目を遣った。

壊れたストラップを見ているのか。

娘が好きだったキャラクターだ。

俺が踏み潰《つぶ》したんだ。今。

「私、自意識過剰ですね」

女はそう言った。

「そういうことだ。まあ、死にたいなら死ねばいいさ」

死ぬ——か。

どうして考えつかなかったんだろう。

俺こそ、自殺してもおかしくないような境遇じゃないのか。冷静になって考えてみれば、俺が死んだって誰も不思議に思わないだろう。寧《むし》ろ納得するのじゃないか。

理由は幾つだってある。

愛娘《まなむすめ》に死なれ、職場を追われ、妻に遠ざけられ、家族も、家も、少ない財産も何もかも失くしてしまった。過去の想《おも》い出《で》も将来の希望も現在の生活も凡《すべ》て消え去ってしまったのだ。死を望んでも不思議なことはなかろう。どれかひとつだって死ぬ奴は死ぬだろう。

でも俺は、自殺という選択肢だけは持っていなかった。

そうは言っても、無一文に近い状態で雨の中をうろついている、明日をも知れぬ身ではあるのだ。だから、この先いつまで生きていられるか、そこは怪しいところではあるのだが。

生きていられなくなるかもしれないとは思うが、死のうとは思わない。

「何故」

何故死ぬ。

いや待て、俺は何を尋《き》いている。

「死にたいから――です」

まあ、そうなのだろう。

それ以上は俺に関係のないことだ。どうせ失恋とかリストラとか、その程度のことなんだろうし。

大したことじゃないだろ。

「なら、あんまり見苦しいことはするなよ。通り掛かったのが俺じゃなかったら止めてただろうからな。あんたの言う通り普通は止める。いや、下手すれば警察か何かを呼ばれてたかもしれないな」

そしたらもう死ねない。

「それは――」

「まあ、余計なお世話だけどもな。それから」

俺は、女が摑《つか》まっていた金網の方を見た。

「こっから落ちたって死ねるかどうか判《わか》らないぞ。怪我《けが》するだけかもしれないな」

「電車が来てもですか」

「ここは真ん中じゃないか。下は線路じゃないよ」

女は振り返る。

濡れて重たくなった髪の毛が水滴を散らしながら揺れた。

「線路だったとしても丁度良いタイミングで落ちなきゃ、轢《ひ》かれたりしないよ。痛いだけだ。あんた、このフェンスさえ登れないんだぞ。そう上手《うま》いタイミングで飛び降りられるのか」

まあ、無理だろう。

「そんなに死にたいなら、どっかで首でも吊った方が確実だ。ビルから飛び降りたりしたら誰か巻き込むかもしれないしな。まあ、死んじまえば他人に迷惑掛けたって関係ないか」

何を喋《しゃべ》っているんだ俺は。

女は泣いているようだった。

どうせ、こいつは死なない。

自分は本気で死にたいと思っているんだ――と、思い込んでいるだけだ。

何があったのか知らないが、そんな風に思い込んだ方が気が楽になるというのは解《わか》らないでもない。

被害者面《づら》をするのは楽だ。私は死にたくなる程可哀想《かわいそう》なの、ほら可哀想でしょうと示す。そう言って誰かに慰めて貰《もら》いたいのだろう。

何か言って貰ったところで如何《どう》なるものでもないというのに。気休めだ。

要するに責任転嫁《てんか》だ。

自分は苦しい自分は悲しい、こんな酷《ひど》い目に遭ったこんな辛《つら》いことがあったと自分以外の誰かに知らしめることで、自己を正当化しているだけだ。

世の中は理不尽なものだ。

何もしていなくたって酷い目に遭うこともある。全く悪くなくたって責められることもある。

況《まし》て疚《やま》しいところが全くない人間などいない。

相手がクソなら、自分もクソだ。

そうとでも思わなければ——。

やってられない。

「私——」

生きてる意味ないんです——と女は言った。

——意味だ？

意味って何だ。

「馬鹿《ばか》じゃないのか」

そんなもの。

「生きてる意味がない奴《やつ》は、死ぬ意味だってないだろ」

「でも、意味がないなら――」

「意味意味っていい加減にしろ」

くだらない。

「大体、生きるの死ぬのに意味なんかないだろうよ。思い上がるなよ」

「思い上がるって」

「思い上がってるだろ。じゃあ意味がある人生って何だよ」

俺なんか。

ヒトでなしだ。

意味がないどころか、人ですらない。

人じゃないなら、人生もない。ただ生きているだけだ。生きているだけの屑《くず》だ。

「意味があるとかないとか言ってる段階で思い上がってるんだよ。そんなものはないよ。意味なんかない。みんな――」

ただ生きてるだけだ。

そうだろう。

そうじゃないのか。

俺だけがこんななのか。

女は縋《すが》りつくような視線を寄越す。

何だよ赤の他人のくせに。俺にはお前なんかに縋られるような謂《いわ》れはないよ。全然ないよ。勝手に死ねよ。お前の生き死になんか俺には全然関係ないよ。

俺は——。

いいや、俺にとっては——俺以外の凡てが赤の他人だ。こいつに限ったことじゃない。

足許《あしもと》の壊れたストラップ。

俺が踏みつけてしまった、何とかいうキャラクター。

——何という名前だったかな。

思い出せない。娘が大好きだったキャラなのに。グッズか何かも何度か買ってやった。ねだられたんだと思う。

だから名前も聞いている筈だ。

一緒にテレビも観《み》たじゃないか。

それでも。

覚えていない。思い出せないのではなく、覚えていないのだ、最初から。

興味がなかったのだ。

仕事で頭がいっぱいだったとか、生活を維持するだけでギリギリだったとか、そんな些細《ささい》なことはどうでもいいじゃないかとか――そういう戯言《たわごと》を言い訳にはしたくない。仮令《たとえ》正論でも。

言い訳になってない。

些細なことじゃないのだろうし。

娘にとっては重要なことだ。そしてその娘は、大切な家族の構成員だ。家族は個人が寄り集まって得手《えて》勝手《かって》に暮らしている訳じゃないでしょうと妻だった人は言った。

その通りだろう。

自分自分自分って。

あなたは自分の都合ばかりね。

そうだ。

俺は、俺にできることしかできないのさ。だからお前の言う通りだ。

でも、お前だって同じだろ。

お前だって――。

いや、お互い様だから良いだろうという話ではない。駄目なものは駄目だ。

俺は、娘が、妻が、家族が好きだったし、それが掛け替えのないものだということも自覚していたし、大切に思ってもいたのだけれど、それでも興味を持てないでいたことは事実なのだ。どんな切実な理由があろうとも、駄目なものは駄目なのだ。

だから、妻だった人の評価では、俺の点数は零点以下だ。赤点どころかマイナス点の人間なのだそうだ。人間以下の点数というべきか。

でも俺の基準で計るなら、俺の点はそこまで低くない。なかった。勿論《もちろん》百点満点とは言わないが、五十点くらいにはなるのではないかと思っていた。

妻だった人にも非はあるだろうし。

あった筈だ。

俺よりは良い点が採《と》れるのだろうが、それだって百点ではないだろう。六十点か七十点か、もしかしたら俺と同じくらいかもしれない。

みんな——そんなものだろうと思っていた。自己評価は常に甘くなりがちだし、逆に他者に対する評価は厳しくなるものなのだろう。その辺をさっ引いたとしても、点をつけるならそんなものなのだろうと、それは今でもそう思う。完璧《かんぺき》な人間がいないのと同じように、零点ということもないだろう。五十点同士補い合えば、百点にもそれ以上にもなるだろう、くらいに考えていた。

楽観に過ぎた。

夫婦の場合、二人で二百点満点という勘定になるのだろう。俺が五十点で相手が五十点とすると、二百点満点の百点である。その程度のものだ。

夫婦でいるうちはそれでいい。

夫婦でいられなくなった時に。

その二人の持ち点は、どちらか一方のものになる。百点と零点に振り分けられてしまうのだ。

相手を責める時、責めている方は自分は百点だと思っている。そうでなくては攻撃なんかできない。俺は——だから妻だった人の失点も被《かぶ》っているのだ。そう考えるなら、まあマイナスにもなるかもしれない。責められている俺は、相手にとっては零点以下なのだ。

非はある——百点じゃないと認めた段階で、零点以下になってしまうのだ。

理不尽だ。

不当だ。

だから、こっちも同じように考える。そう考えなければ間尺に合わない気分になるからだ。

俺が百点だお前が零点じゃないかと言いたくなってしまうのである。そう言わないと、対等には闘えない。そんなこと、まるで思っていないというのに、そう思いたくなってしまうものなのだ。

これでは妥協点は見出《みいだ》せない。

決して交わることはない。平行線だ。

罵《のの》り合《し》い、蔑《さげす》み合うしか道はないだろう。

厭なものだ。

そもそも、闘うという言葉で表すしかない関係自体が間違っているのだ。

別に闘うことなんかない筈だ。

そんな関係は、どれだけ体力があったって長く保《も》つものじゃない。鯔《とど》の詰まりは破綻《はたん》する。刃傷《にんじょう》沙汰《ざた》になるか裁判沙汰になるか——それは。

合法非合法の差こそあれ、同じことである。

正しいとか間違っているとか。

優れているとか劣っているとか。

そういう価値基準は、夫婦のような関係性の中に於《お》いては、指針程度にしかならないものだ。割り切れないものを無理に割っても余りが出るだけなのだ。

だから。

呑み込むしかない。

両方良しとするか、両方駄目とするしかない。

俺がクソだというのなら、お前もそうだろう。クソがクソにクソと言われたって肚《はら》は立たない。

そんなことを——。

どういう訳か俺は考えていた。

見ず知らずの女の顔を見ながら。

女もまた、そんな俺の顔を見上げていた。

雨と泥とでぐちゃぐちゃだ。

「私——」

死ねないでしょうかと女は言った。

「知らないよ。死ねないんなら、それは死にたくないってことだろ」

「死にたい——んです」

「なら死ねよ」

知ったことじゃない。

「どうやったら死ねるかとか尋かないでくれよ。俺はな、あんたとは何の関わりもない、ただの通りすがりだ」

お前のことなんか知りたくないよ。

俺は女に背を向けて、何かを振り切るようにして先に進んだ。

雨足は益々強くなっている。

もう、ただの雨だ。どしゃ降りの一歩手前だ。こんなに降っているのに傘を差していないなんて、あり得ないだろう。雨宿りさえしようとしないなんてあり得ないだろう。俺は、早足にさえなっていない。

突如、足の下を電車が通過した。振動と、雨音と、暗闇《くらやみ》と、水滴と。

俺は何故《なぜ》か振り向く。

女が死んだと思ったのか。

そんな訳はないのだ。

女はまだ座っていた。

散らばったバッグの中身を拾い集めているのだろう。俺の踏みつけた——。

——あれは。

何というキャラクターなのか。

沢山の雨粒の向こう、女は携帯電話を手にして壊れたストラップを眺めている。

悲しいか。

お前もそのキャラが好きなのか。

大事にしなければいけないのは、そういう瑣末《さまつ》な日常なのだ。大義名分だのプライドだの意地だの正論だの、そういう偉そうなことに拘泥《こうでい》すると、時にもっと大きなものを失うことになるのだから。

——踏んで悪かったな。

そう思った。

他のことは如何《どう》でも好かったのだけれど、それだけは本気でそう思った。

でも壊れたものは戻らない。弁償する余裕もない。そもそも死のうとしている人間に無駄な装飾品を買ってやるというのは、馬鹿げたことだ。

前に向き直る。

もう、橋は終わる。後は階段を下りるだけだ。

あの、汚らしい地べたに戻るだけだ。自分には似合いの場所だ。

のろりと身体《からだ》の向きを変え。

俺は最初の段に脚を下ろす。

古い橋には側溝も何もないから、落ちた雨水はそのまま重力に諾諾《だくだく》と従い、階段を流れ落ちて行く。泥水が跳ねる。まるで水溜《た》まりに嵌《は》まったかのようだ。水を吸った古い革靴は非常に不快だ。踏み締めると雑巾《ぞうきん》を絞ったような音がする。踵《かかと》の方から汚水が浸入し、靴下までが水浸《みずびた》しだ。

俺は眉根を寄せ、その顔のまま。

もう一度女を見た。

女は立ち上がっていた。

意外と背が高い。

――どうする。

酔っているなら、同じことを繰り返すだろう。また金網に飛びつく筈だ。

そうでないなら――。

どうするだろう。

片足を下ろしたまま、俺は止まった。

女は暫《しば》く脱力したように立ち尽くしていたが、やがてふらふらと揺れながら俺の方に近づいて来た。

――来るなよ。

俺は女から顔を背け、階段を下りた。

六段目まで下りたところで声が聞こえた。

あの――とか、その――とかいうよく聞き取れない呼び掛けだ。

雨音の方が余程クリアだ。

――煩瑣《うるさ》い。

不幸振りやがって。お前がどんな目に遭ったのか知らないが、お前が不幸だというならば、きっと俺はもっと不幸だ。そういうことになるだろうよ。

いや。不幸は誇れることじゃないし、較べられるものでもない。

俺は。

俺は別に不幸なんかじゃない。

お前に不幸振られると、そしてそれを認めてしまったなら、俺は。

不幸ということになってしまうじゃないかよ。

「待ってください」

女が降りて来る。

どうせ失恋したとか失業したとかそういう話なんだろう。死にたいんならさっさと死ねばいいじゃないかよ。その程度のことで死にたがる奴は。

「待って」

「何だよ」

俺は振り返った。

ここで女が足でも滑らせたりしたらいい迷惑だ。怪我をされても、死なれても迷惑だ。それで死ねたなら、この女は本望かもしれないが、俺は困る。

巻き添えを喰うのは真っ平ご免だ。

女はすぐ近くにいた。

目が合った。こんなに近くで人間を見るのは、何だか酷く久し振りな気がした。

女は一度眼を見開き、それからすぐに俯《うつむ》いた。

「ご、ごめんなさい。その」

酔っている訳ではないようだ。それともこの雨で正気に戻ったのか。

「何だ」

これを、と言って。

女は右手を突き出した。

「すいません。これ、これ――」

「これ?」

折畳みの傘のようだった。

バッグに入っていたものか。

「これ——が？」

「その、傘をお持ちじゃないですよね」

「持ってないさ。俺は何も持ってない」

宜《よろ》しければ使ってください——と女は言った。

「あんたは」

「私は」

死ぬからいいという話か。

「私はこんなに濡《ぬ》れてるし」

「俺の方が濡れてるだろ。それに借りたって返せない。俺も」

いつまで生きていられるか。

大体、俺はこれから何処《どこ》へ行くんだろう。今夜は何処で寝るんだろう。

この濡れ具合じゃネットカフェや漫画喫茶にも入れて貰えないのじゃないか。

このまま雨の中を何処までも彷徨《ほうこう》して、朝になったとして、明日はどうするというのだろう。

女は傘を突き出したまま突っ立っている。

態《なり》は大人だが、仕草はまるで中学生だ。

「あのな、あんた。俺が誰だか知らないんだろ？　今さっき出会ったばかりで、どんな男か判らないだろうよ。そうやって簡単に関わり合うもんじゃないだろ」

悪い人間だったら如何《どう》するんだよと言いかけて、俺は言葉を呑《の》んだ。

悪い人間だったら、などという物言いは、自分が良い人間であるという前提の下《もと》に発せられるものだろう。

良くないから。まるで。

ヒトでなしなんだから、良くないだろう。充分悪いじゃないか。悪いというより駄目なんじゃないか。

「他人から親切にされるような、そんなマシな人間じゃないんだよ俺は」

女は無言だった。

「あんたにだって何もしてない。礼を言われるようなことは何もしてないだろう。それとも」

憐《あわ》れみなのかこれは。

こいつから憐れみを受けるような謂れはない。

こんな、見ず知らずのイカレた女の目から見ても、俺は腐って見えるのか。

何があったか知らないが、ただ錯乱して雨の中自殺の真似《まね》ごとをしているような屑よりも、俺は下か。

下だろうよ。

——それは。

僻《ひが》みというものだろうが。

そんなことは解っている。

でも僻んではいけないなんてルールは、今の俺にはない。関係ない。どうせヒトでなしなのだ。僻みたければ僻み、嫉《そね》みたければ嫉む。卑小で、下劣なのだ。

巫山《ふざ》戯《け》るなよと言った。

「俺は物乞《ものご》いじゃないんだよ。どこまで思い上がってるんだお前」

「私は——別に」

別に何だよ。

「それとも何か、俺の気を引きたいのか？　行きずりの中年男引っ掛けてどうすんだよ。そんなだから男に騙《だま》されたり捨てられたりするんだ」

「私——」

そんなじゃありませんと女は小声で言った。

震えている。

多分、その通りだろうと思う。この女には悪意も下心もないのだ。俺は、穿《うが》った見方をしている。間違いなく偏見を持っている。見下されるのが厭だから先に見下しているだけだ。

「どんなでもいいんだよ。知らないから。お前のことなんか。あっちに行けよ。さっさと死ね」

俺は傘を押し返すようにして、乱暴に腕を振り、そのまま階段を下った。

地面に着く少し前に振り返り、

「早く死ね」

と——。

最悪の捨て台詞《ぜりふ》を発した。

女がどんな顔をしていたのか、どんな風に立っていたのか、どんな気持ちになったのか、そんなことは一切解らなかった。

きっと。

無茶苦茶厭な気持ちだろうさ。

構うものか。

どうせ——死ぬのだろう。

死ななかったとしても死にたくなるような気分だったのだろうし、ならば今更何を言われたって如何《どう》ということはないだろう。

——死にたいなんて。

どうやったらそんな気持ちになれるのだろう。

女が追って来る様子はなかった。

いや——雨の音に遮《さえぎ》られてしまっただけかもしれない。

雨は更に勢いを増している。こうなるともう夏の夕立に近い。夏でもなければ夕方でもないのだが。だから、この雨に紛れて女がこっそりついて来ていたとしても、判りはしないだろう。

——そんな訳があるか。

追って来る訳がない。

俺を追う動機がない。

何処まで行っても景色が変わらない。

左側にあったフェンスが右側に移っただけである。雨も一向に止《や》む気配がない。

時間も判らない。

突然、視界が歪《ゆが》んでしまったかのような錯覚を覚えた。

急勾配《こうばい》の下り坂なのだ。

元元低地の街なのに、まだ下があるのか。

坂を下る。足許が悪い。

足の運びが慎重になっている。こんなに零落《おちぶ》れてもまだ転ぶのが厭なんだろうと思うと、少し可笑《おか》しかった。

この期《ご》に及んで転ぼうが寝転がろうが構わないだろうに。既に水に落ちたように濡れそぼっている。もう、下着まで水が染《し》みている。

ただ線路を渡っただけなのに。

――まあ。

汚れるのも濡れるのも平気だが、痛いのは厭だ。奇妙なものである。

痛みを忌避《きひ》するということは死にたくないということなのだろう。俺は死にたくないのだ。

あの女とは違う。

坂を下り切ると、車道が見えた。

車道は明るい。

車道と交差する線路は高架になっている。俺は高架下に出た。

鉄材の端から雨垂れが絶え間なく落ちて来る。俺は身を縮め、屈《かが》んだ。

恥も外聞もない。と——いうより人通りはない。人目を気にするまでもない。

看板の明かりが見える。

見たところまだ日付は変わっていないようだった。大した根拠はないのだが、車道を流れる街の空気がそれを告げているような気がした。

——それにしても。

二十三時過ぎだとして、もう五時間近く逍遥《しょうよう》していることになる。

それでも疲れたという感じがしない。

感覚が麻痺《まひ》しているとか、肉体が強くなったとか、勿論そういうことではない。この先休むことなどできないのだと知っているからだろう。

もう、戻るベッドはない。

昨日まではウィークリーマンションを借りていた。一箇月の契約で、昨日が契約の最終日だった。延長はできなかった。いや、無理を言えばできたのかもしれないなとは思う。でも、しなかった。

暫く屈んでいたら、落ち着いた。

別にこれまで落ち着いていなかったという訳でもないから、その表現は少し違うのだろうけれども、何だか視界が安定したような、そんな気になったのだ。

要するに移動するのを止《や》めたということか。それに、雨に濡れてもいない。

そうして眺めてみて、俺は気づいた。

――この道は知っている。

知っているどころかよく通る国道ではないのか。我が家から――いや、我が家だった処《ところ》から車で何処かに出掛ける時は、必ず通った道ではないか。

立ち上がり、歩道の端まで進んで左右を観た。間違いない。

――馬鹿馬鹿しい。

歩き始めた時は、何処か遠く、見知らぬ場所にでも行き着けないかと漠然と思っていた。そうは言っても徒歩であるからそれ程遠方に行けないことは承知していた。

だから、わざと迷うように、知らぬ道を選んで進んだ。横道があれば曲がり、細い径《みち》狭い路《みち》を選択した。

そうすれば、何処か見知らぬ場所に辿《たど》り着けるような、そんな妄想を抱いていたのかもしれない。

何のことはない。

隘路《あいろ》を五時間もかけて抜け、ずぶ濡れになって辿り着いたのは、起点から徒歩で二十分程の見慣れた場所に過ぎなかったということだ。

俺は少し笑った。

無為というか無駄というか、無意味にも程がある。

道路に背を向けて、ガードレールのポールに浅く腰掛けるようにして、靴の中に溜まった水を出し、序《つい》でに靴下を脱いで絞った。

履き直すのは厭だったし、いっそ捨ててしまいたかったのだが、明日のことを考えるとそういう訳にも行かないだろうと思い、思案の末にポケットに入れた。

生きて行くというのは、無様で滑稽《こっけい》なものなんだなと俺は思った。

明日のことなんか考えなくて良いのなら、こんな不潔なものは即行で捨てている。十分か、三十分か、判らないけれどそのくらいの時間、俺はガード下の道端に立っていた。

そのうち、雨は小降りになり、完全に止みこそしなかったのだけれど、傘を差さずにいても不自然ではない程度の空模様にはなった。

街は半端《はんぱ》に澄んだ景色になった。

俺は高架の下からのろのろと出た。

車で通り過ぎるだけだった景色の中に俺はいる。この間まで、この景色はほんの数秒で過ぎ去るだけのものだった。でも、今は違う。俺は景色の中に定着している。

——そういえば。

この道を通る度に、同じ話題を繰り返しした覚えがある。

向かいに見えているコンビニエンスストアのその先の、交差点を左方向に曲がってすぐの、大きなマンションの最上階の——家賃の話題だ。

そこに、俺の高校時代の同級生が住んでいるのである。

荻野《おぎの》というその男は、大層羽振りが良いのだ。噂《うわさ》に依《よ》ればＩＴ関係の仕事で一山当てて、年収数億円だそうである。勿論噂だ。本人の口から聞いたのではない。口祥《くちさが》ない連中がやっかみ半分で言い触らしているのを耳にしただけである。いかにもありそうな話だったが、本当のところは判らない。

ただ、荻野が高級そうなマンションの最上階に住んでいることだけは間違いないようだった。噂では現金一括で購入したことになっていたが、流石《さすが》にそれはないだろうと思った。

それで、賃貸なら家賃はどれくらいかという話になったのだ。多分。

その頃——といってもいつのことだったか定かではないのだが、とにかく荻野の家賃を口の端《は》に上らせていた時分、妻だった人と俺との関係は迚《とて》も良好だったのである。

後部座席には二人の娘が並んで座っていたのだし。

都心という訳じゃないのだしそんなに高くはないだろう、いやいやそんなことはない、この辺りはベッドタウンだし駅からの距離を考えても相当の高額だろうと、俺達は埒《らち》もなく語り合った。

羨《うらや》ましかった訳ではない。

寧《むし》ろ、揶揄《やゆ》していたのだと思う。

何をして儲《もう》けたのであっても、いずれ泡銭《あぶくぜに》には違いないだろうよ、時節柄そんなバブリーな暮らしは如何《いかが》なものか、大体あんな高級マンションに住んだところであいつは独身なんだぜ——。

俺にも、妻だった人にも、妬《ねた》む気持ちが全くなかったという訳ではないだろう。

でも、結局は小馬鹿にしていたのだ。

俺には伴侶《はんりょ》がいる。そして子供がいる。俺は、家族を持っている。あいつにはそれがない。家族は金で買えないだろうよ。

――それが拠《よ》り処か。

もうないよ。

くだらない張り合い方もあったものである。

そもそも、そうやって張り合うこと自体が浅ましい。

他人を見下げなければ己の足許が覚束《おぼつか》ないのだろう。

そして他人を見上げなければ、己の立っている場所が何処なのか判《わか》らないのだ。

見下げて見上げて、そうやって小動物のように臆病《おくびょう》に、引っ切りなしに確認し続けなければ実感することができない幸福なんて。

――いいや。

それが幸福の本質かもしれない。

絶対的な幸福なんかないのだろう。

俺はふらふらと歩道を進み、横断歩道の前で止まった。向かいには煌煌《きらきら》と発光するコンビニの看板が見える。

学生時代、荻野とはかなり親しくしていた。親友と呼べるような痒《かゆ》い間柄でこそなかったのだけれど、多分一番長く、同じ時間を共に過ごした、仲の良い友人だったことは確かだ。

大学で離れ離れになり、それきり疎遠《そえん》になった。ずっと、年賀状の遣り取りくらいしかしていない。

——だから。

俺の中の荻野は、濡れ手で粟《あわ》の成金野郎などではなくて、ただの冴《さ》えない高校生である。背は高いがひょろひょろに痩《や》せた、走るのがやけに遅い、ラジオばっかり聴いている、あんまり明るくない高校生である。

この道を家族で通った時の俺にとってマンションの最上階に住んでいる荻野はオギノという想像上のキャラクターのようなものだったのだろう。

友達でも何でもなかったのだ。だから小馬鹿にできたのだ。きっと。

下の娘が死んで。

荻野も葬式に来てくれた。

こんな近くに住んでいるというのに、凡《およ》そ二十年振りに俺は友人の顔を見た。

まるで懐《なつ》かしくなかった。

誰だか判らなかった。

荻野は香典を十万円もくれた。それだけは覚えている。あの噂は強《あなが》ち的外れなものではなかったのかもしれないと、その時思った。

こいつは友達じゃない方のオギノなんだ——と。

そんなことはもう如何《ど》でも良くなってしまったのだけれど。

信号は中中変わらなかった。

エッジが滲《にじ》んだコンビニの明かりを眺めているうちに、俺は自分が空腹であることに思い至った。

そういえば、今日はまだ何も口にしていない。水も飲んでいない。

日付が変わろうという頃合いになってやっとそこに気づくというのも間抜けな話である。腹が減っていることさえ如何《ど》でも良かったというのか。それともヒトでなしはヒトでなしなりに、思い詰めていたとでもいうのだろうか。

いずれにしろ間の抜けた話だ。

寝床はなくても生きて行けるし、服が濡れていたって死にはしない。でも喰わねば確実に死ぬ。

俺は、死にたいと思ってもいないけれども、生きたいとも思っていなかったのだろうか。

——いいや。

そんなことはない。

何か喰おう、と思った。

一日二日断食したところで死ぬこともないとは思うけれど、喰いたくないなら兎《と》も角《かく》も、喰いたいのなら喰うべきだ。

そのうち金も尽きるだろうし、そうなれば喰いたくても喰えなくなる。

信号が青に変わった。

俺は家族で通り過ぎるだけだった道路を、一人でよたよたと渡った。

汚らしい。

穢《けが》らわしい。

見窄《みすぼ》らしい。

自分の姿が硝子《ガラス》に映る。

こんな恰好《かっこう》で入店していいのだろうかと思案する。構うものか。客は客だ。

嫌がられたって嫌われたって知ったことじゃない。もう二度と来ない。

店内には数名の先客がいた。

店の制服を着た坊主頭にピアスのバイトが、床にモップをかけている。俺は雨粒を滴《したた》らせ、磨き立ての床を泥で汚しながら、レジの前を過ぎる。

レジの中の親爺《おやじ》の顔は、あからさまに嫌悪感《けんおかん》を表現している。

握り飯がいい。

そう思った。コンビニで喰い物を買うことは少ない。雑誌か新聞か、そういうものしか買わない。後は、精精缶コーヒーくらいしか買ったことがない。だから、かなり選ぶのに時間がかかった。

こんなに種類があるものと思っていなかったのだ。

これはやはり、握り飯ではなくオニギリなのだろう。誰かが握っている訳ではなさそうだ。味が想像できないようなものも幾つかあったが、結局鮭《さけ》ばかり二つ買った。

財布も湿っていた。その中の硬貨はやけに冷たかった。小銭が沢山あったので、端数まできっちり支払った。

ホームレスか何かと思ったのだろうか。何と思われようが構いはしないが、自分がいったいどのように見えているのか、その点だけには興味があった。

決して愛想の良い接客態度とはいえなかったから、まあ好かれてはいないことだけは間違いない。

レシートを玩《もてあそ》びながら、早早に店を出た。

——また。

少し降って来たか。

雨の中で飯を喰う訳にもいかないだろう。ガード下まで戻ろうか。それともこの軒下で喰ってしまおうか。

ガサガサと袋から握り飯を出していると、慎吾《しんご》、慎吾じゃないかという声が聞こえた。

何だか、隣の部屋で流れている再放送のテレビドラマの台詞でも聞こえているような、凡《およ》そ現実感のない音声だった。俺は、もうまるきり他人事《ひとごと》で、それを呼び声とさえ認識していなかったから、開けにくいオニギリのパッケージの数字を見つつ、あちこち引っ張ったりしていた。

「おい。慎吾」

「あ？」

オニギリから視線を上げる。

荻野が立っていた。

自動ドアの真ん前なので扉が開き放しになっている。

「どうしたんだお前」

荻野はそう言った。

「お前って——俺か」

「お前だよ。お前、慎吾だろ。忘れたのか俺のこと」

忘れてはいない。

ただ、俺が覚えている荻野がお前なのかどうかは、よく判らないんだ。

「ここ邪魔だから、そっちに行けよ」

荻野は俺を追い立てるように、ドアの前から灰皿の処まで移動した。

厚めの生地のスウェットにビニール傘を持ち、サンダル履きである。

こいつは間違いなく荻野だ。

荻野だが、俺の知っている荻野じゃない。友達の荻野じゃなくて、きっとキャラクターの方のオギノなんだろう。

ひでえなあとオギノ――いや、荻野は言った。

「何だよその恰好は」

「別に何でもない」

「何でもないってことはないぞ。何があったんだよ。おい、少しイカレてんじゃないのか？」

イカレてるかもな、と答えた。

「お前さ――」

荻野は憂鬱《ゆううつ》な顔になる。面倒ごとを抱えてしまったというような顔だ。

「まだ引き摺《ず》ってるのか」

「引き摺る？」

娘さんのことだよと荻野は言った。

「まあ一年やそこらで忘れられるもんじゃないかもしれないけどな。死んだ子の齢数《とし》えるような真似は止《よ》せ。残酷なようだがな、死んだもんはどうしようもないよ。余計なお節介かもしれないがな、その」

そんなことはしてないと言った。

「したくたってできない」

「どういうことだよ」

「どうって――俺はもう親じゃない」

今後一切関わりナシなのだ。そう書いて判を捺《お》した。つまり、死んだ子の分の親権も、俺にはないのだ。哀《かな》しむ権利も懐かしむ権利もない。

同様に義務もないのだが。

「親権は――まるごと渡してしまったんだよ」

「親権？」

荻野は眼鏡の奥の眼を細めた。

――これは。

この顔は高校時代と同じ顔だ。

「離婚したのか？」

「した」

「いつだよ」

「先月だ。身辺整理して、念書書かされた。今日が調印式だ。五時間ばかり前に完全に縁が切れたよ」

荻野は昔の顔のまま、少し黙った。

「やっぱりその――娘さんのことが原因なのか？」

それは――どうなのか。

判らんよと答えた。

「何かしたのか？」

「俺が？　俺は」

何もしなかった。できなかった。

「さあな」

「で？」

「でって何だよ」

「何でずぶ濡れなのかって尋《き》いてるんだよ」

「雨が降って来たからだ」

俺は再び夜天を見上げる。

ただ――暝《くら》い。

ふうん、と荻野は答えた。

「お前こそどうしたんだよ」

「俺はそこに住んでるんだよ。コンビニに来たっておかしくないだろ」

「そうだが」

そんな恰好でふらふらコンビニに来るような暮らし振りじゃないのじゃないか。金持ちなんだろうに。

俺の顔を眺め、荻野は一言、お前も俺のこと誤解してるなと言った。

「そうかもな」

「俺はな、お前の思っているような暮らしはしてないぞ。正直言って喰うや喰わずだよ。いや、借金塗《まみ》れだよ。首吊《つ》ろうかってな具合だよ」

「そうなのか」

こいつも死ぬのか。

吊らないけどなと荻野は言った。

「俺の保険金を俺にくれるってのなら考えてもいいけどな。死んじまったら貰《もら》えないだろ。貰っても使えない」

「羽振り良かったんじゃないのか」

「浮き沈みの激しい業界なんだよ俺のいるとこはさ」

そう言って、荻野は肩を竦《すく》めた。

「お前は何だ。離婚してヤケでも起こしたか？　昨今バツの一つや二つで凹《へこ》んでちゃやってられないだろう。慰謝料でもボッタくられたか？」

「慰謝料は払わない」

「そりゃ得だな」

「得か」

離婚を損得で計るという感覚も俺にはなかったものである。

しかし損得勘定をするのなら、離婚などという行為は端《はな》から論外だろうと思う。しないのが一番得だ。金銭に置き換えずとも、損だ。ただ只管《ひたすら》に疲弊するだけだ。

「ほら、柔道部の、佐久間《さくま》。あいつも一昨年《おととし》離婚したんだ。で、慰謝料払ってカラッ穴になって、養育費も払えなくなって、止せばいいのに闇金《やみきん》抓《つま》んで焦《こ》げついて追い込まれてよ、破産だよ破産。今は行方不明だ」

「そうかい」

「お前は？」

「俺はお前と違って慎《つつ》ましく日常を回していたからな。ただ、あれこれ清算したら何もなくなった。破産することもできない。破産というなら今がそれだよ」

「家は」

「処分した。ローンがあったから」

「処分？　そのまま住めばいいじゃないかよ。慰謝料がないんだったらローンくらい払えるだろう。扶養分の生活費だって浮くんだし」

「解雇された」

荻野は黙った。

そして眼鏡を外した。

「仕事も辞めたのか。離婚と同じ時期にか？　それってリストラか？　何の会社だったっけ？」

「だから解雇だって」

不要だと言われたのだ。

「そりゃ難儀だが——でも、退職金でローン返すとかしろよ。何とでもなるだろう」

「ならないんだよ」

俺は荻野を睨《にら》んだ。

「なるだろ」

「ならないんだって」

それはする気がなかったということだな——と荻野は言った。

俺は答えなかった。

答えようがない。

「まあ、色色あるんだろうな」

俺も同じだよと荻野は言う。

「実際、やってられねえ」

荻野は灰皿を軽く蹴《け》った。

「あの」

昔の友人は顎《あご》を振って示す。

「マンションだけだ、今の俺にあるのは。まあそれもいつまで保《も》つか——って話なんだけどな。あそこ売って借金完済できるなら、まあ、考えないでもないって話なんだが——足りない。全然足りない。足りたとしたって俺はお前と違って無一文から再スタートなんて、そんな潔《いさぎよ》い真似はできない業界でな。転業するしかねえけどな」

「再スタート？」

「そういうことだろ」

スタートはしていない。俺は流されているだけだ。始めも終わりもない。

抗《あらが》うのを止めただけだ。

争うのに疲れただけだ。

来るか、と荻野は言った。

「来るって？」

「お前、行く処ないんだろ。宿取ってるとも思えないぜ。俺にはな、家だけはあるんだよ」

「ああ」

あの、家賃の知れない最上階か。

どうやら賃貸ではなかったらしい。

「俺に親切にしたって何の見返りもないぞ荻野。俺は何も持ってない。所持金も僅《わず》かで、口座の残高も微微たるものだ。無一文に近い」

「お前に借金返してくれなんて思うかよ。そんなドブ鼠《ねずみ》みたいな恰好してる奴に期待してないって」

ドブ鼠か。

「お前、やっぱりまだ勘違いしてるな」

「何をだ」

「卑屈になる気持ちは解るが、俺は僻まれるような立場じゃないぞ。金の切れ目が縁の切れ目というヤツでな、女も逃げた。友達もいなくなった。詐欺師《さぎし》呼ばわりされて仕事もなくなった。今や八方塞《ふさ》がりだ。屑《くず》だ、屑」

「お前がか」

屑なのか。

屑だよと荻野は言った。

「詐欺行為はしてないけど詐欺紛《まが》いのことはした。勢いのあった時はな、他人を蹴散らして伸《の》し上がったから、何人も泣かせた。泣いただけじゃなく、死んだ奴もいたかもな。面白かったぞ」

膨れることしか考えないってのは面白いもんだよと荻野は笑う。

「膨れてる奴ってのは萎《しぼ》むことなんか予測もしないいんだ。でもな、膨れりゃ必ず萎むんだ。萎まなきゃ」

破裂だよと荻野は言う。

「ドカーンだ」

「景気がいいな」

「おう。そうならな。でも俺は——萎んだんだよ。萎めば弱くなる。弱くなったら叩《たた》かれる。俺の場合袋叩きだ。周囲には敵しかいない。だから、やった分きっちりやり返された。それだけのことだ。いや——倍返しかな。勢いがなくなりゃ喰われるだけさ。そうなったら目も当てられないぞ。ドツボだよ」

でも俺よりはマシだろう。そう思ったが口にはしなかった。

こいつの不幸はこいつが決める。それがどの程度のものなのか、他人には計ることができない。不幸だの幸福だの、そういうものは相対化することができないものなのだ。

俺は。

自分は如何《どう》だろう。

よく判らなかった。

ただ。

「お前が屑なら俺も屑だぜ。俺を助けたって一文の得もないことだけは確実だぞ」

「だから何の期待もしてないって。ただうちに暫《しばら》く泊まったらどうだと言ってるんだよ。面倒みる気はない。みる余裕もないよ。昔馴染《なじ》みの屑と屑とで傷を舐《な》め合ってみようって気持ちの悪い提案だ」

寸暇《ちょっと》待ってろと言って荻野は店内に入った。

あいつは――。

どんな奴《やつ》だっただろうか。

高校の頃にもこんな感じで話していただろうか。いや――もっと他人行儀だったような気がする。そもそもあいつは、俺のことを慎吾と呼んだりしていなかった。他の連中はそう呼んでいたけれど、あいつだけは違っていた。

俺だって荻野君――と呼んでいたのではなかったか。

――何の話をした。

仲は良かったのだ。あいつはいつだってラジオばっかり聴いていて、精神世界系の本ばかり読んでいたんじゃなかったか。

世界の外側というのは、ないんだよ。

ないものをあるというのは、喩《たと》えだ。

喩えを本気にするのは、馬鹿《ばか》だよね。

ないという形であるんだと知ること。

そこから始まる。

——何が。

何が始まる？

そんなことを言っていたと思う。

覚えている。前後の状況は失われているが、断片だけはやけにクリアに記憶されている。

俺は、そんな話をされた俺は、いったい何と答えたのだろう。

そんな話題を振られて、如何《どう》受け答えしていたというのだろう。

答えようがないじゃないか。そんなこと一方的に話されても。いや——。

自分のことは何も思い出せない。

でも、会話が成立していたことだけは間違いない。自分が何を言ったかは定かではないが、会話したということだけは覚えている。

経験に依って得られる知識は偽物《にせもの》さ。

学校で教わることだって、同じだよ。

時代や環境に左右されるものだろう。

そんな知識は、真の智じゃないんだ。

本当の智慧《ちえ》は本質的に備わっている。

ここの中にね。

――ここって何処だ。

何処に備わっているというのか。

いや、何の話だったか、契機《きっかけ》も文脈も、状況も、全く思い出せない。ただあいつの声や話し方だけは覚えている。

俺は何を尋いたのだろう。そして何と答えたのだろう。

思い出せない。

適当に話を合わせていただけなのだろうか。

いや、そうなのだろう。

今だってそうだ。

俺はずっとそうだ。

他人に対して、自分以外の凡《すべ》てに対して、俺は興味を持っていないのだろう。愛情も執着も未練も、それは全くないとは言わないけれど、突き詰めて考えてみれば如何《どう》でもいいことなのだ。

自分が痛いのは厭《いや》だ。

一方、他人の痛みは判らない。

娘が痛がるのは厭だが、それは痛みが判るからではない。

自分も同じように痛い訳じゃない。痛みなんかない。

心が痛いなどと謂《い》うけれど、心なんか痛くない。

ただ痛がっている娘を見ていると、楽しくない、面白くないというだけだ。きっとそうなのだ。可哀想だとは思うのだけれど、でも可哀想って、何なのだろう。同情なのか。要は厭なだけじゃないのか。可哀想だと感じることが厭だというだけのことではないのか。

厭なのは間違いない。だから、偏《ひとえ》に起伏のない日常を取り戻したいから、そのために悲しい振り、苦しい振りをするだけなのじゃないのか。だって。

何処《どこ》も痛くなんかないから。

そういう性根は、きっと透ける。

本気じゃないということなどすぐに判ってしまうのだろう。妻だった人にもそれは判ったのだ。

でも、それは誰だって同じだ。妻だった人だって同じだ。本当に痛い訳じゃない。本当に痛いんだと思い込めるかどうかだ。娘が痛がった時に、自分も痛みを感じる——と思い込めるかどうか、それだけの差なのではないのか。

俺は、思い込めなかった。

それだけだ。

それだけなのだが、その差は大きい。

天と地程に開いているだろう。

薄情者。

それでも親なの。

この——ヒトでなし。

ヒトでなしだ。

——俺だって。

思い込もうと努力はしたさ。

でも、自分で自分を騙《だま》すことができなかっただけだ。

本当は痛くも痒《かゆ》くもないんだと、俺は気がついてしまった。

知ってしまえば騙すのは難しい。だから、俺は自分を騙さず、自分以外を騙しただけだ。

痛くないのに痛い振りをするのは不誠実だろう。でもしないよりはマシだ。

だから痛い振りをしていたんだよ。

娘のことが嫌いな訳じゃなかったから、家族のことが大事じゃない訳じゃなかったから、だから、そう見えるように、振りをしていたんだ。

――そんなのは。

バレるに決まっている。

だから高校生の俺も、きっと知ったか振りをして調子を合わせていただけなのだという気もする。

俺には――。

昔から、誠意という奴が備わっていないかもしれぬ。だから仕方がない。

荻野はすぐに出て来た。

袋を掲げる。ビールか何かを仕入れたらしい。

「元元飲みたくなったから酒買いに来たんだ俺は。考えてみれば一緒に飲むのは初めてだろ」

「ああ」

何もかも初めてだ。

俺達真面目だったからと荻野は笑う。

「真面目じゃなかったろ」

「サボりはしたが、不良じゃなかったろ」

不良。不良って何だろう。

「ところで慎吾。あの」

荻野はコンビニの袋で示す。

「道の向かい側。あれ」

俺は示された方を見る。

「あれって」

「ほら、あの、さっきからお前をずっと見てる女――ありゃ知り合いか？」

「え？」

目を凝らすと。

横断歩道の向こう、信号の下に。

あの女が。

あの、死に損ないが立っていた。

俺に差し出した折畳み傘を所在なげに差して。

今更傘なんか差したって、それこそ意味がないのだろうに。俺と同じくらい濡《ぬ》れている。泥だらけだ。汚らしい。

女は、慥《たし》かに俺を見ていた。

表情までは判らない。恨みがましく睨んでいるのか。

憎んでいるのか。

まだ死にたいか。

——違うな。

死ぬのは止めた、ということなのだろう。傘を差しているのだからそうなのだろうと思う。俺は何となくそう感じた。

死ねと言ってやったのに。

あれ、お前の女じゃないだろうなと荻野が問うた。

「俺の——って何だ」

どういう意味か本気で解《わか》らなかった。荻野は苦笑するように頬を歪《ゆが》めて、

「何だって何だよ。こっちが尋きてえよ」

と言った。

「関係があるか、という意味か」

「他にどんな意味があンだよ。浮気相手とかよ。もしやあれが離婚の原因だとか。それなら、まあ、俺はとんだ道化だがな」

「冗談だろ。それなら」

それなら。

もっとずっと話は簡単だ。

「俺に女ッ気《け》はないよ」

「そうか。いや。そんな気がしただけだけどな。だってあれ」

見ている。

「ほら。知らない人間をあんなにガン見するかよ」

「イカレてるんだろ」

あの女も。

俺達と同じ屑だ。

車が数台通り過ぎた。

「知らない女なのか？」

知らない女だ。

知らないよと答えて、信号が変わる前に俺は歩き出した。

おい、いいのかと荻野は言う。

「いいって？」

「あれ、知ってるのか知らないのか知らないけどよ、お前に何か用があるのじゃないのか？」

用なんかあるか。

「泊めてくれるんだろ。早く行こう」

あんな死に損ないとは関わりを持ちたくない。俺は足早になる。

信号が青になる前に。

お前なんか知らない。

お前みたいな知らない女のために何かの振りをするのはご免だ。いい人の振りも悪い人の振りもしたくない。何処か遠くに行ってくれ。それができないならすぐ死んでくれ。死にたかったんだろう。俺の前から消えてくれ。

まだオギノの方が良いよ。
この男は、もしかしたらオギノじゃなくて荻野なのかもしれないし。
荻野なら友達だ。
お前は死に損ないじゃないか。
俺は死にたくなんかないし、死にたい奴の気持ちも解らないから。
——まだ見ているのか。
角を曲がって暫く行って。
ほんの僅か。
振り向いてみた。
信号は青になっていたけれど。
女はまだ同じ場所に立っていた。

第二話　貧

俺は、ヒトでなしなんだそうだ。

そう言うと、荻野《おぎの》は何だよそれと言って笑った。笑ったというより引き攣《つ》ったというべきか。買って来たビールはすでに空いていて、荻野によって握り潰《つぶ》された缶がガラステーブルの上に二つと、毛足の長い絨毯《じゅうたん》の上に三つ転がっている。

俺は、結局一本しか飲んでいない。

荻野が五本空けたのだ。

「おかしいか」

そう尋《き》いた。

「マジな顔だな。ヒトじゃねえなら何だよ」

「さあな」

虫か、糞《くそ》か、そういうもんだろと言った。俺と同じじゃねえかそれじゃあと、荻野はいっそうに笑った。

「同じか」

「同じだよ。俺は、クソ野郎だの虫ケラだの、来る日も来る日も言われ続けたんだからな」

誰にと尋くとみんなだと答える。みんなって——みんなか。

「みんなってことはないだろ」

「みんなはみんなだ」

俺は言ってないと言うと、同類だからだろと言われた。

「まあ、色色だがな。ざっくり纏《まと》めりゃ、俺に関わった所為《せい》で損した連中だよ。即《すなわ》ち俺の周りにいた連中全部——ってことだよな。だからみんなだ」

俺は疫病《やくびょう》神《がみ》だと荻野は言った。

「俺の話に乗って事業に出資した連中、俺の仕事を受けてた業者連中、俺に仕事を頼んだ連中、それに俺の金を当てにしてた連中——ま、俺を取り巻く連中全部、つまりみんなだ」

「家族もか」

「家族はいないんだよ。親戚《しんせき》はうじゃうじゃいるが、ありゃあ他人同様だ。いや、他人より始末が悪い。羽振りの良い時は寄って来てタカるが、ほら、金の切れ目が縁の切れ目とか謂《い》うだろ。ねえとなるとサッと離れるぜ」

そんなものだろうか。

俺は大金を手にしたことなどないからそこは理解しにくい。タカれるような親戚もいない。俺にとって金は、ないと困るというだけのものだ。儲《もう》けるという発想自体がない。稼ぐのは生きるためで、貯めるためではなかった。

まあ。

縁というものは、切れる時には恐ろしく簡単に切れるものだということを、俺は身を以《もっ》て知ったばかりだが。

「切れるか」

「切れる。尤《もっと》も、切れた方が気が楽だ。どうしたって切れねえ縁もあんだよ」

「縁があるならいいじゃないか」

良くねえと言って、荻野は空になったテーブルの上の缶を摑《つか》んで口に運び、小声でチクショウと呟《つぶや》いた。空なのだ。

「良くない縁か」

「良くないどころか、金が切れて縁が切れねえのは借金取りだけだよ」

「なる程な」

俺は居住まいを正す。

どうも尻《しり》の据わりが悪い。

荻野から借りたスウェットは俺には少し大き過ぎて、体勢を変える度にタグが項《うなじ》に擦《す》れる。気になって仕様がない。

おまけにソファは低めで、そのうえ柔らか過ぎるので、沈んだ身体《からだ》の姿勢をどのように保って良いのか判《わか》らない。

身の置き所がない。

熱いシャワーこそ気持ちが良かったが、後はいけなかった。落ち着かない。

何もかもが俺に似つかわしくない。ガード下で泥塗《どろまみ》れのまま蹲《うずくま》って夜明かしをするつもりでいたのだから、どんな境遇であろうと文句の言える筋合いではないのだろうが、このロケーションはあまりにも不釣り合いである。

「金か」

「金さ」

金で繋《つな》がった縁などは、深くも強くもないだろう。切れたところで痛くも痒《かゆ》くもないような気がする。

所詮《しょせん》金の話だろう、と言った。

「おう。所詮金の話だ」

「しかしな、観《み》たところそれ程追い詰められてる感じはしないな。もっと切実なもんなのじゃないのか、その、借金苦ってのは。勝手な印象だが——」

「切実さ。困窮してるぜ」

「そうか？　話に聞く貧困層の暮らし振りというのは、こんな贅沢《ぜいたく》なもんじゃないだろ。もっとその——」

衣食住が足りていて借金苦というのは納得が行かない。住む家もない、喰うものもない、着るものもない——そういうものではないのか。寧《むし》ろ、今の俺がそれだ。

「上辺だけだ。まあ、雨露《あめつゆ》が凌《しの》げるというだけよ」

充分だろう。

甘っちょろいと思ってるなと荻野は言った。

「お前が言うのは、木造一間のボロアパートに、一家五人が身を寄せ合ってコッペパン齧《かじ》って暮らしてるとか、そういうのだろ？　倹《つま》しい系の」

「倹しくない困窮はないだろ」

倹しくしていても暮らしが立たぬからこその困窮である。贅沢浪費の結果としての金欠ならば、少なくとも困窮とは呼びたくない。

「こんなマンションの最上階に住んでる貧乏人はいないよ」

「住みたくて住んでる訳じゃねえ。ここ引き払ってボロアパートに越せば楽になるなら、すぐにしてるって。ここは賃貸じゃねえ、キャッシュで買っちまったもんだから な、家賃はゼロなんだよ、ここは」

「売れよ」

「手放して借金がゼロになるっていうならそうするさ。裸一貫から遣《や》り直す気概くらいはあるからな。ただな、このマンション売ったくらいじゃどうにもならんのだ。全然足りねえ。売っても売らなくても同じことなら、もう少しここで粘る」

「粘るって――」

「追われて逃げ回るより、籠城《ろうじょう》を選んだってことだ」

「籠城なあ」

それは籠《こも》れるだけの備蓄があるということではないのか。備蓄があるというのなら ば、それも――困窮ではなかろう。

蓄えはねえよと荻野は俺の心中を見透かしたように言った。

「口座の残高はゼロだ。少ないんじゃなくて本気でゼロだからな。公共料金も何も支払えてないんだよ。偶々《たまたま》入ってる住処《ハコ》がボロアパートじゃなくて高級マンションだってだけのことだ」

「大違いだろ」

俺は首を回す。

タグがうざったい。脱ぎ捨ててしまいたくなる。

「そう違わないよ。もうすぐ電気も止められるだろう。電話はもう通じてない。携帯もない。水ってのは出なくなるものかどうか知らないが、水道料金だってずっと払ってねえ。まあここは結構電化されてるからな、電気が止められたら便所も流せなくなる。そもそも停電してドアのロックが開くのかどうかも判らねえな。そうなりゃ餓死だ」

「餓死――か」

へへへへへ、と荻野は戯《おど》けた。

「愉快だな。箱がでかかろうが立派だろうが、金がなきゃ喰えないし、喰えなきゃ餓死だよ。いいか、慎吾《しんご》。人間の価値は金のあるなしには関係ないけどな、どんなに価値ある人間でも」

喰わなきゃ死ぬぜと荻野は笑った。

「価値のねえ奴《やつ》だって、喰えてるうちは生きてるよ。生きてりゃ立派だ。喰えてるなら、それなりだってことだ」

俺は喰えてねえと荻野は言った。

それを言うなら、俺も同じだ。

「あのな、慎吾。言うまでもねえことだが大金稼ぐのは大変だぞ。だからこう、下の方にいると中中上がれないもんなんだ。下《げ》の下《げ》だと上がるのは余計に難しい。そういう奴らは常に餓死寸前だよ。でもな、上の方にいたって墜《お》っこちりゃ同じだぜ」

そうだろう。俺も堕《お》ちたのだ。

「俺はこの箱を手に入れて、そこんとこで墜っこちたんだ。それだけのことだ。箱だけあったって何の役にも立たねえの」

「そう言われてもな」

ビジネスホテルなんかよりずっと高級そうなシャワールームを借りた後では、まるで実感が涌《わ》かない。

リアルだよリアルと荻野は言う。

「リアルで貧しいぜ。腹ぺこだ俺は」

いちいちオーバーアクションである。

「どうかな。俺には優雅に見える。そうやって酒飲んでるじゃないか」

潰れた缶が転がっている。

「缶ビールじゃないかよ。ドンペリ飲んでる訳じゃねえよ。あのな、十日部屋に籠ってて、食い物もすっかりなくなってな、自棄《やけ》になったんだよ。今朝から何も喰ってない。でも、肉体はビールを欲したんだ」

「言ってろ。ビール買う余裕はあるんじゃないか」

余裕は全くねえよと言って、荻野は投げ出してあった財布を掴むと、開いて俺の方に向けた。レシートが何枚か絨毯の上に落ちた。

「札ビラがねえもの。ビール買ったら残金は——二百八十二円だよ」

大体このマンションはな——と荻野は部屋を見渡す。

部屋は広い。

窓も大きい。

リビングだけで俺の住んでいた家の敷地くらいある。ただ、調度は少ない。最小限しか置かれていないように思える。ぶかぶかのソファセットと、ガラステーブル。大きめのテレビ。洒落《しゃれ》た間接照明。

ダンベルと、ルームサイクル。

それしかない。

食器棚や冷蔵庫も見当たらない。

それらは皆、ビルトインになっているのだろう。高級そうなシステムキッチンだから、きっとそうなのだ。

「俺の持ち物だが俺の所有物じゃねえんだよ。銀行が押さえてる訳だ。というか何番抵当だかまでかかってんだよ、この箱にはな。ここは俺のもんだが俺のものじゃねえの。ま、早い段階で諦《あきら》めてな、ここ手放しちまえば、銀行の借金だけはチャラにすることができたんだろうがな」

「いいじゃないか。チャラ」

「チャラは銀行の分だけだったんだよ」

「他にあるのか」

「あるさ。俺を――信用した連中の分がな。いや――信用したんじゃねえかもな。儲け話にいっちょ咬《か》みしてやろうってだけのことだったんだろうぜ」

「お前を虫だの糞だの言う連中か」

まさにそれだと言って荻野は人差指を立てた。

「一般の出資者やら業者やらな、そういう連中の分を捻出《ねんしゅつ》することはできなかったんだよ、こんなマンションひとつじゃな。ま、連中もそれなりに生活が掛かってる訳だからな、黙っちゃないわな」

「いや、しかしな、荻野。俺はよく知らないんだが、そういうの、法律上の救済措置があるんじゃないのか。返済できなくなったとしても、その、自己破産とか何とか更生法とか――本気で詳しくないんだが、手段は幾らでもあるんだろ」

ある筈《はず》だ。

そう単純な話じゃねえんだよ、と荻野は答えた。

「借りたもんが返せません、だから破産です――って話なら楽だったんだがな。自己破産しちまえばそりゃ楽ちんさ。でもなあ」

「でも何だよ」

俺はな、詐欺師《さぎし》じゃねえと荻野はぼそりと言った。

そこだけ、昔の荻野っぽかった。

「俺は、ただ事業失敗《しくじ》っただけだよ。だから出資者にはちゃんと金を戻してやろうと思った訳。業者やなんかの補償だって、きちんとしたかった訳。カッコつける訳じゃねえけども、犯罪者にはなりたくなかったからよ。そうするためには金が要った訳だよ。破産しちまえばそりゃ楽ちんなんだけどな、借金もできなくなるからな、借りなきゃ戻せないだろ。俺は、最後まで粘ったんだよ。でも――銀行は焦《こ》げついてるからもう追い貸しはしてくれない。だからまあ、あんまり行儀良くねえとこから抓《つま》んだ」

荻野は眉間《みけん》に皺《しわ》を寄せた。

「まあかなりヤバい筋から金引っ張った訳さ。で、銀行はダマしダマし、先《ま》ずはそれ以外のカタギの衆に金を撒《ま》いてな、まあ概《おおむ》ね清算はした訳だよな」

「清算したのか」

それなら——そう悪く言われることはないように思う。

「ちゃんとしたんなら、そっち方面から文句は出ない筈だろ」

出る出ると荻野は顔をくしゃくしゃにした。

「幾らだってあンだよ文句は。人の欲ってのは際限ねえから、苦情も尽きるこたァねえの。ま、大損こそさせてねえってことにはなるんだけどな、儲かったってこともないからな。だから俺はクソ野郎だ」

「元金《がんきん》は戻したんだろ。なら虫だの糞だの言われる筋合いはないだろ」

「いや、それが違うんだよ。ま、大儲けするつもりでいたのが、まるで儲からなかった——ってだけの話ではあるんだけどな。でもなあ、それはどうやら大損したのと同じことらしいぜ。だから俺はクソ野郎になったんだよ」

「そんなものか」

「間尺に合わない話だぜ」

危ない橋渡って苦労に苦労重ねて金返してやった揚げ句にクソ呼ばわりだからなと言って、荻野は実に虚《むな》しそうに己を嘲笑《あざわら》った。

「みんな欲に目が眩《くら》んでやがる。まあ俺も人のことは言えねえけどな」

「目が眩んでたのか」

「眩んでたな。だからこれは自業自得だ。自業自得とはいうものの——浅ましいもんだぜ人間ってのは。親戚連中なんかはな、俺に金がねえってことを信用しねえの。タカりに来て断るとケチだ守銭奴だと吐《ぬ》かしやがる。で、本当にスカンピンだと判るとな、掌《てのひら》返して、今度はクズ呼ばわりだよ」

酷《ひど》いなと言った。

言ってはみたが、あまり心は籠っていない。どうせそんなものだろうというような心持ちにしかならない。

「まあ、何を言われたっていいさ。悪口聞くだけなら精精気分が悪くなるだけだからよ」

その気持ちは解る。

どれだけ悪く言われたって——。

そのうち心に染《し》みもしなくなる。

「でもだな、まあ借金はごそっと残ってる訳よ。銀行の分もあるが、ヤバい筋から借りた金は丸ごと未返済な訳だからな。まあ、あいつらは悪く言うだけじゃあ済まないんだな」

「取り立て——ってことか」

その手の話にはまるで縁がない。やくざの取り立てなど、精精テレビドラマで観た覚えがあるくらいのものである。それ以前にやくざというものに会ったことがない。あれが誇張された演出なのかそうでないのか俺には判断できないが、あのままなのだとしたら、それはまあ大変なのかもしれない。

俺がそう言うと、荻野は首を振ってあんなもんじゃねえよと言った。

「もっとシビアだよ。ドラマなんかはただ乱暴なだけだろ。昨今あんな嫌がらせはしないんだ」

そうなのか、としか言えない。

聞くだに住む世界が違っているとしか思えない。

「しかし、何だ、その出資者や業者に対する補償が済んでるなら、それこそ自己破産でも何でもすりゃいいんじゃないのか？　もう、そういう、義理みたいなのはないんだろ」

「だからよ」

それで済むのは銀行の方だけだよと荻野は言った。

「法律なんか関係ないんだよアンダーグラウンドな奴らには」

「どうなる」

「追い詰められる」

「よく解らないな」

「あらゆる方面から追い込んで来るんだよ。でもって、追い詰められてる訳だよ、今も」

追い詰めるというのは解らない。

「殴る蹴《け》るって訳じゃないのか」

「殴る蹴るもあったけどな。最初のうちだけだよ。チンピラ相手だった頃は殴られもしたし蹴られもしたぜ。抓んだのは一社だけじゃねえから、三流のとこはまあ暴力的な感じだな。あいつらはな、こう、顔なんかは殴らねえんだよな。腹とかな、それから太股《ふともも》なんかだ」

「痛いか」

痛《いて》えよと荻野は答えた。

「俺は甘やかされて育ったからな。親は手を上げなかったし、他人に叩《たた》かれたことなんかもないのよ。だからまあ、驚いたな。虐待《ぎゃくたい》されてる子供とか、DV亭主の嫁とかってのは、あんなに痛え目に遭ってるのか、とか思った。なら可哀想《かわいそう》だわ」

他人事《ひとごと》みてえなと荻野は笑う。

こいつは、どうも乾いている。俺は――こんなに湿っているのに。

「痣《あざ》なんかまだ残ってるからな。一時は脱臼《だっきゅう》かなんかしたみたいでよ、まともに歩けなかった。まあ、何もかも俺が悪いんだから仕方がないって話なんだが、それこそ高が金のことでな、人間ってのはあんなに非情になれるもんなのかって思ったな。これがまたチンピラは凶暴なんだ面《ツラ》が。あんなオッソロシい顔で睨《にら》まれたらな、お前、暴行なんかされなくってもヤバいよ。子供だったら絶対トラウマになるわ」

どっちが辛《つら》いのだろう。

俺はふと考える。

心を甚振《いたぶ》られるのと、体を痛めつけられるのと、どちらが辛いのだろう。

身体の傷はやがて癒《い》える。心の瑕《きず》はどうなのか。いや――肉体への暴行が精神まで蝕《むしば》んでしまうこともあるのだろう。なら、同じことなのか。

俺はソファから降りて、だらしない姿勢を取り、毛足の長い絨毯を弄《いら》う。

下を向くとタグが気になる。

「ここ暫《しばら》くは平穏だ。何か工作はしてるんだろうけどな。もしかしたらどっかが債権纏めたりしてるのかもしれねえ。まあ先週辺りまではうかうか外出もできなかったんだよ。夜逃げしたかった」

「夜逃げか」

「でもしなかった。このマンションが最後の砦《とりで》みたいに思えてな。まあ、遠からず退去させられることになるんだろうが、それまではいる」

「それで──籠城か」

俺は日常だと思っていたものに放逐された。こいつはしがみついている。

「出ると──捕まったりするのか」

「逃がさねえって感じよ。ずっと見張ってやがった。まあ今更暴力振るわれたところで無い袖《そで》は振れねえし、逆さにしたって鼻血も出ねえことは先方も先刻承知だ。だから取っ捕まったところで痛い目に遭わされることはねえと思うが、それでもどんなことになるのか見当もつかねえ。幸いここはオートロックで警備も厳しいからな。籠ってる分には安全だ」

でも食い物が尽きたと荻野は言った。

「所持金もねえ。開き直ってビールでも浴びようかと、十日振りにこっそり外に出たら、濡《ぬ》れ鼠《ねずみ》のお前が突っ立っていたって寸法だ」

これも何かの縁だなあと荻野は言ったが、それこそ偶然だろう。俺が雨の中を彷徨《ほうこう》していたのは全くの気まぐれなのだから。

そう言うと、それを縁って呼ぶんだよと言われた。

「まあ、聞けばお前も大概ダメみたいだから、このまま二人でこの部屋に籠るとなると、二人とも餓死することになるかもな。そうしたら流石《さすが》に新聞に載るだろう。お互い有名人になる」

「お前と心中する気はない」

死ぬ気もない。

生きる気もそんなにないのだが。ただ成り行きに任せているだけだ。とはいえ、こんな小洒落《こじゃれ》た部屋の中で死ぬのは御免だ。どうせろくでもない死に方をするのだ。それならいっそ、野垂れ死にの方がいい。

それ以前に、何処《どこ》となくこいつの話は信用できない気がする。リアクションが大きい所為《せい》なのか、表情や口調の所為なのか、どうにも現実離れしている。話を盛っている気がしてならない。

俺には関係のない話だからか。

「お前さ」

そんなだっけと俺は言った。

俺の知る荻野常雄《つねお》は、もっと陰気でもっさりした男だ。

笑わない。快活に喋《しゃべ》らない。走るのも遅かったが、同じように反応も遅かった。いつもいつも不満そうにしていた。

「お前、オギノだな」

「何言ってんだお前？」

オギノは眼を円《まる》くする。

こんなに表情をくるくる変えるのは俺の同級生だった荻野じゃない。時節柄流行《はや》らないバブリーな暮らしをしている、オギノという、実在しないキャラクターだ。

色色あったことは解《わか》った。

でも、莫大《ばくだい》な借金だのやくざの取り立てだの高級マンションだの、そんな浮世離れしたお膳立《ぜんだ》てで繰り広げられる話は、俺にとってはただの絵空事、物語に過ぎない。

こいつは、そのおはなしの中に登場するキャラクターなのである。血肉の通った友人ではない。外見だけしかない記号だ。

だから、こんなに大袈裟《おおげさ》に表情を変えたりするのだ。そうしなければ役目が果たせないのだろう。顔は知っている。でも見覚えがない。同じ人間なのに別人である。

「お前――」

変わったよなと、俺は言った。

「お互い様だろ」

オギノはそう答えた。

慥《たし》かにお互い様だろう。

もう、若くはないのだ。

俺もこいつも、齢《とし》を取っている。高校を卒業してから、もうかなりの年月が経《た》っている。見た目の変化があるのは当然のことだ。同じである訳がない。

但《ただ》し、それは成長といえるような変り方ではない。くたびれただけだ。子供が育つのとは訳が違う。同じ歳月を経《へ》ていても、俺はただ、老いさらばえて衰えただけである。

老《ふ》けただけではない。

大学を出て就職して結婚して子供が生まれて子供が死んで解雇されて離婚して一人になった。

変わっていない——訳がない。外見も境遇も何もかも、もう高校時代の俺は何処にも残っていない。まるきり別のものである。

俺もまたこのオギノ同様、俺というものを演じているキャラクターに過ぎない。

——いや。

そうなのだろうか。

俺は、もう何も演じていない。

俺は——。

演じていた役から降ろされてしまったではないか。

夫でも父親でも社会人でもない。

俺は今、何も演じていない。

ただのヒトでなしだ。

俺は齢だけは取ったが、人間的に成長した訳ではないのである。

外見に相応《ふさわ》しく、老成したとか熟練したとかいうこともない。内面もまた擦り切れて、薄汚れて萎《しな》びただけである。

本質的には一緒ではないのか。

一緒なのだ。

俺は――多分、昔からずっとヒトでなしではあるのだ。

そう、俺はヒトでなしになったのではない。ヒトでなしにされたのでもない。

俺は、最初からヒトでなしだったのだ。

考えて、考えて、考えたその結果俺はそういう結論に至ったのだ。俺は前からずっとヒトでなしだ。今の俺がヒトでなしなら、昔の俺もヒトでなしである。そこに関していうならば、何一つ変わっていない。

俺には――真心がない。

誠意がない。あると信じ、あるように振る舞っていたし、今もそうだと思うけれども、肚《はら》の底ではどうでもいいと思っている。俺の中心には俺以外の凡てに対する無関心が、癌《がん》細胞のように巣喰っている。

いや、そっちが俺の本体なのだ。

高校の頃だって――。

俺はこいつと会話なんかしていない。話を聞いている振りをしていただけだ。右から左に聞き流して、適当に生返事をして、コミュニケーションを取っている――つもりになっていただけだ。仲は良かったのだろうが、それは険悪でなかったというだけのことで、本当は友達ですらなかったのかもしれない。

ラジオの話も。

オカルトの話も。

何も興味はなかった。話を合わせていただけだ。でも荻野はそれは熱心に語っていたのだ。多分、俺以外にそんな陰気で面白くない講釈を聞く者は誰もいなかったのだろう。

みんな――荻野の独り相撲だ。

今もそうだ。

俺は元元金儲けに興味がない。だからこいつの話にはそそられない。

金は大切だとは思う。

だが執着はない。

あれば使うしなければ使わない。少なくなれば倹約し余れば貯《た》める。困れば稼ぐ。

稼げなければ――。

どうしただろう。

でも、必要以上に金が欲しいと思ったことはないし、借りなければならぬ程に窮したこともない。借金をしたことなんかない。家のローンがあっただけだ。

いや――。

ローンは借金なのか。

不動産屋や建築会社に支払う金を銀行やら住宅ナントカから借りる訳だから、考えるまでもなく、それは借金なのである。そうしてみると、俺もまた大きな借金をしていたことになる。

ただ――借金をしていたという認識は希薄だ。

「どうした？」

友達のような男が俺に声を掛ける。

俺はやはり上辺だけで、ああとかうんとか受け流す。

上の空で俺は考える。

この間まで組んでいた住宅ローンの額面を思い出そうとする。

考えても考えても、月月の払いも、借りた総額もさっぱり思い出せなかった。

安い金額ではない。

それなのに、俺は額面すら覚えていない。借金をしているという自覚を毛程《けほど》も持っていなかったのだ。

桁《けた》が違う所為か。

一般人が生活して行く上で扱う額面ではないだろう。車よりずっと高価《たか》い。

そこで俺は思い至る。

車だって、ローンで買っていた筈である。現金で買える訳もない。

——何だろう。

何も判っていなかったのだ俺は。家計を切り盛りしていたのは妻だった人で、俺はただ、牛や馬のように黙黙と生きていただけだったようである。

「どうやら俺は、生きてはいたが、生きてたってだけで、人としての生活はしていなかった——ようだ」

そう言った。

解らないなと、友人らしき男は首を傾《かし》げた。

解らないだろう。

壊れてしまうまで、夫婦の関係は対等であるべきだと——俺はそんな風に考えていたと思う。しかし妻だった人がいなければ、俺は住居も、車さえも持つことはできなかったということになる。あの家庭は、妻だった人が作ったのだ。

俺はその家庭に、僅《わず》かばかりの金を入れていただけだ。

——金か。

そもそも、俺には金を稼いでいるという意識もなかったのではないか。

俺は毎日誰かが決めた時間までに会社に行って、誰かに言われたことを言われるままにしていただけに過ぎない。その予定調和に満ちた行為こそが金を生んでいるのだと、認識できていたとも思えない。

「俺は——どうやら生きてる振りしてただけだ」

大分おかしいなお前と友人らしき男は俺の顔を覗《のぞ》き込む。

「熱でもあるんじゃないのか慎吾。この状況で風邪でもひいたりしたら最悪だぞ。お前、保険証あるのかよ」

「保険証？」

どうだっただろう。

会社を辞めさせられたのだから、もうないのかもしれない。

よく判らないと言った。

「変更の手続きとかしてねえのか」

「さあ。そういうのは自分でしたことがない。俺は給料の明細だってまともに見てないよ」

「全部カミさんがしてたのか」

「カミさんだった人だ。もう赤の他人だよ」

「そういえばお前の——元女房は司法書士かなんかだったっけか」

「よく知らないよ。何か資格は持ってたみたいだ。結婚するまでは弁護士の事務所に勤めてた」

「パラリーガルか」

「本当によく知らないんだ。ただ、面倒な手続きやら、契約やら、そういうのはみんなあの人がしてくれてたからな。俺は」

——息吸って吐いてただけだ。

「おい慎吾。お前、財産全部処分したとか言ってたが、それもその、元女房がしたのか？」

「そうだ」

ボられてねえかとオギノは言った。

「意味が解らないな」

「いや、お前数字弱そうだからよ。騙《だま》されてんじゃねえのか？」

「騙す？」

「取り分とか誤魔化されてねえか」

「だから——何も残らなかったんだよ」

「ほんとか？　ちゃんと確認したのかお前。お前の家、いつ建てた？　どっからどれだけ借りた？　何年のローン組んだ？」

判らないと答えた。

「建てたのは八年前だ。結婚してすぐに建てたんだよ」

「判らないってお前――」

呆《あき》れたか。

「俺はな、オギノ。何も考えずに、ただ生きてただけなんだよ。家のローンだって手続きさえすれば金融機関が代わりに金を払ってくれて、肩代わりして貰《もら》った分を後から少しずつ払ってるような、そんな気になってた。大きな買い物をしたという意識もなけりゃ、金を借りたという意識さえなかったよ」

「そりゃ――まあ、同じことかもしれないが、違うよ」

違うのだ。

金を払ったのは俺だ。

不動産屋や建築屋に金を払ったのは金融機関ではなく、この俺なのだ。

俺は買ったものの代金を支払うために、巨額の借金をしたのだ。

支払いを借金で賄《まかな》っていたのだ。

ローンというのは何かを手に入れるためにする手続きなどではない。ただ大きな金を借りて少しずつ済《かえ》す仕組みのことなのである。

違うんだろうなと言った。

「ああ。お前はお前の信用やら財産やらを形《かた》にして、金を借りただけだ」

ただ――。

俺が借りたその金は、右から左に流れるだけで、俺の手許《てもと》に留まることは一瞬たりともなかった。通帳の数字が増えたり減ったりしただけである。増えて減るのだから、数字は元通りだ。しかし、その一瞬だけ増えて減った分が借金だったのだ。俺は、月月その一瞬の増減分を、細細と返済していただけなのである。

「ローンてのはな、慎吾。人生の切り売りみてえなもんだぞ。見込みで先の人生を値踏みされるんだ。借りられた額と利息が、誰かが決めたお前の人生の値段だ」

「じゃあ」

俺は俺の値段を知らなかったんだと言った。

「そんな風に捉《とら》えてはなかったよ」

「そこがミソなんだよ。ローンてのは借金だ。掛け売りでものを買うのとは違うんだよ。忘れがちだがな」

そんなことは。

——当たり前のことなのだろう。

それでも。

金を借りたという実感はなかった。

返済しているという感覚もなかった。

多額の借金をしていたという現実は、今の今までまるで認識されてなかった。

いや、俺は地べたや建物を取得したという意識さえ持っていなかったと思う。

どうでも良かったのだ。

何もかも数字の上のことである。毎月毎月借財は引き落とされてはいた訳だが、借金取りが来る訳でもなく、催促されることもなかった。通帳の数字は確実に減っていたけれど、それも給料やボーナスの額が下がったのと同じような感覚だった。

それは、家を買った時は嬉《うれ》しかったと思う。でも、先のことを考えて深刻になったりすることはなかった。決して楽天的だった訳ではない。確乎《しっか》りした展望があった訳でもない。

ただ——。

ヒトでなしだっただけだ。

何も考えていなかった。

銀行や住宅ナントカと折衝したのも妻だった人だ。諸般の手続き一切は凡《すべ》てあの人が一人でした。俺はただ、言われるままに判を捺《お》し、言われるままに署名して、言われるままに諾諾《だくだく》と労役に就いていただけである。

実感が涌く訳もない。

でも、ヒトでなしの俺は、結局その家さえ手放してしまった。未練も何もなかったと思う。

借金はなくなって、同時に土地も建物もなくなった。

——何だったのだろう。

何年かそこに住んで暮らしたという記憶以外、何も残らなかった。その記憶さえ、何だかもう薄い。

何もない。

何の手応《てごた》えもない。

最初から何もなかったみたいだ。

俺を通り越して金やら土地やらが行ったり来たりしただけだ。

俺が介在する意味も必要性も、そこには欠片《かけら》もない。俺は、まるで関係ない。

今は——。

もっと関係ない。

何もかもがどうでもいい。

だから。

「騙されたとしたっていいさ」

「いいのか？　まあ慰謝料か」

「慰謝——か」

何を謝る。

ヒトでなしだったことを詫《わ》びろということか。

もういいよと俺は言った。

本当にもうどうでもいい。

金の話なんかしたくない。

だからこの友人っぽい男が、莫大な借金をしただとか、済《かえ》すのが大変だとか、済せなくて酷い目に遭っているだとか——そんな話は本気でどうでもいい。

どれだけそれらしいことを申し立てられたところで、俺は何ひとつ思うところがないのだ。へえそうですかご愁傷様と口先で言うだけである。

同情も同調もしていない。

しようがない。

できない。

したくない。

俺は手にしていた空き缶を無為に眺めて、テーブルの上に置いた。

「お互いスッキリしてて、いいじゃないかよ」

俺はそう言った。

オギノは訝《いぶか》しそうな顔になる。

「何がだ？」

「俺は何もなくなった。お前にも何もない。スッキリだろ」

「お前はそうかもしれないが、俺はなくなったんじゃなくて凹《へこ》んでんだ。マイナスなんだよ」

「金の話じゃないよ」

「何の話だ」

「あのな、俺は細かいことは何にも解らないよ。複雑な仕組みも商売のことも何も解らない。でもなオギノ。金はプラスか、ゼロか、マイナスかしかない。解り易《やす》いぞ」

「まあ——そうだ」

「夫婦だの、家族だの、仕事だの、そういうもんは解りにくいのさ。好きだとか嫌いだとか、良いとか悪いとか」

よく——。

解らない。

「お前、そういうのはないんだろ」

「ない」

「俺もなくなった訳だ。だからお互いスッキリしてるだろ」

強がってねえかとオギノは言った。

「あのな、ずっと会ってなかったが、風の噂《うわさ》に聞こえて来るお前の評判ってヤツはだな、慎吾。いいかよく聞け。謹厳実直で、愛妻家で子煩悩《こぼんのう》の家庭人——そういうもんばっかりだったぞ。どれも俺の持ってねえもんばかりだ。だから」

ちょっと会いにくかったとオギノは言った。

「俺は結局こんなだからさ。幸せそうなお前の顔を見たって、話すことなんかねえと思ってな」

まあ——話すことはなかっただろう。

「俺はな、どうも家族の縁が薄い。親とは絶縁状態で、寄ってくる女だって金目当てだ。だから結婚もしてないし子供もいない。お前の持ってるもんを俺はひとつも持ってない。持てなかったんだよ」

なる程――。

こいつにとっての俺は、そういうキャラクターだったということか。

「お前はそれ全部なくしたんだぞ。未練も何もないとは言わせないぜ。苛《いじ》めるつもりはないけどな、無理したって意地張ったって始まらないだろ」

未練はない。

無理もしていない。

意地も張ってはいない。

そう言った。

「だってお前、その――娘さんが亡《な》くなった時、どれだけ――」

「悲しかった――と、思ってたんだがな。いや、きっと悲しかったと思うんだけどもな、どうも」

よく解らないと言った。

「解らないって何だよ」

「悲しいって――どういうことなんだろうな？」

「は？」

「娘は可愛《かわい》かった。月並みな言い方だが、愛してたと思うんだ。で、それが死んでしまった」

「ああ。気の毒だった」

「で――じゃあどうすればいいんだ？」

そう。

どうすれば良いのだ。

どうすれば良かったのだ。

「まあ、娘はこの世からいなくなってしまったのさ。無惨《むざん》だよ。無常だ。可哀想だった。辛かった。悲しかった。俺が代わってやりたかった。でも、無理さ。できないだろうよ。そういう時は悲しい辛いと口に出せばいいのか？　泣いて喚《わめ》けばそれでいいのか？　それとも後追い自殺でもするべきだったのか？」

「それは――お前」

「で、俺が死んだとして、それでどうなる？　俺が死んだって娘が生き返ることはない。俺がいなくなるだけだ。それって何か意味があるのか？」

意味はない。

悲しいのは俺で、辛いのも俺だ。嬉しいのも楽しいのも俺だ。苦しいのも可笑《おか》しいのも俺だ。

そうした感情は他者と共有できるようなものではない。夫婦と雖《いえど》も、それは無理なのだ。

夫婦は偶《たまさ》か同じものを楽しみ、同じことを悲しむことが多い――というだけのことだ。それは偏《ひとえ》に同じ場所、同じ時間を過ごすことが多いから――に他ならない。それだけのことだ。

感情を共有する訳ではないのだ。共有しているように錯覚するだけだ。親子だろうが夫婦だろうが、通じていると思うならそれは普《あまね》く錯覚だ。

「娘が死んだ時、大勢が俺を慰めてくれた。有り難いことだと思った。人の情けが身に染みた。だがな、それとこれとは別だよ。慰められたって同情されたって、悲しみは和らぐもんじゃないのさ。自分の悲しみは、自分で消すよりないんだよ。こればっかりは、他人にはどうしようもないことだ」

そう。

どうしようもないことなのだ。

「笑わせようとしても怒らせちまうこともある。困らせようとして感謝されることもある。気持ちなんか通じるものじゃない。通じたとしたってそれは偶々《たまたま》なんだよ。だから、情けは有り難《がた》いが——」

それだけだ。

他人の真意ばかり忖度《そんたく》していると結局立ち行かなくなるのだ。所詮《しょせん》、我を張るしかなくなってしまう。泣くなと言われて泣くのを止《や》めても、悲しみが消える訳ではないのである。

「泣くのも笑うのも、何もかも——自分次第だ。俺が悲しむことと、死んだ娘は何の関係もないんだよ。俺が悲しめば死んだ娘が喜ぶか？　それとも俺が悲しむのを止《よ》せば喜ぶのか？　どっちでもないんだ。娘はもう死んでるんだよ。喜びも悲しみもしないだろ」

悲しむか否《いな》かは——。

俺個人の問題なのだ。

「じゃあ——悲しいって何なんだ。どういうことなんだ？」

オギノは黙っている。

答えようもないだろう。

「娘も女房も関係ない、生きるも死ぬも関係ない。俺の悲しみは、俺が生んでるんだよ。感情は自分が生み出してるものなんだ。なら、悲しんでるってのは、ただ自分の人生が思い通りにならないからって――ぐずぐずしてるってだけのことなんじゃないのか」

そう。子供が駄駄を捏《こ》ねるのと一緒だ。

「なら――話は簡単だ」

「どう簡単なんだ」

いいいいいいいい。

悲しむのを止めればいいいんだよと俺は言った。

「いや、お前、それは――」

「だって、娘には届かないんだ。もう死んでいるのだからな。いや、女房やそれ以外にだって、ひとつも届きやしないんだ。どうでもいいんだよ、俺の悲しみなんてものは。俺が悲しもうが喜ぼうが、朝になればお日さまは昇って夜になれば沈む。この世界に俺の気持ちは何も影響を与えない。俺の方が世界に影響されてるだけだ」

だから。

俺は悲しむのを止めた。

いいのだもう。所詮ヒトでなしなんだから。

「幸せだった頃の暮らしに未練はないのかよ。慎吾」

「あったところでどうなるんだよ。願えば叶《かな》うなんてガキじゃあるまいし」

取り戻すのは無理なのだ。

「想《おも》い出《で》は想い出で、現実じゃないからな。大事にするのは結構だが、過ぎた昔は二度と戻って来ないよ」

「先だけ見ろってことか？」

違うよと、俺はやさぐれて言った。

「そんな建設的な話はしてない。今だけでいいって刹那《せつな》的な話だよ。けだものみたいに、今だけ見てればそれでいいんじゃないのか。それでも生きてはいるんだし、死にはしないぜ」

「けだもの——な」

ヒトでなしだよ。

「人は人と関わるとあれこれ目が曇るんだ。未練も執着も涌《わ》く。それは仕方がないと思うさ。誰だって苦しいより楽な方がいいだろうし、悲しいより楽しい方がいい。でも、そう上手《うま》くは運ばないんだよオギノ。人と人は」

通じないのだから。

「俺も、お前も、その面倒なしがらみがないんだよ、今は。だからサッパリしてると思うぞ。だってお前が抱えてるのは金の問題だけだろ。そんなものは」

——どうとでもなる。

オギノは、何とも形容し難い表情になって少し唸《うな》った。

「変わったのはお前だな、慎吾」

「俺はずっとこうだよ」

「まあ——そうかもしれない。親しくはしてたが、俺はお前のこと何も知らなかったからな。お前、自分のことを何も語らなかっただろ」

そう言ったオギノは、いつの間にか荻野の顔になっていた。

もっと飲みてえなあと、荻野は言った。

口調も、何処《どこ》となく昔の荻野のようだった。

「俺は、何だかもう駄目だと、どっかで思ってたんだ、さっきまでよ。先行きの目処《めど》が全く立たねえ。もっと粘るだの籠城《ろうじょう》だのと、偉そうなこと言ってたけども、何の手立てもねえんだ。闇金《やみきん》どもが何も言って来ねえのをいいことに、引き籠《こも》っていただけだ。ただの強がりだよ。強がってたのは俺だ。内心、心細くって仕様がなかったんだ俺は」

荻野は右手で顔を擦《こす》った。

「何とかなるかな」

「何ともならんだろう」

「そうか」

「まあ、明日のことは判《わか》らないよ」

「明日のことは明日考えればいいのか」

それは違うよと言った。

「明日ってのは今日の続きなんだよ。区切りなんかない。二十四時間程度じゃ何も変わらないだろうに。今何ともならんものは、明日になったって同じなんだよ。だから考えたってどうにもならないさ。何が起きるかは判らないけどな、どうにかしようとしたって、思い通りになんかなるものじゃないさ。ひとつだけ確実なのはな、結局はなるようにしかならないってことだけだよ、荻野」

判ったような口を利《き》くと、自分でも思う。

心も何も籠っていないからこんな口が利けるのだろうと、少し離れたところの自分が思う。慰めたり励ましたり、そんなことはできない。

ヒトでなしには無理だ。

「なるようにしか——ならないか」

「そう。何もかも、なるようになってるんだ。世の中誰かの思惑で動いてるとか思うのは間違いだ。個人が世の中を動かせるかよ。自分が世の中動かしてるとか、そんな風に考えてる奴《やつ》がいたとしたら、とんだ大馬鹿《おおばか》野郎だ。自分のことさえ儘《まま》ならないのが現実だ」

「そうかもしれねえな」

荻野は顔を上げた。

それから、ソファの上にごろりと横たわった。

これは——。

何処となく見慣れた風景だ。

そして俺は思い出す。

高校の校舎の屋上だ。

屋上で、こいつはよくこうして寝そべっていたのだ。

俺はその横で、やはり胡坐《あぐら》をかいていたのじゃないか。

荻野は寝そべったまま何だかよく解らない御託を並べていた。俺は知ったか振りをして相槌《あいづち》を打っていた。

いったい何について話をしていたのか、そこはまるで覚えていない。世界がどうの、宇宙がどうの、意識がどうのと、その手の言葉の遣《や》り取《と》りをした覚えがあるから、荻野は主に、精神世界というか、ニューエイジ的な講釈を垂れていたのだと思う。

お前よくそうしていたなと言った。

「そういえばそうだったかな」

「そうだったよ」

あの頃は良かったなと荻野は言った。

「あの頃ってどの頃だ」

「高校の頃だよ」

「そうか？」

そんなに良かっただろうか。

慥《たし》かにそれ程悪い想い出はないような気もする。いや、正確には悪い想い出は薄くなってしまった――と言うべきだろう。

厭《いや》なことは数知れずあったのだ。肚を立てたり悔しがったり恥をかいたり叱《しか》られたり、考えてみれば辛《つら》いことばかりの日日だったようにも思える。

しかし、その沢山あった筈《はず》の厭なことごとを俺はあまり明確に覚えていないのだった。忘れてしまった訳ではないのだけれど、それらはもう個個のエピソード記憶などではなく、靄靄《もやもや》とした只管《ひたすら》不穏なだけの記憶の塊《かたまり》となってしまっているのである。

幽《かす》かに、朦朧《ぼんやり》と、厭だったなあと感じるだけだ。

反対に、飛び抜けて楽しかったという記憶はない。

これは、本当になかった。

忘れた訳ではなくて、最初からなかった。

成績が良かった訳でも、スポーツが得意だった訳でもない。

優等生でもなかったが、不良と呼ばれた連中の仲間でもなかった。

プラスに振り切ることもマイナスに振り切ることもなく、高校時代の俺は少しマイナス方向に傾きながら、ただ機械的に毎日のスケジュールをこなしていただけだったのだし。

それが俺の、その頃の自分に対する評価である。

毎日毎日楽しいことばかりだった――などということは、決してないと思う。

寧《むし》ろ、鬱鬱《うつうつ》としていた筈だ。

それも気の所為《せい》じゃないかと言った。

「高校時代が取り分け良かったという自覚はないな。時代や世相そのものが良かったというのなら、まあそれは好みの問題なんだろうが、俺とお前に関しては——どうもこうもなかったと思うがな」

「まあ——」

気の所為なんだろうなと荻野は言って、でも良かったように思うのさと続けた。

「良い想い出だってあるだろ。まあ二人揃《そろ》って冴《さ》えない高校生活ではあったが、絶望してた訳じゃない」

「そうかな。俺もお前も、モテたわけでもないしクラスで目立ったこともない。罰もないが賞もない。ただ、小馬鹿にされたり無視されたり恥かいたり苛められたりしてただけじゃないか」

絶望こそしていなかったが、希望に燃えていた訳でもない。

「そうかな」

荻野は身体《からだ》を起こし、眼を細めて窓の外に視線を投じた。

俺も振り返る。

外には何もない。

ただ暗い。虚空《こくう》しか見えない。

高いのだ。見えるものが空しかないのだろう。その空も、厚い雲で覆《おお》われているのだ。陽が射《さ》すまでにはまだ時間がある。窓はただの黒一色である。

窓辺に立てば、ずっと下の方に街の明かりが見えるのかもしれない。

「思い起こすに――」

ちっとも良くなかったよと言った。

「そう言われちまうと、何だか思い出したくねえことばっかりだったような気がして来るな」

「だってそうだったろうよ」

その筈だ。

高校時代の荻野は、級友からも教師からもあまり好かれてはいなかったと思う。まともに相手をしていたのは多分、俺だけだったのだ。

斯《か》く言う俺も、荻野のことは言えないのだ。荻野よりは多少なりとも上手くやっていたつもりだったが、それも上辺だけのことで、結局胸襟《きょうきん》を開けるような友達はできなかった。

ヒトでなしだったからだ。

他人に本音なんか言えるか――。

そう思っていた。

それ自体は、珍しいことではないと思う。そういう人間は多いだろう。人前で素を晒《さら》すのは勇気が要る。見栄《みえ》を張ったり弱みを隠したりするものだ。

ただ、俺は見栄を張っていた訳でも照れ臭く感じていた訳でもなかったのだ。俺の場合はきっと、本音を言えばヒトでなしだと知れてしまうから黙っていただけなのである。いや、ヒトでなしだから黙っていられたのか。

荻野とも、果たして親しかったといえるのかどうか、こうなると怪しい気がして来る。仲が良い振りをして話を合わせていただけ——だったのではないか。それは友達なのか。

お前は悪態ばかり吐《つ》いてたじゃないかと俺は言った。

「クラスの連中はみんな馬鹿だとかレヴェルが低いとか、そんなことばかり言ってたぞ。あまり楽しそうには思えなかったがな」

そう、荻野は文句ばかり言っていた。私憤なのか公憤なのかは判然としないし聞き取りにくい平板な口調だったから解《わか》りにくかったが、それでも何かに怒ってはいたのだろう。当然、俺も調子を合わせていたと思う。ただ、俺は憤《いきどお》っていた訳ではない。

首肯《うなず》いていただけだ。

そうだ。思い出した。

「何にも考えてない連中と同じ空気を吸ってるだけでうんざりする——だとか、そんなこと言ってただろ荻野。女の尻《しり》ばっかり追い掛け回してる奴は地獄に堕《お》ちろ——とか。覚えてるぞ」

「言ったな」

「言ってたよ」

「まあなあ。あの頃は若かったから、何かとムカッ肚も立ったんだろうな。ただ俺はさ、そういう厭な昔はあんまり思い出さないようにしてるんだよ。そういうことをウジウジ反芻《はんすう》するような生き方はつまらねえからな。忘れた」

「忘れたのか」

「ああ。厭なことは忘れるさ」

「良い想い出はそもそもないぞ」

「良い想い出がなくってもだな、厭な記憶の方は捨てっちまうんだよ」

「何も残らないじゃないか」

「そうでもない。どうでもない記憶だけは残るだろ」

どうでもない記憶とは何だ。

そう問うと、お前と屋上でぶつぶつ言い合ってたこととかくだらねえラジオ番組に二人で投稿ハガキ書いたこととかだよと荻野は答えた。

そんなこと――。

あったか。あったような気もする。

「つまらないな」

「まあつまらない。つまらないけどな慎吾。良い想い出は最初《はな》からない、悪い想い出は忘れちまうとなると、そういう何でもない、つまんねえ普通の想い出がな、何だか素敵な想い出みたいに思えて来るもんなんだよきっと。何の変哲もない平平凡凡たる日常の記憶が、素晴らしい想い出に掏《す》り替わる。恰《あたか》も過ぎ去りし楽しき日日の掛け替えのない想い出であるかのように、美化されちまうんだろうよ」

それこそ――。

錯覚だ。

大体、日常とは何なのだ。

朝起きて、家族で朝食を摂《と》り、出社して、ただ働いて、家に戻り、家族で夕食を摂り、眠る。

それが日常だと思っていた。

しかし、それは違う。違ってしまった。
今の俺にとっての日常は、雨の中傘も差さず、行く当てもなくうろつく様である。
戻る家も、通う会社も、集う家族もない。これが俺の日常ならば、あれは、あの日
日こそが非日常ということになる。
酷《ひど》く遠い。
いや――。
でも、あれもまた日常ではあったのだ。
そして、この荒《すさ》んだ現状もまた日常なのだ。
人は、普段と違うことが起きるとそれを非日常という枠に押し込める。
変化を嫌うのか、或《ある》いは畏《おそ》れるのか、それとも何かを守ろうとするのか、時を止め
ようとでも思うのか、日常ではないと言い張る。だが起きてしまったなら、そしてそ
の中にいるのなら、何であろうとそれが日常なのだ。
昨日と同じ今日はない。日常という一言で括《くく》ってしまえば何もかも均質に思えてし
まうが、そんなことはないのだ。
「時間は流れるし――」
人は流されるもんだよと言った。

「そんな、流れてる途中の景色をいつまでも胸に留めて品評するようなことは止《よ》せよ荻野。起きたことは起きただけで良くも悪くもない。均《なら》せば平板になるし、拘泥《こだわ》れば起伏ができるってだけだ。暈《ぼや》けた想い出を美化したって始まらないだろ」

「徹底的に粉砕するなあお前」

やっぱりお前は変わったよと荻野は言った。そして俺の顔を見た。

俺は目を逸《そ》らした。

「解ったよ。ろくなことがなかったよ俺達の青春時代は。ま、ただ懐《なつ》かしんでるだけかもしれねえ。懐古趣味というやつだ」

「懐古趣味か」

「ガキの頃は楽しかった。まあ、こういう風に言うと、楽しくないことも沢山あったとか、またお前は言うんだろうけどな」

よく判らない。

あんまり覚えていない。

「まあガキは頭が悪いし、喰うために頭や身体使わなくていい身分なんだから、楽なもんだろうよ。厭なことだって高が知れてる。幸せなもんだよ。高校生ぐらいになると、まあ色色考えはするけども、所詮はガキの延長だ。青臭い」

「恥ずかしいだろ」

「恥ずかしいさ。でもいいじゃねえかよ懐かしむくらいは。ただ、厭なことまで懐かしむことはないだろって話だよ。そもそも厭なことってのは忘れようとする仕組みになってるんだよ」

「そう――なのかな」

どうなのだろう。

「それも違うってのか？」

「いや――」

「都合の良くねえ記憶を忘れるってのはな、健全なことだぜ。生きて行くためには必要なことだ」

「そうかな」

俺の場合は、薄くなったというだけで忘れてはいないと思う。

慥《たし》かに、忘れてしまえばなかったも同然だ。忘れることができれば――という話なのだが。

忘れてはいないのだ。ただ思い出しもしないというだけだ。

厭な記憶だけではない。過ぎてしまったことは、普《あまね》く遠い。

良かったことも、悪かったことも、凡てが薄まってしまったように思う。決して忘れてはいないけれど、思い出せない。思い出したくない。

勘違いかもしれないし、嘘《うそ》かも知れないのだが、幸せだった時間というのはこんな俺にもある。でも、その頃のことを思い出す方が厭なことを思い出すより、多分うんと辛《つら》い。

失ったと思えば未練が残る。分不相応だったと思えば今の自分が惨《みじ》め過ぎる。夢かまやかしとでも思わなければ遣り切れなくなる。

俺は最初からこうだった。

――こんなものだ。

そうとでも考えなくては、生きていられないじゃないか。

「あのな、荻野。そんなこと言うなら、俺の人生は忘れたいことしかないことになるよ」

「暗いな」

「明るくも暗くもないよ。楽しくはないが、そんなに辛くもないさ。まあ死んじゃいない。だから生きているというだけだ。どうでもないさ」

麻痺《まひ》している。

忘れたいということは忘れられてねえということだよなと荻野は言った。

「忘れられないか」

「忘れられない――というかな」

「忘れたくねえってことか？」

そうじゃないんだよ。

解らないかな。解らないだろうな。

「まあ――女房のことは兎《と》も角《かく》、子供のことは簡単には忘れられないと思うけどもなあ。俺は子供がいねえし、家族と死に別れたこともねえから、お前の気持ちは解らねえが――」

「いや、だから俺は」

忘れたいんじゃない。

忘れなくたっていい。

「悲しむのを止《や》めた。だから忘れることもない。忘れられるなら、まあもう少し楽なのかもしれないが、あまり変わりはないようにも思うよ」

そう言うと荻野は一瞬驚いたような顔をして、それからそうか、と小声で言った。

「そう――だったよな。俺も少し酔っぱらってるみてえだよ」

空《す》きっ腹にビールが効いたかなと荻野は言った。

「俺がこれっぱかしで酔う筈はねえんだが」

「何でもいいよ」

堂堂巡りだ。

話題がループするだけだ。

「何でもいいか」

「ああ。いいんだろ」

「そうか。そうだな」

それを最後に、荻野の声は途絶えた。

見れば旧友は突っ伏していた。眠ってしまったらしい。寒い訳でもないから、このまま放っておけばいいだろうと思った。

俺は立ち上がった。

窓一杯の空は、まだ暗い。もう明るくなってもいい時間だ。天気が悪いのだろう。

タグが気になる。

自分の服に着替えようと思って、俺は浴室に向かった。浴室乾燥機があるからすぐに乾くだろうと、荻野は言っていた。

上着とズボンは生乾きだったが、シャツは概《おおむ》ね乾いていた。洗濯した訳ではないからあちこち薄汚れたままで、しかも皺《しわ》だらけである。それでも濡《ぬ》れていないのなら構わないだろう。

スウェットを脱ぎ、シャツを着る。

清清した。脱いでもなお、頸《くび》の後ろが痒《かゆ》い。脱いだスウェットを丸め、手に持ったまま暫《しば》く逡巡《しゅんじゅん》し、結局洗濯機に直接放り込むことにした。

トイレを借りて、その序《つい》でに寝室を覗《のぞ》いた。

寝室も広い。

真ん中に大きなベッドがあった。

俺が使っていたベッドの倍はあるだろう。キングサイズというやつだろうか。きちんとベッドメイキングが施されている。暫く使っていないのかもしれない。ベッドで安眠できるような心境ではなかったのだろう。

——無理もないか。

ウォークインクロゼットの扉が開け放たれている。

それ以外はまるで乱れていない。

まったく生活感がない。

隅の方に部屋の様子とはまるで不釣り合いな書架が一台設《しつら》えてある。そこだけ切って貼《は》ったかのように浮いてしまっている。他の調度は部屋に合わせて誂《あつら》えたもののようだが、これだけは持ち込んだものなのだろう。

書架には小難しそうな書籍が並んでいた。

宗教関係の叢書《そうしょ》が多かった。一冊抜いてパラパラと捲《めく》ってみたがまるで読めない。字が判らない訳でも文が追えない訳でもない。何も頭に入らないというだけだ。

戻そうとした俺は、本が前後二列になっているのに気づいた。

奥には——。

昔荻野がよく読んでいたオカルト系の本が並べられていた。オカルト系というジャンル分けが正しいのかどうかは判らないが、俺にとってはそういうものである。何冊か無理矢理押し貸しされたが、殆《ほとん》ど読まずに返した。まるで興味がなかったのだ。

懐かしいなと——。

漸《ようや》く俺は思った。

荻野のいう懐古趣味というのはこういう感覚なのだろうか。

別に好き嫌いとか善し悪《あ》しとは関係なく、こうした感覚というのは涌くものなのかもしれない。

俺は——。

何故《なぜ》か、橋の上で俺が踏み壊してしまった、あの変な女の携帯ストラップを思い出していた。

あのキャラクターは、何という名前だっただろう。

どうしても思い出せない。

娘が好きだったキャラクターなのに思い出せない。

一緒にテレビも観《み》たのだけれど。必ず知っている筈なのに。

——まあ。

思い出せなくても一向に構わないのだ。俺には無縁のものである。

二三冊手前の本を抜いて、奥の古い本の背を暫く眺め、全部元に戻してからリビングに戻った。

荻野は同じ姿勢で寝ていた。

どうにも芝居染《じ》みている。

しかし、この嘘臭い舞台装置もまた現実なのだろう。

俺はぶかぶかの低いソファに横たわり、窓の外の暗い空を眺めながら眠った。

身体がどんどんと沈み込んで、世界中が歪《ゆが》んで、そのまま何もかもが奈落の底に吸い込まれて、でも何故か窓一杯に娘のような、潰《つぶ》れたキャラクターのようなものが張りついているのだけは見えて、それが何なのか判らない自分が厭で、でもそんなものだよと天使か悪魔か判然としない恐ろしげなものが聞こえないくらい大きな声で言っているのに、俺はわざと顔を横に向けて無視するのだが、そうするたびに頸のタグが気になって、厭で厭で、厭なのにどうしても気になって、それで。

目が覚めた。

部屋は薄暗かった。

窓の外もそんなに明るくない。やはり天気が悪いのかと思っていると、起きたかと声を掛けられた。

逆様の荻野の顔が見えた。

「疲れてたんだろうな、お互いに。いつ落ちたんだかよく覚えてねえよ」

「ああ」

身体を返し、起き上がった。項《うなじ》がまだ痒かった。

「いつって——今は」

もう夕方だよと荻野は笑った。

「三時か四時くらいまでは記憶があるが、その後はどうにも覚束《おぼつか》ない。夜明けまで飲んだくれてたのか俺達は」

「いや、飲んだくれる程酒はなかったじゃないか。俺は一本飲んだだけだしな。お前だってすぐに全部飲んじまったじゃないか。三時には空いてたぞ」

「まあそうだな。でもな、慎吾。もう五時過ぎてるんだよ。朝の五時じゃないぞ。夕方だ。十二時間以上寝てたってことになるな」

「そうなのか」

別にいいだろう。

予定も何もない。時間なんか関係ない。

「お前はどうなのか知らないが、俺はもうスケジュールも何もない人生なんだよ。物心ついてからこっち、ずっと時間に縛られてたが、もう時間は俺を縛ってくれないらしいからな」

自由だなと荻野は愉快そうに言う。

「自慢じゃないがな慎吾。俺だってお前とおんなじ境遇なんだよ。ここに潜伏してからずっと、朝も昼も夜もねえ。まあ自由といえば自由なんだがな、自由人の先輩として言わせて貰《もら》えば、こういう生活してると人間が腐ったみてえになるぜ」

もう腐ってるから平気だと言った。

「そうだな。しかしな慎吾。どんなに腐っていても生きてはいるんだよな、困ったことに。で——生きていれば腹が減る」

だがここには食い物がないと荻野は両手を広げた。

「水が出るだけだ。俺はもう丸二日絶食してることになる。ビール飲んだだけだ。何か人間の屑《くず》っぽくてイイ感じだと思ってたんだけどな」

正直言って空腹だと荻野は言った。

「遣る気が出ねえ」

「出たって遣ることはないだろ」

「まあな」

荻野は窓辺に立った。

「まあ——昨日平気だったんだし、今日も連中は見張っちゃいねえと思うから、ここを出て何処かに逃げるっていうのもアリなのかもしれねえけど、出たところで当ても何にもねえからな。逃げたところで腹は膨《ふく》れねえ。寧《むし》ろ悪くなるだけって気もするしな。金もねえしよ」

「残高ゼロか」

「ゼロだ。どうにも侘《わ》びしい気持ちになるな。お前は昨日、金なんかどうでもいいようなこと言ってたが——実際どうでもいいのかもしれないが、ないと困ることは間違いねえさ。マジで貧乏はしたくねえもんだな」

貧すれば鈍すだぜと吐き出して、荻野は窓を叩《たた》く。

「ま、お前はどうする慎吾。久し振りに会えて嬉《うれ》しかったし、同じようなクソ野郎だということも判ったから、もう少し一緒にいたいと思わねえでもねえが、別に強制はしねえよ。てか、俺が強制したところでお前に従う謂れはねえわな。だからお前の好きにしろ。いたきゃいてもいいが、ま、俺と一緒にここに籠ってると、そのうち餓死することになるがな」

「餓死か」

餓死したくはない。

ただここを出たところで、俺もこいつ同様行く処《ところ》などないのだ。

何処にいたって同じことではあるだろう。

「何か——仕入れて来ようか」

そう言ってみた。

「お前金あるのかよ」

「お前よりはあると思うぞ。財布の中身もお前よりは多いし、まだ銀行口座は生きてるよ。残高も少なくともゼロじゃあない筈だ。保険証は使えるのかどうか判らないがな、キャッシュカードは持ってるし、オニギリ喰ったからお前より元気だ」

「しかし――いいのか」

「いいも悪いもないだろ。宿代だよ。何日保《も》つか判らないが、暫くは喰い繋《つな》げるだろう」

「なくなるぞ、金は」

「使えばなくなるのは当たり前だ。でもな、荻野。使わなけりゃ何の役にも立たないんだよ、金は」

ただの数字だ。

「やくざだか金貸しだか知らないが俺はノーマークだろ。それとも、この部屋に出入りした段階でマークされるのか？」

それはねえよと荻野は言った。

「昨日の夜は監視されてなかったと思うしな。まあ、もしかしたら何処かで見張ってたかもしれねえけどな」

見張られてたらどうなると尋《き》いた。

「判らねえな。と——いうか、次にどう出て来る気なのか皆目見当がつかねえんだって。ヤバいかもしれねえぞ」

　ヤバい——か。

「俺が捕まるようなこともあるかい」

「さあなあ。捕まえてどうするって話だから、ないと思うけどな」

　俺は捕まっても別に構わない。

　暴行を受けるのだけは多少抵抗があるが、それで死ぬなら死んでも構わないという心持ちではある。

「じゃあ何か買って来る」

　俺は腰を上げた。下は借りたスウェットのままだが別に構わないだろう。

　部屋の番号を尋いた。

「この番号押せばいいんだろ。俺はこういう立派なマンションに住んだことがないから入り方が判らない」

「いや、それはそうなんだが、インターフォンに出てもしお前じゃなかったら困ることになるから——ま、今更困ることもないんだが、面倒なことにはなるだろうな。どうするかな」

「面倒か？」

「一切出ないようにしてんだよ。居留守だ居留守」

「出て連中だったら開けたくないってことか？　出るまで判別はつかないのかよ。画面が映るんじゃないのか？」

昨日見掛けたインターフォンにはモニタがついていたと思う。高級なのだ。

「いや、だってお前の後ろに連中がいたらどうすんだよ。番号押すとこ見られてたなら、ここだってすぐに判る。開けりゃ一緒に入ってくるだろう。止められねえよ」

「なる程な」

慥《たし》かに面倒だ。

「そこのモニタにお前が一人で映ってたら開けられるけども、そうでなければお前は入れねえことになる」

「どうする」

「鍵《かぎ》貸すよ。別の部屋の住人まで全部把握はしてないだろうからな。ここに住んでる振りしろ。鍵がありゃ普通に開けられるから」

オートロックの解除のし方を教わって、俺は廊下に出た。

顔くらい洗って出て来るべきだったかとも思ったが、野宿していたのならそれもできない訳だし、どうせ誰も見ちゃいないからいいと思った。

見ているとしても、そのやくざなんだろうから、なら恰好《かっこう》つけても始まるまい。

廊下も何だか艶艶《つやつや》で、迚《とて》も歩きにくかった。

エレベーターホールに出る。ガラスや、大理石や、ステンレスや、色色なところに俺が映っている。みっともない見窄《みすぼ》らしい俺が沢山いる。脱力し、惚《ほう》けたように突っ立っていると、耳慣れない音と共にランプが点《とも》り、エレベーターの扉が開いた。

鏡があった。

倦《う》み疲れた顔の俺がいた。

瞼《まぶた》は腫《は》れ、無精髭《ぶしょうひげ》が顎《あご》を覆い、髪の毛はばさばさに乱れている。汚れた皺だらけのシャツを着ていて、借り物のスウェットを穿《は》いている。

眼は虚《うつ》ろだ。

ああ、俺だと思った。

途中で誰かが乗って来たなら、随分と汚らしい男だと思うことだろう。マンションに侵入した不審人物として警察に通報されてしまうかもしれない。

その場合、俺は紛《まご》う方なき住所不定無職——ということになるのだろう。

ニュースなどではよく耳にする言葉なのだけれども、いったいどうしたらそういう境遇になるものかと、俺は常常訝《いぶか》しんでいたのだ。失業率は相変わらず高いから、無職というのは解らないでもないが、住所不定というのはどうなのか——と。

人は、そんなに簡単にホームレスになれてしまうものなのか——と。

——簡単だったな。

なりたてではあるけれど、俺は立派なホームレスだ。

ホームレスの多くは家をなくすのではなく、家を捨てるのだ——と、聞いたことがある。

本当かどうかは知らない。

本当であるなら、いずれ理由なり子細なりがあって、彼らは家があるにも拘《かかわ》らず家を出てしまうのだ。已《や》むを得ずなのか、望んだことなのか、その辺の事情は人それぞれなのだろうし、戻れないのか、戻りたくないのか、その辺の判断も難しいのだろうけれど、その気になれば戻る処がある——という人も多いらしい。

俺の場合はどうなのだろうか。戻れたとして、戻りたいだろうか。戻りたくないだろうか。戻りたくとも戻れはしないのだが。いや、戻る家がないのだけれど。

——戻りたくないか。もう。

耳がつんとした。

気圧が変わる程、高低差があるのだろう。俺は、落下している。唾《つば》を飲み込んだりしているうちにドアが開いた。

まあ、生きている。

監視カメラだの管理人のような人だの、そういうものを多少気にしながらホールを抜けて。

外に出た。

暗くも明るくもない。

極めて半端《はんぱ》な時間である。

暖かくも冷たくもない透明度の高い空気が充《み》ち満ちている。街自体は行き詰まっているのだが、それでも見通しが良いように感じられる。

外は良いものだと思う。

息を吸う。何だか湿っている。肺の中に屋外が充満する。背中と、両足が痛む。背中は寝違えたのだとして、足が痛いのは何故だろう。タグはなくなったのに項にちくちくという刺激が残っている。爛《ただ》れたのだろうか。

――泣こうが笑おうが。

こうして人は生きて行くのだなあと思う。

悲しみや苦しみは、新陳代謝を阻害する程の威力を持たない。

頭痛がしたり胃に孔《あな》が開いたり、果ては鬱《うつ》になったりと、ストレスで体を毀《こわ》すことは多多あるけれど、それは要するにちゃんと生きろという身体側からのサインなのだろうと思う。心が病んでいることを、身体が症状として示してくれるのだ。

——俺は平気だ。

ヒトでなしだから平気だ。

子供が死んでしまっても、妻に罵《ののし》られても、職を失っても家をなくしても、こうしてちゃんと生きている。

人は、楽しいから生きている訳じゃない。生きているから楽しく感じるというだけだ。それでも人は、よくそこのところを履き違える。楽しくないから死ぬというのは本末転倒だ。俺は楽しくないが、こうして生きている。

荻野の言う通り、どんな状態でいても腹は空くのだ。悲しかろうが辛かろうが呼吸はするのだ。

滑稽《こっけい》で汚らしい生き物なのだ俺は。

高潔で美しくあろうとしても、それは無理だ。

大昔何かで読んだことがあるが、天人というのは服が汚れたり汗をかいたりしただけで恐ろしく苦悩するのだという。それは死の兆候であるらしい。でも、ヒトは天人じゃない。けだものの一種である。この肉体がある限り、俺は滑稽で汚らしく生きるだろう。肉体がなくなれば、それはもう俺じゃない。

喰って寝て垂れて、それが俺の本質だ。それをしてヒトでなしと呼ぶのなら、俺はヒトでなしでいい。

そんな、強がりにも似たことを俺は考える。

丸一日前。

ちょうどこのくらいの時間に、俺は妻だった人と、家だった場所で会っていたのではなかったか。

もう想《おも》い出《で》になってしまっているけれど、たった一日前のことなのだ。たった一日で俺の世界はまるで違ってしまったということになるのだろうか。

――いや。

世界が変わったなどというのは単なる思い上がりの言種《いいぐさ》だ。街の情景はまるで同じである。何も、変わっていない。

俺自体も別に変わっていない。

俺の境遇が変化したというだけだ。変化といっても大した変化じゃない。俺は念書に判を捺《お》しただけである。妻だった人も娘だった人もいなくなった訳じゃない。家も消えてしまった訳ではない。他人が住むのか壊すのかは知らないが、まだあの場所に建っている。

鯔《とど》の詰まり、凡《すべ》ては俺の内面の問題に収斂《しゅうれん》してしまう。そんなものは俺以外の凡てに対して全く無力だろう。

馬鹿馬鹿しい。

足を踏み下ろす度に土踏まずが痛んだ。

俺は頸の後ろを掻《か》きながら、角を曲がった。

道路を挟んで高架が見える。

あの下に昨日の俺はいたのだ。

暗がりだ。暗くって見えやしない。

コンビニの看板を見上げて、ひらひらした軽薄な幟旗《のぼりばた》を眺める。

もう二度と来ないだろうと思っていたのに、日を開けずに訪れている。本当に儘《まま》ならないものである。自動ドアを抜けて、レジの店員に目を遣《や》る。昨日と同じ男だ。俺のことを覚えているだろうか。

――俺は。

昨日の濡《ぬ》れ鼠《ねずみ》の小汚いホームレスだ。

睨《にら》みつけたから覚えているだろう。

いちいち覚えちゃいないか。

キャッシュディスペンサーの前に立ち、カードを挿入する。小分けにして下ろすと手数料がかかるから、なるべく全額を下ろしてしまおうと思ったのだが、肝腎の残高が幾らあったかを覚えていない。残高照会をするのは面倒だったので、取《と》り敢《あ》えず二万円ぐらいはあると見込んで、暗証番号を押した。

妻だった人の誕生日である。

いや、これは所詮《しょせん》、ただの数字の羅列なのだ。組み合わせに意味を見出《みいだ》すのは勝手だが、それは見出す者の幻想だ。覚え易《やす》いというだけの理由で、この数字は選ばれたに過ぎない。

問題なく紙幣が出て来た。

明細を見ると、残りは三万ちょっとだった。明細ごと財布に仕舞う。覚えておくべきだろう。

財布はまだ少し湿っていた。

弁当を二つと、カップ麺《めん》を五つ、菓子パン四つ、それからペットボトルのお茶二本と、昨日荻野が買ったのと同じ銘柄のビールの六缶パックを買った。

こんなによれよれの服を着ているというのに、昨日のような疎外感《そがいかん》を覚えることはなかった。

ただ、レジの親爺《おやじ》は頻《しき》りに入り口の方を気にしているようだった。俺の顔と見比べるようにして、幾度か視線を動かしている。落ち着きのない男である。

釣り銭を受け取った後、親爺の視軸を追うようにして振り向くと、入り口脇《わき》に並べられた雑誌の後ろ——つまり店の外——に、女が立っていた。

どうも、俺を見ているように思えた。

親爺はあの女と俺を見比べていたのだろう。

人相までは判《わか》らない。だから本当に俺を見ているのかどうか判らない。親爺の勘違いではないのか。

——見ているのか？

汚らしい恰好が物珍しいのか。ならば迷惑な話だ。

でも、どうでもいいことだ。これ以上何か思うのはそれこそ自意識過剰というものだろう。気の所為《せい》かもしれない。放っておけばいい。

がさがさと袋を鳴らして、俺はコンビニを出た。

気になったという程のことはないのだが、俺は何の気なしに軽く振り向いた。女は完全なシルエットになっていた。コンビニの発する明かりというのはかなり強いものなのだろう。女はまるでライトの前に立っているかのように、真っ黒だった。

——ただの景色だ。

気の所為だったのだろう。

親爺の早合点である。いや、俺の思い込みかもしれない。そう切り捨てて歩み出すと背後から何かが聞こえた。

風の音か、車の音か。

雑踏に埋もれた自然音にしか聞こえなかったのだが、それは人の声だった。

あの——。

あのって——。

「あの、すいません」

俺に話し掛けているのか。

顔を向けると、黒い女がすぐそばにいた。

相変わらず逆光で誰だか判らなかった。

目を凝らす序《つい》でに睨みつける。

俺に用のあるものなどいる訳がない。

「あの」

「何」

「あの、わたし」

「わたし？」

こいつ——。

昨日のイカレた女か。

昨日はどうもありがとうございましたと言って女は頭を下げた。

「あ？」

そういえば。

こいつは昨夜も向かいの信号の下で荻野と俺を観ていたのではないか。

——ヤバい感じの女か。

まだ酔っ払っているなどということはないだろう。それならやはり気が狂《ふ》れているのか。そうでなくても、例えばストーカー気質の女なのかもしれない。最近ではメンヘラとか謂《い》うのだったか。そういう言葉はよく知らない。

まさか。

昨夜からずっとこの辺りにいたということか。そうならかなりイっているということになる。

ぞっとした。

無視するべきだ。

俺は反応せず、立ち去ろうとした。途端に女は顔を上げた。

——いや。

こいつは着替えている。化粧も直している。持ち物も昨日とは違う。一旦《いったん》戻ってわざわざ出直して来た、ということか。

——俺を捜しに？

そうだとして。

その行為をいったいどう理解したら良いものか、俺は戸惑った。

——偶然ということはあるか。

偶然かもしれない。

あんな場所で死のうとしていたのだから家も近所なのだろう。この辺りはこの女のテリトリーなのだ。

つまり悪い酒も抜け、正気に戻って、仕事か何かに出掛け、その帰りに偶然俺の姿を目にした――ということではないのか。そこで昨夜の自らの乱行を思い出し、迷惑をかけた俺に詫《わ》びよう、ということか。

――それなら。

まともな反応だ。

ああ、と答えた。

それなら、まあこれでお終《しま》いだ。

「ここに来ればお会いできるかと思ったんです」

「え？」

違うのか。

「あんた」

塚本《つかもと》といいますと女は言った。

「え？」

「塚本――塚本祐子《ゆうこ》です」

「いや、俺は」

混乱した。

「というかあんた」

「どうしてもお礼がしたくて」

礼をされるようなことはしていない。

死にたいと言うから早く死ねと言っただけである。助けた覚えはない。

おまけに――。

ストラップまで踏み壊してしまった。

まさかここで待ち伏せてたとでもいうのかよと、俺はまるで自問自答するかのように呟《つぶや》いてしまった。

女――ツカモトは、ずっとここに居た訳ではありませんと言った。

「あの橋から、ここまで、何度か行ったり来たりして――」

「おかしいなあんた」

「ええ。会えなくても仕方がないとは思っていました。でもお会いできました」

「じゃあもういいだろ。会ったよ。いったい何に対して礼を言いたいのかさっぱり判らないが、礼なら聞いたよ」

一歩踏み出すと、この近くにお住まいなんですかとツカモトは問うて来た。

「何であんたに教えなくちゃならないんだ？」

「すいません」

「すいませんって――あんた死ぬんじゃなかったのか」

「ええ。死ぬ気でした」

「止《や》めたのか」

止めましたとツカモトは言った。

「何があったか知らないけどな、酔いが醒《さ》めればマトモに戻るんだ。マトモに考えられれば、死ぬなんて選択はしないもんだろ。俺は関係ない」

「私、酔ってませんでした」

――そうなのか。

「なら狂ってたんじゃないのか。人間はちょっとしたことで軸がブレるもんだぜ。戻れば元通りだ」

「元通り――じゃないんです」

「じゃあ何だよ。いいことでもあったのか。一夜明けたら問題が解決してたとか、そういうことか」

「問題は」

何も解決していませんと言って、女は下を向いた。

「あのな、全く判らない。昨日も言ったと思うけどもな、俺は関係ない訳だよ、あんたとは」

「ええ」

「死にたいなら死ねばいいし、生きたいなら生きろよ。みんな、あんたの勝手なんだよ。俺は関係ない訳。解るよな」

「ええ。それが解ったので――」

お礼がしたかったんですとツカモトは言った。ひょろひょろとした筋張った女である。一重《ひとえ》の大きな眼が印象的だ。

「昨日、私、生きたくないから死のうとしてました。でも、死にたい訳じゃなかったんです」

「あ？」

「死にたくないから生きるって、何か変ですよね。生きたいから死にたくないというのならまだ解るんですけど――でもそれって結局、生きたいから生きる、死にたいから死ぬということじゃないですか。そう考えると、私は間違ってたんだと気がついたんです」

「気づいたって」

「私は生きるのが厭《いや》になっていただけで、決して死にたかった訳じゃないんです。能動的に死を望んでいた訳じゃなくて、その」

「くだらない」

言葉のアヤだそれはと俺は吐き捨てるように言った。

「そうでしょうか」

「くだらないさ。そんなの言葉の上だけのことじゃないか。死ぬの生きるの口で言ったって死ぬ時は死ぬし、死ねなきゃ生きる。生きるよりないんだ。そうやってごたごた理屈を捏《こ》ねたって何も変わらないし、何かが解るってもんでもないだろ」

ツカモトは何かを呑《の》み込むような表情になった。

「あんた結局生きてるじゃないか。ならそれでいいだろ」

「いい？」

「だって生きてるんだから、死にたくもないんだろ。それが解ったというのなら、おやそうですか、って話だよ」

俺には関係ない。こいつの人生背負う程、今の俺に体力はない。ただ生きているだけで一杯一杯だ。草臥《くたび》れた俺には、自分の生が先《ま》ず重荷だ。

見れば判るだろうに。

それこそ俺は死んでいないというだけだ。

「ま、死にたくないんなら死ななきゃいいだろ。それでいいじゃないか」

じゃあなと言うと、待ってくださいと言われた。

「何だよ」

煩瑣《うるさ》い。

執拗《しつこ》い。

ツカモトが一歩近づいたので、俺は離れた。

「そんな風に言ってくれる人いなかったんです。同情したり慰めたりしてくれる人はいるんですけど、それって何だか――有り難いことだと思うんですけど、その、何と言うか――」

「あのな」

他人は他人だよと俺は言った。

「言葉は届かない。あんたに同情してる奴《やつ》はたぶん半分あんたを軽蔑《けいべつ》してる。慰めてる奴はたぶん半分嘲笑《あざわら》ってる。所詮は他人ごとだ」

そう。

他人の肚《はら》の底など判りはしない。

「真心も怨《うら》みも嘲《あざけ》りも、みんな受け取る側次第でどうにでもなるもんなんだよ。高価な宝石だって価値を知らない者にはただの石塊《いしくれ》だし、有り難いと思えば糞だって有り難いもんだ。言葉も同じだろ。だからあんたがそう思うんなら、それでいいだろ。ただ、そんなもんに振り回されてたって何も解決しないぞ」

解決したいなら。

ヒトであることを辞めるしかない。

「あんたがどう受け取ったか知らないけどな、俺はあんたに同情も何もしてない。慰めようとも思わないよ。ウザいから早く死ねと思ってるかもしれない。いや、昨日はそう思ってた」

「今は——」

興味がないと言って、俺は振り切るようにして歩き出した。

ツカモトは何も言わなかったが、少し間を空けてどうやら俺の後ろについて来たようだった。暫《しばら》くそのまま進んだ。

ついて来る。

「何だよ」

振り向かずに言う。

「あの、お名前を教えてください」

「何でだよ」

「あの、何だか、凄《すご》くすっとしたんです私。だから——」

ああうるさい。本気で死んでくれた方が良かったこいつ。

「尾田《おだ》だよ」

尾田慎吾だよと俺は言った。

第三話　妄

俺はヒトでなしだと言ってやったよ――。

そう言うと、弁当を平らげた荻野《おぎの》は昨今見かけなくなった野良犬《のらいぬ》のような眼で俺を見た。そして、

「そんな世迷言《よまいごと》は通じねえだろ」

と言った。

「世迷言ってどういう意味だ」

「あのな慎吾《しんご》。自分は人でなしですと告白されて、ハイそうですかと納得するような莫迦《ばか》はいないんだよ。謙遜《けんそん》と取るか冗談と取るか、そうでなければ少し危ねえ野郎だと思うか、まあそんなもんだろ。で、その女は」

どうだったんだと訊《き》かれて、俺は答えに詰まった。

俺はヒトでなしだとそう言って。

あの女――塚本祐子《つかもとゆうこ》は。

その時の彼女の反応は、俺には理解し兼ねるものだった。

そのリアクションが果たしてどのような意思表示なのか、その表情から何を汲《く》めば良いのか、俺には判《わか》らなかった。

どうでも良かったからだろう。

汲んだところで他人の気持ちなど解《わか》るものではない。

そもそも、相手の気持ちを汲め、他人の心情を忖度《そんたく》しろなどとことあるごとに余人は謂《い》うが、それは不可能だ。他者の気持ちを汲むという行いは、自分が相手に対して好意なり敵意なりを持っているということを再確認する思考運動に他ならない。どんな場合でも状況を解釈するのは解釈する人間の主観でしかなく、解釈には解釈者個人のバイアスが掛かる。ならばそれは、どんなバイアスが掛かっているのか確かめる以上の意味を持たない。

汲んでいるのは自分の気持ちなのだ。

それは相手にしてみても同じことだろう。

人は誰も皆、独り相撲をとっているだけなのだ。たった一人で投げ飛ばしたり転んだりしているだけだ。偶《たまさ》かその動作がシンクロした時、コミュニケーションが取れたような気になる。

凡《すべ》て気の所為《せい》である。

俺は、あの女に何の興味もない。

だから何一つ心が動かない。

だからさっぱり判らない。

どうだったかなと答えた。

「何だ。ま、イカレてんのか達観してんのか知らないが、一つだけ言えるのはな、慎吾。たぶんお前が考えてる程、世の中の人間は寛容じゃねえ。それは知っておけ」

意味が解らなかった。

荻野は冷蔵庫から缶ビールを出して、開けずにそのまま額に当《あ》てて、冷てえと言った。

「寛容じゃないってどういうことだ」

「だから許容範囲が狭いってことだよ。てめえの裁量で計れねえものごとは、拒絶するか、矮小化《わいしょうか》して理解するんだよ、人ってのは。そうしなけりゃいられないもんなんだ。これな、頭の良し悪しは関係ねえ。知識のあるなしも関係ねえさ。東大出てようがノーベル賞貰《もら》ってようがよ、何でもかんでも知ってる訳じゃねえ。知らないものは知らないんだし、どんだけ賢ぶったって人は人、アタマの作りは五十歩百歩だからな」

莫迦なんだよと荻野は言った。

「それがどうした」

そんなこと、改めて言われなくても知っている。

人は莫迦だ。

しかし、それと、俺がヒトでなしだということの間に何の関係があるというのか。

旧友は缶ビールを二口ばかり飲み、手の甲で口を拭《ぬぐ》った。

「いいか、普通に暮らしてて――だ。身の周りに人でなしなんてものがいるか？ 然《そ》う然《そ》う見当たらないだろ」

「そうか？」

まあ、そうなのかもしれない。

俺は自分がヒトでなしだということだけは判るが、他人がヒトでなしかどうかなど判りはしない。考えたこともない。考えたところで知りようがない。

「ま、不心得な奴《やつ》も悪い奴もゴロゴロいるが、どんな野郎が人でなしなのか、何を基準にそう呼ぶのか、多くの人は知らないんだよ。自分が酷《ひど》い目に遭ったと思えば大したことじゃなくたって人でなし呼ばわりするくせに、他人事《ひとごと》となると途端に判らなくなるのよ」

荻野は俺の真向かいのソファに座ると、自らを指差して、お前、俺を人でなしだと思うかと問うた。

「さあな。知らない」

「知らないだろ」

「お前、昨日は自分のこと虫だとか糞《くそ》だとか言ってたが、それが真実《ほんとう》なら人間じゃあないな」

そんなこと言うのはお前だけだよと荻野は笑った。

「ま、俺はな、他人から虫ケラだのクソ野郎だの謂《い》われてるってだけで、自分でそうだとは思ってねえよ。俺は、人だ人。俺と利害関係のない人間にとって、俺はただの人だし、そういう無関係な人間に向けて、俺は虫だと謂われてるんだと言ったとしてもまあ可哀想《かわいそう》に酷い謂われようねえというリアクション返されるだけのことだ」

「同情されるのか」

「同情じゃねえな」

興味がねえんだろと荻野は言う。

俺もそんなことには興味がないぞと言うと、だってお前は人でなしなんだろと荻野は返した。

「人ならな、まあ、フォローすんだよ。当たり障《さわ》りのないことを言うもんだろう。虫もクソも一般的には悪口だからな。波風立たねえように、取《と》り敢《あ》えず否定しておくんだよ。そういうもんだ」

「なる程な」

それが余人の謂う人の気持ちを汲む、ということなのかもしれない。

ならばそれは解釈することすら放棄した在り方ということになる。漠としたマニュアルめいたものがあって、無根拠にそれに準じているだけということだろう。

実際に気持ちは汲まれていない。

何一つ汲まれてはいないのだけれど、問題はない。

それが最大公約数的な対処、ということになるのだろう。

「これが、俺を擁護するような立場の人間だったなら——まあそんな奴はこの世に存在しないんだがな、もしそんな酔狂な奴がいたとするなら、その場合、俺が虫だのクソだの言われてると耳にしたならよ、そんな同情めいたもの言いなんかで流しやしねえよ。もっと強く否定するか、場合に拠《よ》っては怒るだろうな。俺にじゃない。俺をそう評した連中に対して、だ。俺の代わりに怒ってくれる」

「代わりに？　お前、怒ってるのか」

「気分は良くねえが怒っちゃないさ。クソ呼ばわりする奴らの言い分も解るし、呼ばれるだけのことをした自覚もある。肚《はら》立てる程の元気もねえ」

「ならお前の代わりに怒ってるって訳じゃないな。お前が怒ってると勝手に思い込んでるだけだろ。迷惑な話だなそれも」

結局、気持ちは汲まれていない。

迷惑じゃあないさと荻野は言う。

「有り難《がた》い話だ」

「勘違いでもか」

「勘違いでもさ。お世辞でも嘘《うそ》でもいいんだよ。取り敢えず俺の敵じゃないということをわざわざ表明してくれてるんだからな。その場合はこっちの態度も変わってくるわな。こっちの出方によっては、それこそ同情してくれるかもしれないし、金くらい貸してくれるかもしれない。そうなりゃ俺自身の気持ちなんかどうでもいいのさ。金貸してくれるなら主義に反したって機嫌取るぞ俺は。だからお互いに、本心なんかどうでもいいんだよ。その場に相応《ふさわ》しいことを言う、相応しい受け取り方をする、そこんとこが肝心だろうが。ま、そういう腹芸の駆け引きこそが、コミュニケーションなんだよ」

そんなものだろうか。

「でな、自分で自分を人でなしだと称するような人間は、一般的には計りにくい野郎ということになる訳だ。まあ、卑下して自分を貶《おとし》めるようなことを言う自虐《じぎゃく》野郎は多くいるけどな。金がねえとか賢くねえとか不細工だとか――そういうのは概《おおむ》ねは相対評価だからな。そんなことありません、ご謙遜ですねと、言って言えねえことはない訳だ」

「相対評価なのか」

「そんなもんは絶対評価じゃねえだろうさ。百万円は大金だが一千万円の十分の一だぞ。百万持ってて金持ちだと自慢してるような奴は一千万持ってる奴には小馬鹿《こばか》にされッだろうよ。一千万持ってる奴だって一億持ってる奴には敵《かな》わねえ。でも無一文にしてみれば、十万円だって、一万円だって大金に思えるさ。学歴だって何だって同じことだ。美醜だって絶対じゃあねえよ。美人不美人を決めるのは他者だ。本人に決められるもんじゃねえし、基準もねえ。好みだろ、そんなもの。それにな、俺みたいに本気で貧乏だったりな、どうしようもなく不細工だったりするような場合は、自分を貧乏だのブスだの言わないもんだぜ」

「言わないのか」

「言う必要がねえ」

「そうなのか」

「言わなくても判るだろうし、寧《むし》ろ隠すよ。ま、だから、そう、自慢というのは大概恥ずかしいものだろ。自慢ばかりする人間は大概嫌われるわな。かといって謙遜も度を過ぎりゃ自慢のうちだ。その匙《さじ》加減は難しいもんだぜ。貧乏自慢だの、病気自慢だの、最近じゃ男運の悪いのまで自慢しやがるからな」

そんなもの自慢になるのかと言うと、なるなると荻野は顔を顰《しか》めて言った。

「自慢することじゃないだろ」

「お前も世間知らずだなあ。不幸自慢という自慢ジャンルがあるんだよ。付き合う男付き合う男駄目な奴ばっかりで困るという自慢だ。いや、私の元彼の方が酷かっただの、アタシの方が駄目男に当たった数が多いだの、聞くに堪えないぜ」

「それはそいつらに人を見る目がないということじゃないのか」

「そうだな。惚《ほ》れっぽくて浅はかで、辛抱も我慢も途中までしかできなくて、相手を更生させるような影響力も持てなかった上に、学習能力もなく、同じことを繰り返す莫迦女――ってだけだろうな」

「自慢にならないじゃないか」

「自慢なんだよ。その反面、次次に男取り換えられるだけの魅力があって、駄目な男に尽くせるだけの度量があるという、自慢にもなってる訳だよ。ステマならぬステルス自慢だ。いや、もう本音が透けてるからステルスでもねえ。一度も男と付き合ったことのない非モテ女とか、五十年駄目男を支えてきた婆《ばばあ》なんかにしてみれば噴飯物だろうな」

だから加減が大事なんだよと言って友人は飲み干したビールの缶を潰《つぶ》した。

「難しいけどな。まあ、俺が俺がってのはいずれ煙たがられるしな。どんな話題でも結局てめえのことしか話さないような奴は、自慢だろうが卑下だろうが、普通は却下だろ」

そこで、だ——と、荻野は前傾した。

眼が充血している。

「人でなしってのは、自慢にはならないだろ。少なくとも相対評価じゃねえ」

自慢しているつもりなどない。

そのままだ。

私は人間ですと言うのと同じだ。ただ観《み》ただけでは判らないだろうから、自己申告するだけのことである。

「かといって、不幸自慢の類《たぐ》いでもねえだろう。謙遜するにしたって人でなしはねえよ。人でなしだぞ、人でなし。卑下してるというのとも違うだろ。俺は莫迦ですと言うのとは違うんだよ」

ヒトでなしだから。

そりゃあ違うだろ。

馬鹿か利口かと問われれば、それは馬鹿だと答えるしかないだろう。家庭のことも仕事のことも、俺の立ち回り方は決して賢いものではなかったと思う。取り繕うことも遣《や》り直すこともできたかもしれない。

でも、俺はそれをしなかった。最初は、愚直な性質の所為《せい》だと思っていた。鈍感で不器用だから巧《うま》くできないのだと思っていた。

でも、違うのだ。

ただの馬鹿ならその辺にも沢山いるのである。そして、馬鹿は馬鹿なりに、世間と折り合いをつけることができているのだろうし、できないならできないで折り合いをつけようとしているのだろう。

俺は、それを止《や》めたのだ。

反応に困るだろうと荻野は言った。

「ああそうなんですか、私も人でなしなんですよってな具合には行かない。会話の先がねえ」

「会話したくなんかない」

「ぶった切るにしても切りようってのがあるだろう。出合い頭に袈裟懸《けさがけ》でバッサリだそれは。辻斬《つじぎ》りだ」

「いけないか」

関係ない。

俺に関係あるのは俺だけだ。

「昨日、前を通り過ぎただけだ。話し掛けられる筋合いも答える義理もない」

「袖擦《そです》り合うも多生の縁《えにし》だ」

「多生なんてないだろ」

「まあ、ねえよ」

荻野は笑った。

「あったって知りようがねえ」

「なら、俺にとってあの女はその辺の電柱と同じだ。あの女にとっても同じことだろう」

「助けたんだろ」

「死ねと言ったんだよ」

そのままの意味だ。

死にたいなら死ねと言っただけだ。助けようとか救おうとかいう気持ちは、ただの一掬《ひとすく》いもなかった。俺は、死にたいとすら思わない。生きるとか死ぬとか、どうでもいい。死んでないから生きているというだけだ。

人は絶望して死を願うと謂う。

望みのない者は絶望すらしない。絶たれる望みがあるだけ人間らしいと思うだけである。

「止めてはいない」

「でも自殺を思い留《とど》まったんだろ」

「あんな処《ところ》では死ねないよ。飛び降りたって怪我《けが》するだけだ」

「結果的には助けたことになるじゃねえか」

「俺の知ったことじゃない」

本当に知ったことじゃない。

で、その女は何と言ったんだよと荻野は再び問うた。

「拘《こだわ》るな」

「根が下種《げす》なんだよ。虫だからな」

「あの女はな」

　――かまいません。

「かまいませんと言った」

「構いませんだ？　それこそ意味が解らないな。脈絡が見えない」

「だから」

　名前を尋《き》かれて。

　仕方なく答えたら今度は連絡先を教えろというから。

「お前の言った通りだ。そこで会話をぶった切りたかったんだ。だから俺は」

　ヒトでなしだぞ。

「だから、そう言ってやったんだよ。本当のことだ」

「で、構いません、か」

「相当イカレてる。あんな女に連絡先を教える謂《いわ》れはない。というか、教える連絡先がないんだよ。ホームレスだぞ俺は。いいや、ホームレスより悪い。連中もどっかには住んでる訳だろ。囲いかなんか作って暮らしてる。俺はそれもない」

「まあな」

この部屋を教える訳にもいかない。

「構いません——かよ」

気味が悪かったよと言うと、鈍《にぶ》いなと返された。

「鈍い？」

更に意味不明である。

「まあいいよ。で、お前は何と言ったんだよ」

「そっちが構わなくともこっちが構うんだと言った。他に気の利《き》いた言葉が思いつかなかった」

いや。

それは、この俺にしてみれば充分に気の利いた言葉だったのではないか。俺は今まで、この無為で起伏のない人生に於《お》いて、気の利いた言葉など一度として発したことがなかったように思う。

俺は暗愚だ。

嘘を吐《つ》いたことがないとは言わない。しかし、俺の嘘が嘘として機能していたかどうかは怪しい。弁解や謝罪も下手だ。正直な訳ではなく、頭が悪いのだろう。

その上、身近な人間――特に配偶者や子供には、決して嘘など吐かぬよう、隠しごとも誤魔化しもないように、極力努めてきたのだ。

思うに、荻野言うところの当たり障りのない、場に相応しい言葉を発することができていたなら、こんな状況はない。嘘を言わないことが必ずしも誠意ではないし、正直だから報われるということもないのだ。

後悔はしていない。

ただ、長い間そんな簡単なことに気がつかないでいた自分が滑稽《こっけい》ではある。

つまらねえ男だなあと言って荻野は反《そ》っくり返った。

「それでそのままか？」

「いや――」

そうではない。

あの女はそれでも俺を引き止めた。

「そういえばこれをくれた」

忘れかけていた。つい一時間前のことだというのに。

俺はよれよれのシャツの胸ポケットからそれを出して、テーブルの上に置いた。

「名刺か？」

「よく見てないが、手書きだ。カードだろうな」

荻野は突然俗っぽい顔になって、ソファから絨毯《じゅうたん》の上にずり落ちると、それを手に取った。

「塚本——祐子か。中中綺麗《きれい》な字じゃねえか。住所に電話にメールアドレスか。メッセージなんかはない訳な」

「だからよく見てないんだよ。そんなもの貰ったってどうしようもないだろ。用がない。あったとしたって電話はできない。携帯がないよ。迷惑なだけだ」

だから。

そう言おうとしたら。

「突っ返そうとしたんだよ。で振り返ったら、突然身の上話を始めた」

「路上でか？」

「コンビニの前でだよ。おかしいだろ」

殆《ほと》ど初対面で、しかも往来で身の上話を始める女など、やはりイカレているとしか思えない。

「聞いたのか」

「いや」

止めそびれた、と言うべきか。話の途中でも立ち去ってしまった方が良かったのだろうが。

「つまらん話さ。何でも祖父《じい》さんの遺産を相続したとかしないとか、まあよくある相続争いだろ」

「相続なあ」

荻野は眉《まゆ》を顰《ひそ》め、カードを穴が開く程見詰めている。

「いや、少し違うな」

「違う？」

もう少し歪《いび》つな話だった。

「ああ。そう、相続はしたとかいう話だったかな。ええと」

何だったか。

——血が繋《つな》がってないんです。

そんなことを言っていたか。

「うん。連れ子だったとかいう話だ。死んだ祖父とかいうのが山だのホテルだのを沢山持っていて、死ぬ前にそれを全部処分して金に替えてとかいう」

やはり覚えていない。

あの女は非常に簡潔に身の上話をしたように思うのだが、俺の方はまるで身を入れて聞いていなかったのだ。俺はただコンビニのガラス窓に貼《は》られたポスターの字を目で追っていただけだ。

尤《もっと》も、何のポスターだったかも覚えてはいない。

上の空だったのだ。

富豪の息子の嫁の連れ子ってことかと荻野が問うた。

「そんな感じだよ。親父《おやじ》さんは早くに亡《な》くなっていて、で、母親も四五年前に死んだんだとか」

「それでこの祐子さんが遺産相続したって話か？　生物学上は他人でも、戸籍の上では直系ということになる訳だな。で、他に係累《けいるい》がいなかったってことなのか」

詳しくは知らないよと言った。

「立ち話だ」

「それにしたって棚から牡丹餅《ぼたもち》って話じゃないかよ」

「どうかな。何でも、親戚《しんせき》だか縁者だかはいっぱいいて、それが聞くに堪えない嫌がらせをするんだとかしないんだとか、慥《たし》かそんな話だよ。昔のテレビドラマじゃあるまいに、どうでもいい話だろ」

「ほら、やっぱ棚から牡丹餅なんじゃないかよ。で、どうして自殺図るんだ？」

「さあ」

どうだったか。

――お金の所為で。

「金の所為で人生が狂ったとか人の本性がどうとか、くだらないことを言っていたようだがな」

「本性なあ」

俺の本性は虫かなクソかなと言いながら荻野は立ち上がり、寝室からタブレット型のパソコンを持って来ると、再び絨毯の上に座った。

「まだ生きてるな。充電されてる。電気止められてなくて良かったぞ。まあ、クソよりは虫の方がまだいいな」

虫は一応生き物だと言って、友人は忙《せわ》しく指を動かした。

「どっちもそう変わりはないだろ」

「変わるさ。虫は歩いたり飛んだりできるじゃないか。虫ってのはあれ、交尾もするんだろ」

荻野はタブレットに視線を落したままそう言って笑った。

「クソは交尾しねえ」

「馬鹿馬鹿しい」

「そうか？　大事なことだぞ。お互いまだ枯れるには早いぞ。あのな、その女——塚本さんだったか。それ、お前に気があるんじゃねえのか」

「何だって？」

本当に馬鹿馬鹿しい。

「どうしてそうなるんだよ。荻野、お前飛躍するにも程があるぞ」

「何で飛躍なんだよ。何の飛躍もねえだろう。お前が鈍感なだけだ。惚れてでもいない限り、尋かれてもいない相手にメルアドなんか教えるかよ。それともあの娘は色ボケで、逢《あ》う奴逢う奴に連絡先教えまくってるってのか？」

「そうかもしれないだろ」

そんな女出逢ったことねえよと荻野は下を向いたまま言った。

「普通はな、これを尋き出すのにかなりの労力が要るんだよ。素人《しろうと》は勿論《もちろん》、お水だって教えてくれるもんじゃねえぞ」

「連絡先を知るのがそんなに重要なことなのか？　知人なら普通に教え合うもんなんじゃないのか？」

「男にはなあ」

下心ってもんがあるだろがと、荻野は言う。それは解らないでもないが、連絡先が判ったところでその下心とやらが満たされる訳でもあるまい。

そう言うと、ハードルだハードルと言われた。

「下心を満たす、それがゴールだ。ならゴールに到《いた》るまでの過程には、幾つものハードルがあんだよ。低いとこから始まって、こりゃ最初に当たる高いハードルな」

「高いのか」

「高いな。これを超せるかどうかで後が決まる」

「ふん」

くだらないことに労力を費やすものである。他にやることはあるだろうにと言うと荻野は漸《ようや》く顔を上げた。

「おいおい。随分な言い分だな慎吾。そういうもの言いは、モテる男の専売だ」

「何故《なぜ》だよ。俺はモテないよ」

「お前がモテるとは思わねえさ。でもモテない男ってのは女の気を引きたくて必死なもんだよ。そんな達観したことは言えねえものさ」

「達観か」

達観している訳じゃない。臆病《おくびょう》だったのかもしれない。

俺は、驚く程に晩生《おくて》だった。妻だった人以外と交際したこともないし、異性に声を掛けたことすらない。

恋愛に興味がなかったんだよと言った。

嘘ではない。

「お前も同じだったろ荻野。俺達は二人とも、硬派って訳じゃなかったが、軟派でもなかっただろう」

恋愛に対して距離を置いていたのは寧ろ荻野の方だったと思う。

「ありゃ一種の強がりだよ」

荻野は再びタブレットに視軸を落してそう言った。

荻野の言う強がりがどのようなことを指し示しているのかは判らない。だが俺に関して言うならば、まあそれは一種の虚勢のようなものではあったのだろう。

いや、怖かったのかもしれない。

ただ、怖かったのだとしてもいったい何が怖かったのか、突き詰めて考えるとよく判らないのだ。自分に自信がなかったということなのだろうか。

自信はなかっただろう。

俺は、まあ駄目だった。それでも若い俺は駄目な自分を認めたくなくて、更には駄目なことを予想しているが故《ゆえ》に自信を持てないでいる自分というのも認めたくなかったのだ。だから俺はそうした自分の真価が問われるような行為を忌避していたのではないか。

何と愚かしいではないか。

たかが高校生の恋愛ごっこで問われるような真価などあるものか。

俺はただ、駄目な自分を見せつけられることを予想し、それを恐れて逃げていただけだったのかもしれない。

自信などなくて当たり前なのに。

俺は、駄目な人間なのだ。思うに他者からの愛情を受け止めることも、他者に愛情を注ぐことも、まともにできはしないのだろう。そうした資質を最初から持ち合わせていないのだ。そんな愚劣な性質を、若かった俺は認めたくなかった——ということなのかもしれない。

俺は、俺自身の本性を恐れていたのではないか。

ヒトでなしの自分を。

異性からヒトでなしだと指摘されるその瞬間を恐れていたのだろう。

その瞬間は既に訪れてしまった。

だからもう、怖いことはない。

「いずれにしたって、女とは縁がなかったじゃないか。お前がそんなこと言う方が俺にしてみれば違和感たっぷりなんだよ。何がハードルだ」

「おいおい。俺はな、慎吾。まだ独身なんだぞ。お前はバツイチじゃねえか。前のかみさん口説いた口でそういうこと言うのかよ」

「口説いちゃいないよ」

「じゃあ何で結婚した」

何故――だろう。

妻だった人と俺は、恋愛をしたのだろうか。どうも記憶が曖昧《あいまい》だ。嫌いだった訳ではない。それはない。ないと思う。

いや。

俺は、好きでいようと努力していた。

妻も子も、どちらも掛け替えのない家族なのだから好きでいようと、それは必死に努力していたと思う。ことあるごとに自戒し、思案し熟慮し、無理もし、時に自分を殺しても、俺は家族を愛そうと努めた。

しかし、そこまで必死に努力しなければならなかったということは――。

好きでは――。

ヽヽヽ
なかったということなのか。

そうなのかもしれない。最初からそうだったのか。

俺は、妻だった人とのことを思い浮かべる。顔や、声や、そうしたものは既に朧《おぼろ》げだ。ただ匂《にお》いだけは妙に覚えている。何の匂いなのかは判らない。妻だった人の匂いである。

馴《な》れ初《そ》めだけは覚えている。

でもそれは、出逢った場所やシチュエーションを覚えているというだけのことなのであって、しかもそれは、取り分けドラマチックなものではない。ただ知り合ったというだけのことだ。交際し始めた契機《きっかけ》は思い出せない。何があったのかは判然としないが、ただ交際していたことは確かで、そのまま俺達はごく自然に結婚した。成り行きのようなものだったのか。でもその当時の俺にとって、他に選択肢はなかった。ないと思ったのだ。

考えるだに解らなくなる。

俺は、あの人が好きだったのだろうか。

もう、どうでもいいことなのだが。

確実なのは、今も別に嫌いではないということだけである。

成り行きだよと答えた。

そう言うよりなかろう。

「何を言ってるんだよ。いちいち反応の鈍い男だなお前。お前はな、美人の女房貰って子供二人も作ったんだ。俺なんかよりはよっぽどモテてるじゃねえかよ。だからってモテない男を見下すようなもの言いをするなと言ってるんだ俺は」

「そんなつもりはないよ」

それに。

「子供の一人は死んだ」

死んでしまった。

「解ってるよ」

荻野は声のトーンを落した。仕方があるまい。リアクションしにくい話だろう。笑えるネタではないから茶化すこともできまい。暗くなりたくないのであれば、スルーするよりない。

暗いも明るいもないか。

「残った子供とも女房とも縁が切れた。もう、いないんだよ」

「だから、それについては言葉がねえよ俺だって。でもな慎吾、つい何日か前までお前には家族がいたんだろ。亡くなったお子さんだって、お前の子供として」

ちゃんと生きていたんじゃないかよと荻野は言った。

もう。

生きてはいない。

荻野の言う通り過去形である。あの子が俺の子供でいるのは、既に記録と記憶の中だけのことだ。

それでもいいだろと荻野は言う。

「そういうのが、俺にはねえの」

「ないか」

「ない。で、お前はまた女に言い寄られている訳だ」

「言い寄られてないだろ」

「お前が鈍感なだけだって。世の中不平等だぞ。お前なんかのどこがいいんだか知らねえけどな」

「だからそれは」

「鈍感なお前が何を言おうと、こういうことに関しては俺の方が正しいからな。大体何を恥じることがあンだよ。誰に遠慮してんだよ。お前はな、晴れて独身だ。何をしたって不倫でも浮気でもねえ」

そうだろう。

俺に倫《みち》などない。

「俺はな、荻野。独身も独身、配偶者がいないという意味じゃなく、本気の独り身だよ。天涯孤独の身軽な身分さ。でもな、同時に財産も職もない、薄汚い中年ではあるんだよ」

「知ってるよ」

「女が惚れる訳がないだろ」

「そりゃ好き好きだろ」

「もし、そうなら心底」

迷惑だ。

「何でだよ」

万が一そうだったとして。

情に流されたとしても。

それで、結局。

また。

ヒトでなしと言われるだけだ。

観ただけでは判るまい。しかし気持ちを交わせば正体が知れる。そうなれば、傷つくのも幻滅するのも、俺ではない。相手の方だ。

嫌われるのは仕方がない。俺は嫌われて当然の人間だろう。

でも、嫌う方が嫌われるよりも辛《つら》いのじゃないか、と思う。

「無意味だろ」

「そうか?」

「当然だ。俺はそういう人間なんだ。もう御免だよ」

「何がだよ」

「ヒトでなしと言われるのがだよ」

荻野は笑った。

「何が人でなしだよ。ガキじゃねえんだからヤっちまえば終《しま》いだろ。先方だっていい齢《とし》だ。大人の付き合いってのは好きだ嫌いだじゃねえだろうよ」

そうなのか。

そうだとしても。

同じことだろう。

「好き嫌いじゃないんだよ。ヒトでなしってのは」

拒絶されるべきものだろう。

拒絶しているからだ。

荻野は鼻で嗤《わら》った。

「け。それとも何か？　お前、そっちの方も自信ないのか？　女と寝て莫迦《ばか》にされるのが怖いってのかよ。それじゃあ高校生の時と一緒じゃないかよ」

「そうじゃないよ」

そんなことはどうでもいい。

「嫌われたり蔑《さげす》まれたりするのは仕方がないさ。もう馴れてるよ。あちこち擦り切れてるから、若い頃のように怖がってる訳でもないさ。でもな――ヒトでなしなんて言われるのは」

と、いうより。

ヒトでなしなんて言葉は、使う方だって厭《いや》だろうと思う。なら、そう言わせてしまう俺は。

どうであれ。

俺は今、どんな形であろうと他人と関わりを持ちたくないのだ。荻野とだって、まさに成り行きで一緒にいるだけだ。

「おいおいおい」

突然、荻野の声のトーンが変わった。

「おい。そんな寝言垂れてる場合じゃねえぞ慎吾」

「今度は何だよ。もういいだろう」

「良くねえよ慎吾。お前――」

人でなしどころか福の神かもしれねえぞと、旧友はいっそう訳のわからないことを言った。

「遂に気が狂《ふ》れたのか荻野。いったいどうしたんだよ」

「いや。覧《み》ろ」

荻野はタブレットを俺に向ける。

覧たくない。

文字を読む気がしない。

記号の羅列から意味を汲《く》み取ることを脳が拒否している。

「何で覧ねえ」

荻野はタブレットを突きつける。

「何なんだよ」

「覧ろって。覧れば判《わか》るよ。間違いねえだろ、これ――」

荻野は塚本がくれたカードとタブレットを何度か見比べ、間違いねえと繰り返した後、あの女使えるかもしれねえと独りごちた。

「使える？」

使えるとはどういうことだと問うと、そのまんまの意味だと言われた。

「何に使うんだよ」

「おい、変な意味じゃねえぞ。あのな、この女は――長野の山林王、塚本正造《しょうぞう》の孫娘だ」

「そうなのか」

それが何だというのだ。

やっぱり間違いねえと荻野は三度繰り返した。

「あのな、塚本正造は丁度一年前に死んでる。莫大《ばくだい》な財産は、すべて孫娘が相続してる――んだそうだ」

「そうか。じゃあそうなんだろ。というかさっき言ったじゃないか。あの女もそんなこと語ってたよ。だからそうなんだろ」

「そうなんだろじゃあねえよ」

荻野はタブレットを再び俺に向け、今度はぐいと突きつけるようにした。

「塚本正造ってのはな、その辺の金持ち爺《じじい》じゃねえぞ。成金も成金、そんじょそこらの成金じゃねえ、大成金だ」

「だから。誰がどれだけ金を持ってようが関係ないだろう。財閥だか金満家だか知らんが、興味ないよ」

「あのなあ」

荻野は腰を浮かせて、ソファに座り直した。

「塚本正造は、起業もしてないし、手広く商売してた訳でもない。だから所謂《いわゆる》企業家でも財界人でもねえよ」

「だから何だよ」

「ただ先祖代代受け継いだ、広大な土地を所有してただけだ。山持ちの御大尽《おだいじん》だ」

益々興味がない。

「そんなのは珍しくないだろ。その辺の金持ちじゃないか」

「その辺の土地持ちだったらな、要らない土地は売っちまうんだよ。税金だって莫迦にならんからな。だから、いくら先祖代代つったって、年月が経《た》てば目減りするもんだ。人間はな、ただ暮らすだけならそんな広い土地は要らんからな。困れば売る。困らなくても金に換える。その方が儲《もう》かるような気になるんだな」

山はいつまで経っても山だが、通帳の数字は何にでも化けるぜと荻野は笑った。

「山より数字がいいのか」

「いいだろうさ。ただな、まあ収入が支出を上回っちまうような場合は逆だ」

「解《わか》らないな」

「土地貸して、地代がザクザク入ってくれれば、税金払ったって儲かるだろ。売らなくたって数字は増える」

「増えれば嬉《うれ》しいか」

荻野は天井を見上げて、俺は素直に嬉しかったぞと言った。

「桁《けた》が三つ上がった時は俺もガキみたいにはしゃいだけどな。まあ、俺はセレブじゃねえから元元金持ってる奴《やつ》の気持ちなんかは判らねえよ。塚本家は昔から裕福だったようだし、代代鷹揚《おうよう》な性格だったみたいだから、儲けようという頭ぁなかったのかもしれねえな」

喰うのに困らなきゃ売りもしないだろと言った。

「そうだろうな。家業も順調で、喰うに困ってもいなかったから売らなかったってだけなんだろうな。ただ、塚本家の所有地の中には利用価値の高いとこがかなりあったのよ。貸してくれと言われるから、貸した。そしたら驚く程儲かっちまった」

「解らないな。本気で関係ない話だ」

「関係なくないって。聞けよ。ところが正造爺さん、何を思ったか、死ぬ少し前に自分が住んでる生家を除く、あらゆる動産不動産を全部処分すると言い出した」

「何故だ」

「知らないよ。ご乱心だと大揉《おおも》めに揉めたらしいが、爺さんは頑《かたく》なだったんだな。とはいえ、このご時世だからな、そんなもの簡単に売れるかよという話なんだが」

「売れないだろ。企業だって工場処分したりしてんだろ」

俺が勤めていた会社も、保養所を売却した。

「それがどうやら売れたみてえだな。この旦那《だんな》は、思うにかなり安価で売り飛ばしたんだ。で、周囲の反対を押し切って、何もかも全部現金化しちまった訳だよ。こりゃ相当の額だ。どんだけ廉《やす》く売ったって――」

どのくらいなんだよ、計算できねえよと荻野は自問自答した。

「相場が判らないからなあ。見当もつかねえな。ネット上には適当な数字が並んでるが、どれも憶測だな」

　こんな廉くはないだろうとか、こりゃ高すぎるとか、荻野はタブレットを繰りながらぶつぶつと呟《つぶや》いた。

「まあ俺の借金なんか屁《へ》でもねえくらいの巨額であることは間違いないだろうな。いずれにしても、ちょっとした国家予算並の金だよ」

　実感が持てない。

　どうせ数字の問題だ。

「いい加減にしろよ。何度も言うが、俺達には関係ないことだろ。羨《うらや》ましいとか嫉《ねた》ましいとかいう話なのかよ。お前には羨望《せんぼう》の的なのかもしれないが、俺には何の感慨もないよ。山林王だか御大尽だか、有名な爺さんなのかもしれないが、そんな爺さん俺は知らないよ」

「爺さんはもうとっくに死んでるんだよ」

「なら余計に知りようがないだろ」

「いいや、知ってるだろ」

「知らないよ」

異世界の住人だ。

「俺は、お前と違って自分の預金通帳の額にすら実感が持てなかった男だぞ。その爺さんと較《くら》べるまでもなく、俺の預金なんか鼻糞《はなくそ》程度の金額だろうよ。いいや、それ以下だろうな。ないに等しいよ。そんな少額の数字にだって、俺はリアリティを感じられなかったんだ。俺にとって金ってのは財布の中に入ってる小銭のことなんだよ。数字じゃない。札と硬貨だよ。数字にしたって桁が違い過ぎるじゃないか」

「まあ桁は違うさ。でもな慎吾。何百億だか何兆だか判らんが、その爺の金は」

あの女が持ってるんだよ、と荻野は言った。

「お前に言い寄って来たあの女だ。あの女がその爺の財産を全部持ってるんだ。お前はその大金持ち女の命を救ったってことになる訳だ。関係ないことないだろ」

「いや」

関係は持ちたくない。

いやじゃねえと言って荻野は身を乗り出した。

「お前が腑抜《ふぬ》けてるのは承知してる。拗《す》ねてるんだかいじけてるんだか、まあ昨日の今日でネガティブになってんのは仕方がねえし、引き摺《ず》るのも勝手だ。だがな、考えろ。お前も俺も、今は崖《がけ》っぷちに立ってるんだ」

そうなのだろうか。

そうだとしても、別に構わないと思う。

ネガティブなのではない。勿論、ポジティブではないだろう。ただ、どうでもいいだけだ。落ちたら落ちたままでだ。進んで落ちる気はないけれど、落ちない努力をするつもりもない。それだけのことである。

「死にてえか慎吾」

「死にたくはないよ。でも生きたくもない」

「どっちか決めろ」

「決める――か」

「自分の人生は自分で決めろとか、学校で教えられなかったか？」

「くだらない。人生なんて、そんなものは得手勝手に決められるもんじゃないよ。決めてるような気になるだけだ。どんなに努力したって、どんなに精進したって駄目なもんは駄目で、死ぬ時は死ぬ。思い通りになんかなるもんじゃない」

「思い通りにしたいとは思わないのか」

「思わないよ」

ならないからなと答えた。

「そもそも、自分が何を望んでいるのか俺には判らない。お前は判るのか？　荻野」

「望みか？」

贅沢《ぜいたく》をしたい。

楽をしたい。

そういうことか。

「幸せになりたい幸せになりたいとみんな口を揃《そろ》えて言うだろ。まあそうだろうとは思うが、幸せって何なんだよ。金があれば幸せになれるのか」

「それはねえな」

選択肢が増えるだけだと荻野は言った。

「一本道が十本百本と枝分かれする。好きな道を歩けるようになる」

「何本道があったって、歩ける道は一本だろ。自分は一人しかいないよ」

「そうだけどな。右か左か、舗装されてる道か凸凹《でこぼこ》道か、登りか下りか、好みってものがあるだろ。金がなければ好きな道は歩けないんだよ」

「最初の一本が好みの道だったらどうなるんだ。そうなら枝道も横道もあるだけ邪魔だろう。迷うだけじゃないのか」

「そんな奴はいないだろ」

「そうか。道なんてもんはな、どっかに行くためにあるんだよ。ちゃんと目的地に通じているかどうか、歩けるかどうかというところこそが問題なのであって、歩き易《やす》いかどうかなんてことは関係ないだろ」

「関係ないことないだろうよ」

「いいや関係ないさ。大昔の人間は舗装された道なんか知らなかったから、みんな土だの石だの踏んで歩いてたんだ。いや、そもそも道なんかなかったんだよ。歩くことで道ができたんだろ」

そもそも、道なんかない。

そんな比喩《ひゆ》は何の役にも立たない。

何の志も持たず、何の目標も定めず、夢も希望も理想もなく、何一つ先のことを考えずにいようとも、死なない限り人は生きている。

人生を道に喩《たと》えるのなら、道の先にあるのは死だ。どんな道を歩もうと、ゴールは必ず死なのである。こればかりは変えようがない。どんな人間にも、死は平等に訪れるのだから。

人は必ず死ぬのだ。

死ぬまでの時間を人生と呼ぶのである。

ならば人生とは、死へ到る道程に他なるまい。

生きること即《すなわ》ち死への道を進むということとするならば、たとえ鈍《のろ》かろうが辛かろうが、何もせずとも人は道を進んでいることになるだろう。

それがどんな道なのかは他者と比較しない限りは判るものではない。そして他人の進んでいる道のことなどは、実は知りようもないことなのである。

だから、あらゆる不満は己の中から涌《わ》くものである。

もっと楽に、もっと娯《たの》しく、もっと愉快にと人は思うものなのだろうが、実は苦と楽に差などはないのだ。心地良いかどうかというのはあくまで主観の問題なのであって、外から計れるものではない。ならば、自分次第でどんな状況も好ましく思えるのだろうし、裏を返せば幸せなど何処《どこ》にもないということになる。

まあなと荻野は口を歪《ゆが》めた。

「お前の言う通りだと思うよ。ただ人ってのはな、そういうくだらねえ比喩に浸ってねえと不安になるもんなんだよ。鯔《とど》の詰まりは自分だけだ。自分大事で自分本位で身勝手なものなんだ。それをな、そうじゃねえと思いたい訳よ。だから理屈を捏《こ》ねる訳だよ。でもなあ慎吾。お前の言う通りだとして——だ」

荻野は顔を俺に近づけた。

「俺達の道は行き止まりなんだよ。もう後がねえ。先もねえ。もう一度言うぞ。俺とお前は崖っぷちに立ってる」

「まあそうだろうな」

このまま籠城《ろうじょう》を続けるしかないというのであれば、本当に死ぬ。

「あのな、崖からおっこったとしてだ。そうなりゃ確実に死ぬわな。それでも俺は足《あ》掻《が》くと思うぞ。死にたくねえからだ」

死にたくないか。

「生きてるからな。奈落に着くまでは落ちてる途中だってまだ生きてるんだ。幸せだの楽しみだの、どうでもいいよ。虫だって生きていたいんだよ俺は。悪いか？」

「悪くないよ」

「なら」

協力しろと荻野は言った。

「お前は死んでもいいみたいなこと言うがな、それはどうなんだ。慥《たし》かに死のうが生きようがそう変わりはないのかもしれないが、死にたくねえなら生きるしかねえんだよ慎吾。どっちでもいいってのは生きてる人間にしか言えねえことだ。生きてる以上は生きたいと言えよ」

「ああ」

それなら——解る気がする。

「俺は幸せになりたいんじゃない。金が欲しい訳でもねえよ。色気出せば切りがねえからな。こんな状況で欲かいたらロクなことにならねえってことも承知してるよ。俺はな、今はただ、死にたくねえだけだ」

ならそう言えと言った。

行き着くところはそこなのだ。

あらゆる苦しみは、生きることによって齎《もたら》される。苦しみのない生はない。苦しみをなくすためには死ぬのが一番である。それは考えるまでもない。

ただ同時に、あらゆる楽しみも生きることで齎されるものなのだ。

苦しみから逃れることは、楽しみを放棄することでもあるのである。

殆《ほとん》どの苦楽は、感じる本人が決める。同じ事柄を苦痛と思う者も、快楽と感じる者もいる。苦しみと喜びに差はない。その差異は感じる者の主観の中だけにある。

但《ただ》し。

荻野の言う通り、そうしたことも生きているから言えることではある。死にたくないというのは、生き物として至極真っ当な感覚なのだろう。

物である。生き物である以上、生きたいと思うのが正常な反応だろうとは思う。人間はどこかで生き物であることを忘れようとしている。しかしそれでも人は生き

「いいか慎吾」

荻野は立ち上がり、俺の横に座った。

「今な、天から縄梯子《なわばしご》が降りて来てるんだよ。これを摑《つか》めば、生きられるかもしれない。勿論、摑まなくてもすぐ死んじまうことはねえ。ねえが、一本道はもう先が見えてる。そう長くはねえのさ。梯子に摑まって他の道に出られれば、まだ先が続いているかもしれねえ」

迂回《うかい》するだけだぞと言った。

「ゴールは同じだ」

「ああ。同じだが、もう少し俺は道中を楽しみたいんだ。いや、もしかしたら苦しいのかもしれねえがな。すぐ着いちまうよりマシじゃねえか？」

マシかどうかは判らない。

判らないが、死にたくないという荻野の気持ちだけは何となく解った。

「まあそれは解ったよ。解ったが、どうするというんだ。協力しろと言われても俺には弁当買って来るくらいしかできない」

「そうじゃねえよ。まあ、弁当喰って多少は人心地ついたから感謝はしてるが。そうじゃねえんだ。あのな、この女の話したことをできるだけ詳しく思い出せ」

荻野はカードを俺の鼻先に翳《かざ》した。

「詳しくと言われてもな。知ってることはさっき話したじゃないか。ネットの情報の方が詳しいんじゃないのか？」

「ネットなんか当てになるか。上がってる情報はクズだよ。情報なんてものはアップされた段階でみんなジャンクだ。本当も嘘《うそ》もねえ。誰にでもアクセスできる、万人が共有できる情報なんて無価値だよ」

「そういうものか」

「情報自体は常に無価値だ。問題はそれをどう使うかなんだって。量だけあったって何の意味もない。リサーチ程莫迦げたもんはねえよ。どんだけ大量に集めたってデータ収集には限界がある。偏《かたよ》ったデータを元にして統計とったって、指針程度にしかならねえ。でもな」

オリジナルのネタは別だと、荻野は俺の耳許《みみもと》で言った。

「ネタ元はたった一つでも、データとしては有効だ」

「そんなものか」

「公開されてる情報と違って使い道が多いんだよ。だから思い出せよ。語ったんだろ何やかや」

「立ち話だぞ。しかも俺は」

殆ど聞く耳を持っていなかったのだ。

俺はただ、コンビニのポスターを眺めていただけである。

「何でもいいんだよ。大体、俺には彼女が死にたがってた理由が判らねえ。お前が通り掛かったお蔭《かげ》で自殺を思い止《とど》まることができたから、就いてはお前に感謝したくて捜してたという話なんだろうが、ならお前に会ったら先《ま》ず、自殺しようとしていた理由を言うのじゃないか？」

「自殺しようとしてた理由な――」

言っていたような気がする。

いや。

そう、財産を相続したとかいう話はその前振りだったのではなかったか。

そうでなくては、いくら何でも唐突過ぎる話題である。自慢したかった訳でもないだろう。

「相続で揉めたとか言ってたよな？」

「ああ、親族がどうとか」

「本性が見えたんだろ？」

「そうだなあ」

相続権を放棄しろと言われたとか言っていただろうか。

「まあ、世評通りなら破格な金額だから揉めるのは仕方がないな。でも、爺さん子供は息子一人で、連れ合いも死んでて兄弟もいないんだからなあ。嫁の連れ子だからってそんなに文句言われる筋合いもねえと思うがな」

「さあな」

それこそ浅ましいものなんじゃないかと言った。

「当然浅ましいだろうさ。でもよ、そんな素面《しらふ》で正体なくして雨の中飛び降り自殺図る程に追い詰められるもんかな？」

「いや——」

婚約者がどうとか。そういえば。

「破談になったとか何とか」

「破談だ？」

思い出した。

「何でも、相続する前から交際していた男がいた――とかいう話だったかな」

「その男に捨てられたとか？　いや、捨てねえだろうよ。逆タマじゃねえか」

「そんな単純な話じゃないんだよ。そうだな、あの女」

塚本祐子。

「塚本祐子は、最初は相続放棄するつもりだったとか言ってたかな。結婚が決まってたからとか言ってたかな。まあ、何でそういう運びになるのか聞いた時は解らなかったんだが――解ろうとも思わなかったから確認もしなかったんだがな、今思えば、額面があまりにも非常識だった、ってことなんだろうな」

ただの財産なら貰《もら》っておけという話ではあるだろう。

しかし多過ぎたのだ。

荻野の言うように金が選択肢を作るのであれば、多過ぎる選択肢を抱え込むことに当惑したということになるのだろう。

「まあ分不相応って話か。いや、だがそれじゃあ揉めないじゃないかよ」

「いや、揉めたんだ。そう、婚約者が相続をしろと言ったんだったかな」

――相続を条件にしてきたんです。

「そんな話だ」

「まあ、気持ちは解るがな。嫁さんと、一生を十回送っても余る金が同時に手に入るんだったら、そりゃ目も眩《くら》むだろうよ。で、恋人の浅ましい本性が見えたとかいうことか？」

「いや」

もっと複雑だったと思う。

「そうか。でも、結局相続しちまったんだから、破談ってのはおかしいのか」

「そうだよ。ええと」

――相続放棄もさせないって。

「相続人が相続放棄したら、遺産ってのはどうなるんだ？」

「それは知らないな」

「国庫に収まるとかいう話か？」

「そうなのかもしれないな。負債相続の場合、色色あるのは知ってるが、俺が知ってるのはマイナスの場合だからな。そういうケースはなあ。聞かないな。常識的には次に権利のある奴に相続権が移るって話なんだろうが――だから遺産争いってのは起きる訳だしな。まあ、法定相続人が一人もいない場合は、国に取られちまうんだったかな。え？　いないのか？」

「いないんだろうな。親族ってのも法的には相続できないような続柄なんだろう。だから放棄はせずに、相続してから寄付かなんかしろという話になった——とかいう話だったように思う」

「寄付？　財団かなんか作ってそこに入れろとかいう話か」

知らない。

俺は経済に疎《うと》い。世事そのものに疎い。

「でも婚約者は難色を示した」

「するわな、そりゃ。で？」

「それで最初の話になるんだよ。親族の執拗《しつよう》な嫌がらせが始まって」

「浅ましい本性が剝《む》き出しになって、か」

「金で人生が狂った、だよ」

まあそりゃあ狂うよと言ってから、荻野はカードを眺めた。

「狂わない訳がないんだよ。狂うもんなのさ。その婚約者、どうせ女の金を当てにして、相続する前に事業でも始めちまったのじゃないのか？」

「ああ」

そんなことを言っていたかもしれない。

「で、引くに引けなくなった。女はそれが気に入らなかった。自分と結婚するのか金と結婚するのかどっちなんだ――ってことだろうな」

「ああ。関係がぎくしゃくして、それに加えて親族どもの攻撃があって、そんなこんなしているうちに」

「放棄できなくなったんだな。相続放棄ってのは、期限があるんだよ慥《たし》か」

「そうなのか。まあ相続はしたものの状況はまるで変わりがない。というか、寧《むし》ろ悪くなったということなのかな」

「悪くなってるなそれは。何たって現ナマがあるんだから、より凶暴になるぜ、飢えた連中は見境ねえ。で、破談か」

「破談だ。どんな経緯《いきさつ》があったのかは流石《さすが》に覚えてないよ」

と――いうか、そこまで細かくは彼女も話していないと思う。話したかったのかもしれないけれど、こちらに聞く気は一切なかったのだ。

荻野は腕を組んで、深刻そうな顔つきになった。

「何だよ。で、どうするんだ。借金でも申し込むのか？　金借りて、それで金返す気なのか」

「莫迦」

「違うのか」

「それこそ何で俺なんかに金貸してくれるんだよ。逢《あ》ったこともないんだぞ」

「じゃあどうするんだよ。使い道なんかないだろうよ」

「いや」

あるよと荻野は言った。

「女は金だけは持っている。しかしその金の所為《せい》で人生が目茶苦茶になっちまった訳だ。事情は判らないが、死にたくなる程のことがあったんだろう。それを」

人差指が俺に向けられた。

「お前が救った」

「だから」

「いいや。救った。女は死ななかっただけじゃなく、死ぬのを止《や》めたんだ。女に欠けていたものをお前は与えてやったんだよ」

死ねといっただけだ。

「それでも救われたんだよ。本意だろうが不本意だろうが、結果は変わらない。何百億の金よりも、お前の死ねが効いたってことだ」

「邪魔に思っただけだ」

「そんなこと相手には関係ねえさ。それはお前が一番よく知っていることだろう。コミュニケーションってのは、取れないものなんだよ。気持ちなんてものはいつだって一方通行だ。他人の発するメッセージを勝手に解釈して泣いたり笑ったりしているだけだ。その女は救われたんだよ」

お前が救ったんだと荻野は念を押すように言ってから、俺を値踏みするように眺め回した。

「気持ち悪いな」

「ああ。俺だって気持ち悪いよ。おっさんを見回すような趣味はねえ。おい慎吾。俺と一緒に」

群馬に行かないかと、荻野は脈絡のないことを言った。

「あ？　群馬って」

「俺の実家だ」

「実家？　お前群馬の出身なのか？」

「親元はこっちだが、俺はとっくに絶縁してるよ。実家といっても生家じゃねえ。祖父がいるだけだ。俺の親父《おやじ》と祖父も、絶縁状態だ。俺の家系は代代親子の縁が薄いんだよ」

「それはいいが――俺にはさっぱり話が見えないんだがな。それに、どうやって群馬なんか行くんだよ。金も足もない。お前はここから出られない」

「だからさ。女を使う」

「塚本祐子をか？　そんなことのために使うのか？」

それでも活路にはなるのだろうが。

タクシー代わりに使うって話じゃねえよと、荻野は不敵に笑う。

「女も連れてく」

「あ？」

「お前な、慎吾。人を救うのを仕事にしねえか？」

救う？

仕事？

「待て待て。荻野お前、本気で少しおかしくなったんじゃないか。さっきから話が飛び過ぎだ」

「俺の中では飛んでねえ」

「お前の外では切れ切れなんだよ。人を救う仕事って、何だよ」

宗教だよと荻野は答えた。

「宗教だ？　益々解らない。俺はな、子供に死なれ、女房に愛想を尽かされ、職場からも見限られて、家も財産も何もかもなくしたホームレスだぞ。しかも筋金入りの無信心だ。自殺しようとしている人間に死ねと言うような男だぞ」

「だからさ」

「だからって」

「あのなあ、本来坊さんってのは家を捨てるもんなんだよ。家なんかあっちゃいけないんだ。家を出るから出家じゃねえか」

「巫山戯《ふざけ》てるのか」

「大真面目《おおまじめ》だよ。俺の祖父《じい》さんは坊さんなんだよ。実家ってのは寺だ、寺。檀家《だんか》もいない荒れ寺で、爺が死んだら廃寺だ。親父は嗣《つ》ぐのを拒んで縁切ったんだ」

「俺に嗣げとでも言うのかよ。お前が嗣げばいいだろうが。孫じゃないか」

「莫迦。あんなボロ寺嗣いだって借金が増えるだけだよ。嗣ぐんじゃなくて、使うんだよ、寺をな。使い道のねえお荷物が、使えるようになるかもしれねえって話だ」

「使うって、何にだ」

「お前と、塚本祐子と、うちのボロ寺を組み合わせれば、俺達の人生に違う道ができるかもしれねえ――ってことだよ。どれが欠けても無理な相談だがな」

コマが揃ったと荻野は言った。

「コマだ？　ちょっと待ってくれよ。頼むから解るように説明してくれ」

俺が。

人を救う？

「前から考えてはいたんだよ。お前も知っての通り、俺はガキの頃から精神世界に傾倒してた。今となっては黒歴史だ。実に恥ずかしい想《おも》い出《で》だがな、実は、そうした嗜《し》好《こう》の背景にはな、無信心で拝金主義的な親父への反抗心があったんだよ。俺は親父が大嫌いだったんだ。ただな、親父への反発以上に、縁の切れた祖父さんの影響ってのもあったんだと思う訳よ」

それがどうしたと言った。何の回答にもなっていない。

「結局、あっちこっち寄り道して、気がつけば大嫌いな親父同様の人生を送ってた訳だがな。でもなあ、お前に会って思い出したんだよ」

「何をだ」

色色さと荻野は濁した。

「ある意味で、俺もお前に救われたのかもしれねえ」

何を言っているんだこいつ。

「救ったって、弁当とビール買ってやっただけじゃないか。雨露を凌《しの》がせて貰った恩を考えればトントンだ。いや、廉過《やす》ぎる宿泊費だよ」

「そういうんじゃあねえよ」

「どういうんだよ」

「お前の言葉はな」

何か届くぜと言った荻野のその顔は、俺の知らないオギノではなく、高校時代の荻野そのものだった。

「届く？」

「ああ」

「何が」

「いや、お前にその気がねえのは百も承知だ。でもな、お前の言葉で俺はな、随分と色んなことを思い出したんだよ。忘れてたことをな。そして、考えた。平素は考えることをしない、考えるまでもないようなことに就いて、だ」

「それは」

お前の勝手だ。

俺には関係ないことだ。

「話にならないな。買い被《かぶ》ってるのか世辞を言ってるのか知らないが、俺は人なんか救えないよ。あの女もお前も、一人で勝手に救われたように思い込んでるだけじゃないか」

「救われるってのはそういうことだろ」

「え？」

「溺れてる奴の目の前にでっかい倒木が流れて来たと思えよ。木はな、別にそいつを助けようと思って流れて来た訳じゃねえよ。そんなもんは勝手に倒れて勝手に流れるだけだろ。でもな、溺れてる奴にしてみりゃ救いの神だ。木に感謝だ。木が救ったことになるだろ。違うか？」

「俺は木じゃないよ」

「木みてえなことばかり言うじゃねえかよ。救うの救われるのなんて、みんなそんなもんなんだよ。特に気持ちの問題はそうだろが。そいつが救われたと思う以外に何があるんだよ。みんな気の所為《せい》だ。気の所為だがな、その気にさせることができるかどうかが問題なんだよ、慎吾」

「馬鹿《ばか》な」

馬鹿なことを言うな。

「いい加減にしろ。俺はヒトでなしなんだぞ荻野。まだ解らないのかよ」

「解ってるさ」

人に人が救えるかと荻野は言った。

「何だと？」

「人を救えるのは人でないものだけだ」

「人で――ないもの？」

「仏様だって神様だって人じゃねえだろうが。人でなしだよ。大体な。人の言葉なんかじゃ人は救われた気にならねえよ」

「神仏は、あれは超越者だろ。人を超えてるのじゃないのか。俺は逆だ」

「同じだよ。鬼だって悪魔だって超越者には変わりねえさ。どっちにしたって人じゃあないんだ。お前が人でなしだというのなら、それは適任ということになるぜ」

「狂ってるよお前」

「いいや。至極冷静だぜ。たぶんこの一年で今が一番冷静だ」

荻野は立ち上がり、冷蔵庫からビールをもう一本取り出して口を開けた。

「お前も飲むか」

「いや――それより」

「細かいことはおいおい話すよ。先ずはお前の気持ちだよ。生きる気はあるか。俺を生かす気はあるか」

「別に」

死にたくはない。

況《まし》てや荻野を見殺しにする謂《いわ》れはない。

ただ、この旧友が何を考えているのかが判らないだけである。

「死ぬも生きるも変わりがねえって言うんなら、協力したっていいだろうよ慎吾。もし失敗したって、同じことだ。いや、どう転んだって今よりはマシだぜ」

女にメールするぞと荻野は言った。

第四話　獰

俺はヒトでなしなんだよ——。

何度言っただろうか。

塚本祐子《つかもとゆうこ》は下を向いている。そもそもどうしてこの女がここにいるのか理解できない。何故《なぜ》のこのこやって来るのか。一面識もない人間に喚《よ》び出されてわざわざ来るものだろうか。警戒心というものはないのか。

此処《ここ》はお前には関係のない場所だ。

俺もお前なんかに会いたくはない。

話すことなんかない。

話したくもない。

だから俺は黙っていた。

荻野《おぎの》がこの女に何をどう吹き込んだのかは判《わか》らない。

ただ会えと友人は言った。会ってどうすると問うと、別にどうすることもないと言うから、ただこうして会っているだけである。

何を尋《き》かれても、何を告白されても、聞き流した。

聞き流していても耳には入って来るから、話を止めるために繰り返す。

「俺は」

「人でなし――なんですね」

そうだと言うのもおかしな気がしたから、黙った。話の腰を折るつもりが折られてしまったことになる。

ごめんなさいと塚本は言った。

顔を向けるといっそう下を向いている。

酷《ひど》いことを言いましたと、塚本は聞き取りにくい声で言った。常識的に考えれば、他人に向けてヒトでなしなどという言葉を吐《は》くこと自体、好ましいことではないということだろう。

知ったことではないのだが。

謝ることはないと言うのは、止《や》めた。

「気に障《さわ》ったでしょうか」

別に、と答えた。

「あんたは――何してるんだ」

女は顔を上げる。二度目に会った時よりも更にちゃんとしている。初めて会った時は泥酔しているんだと思った。狂人か廃人か、凡《およ》そまともには見えなかった。汚れていて、乱れていた。

今は俺の方が余程薄汚い。見た目の問題ではない。そもそも何を問われても俺はヒトでなしだとしか言わないのだし、それこそ狂人と変わりないだろう。

「何のために来た」

「あなたに会いに来ました」

「何のために。礼ならもう聞いた」

塚本は黙った。

「俺はあんたと関わりのない人間だ。いや、あんたとはこうして関わってしまったんだが、あんたの人生とは何の関わりもない。それは承知してるな」

女は首肯《うなず》く。

「それなら、こんな場が持たれていること自体が異常だと思わないのか？　それとも俺の第一印象は正しかったということなのか？」

「第一印象って――」

狂人だよと俺は言った。

「狂ってると思ったんだ」

あの時は狂っていましたと、塚本祐子は言った。なら今も狂っているんじゃないかと言ってやった。そうかもしれませんと女はあっさりと認めた。

いったい荻野は何と言ってこの女を喚び出したのだろう。

「おかしい――ですよね」

そう言った女の瞳《ひとみ》には、しかし確乎《しっか》りとした理性が宿っているように思えた。

「おかしいという自覚はあるんだな。なら今からでも遅くない。俺と――いや、俺達と関わるのは止《よ》せ。あんたを喚び出した男は、借金塗《まみ》れだ。ヤクザだか闇金《やみきん》だかが見張っているから、このマンションから一歩も外に出られない。そんな虫ケラみたいな男だ。どう考えたって、付き合って得のある人間じゃないんだよ」

「事情は少しだけ聞きました」

「知っていて――来たのか」

常軌を逸しているだろう。

これはもう警戒心がないというレヴェルではない。進んで詐欺《さぎ》に遭うようなものである。

「何だって言った」

俺は親指で隣室を示す。

隣室には荻野がいる。この女の心中も計れるものではないが、友人の腹積もりは余計に読めない。いったいどういうつもりなのか、まるで判らない。

「自分は事業に失敗して、打つ手もなく、もう後は死ぬしかないと思い詰めていたところ、あなたに救われた――と」

「救われた？」

「ええ」

出任せだ。

否――。

そうだったのかもしれない。俺が思っている以上に、荻野は追い詰められていたのではないか。そんな風には見えなかったのだが、それは偏《ひとえ》に、俺が鈍感だから察知できなかっただけ、ということなのかもしれない。

――いや、違う。

これはやはり、荻野の詐術的なもの言いに違いない。

そもそも、俺は荻野を救おうなどと思っていなかったし、今も思っていない。成り行きでここにいるだけだ。

「それで――何だって言うんだ。俺が荻野を救ったんだとして、あんたがここに来る理由にはならないと思うが」

「メールには、今度はあなたを救いたいんだと書いてありました」

「俺を？」

どうやって。

俺を救うことなどできるか。

いや、それ以前に俺は救われたいなどと思っていない。他人から見れば俺の境遇はどん底のそれなのだろう。俺は家族も職も財産も何もかも失った。過去も未来も失った。無一文の、天涯孤独の、先行きの見えない身分というのは――まあお世辞にも幸せとは言い難《がた》いものなのだろう。だが、俺にはそれが普通なのだ。

普通になってしまったのだ。

ヒトでなしの俺には、これが分相応の在り方である。不満などない。別に殺される訳でもない。いつまで生きられるのか知れたものではないが、すぐに死ぬという訳ではない。縦《よし》んば今この場で殺すと言われても、ハイどうぞと答えるだろう。未練も執着もない。

そんなものが救えるか。救える訳がないだろう。

俺が失ったものを取り戻してくれるとでもいうのか。

そんなものは——。

要らない。家財一切を返して貰《もら》ったとしても、職場に復帰できたとしても、妻と復縁できたとしても、いや、死んだ娘が生きて戻ったとしても——。

元には戻れない。

ならもう、そんなものは要らない。

俺にはそれを受けとる資格がない。あの家に住めるような、あの会社に勤められるような、妻だった人と暮らせるような、そんな人間ではないということが、判ってしまったからである。

死んだ娘の——。

父親など務まる訳がない。

——ヒトでなしなんだ俺は。

巫山戯《ふざけ》るなと言った。

「人を救うなんて思い上がった話だと思わないか。あんたや荻野がどう思っているのかは知らないが、俺はあんた達を救ったつもりもないし、救おうとも思わない」

これっぽっちもな、と俺は敢《あ》えて憎憎《にくにく》しげに言った。

本心だ。

言葉なんかは通じない。どうせ通じないのなら、強く言った方がいい。

「この間も言ったがな、俺はあんたのことをウザいと思ってた。死にたいんなら早く死ねと、本気で思ってたんだよ。言っただろ、死ねって」

はい、と女は応《こた》えた。

「はい？」

「私はそれで正気を取り戻せたんです」

「勝手に取り戻したんだろうよ。俺は関係ない」

「ですから」

ですから何だと言うと、同じことですと塚本祐子は言った。

「同じ？ 解《わか》らないな」

「尾田《おだ》さん自身がどう思われているのかは解らないけれど、荻野さんは尾田さんを助けたいんだと、そう書いてありました」

「はあ？」

何を企《たくら》んでいる。荻野。

いや、オギノ。

「だから——あなたに会って欲しいって」

「何故」

「説得して欲しいって」

「説得？」

どうにも話が咬《か》み合わない。

「何をどう説得しろというんだ」

「尾田さんは今、大きな不幸に見舞われていて、大変な時期だと聞きました」

「それで？」

「このままでは尾田さんもいけなくなってしまうから——荻野さんは一緒にそこから脱け出そうと、あれこれ考えて、でも、尾田さんはちっとも応じてくれないって」

「待てよ。それとあんたと——」

フェイクだ。

そして——俺は気づいた。

オギノは、俺を餌《えさ》にしてこの女を釣ろうとしているのだ。

オギノは何一つ嘘《うそ》を吐《つ》いていない。しかし、それでもこれは一から十まで作りごとである。

俺は慥《たし》かに、現在大きな不幸に見舞われている——とされる境遇なのだろう。俺自身がどう思っていようとも、傍《はた》から見れば同じことである。

オギノが俺に救われたというのも、大きな意味では嘘ではないのだろう。

まあ、話し相手にはなっただろうし、弁当だのビールだのを買ってやったことも事実である。それをして救ったというのならそうなのだろう。実際オギノはそんなことを言っていたのだ。

一緒に群馬だか何処《どこ》だかに行こうと誘われたことも事実である。それでどうなるのか俺には判らないし、どうにかなるとは到底思えないのだけれど、誘うからには何らかの算段があるのだろう。俺のことは横に置いておいたとして、少なくともオギノ自身が現状を脱するだけの目算は立っているということだ。

承諾はしていない。しかし断った覚えもない。

乗り気でないことだけは慥かだが、要は興味がないのである。

——一緒に、か。

だから俺は餌なのだ。しかも擬似餌《ぎじえ》だ。

オギノは、要はこの女を巻き込みたいだけなのだ。いや、この女の財力を当てにしているだけなのだろう。

奴《やつ》の計画に――。

乗るか。降りるか。

乗ってやる義理はない。だが、降りる理由もない。

オギノに義理立てする筋合いがないだけでなく、俺はこの女に対しても何の思い入れもない。オギノ以上に関係が薄い。こいつが喰いものにされようが毟《むし》られようが、知ったことではない。

「無理だよ」

そう言った。

「どうしてです」

「あんたがあいつから何を聞いているのか知らないが、俺も荻野も一文無しだ。あれこれ考えたところで何もできやしない。それに、俺の方は今この瞬間に何処にでも行けるが、あいつは無理だ。一緒に脱するどころか、あいつが一緒だと脱出できなくなるというだけだ」

何処に行くんです、と女は妙にズレた質問をした。

「何処にって」

「今、何処にでも行けるって」

「何処にでも、だよ。俺は何にも縛られていない。社会的義務や制約はない。法律さえ破らなけりゃ、何処にでも行けるし、何だってできるさ」

あの世にだって行けると言った。

塚本祐子は哀《かな》しそうな顔になった。

「何だよ。死なないよ。俺はあんたとは違う。生きたいとも思わないが、死にたいとも思ってない。命がなくなるのを惜しいとも思わないが、死に急ぐ程の感情の起伏も元気もないから」

「今は私も同じです」

「同じじゃないだろ」

面倒臭い女だと思う。何に対して固執しているのか判らない。

会社辞めたんですと塚本は言った。

「そうか」

「ええ。相続が決まってからはまともに働かせて貰えなくて、上司に相談したら、これ以上金を稼いでどうするんだと言われました。私は仕事が好きだったので——かなりショックだったんです。でも、仕方がないかなと思って我慢していたんですけど」

「我慢できなくなったのか」

「クビになったんです」

「おかしなもんだな」

預金額の高さが解雇の理由になるものなのか。いや、それは直接的な理由ではあるまい。そうなら。

「不当解雇じゃないのか」

「不当ですけど、受け入れました。訴えなければ――どんな不当も正当でしょう」

まあそうだろう。文句は言った者勝ちだ。勿論《もちろん》、言っても負けることはある。だが言わなければ最初から負けだ。

馬鹿馬鹿《ばかばか》しい。

勝ち負けでものごとを計ろうとするからそういうことになるのだ。勝った方が正当だというなら、正当も不当もない。勝てばいいということになる。従って、戦いに参加しない者には、戦わずして負けの烙印《らくいん》が押される。

愚かしい。

世に、正直者は泣きを見るなどと謂《い》う。

しかしそれは違う。その場合、正直者というのは何に対して正直な者のことを指すのか。

この女は、少なくとも自分の気持ちに正直に振る舞ってはいない筈《はず》である。

仕事が好きだった、もっと働きたかったというのだから、あからさまに不当な理由での解雇通告は不本意だったろうし、ならば抵抗するのが普通だ。受け入れたというのなら、自分の気持ちに嘘を吐《つ》いたということになる。

泣き寝入りである。

自分の気持ちに正直に戦っていれば勝ち目もあったかもしれない。否、明らかに非は雇用者側にあるのだろう。要求が通った可能性は高い。

要するに、戦えない者や戦ったら負ける者が泣きを見るというだけなのだ。

スポーツにしても選挙にしても裁判にしても、勝った負けたと囂《かまびす》しい。本当に愚かだと思う。

勝たねばならぬとか勝たねば意味がないとか、そんなくだらない価値観で世の中の大半が動かされているらしい。

どうでもいいと思う。

そういう意味で、俺はあらゆるものに負けている。

負け惜しみをする訳ではないがそれでも生きている。それでいいと思ってしまった段階で、もう俺は何にも勝てはしない。

俺は負け犬だ。

まともに社会参加することもできないクズということだ。愚かなゲームにさえ参加を許されないヒトでなしということだ。

「だから私も自由です」

塚本祐子はそう言った。

「自由なんだろうな。何の制約も受けないだけじゃない。何でもできる」

金がある。

「俺達は制約こそ何もないが、同時に何もできない。脱するだの何だの、口では何とでも言えるが、無理だよ。何も変わりはしない。そういうことを口走るのはもう駄目になってる証拠だよ」

この部屋から物理的に脱することもできないというのに、何をか言わんやという話だろう。

「駄目なんですか」

「駄目なんだよ。脱するって、どういうことなんだ。本気で現状から脱出しようと思うなら、それこそ死ぬしかないんじゃないか。この世界に外側なんてものはない。あるというならそれはあの世だ。まあ、あの世もないんだろうけどな」

これは――大昔に荻野が言っていたことではないのか。

「でも、少なくとも死ねば現状からは脱出できるだろうさ。無になる。それを脱出というのかどうかは知らないけどな」

「死ぬしかないということですか」

「そうじゃないよ。脱するとかいう言葉を使うのは無意味だと言ってるんだよ。何にしたって印象だけだろ。頭の悪いコピーライターが考えたキャッチコピーで躍らされる、もっと頭の悪い消費者と同じだ。何をしたって何も変わりやしない。変わったような気がするだけだろ、馬鹿らしいだろうが。例えば、ここで寝てるのと外で寝てるのと、いったい何処が違うと言うんだ。気温が違うのと地べたが固いのと、それだけだろう。みんな」

誤魔化《ごまか》しだと言った。

「そんな言葉に惑わされたくない」

女はまた下を向いた。

「でも、荻野さんは、ただあなたのことを心配して」

心配か。

心配してどうすると言った。

「あいつが心配すべきは先《ま》ず自分のことだろう。自分の身の振り方もままならない男が、他人のことを心配したってどうにもならないだろう。それに、それこそあんたは関係ない」

　あなたがそういう風にいうからきっと私は喚ばれたんですと塚本は言った。

「どういうことだ」

「聞く耳を持たないって」

「聞く意味がないからだ」

「あなたは」

　捨て鉢になっているのじゃないんですかと、塚本はやや大きめの声で言い、それからごめんなさいとまた謝った。

「捨て鉢？」

「だって、尾田さんの言葉は——私や荻野さんには希望を与えてくれるのに、ご自分のことだけは——何だか」

　莫迦《ばか》じゃないのか。

　荻野はともかく、この女は勝手に癒《いや》されただけだ。俺は自己にも他者にも同じように接している。同じように汚い、希望のない言葉ばかりを吐き続けている。

どう受け取るかは受け取った者次第だが、俺だけは違う。己の吐いた言葉で、しかも汚い言葉で、己が癒される訳がない。

当然だろう。

もし仮に自ら発した言説で癒されるような自己があるのだとしても、自分の言葉で癒される自己など茶番だ。気休めだ。それはもう、まやかしだ。自己欺瞞《ぎまん》以外の何ものでもない。

いい加減にしてくれと言った。

「あんた、さっき俺を説得するとか言ってたが、いったいどんな風に説得するというんだ？　荻野の口車に乗るよう勧めるとでもいうのか？　それならお門違いだぞ。迷惑な話だが、俺を救おうとか助けようとか思うなら、あんな奴の口車に乗るなと忠告するのが筋だろ。乗った方が先行きは暗いからな。さっきも言ったが、俺は積極的に生きたいと思ってはいないが、決して死にたいとも思ってない。あいつと行動を共にして怪我《けが》したりするのはご免だ」

「何故先行きが暗いと判るのですか」

「暗くないなら俺の言葉で救われたなんて戯言《たわごと》は口にしないよ。あんただってそうだろう。もういいだろう。どうにもならないんだから、帰ってくれないか」

「それは――お金がないからですか」

「金はないさ」

お金はありますと女は言った。

「知っている。だから何だ」

「ですから」

「金を出そうなんて莫迦な考えは捨てた方がいい。あいつの狙《ねら》いは多分そこなんだろう。俺を説得しろというのは、あんたを釣るための方便だろう」

「そんな――」

結局――。

俺は、この女のためになることを言っていることに気づく。今の言葉は忠告に他ならない。こいつが騙《だま》されようがどうしようが構わない筈なのに。

「そんな酷《ひど》いことを言う――とでも言いたいのか。酷くなんかないさ。あいつはそういう男なんだよ。あんたはあいつのことを何も知らないだろう。どうして初対面の怪しげな男の適当な作り話なんか信じるんだよ。俺も、あの荻野も、あんたが関わるような人間じゃないんだよ。俺はヒトでなしで、あいつは虫螻蛄《むしけら》だ。軽蔑《けいべつ》され、忌避されて然《しか》るべき人種さ。だから、ここに来るべきじゃなかったんだあんたは」

「私の身を案じていらっしゃるんですか」

「何？」

ご心配は要りませんと女は言った。

「いや――言っている意味が解らない」

女は、やけに毅然《きぜん》とした姿勢になって俺の方を向いている。

何だろう。

――この女。

知性はあるが、正気じゃない。

そんな気がした。

「私を関わらせたくないというお気遣いなのでしょうけど、それなら平気です」

「いや、そういうんじゃない」

本気で迷惑なんだ。

何故解らない。何も伝わらないのか。

「いいんです。私も、家族はいません。婚約者も親戚《しんせき》も――もう関係ありません」

「関係ないって」

それはこちらのセリフだと思う。

「親類が結婚に猛反対して、暴力沙汰《ざた》まで起きて、話はこじれ捲《まく》って、婚約者も婚約不履行で私を訴えると言い出して——結局一千万の手切れ金を支払うことで示談にしてくれました。それはそれで清清したんです。それだけの人だったんです。お金で縁が切れるような——でも、親類はその一千万が無駄だと私を責めました。そんなに欲しいならくれてやると、そんな風に思ってた。でも、仕事もなくなってしまったんです。だから」

私を縛るものも、もう何もないんですと女は言った。

「でも——お金だけはあります」

「いい身分じゃないか。だからって無駄遣いすることはない。遣い道ってものはあるだろう。遣うなら有益に使えよ。要らないなら困っている人に寄付でも何でもしてしまえばいいだろう」

何を。

人道的なことを言っているんだ俺は。

ヒトでなしのくせに。

「そういう話です」

塚本祐子はまた分からないことを言う。

「あのな、俺は金はないが困ってない。それから荻野は金には困ってるかもしれないが、自業自得だ。あんな奴を助けることはない。他に助けなきゃいけない人間はごまんといる筈だ」

「荻野さんもそう仰《おっしゃ》ってるんです」

「解るように話せ」

「あなたと一緒に、人を、大勢の人を救いたいと荻野さんは言ってるんです。そうすることが、自分のためにも、あなたのためにもなると——でも、あなたは、尾田さんは頑《かたく》なで」

「救う？」

そういえばオギノは宗教がどうとか言っていた。それこそ聞く耳を持たなかったから聞き流していたのだが、本気だとでもいうのだろうか。

「どうやって救うというんだ」

何度も言わせるな——と、俺は少しだけ怒鳴った。

「救うとか救わないとか、何なんだ。冗談じゃないぞ。俺は他人がどうなろうと知ったことじゃないし、そんな、思い上がったことを軽軽しく言うな。人に、人に人が救えるか——」

ヒトでなしなら。

人じゃないから。

そう——言っていたか。

「そんな話——」

「私にできることがあれば何でもします」

「そういう問題じゃないだろ」

「もういいんです。私は決めました。あんな大金、持っていたって何も良いことがないんです。でも、捨てる訳にもいかないし誰かにあげる訳にもいかない。寄付するにしたって、何処も、誰も信用できない。それなら自分で遣います」

「おい」

「荻野さんに協力します。でも、そのためには尾田さんが——」

そういう仕組みなのか。

俺は扉を睨《にら》んだ。

オギノは、やっとコマが揃《そろ》ったとか、そんなことも言っていた。

俺は、奴の計画においては餌としてデフォルトのパーツだったのだ。

俺は大きな鯛《たい》を釣るための作り物の海老《えび》だ。餌と獲物が揃ったということか。

ただ頼み込んだところで赤の他人が金を貸してくれる訳もない。いくら相手に金が余っていようとも、ただ借金の肩代わりを頼むような話では一笑に付されるのがオチである。俺をダシにして、それらしい大義名分を掲げて、搦《から》め手で女をその気にさせて、目が眩《くら》むような大金を恣《ほしいまま》にしようというのか、あの男は。もしそうすることができれば己の借金などあってないようなものである。塚本祐子がいくら持っているのかは知らないが、たぶんオギノの借金など利息分で返済できてしまう筈である。

——いや待て。

俺が怒ることじゃない。何を憤《いきどお》っているんだろう。俺には関係ない。この女がそうしたいというなら、そうさせればいい。その結果こいつがどんな目に遭おうとも、それはもう俺の責任ではないだろう。

だが。

——何なんだろう、この目は。

狂人の目ではない。

狂信者の目か。

「ここにいろ」

俺は女を残してオギノがいるリビングに向かった。

荻野は低いソファに身を埋めて窓の外を見ていた。大きな窓の外には何もない。薄曇りの午後の空は、ただの白茶けた幕のようだった。

荻野は億劫《おっくう》そうに首を曲げて、どうしたと言った。

「どうしたじゃないだろ。どういうつもりなんだ」

「話しただろ」

「聞いてない。そもそも、俺にはあの女に会わなけりゃいけない理由がない」

お前になくてもあっちにはあるぜと言って、荻野は身体《からだ》ごとこちらに向いた。

「言っただろ。惚《ほ》れてる」

「止《よ》せ」

「止さないよ。惚れてるという言い方が厭《いや》なら、言い換えようか。そうだな、心酔してる――信じ切ってる――頼ってる――何でもいいんだよ。お前の言うことなら何でも聞くぜ」

「死ねと言っても死ななかったがな」

「そこんとこが鍵なんじゃねえかよ。死にたがってるような壊れた奴に生きろと言っても無駄だろうさ。あの女はな、ガタガタだったんだよな。それまで信じてたものがみんなぶっ壊れちまったみたいな、そんな状態だった訳だよ」

「だから何だ」

「見たろ？　物凄《ものすご》く普通の女だよ。まともなんだよ。仕事熱心で、前向きで、恋愛もしていて結婚願望もあって、真っ当じゃないかよ。そういう真《ま》っ直《す》ぐな人間というのはな、当たり前にものごとを捉《とら》え、当たり前に考えるもんなんだよ」

金があるのは悪いことかと荻野は裏返ったような声で問うた。

「さあな」

「いいことさ。だってよ、労働報酬だものよ、金は。勤勉さの証《あか》しだろう。社会参加してる証拠だ。自己実現の具現化だよ。金が悪いもんである訳がねえだろうさ。それがどうだ」

金の所為《せい》で日常が完全崩壊だよと言って荻野は立ち上がった。

「価値判断の基準が綺麗《きれい》さっぱりなくなっちまった。婚約者にも親族にも同僚や上司にも裏切られた。だから死のうとしてたんじゃねえか」

「それがどうした」

そんなことはどうでもいい。

「その壊れた女の欠けたところに、お前はピタッと嵌《は》まっちまったんだよ」

「嵌まった？」

「欠けたところが埋まったんだよ。死にたきゃ死ねというお前の言葉がな、パズルの欠けピースのところにすっと嵌まっちまったんだ。これはな」

お前の気持ちとは関係ねえと荻野は言った。

「一切関係ねえ。お前があの女をクソだと思っていようとカスだと思っていようとそんなことは無関係だ。あの女はお前の吐いた罵言《ばげん》を己の価値基準として採用しちまったんだ。こりゃ——恋愛感情と大差ねえもんさ」

「それで」

「それだけだ。あの女はお前を信頼してるんだ。お前を信頼しなければ、またガタガタになるんじゃないかと思い込んでる。大した理由はねえよ。中学生が大した理由もなしに特定の異性を好きだと思い込むのとおんなじだ。醒《さ》めっちまえば大して可愛《かわい》くもねえのに、思い込んでる間は天使みてえに見えるのよ」

お前はあの女の天使だよと荻野は戯《おど》けたように言った。

くだらない。肚《はら》も立たない。

だが。

「それを利用しようってことなのか」

「利用か」

利用なあと繰り返して友人は窓辺に移動する。

「まあ、利用といえば利用だな。でも俺は嘘吐《つ》いてねえぞ。女騙して、利用しようと思っている訳じゃあねえ。まあ、都合の良い方に転がってることだけは間違いねえけどもな」

「嘘を吐いてないことは承知している。だが」

慎吾《しんご》――と荻野は俺を呼んだ。

「俺は巫山戯《ふざけ》てる訳じゃねえんだよ」

「まあ――崖《がけ》っ縁《ぷち》なんだろ」

そうじゃねえよと友人は声を荒らげた。

「お前は他人のことなんかどうでもいいと思ってるだろ。人でなしだからな。俺だって同じなんだよ。俺は虫で、クソなんだぜ。だからお前のことなんかどうでもいいのさ。お前の気持ちなんか関係ねえんだよ。お前の気持ちを忖度《そんたく》するならこんなことはできねえのかもしれねえが、そんなもん考えるだけ無駄だろ。俺にはお前の心の中なんか解りやしねえ」

解る訳もない。

解って欲しくもない。

「だから、俺は、俺が感じたまま生きるしかねえんだ。俺はお前と出遭って、話してよ、それで生きる気になったんだよ。お前はお前の気持ちと関係なく俺に影響を与えたんだって。俺もある意味であの女と一緒なんだよ。俺はな、今、本気で救われたような気になってるんだよ」

「気になっているだけだ」

「言っただろ。そんなもんはいつだってそうだろう。その気になるだけなんだよ、どんな時だって」

勘違いだろと言うと勘違いさと言って荻野は両手を広げた。

「何もかも勘違いじゃねえか。勘違いじゃねえコミュニケーションなんかねえんだよ慎吾。人間は解り合えるものじゃない。他人の気持ちなんか絶対に解らないし自分の気持ちだって絶対に伝わらねえよ。だから解り合った気になることが大事なんだろうよ。思い込みだよ思い込み。思い込めるならそれが真実だ。俺は思い込める。あの女も思い込んでる。何がいけねえ？」

「いけなくはないがな」

俺にはどうでもいいと答えた。

そう答えるしかない。

「それでいいんだ」

荻野はいきなり声のトーンを落としてそう言った。

「いい？」

「お前は阿《おもね》ることなんかねえ」

「どういう意味だ」

「お前がどんな風に考えようと、どう思おうと、何を言おうと、関係ねえということだよ。事態は既に転がり出してる。俺が転がした。だからお前にはもう、どうしようもねえよ」

白茶けた空を背後に、見馴れたような見知らぬような、出遭ったばかりのような古い馴染《なじ》みのような奇妙な友人は、自信あり気に嘯《うそぶ》いた。

「どうする気もない」

そう言った。

何故《なぜ》だか再放送のテレビドラマを観《み》ているような気分になったからだ。

それでいいんだよと荻野は言った。

「どういいのか判らない。俺はお前の邪魔をするつもりもないが、手助けをする気もない。何か察したところで話を合わせることなんかできない」

「合わせる必要なんかないと言ってるんだよ。俺だって嘘吐《つ》いちゃいないんだ。何でお前が嘘吐かなくちゃならねえ」

「嘘なんか言わないよ。俺はあの女に帰れと言った。お前はどうせ金目当てなんだと言ってやった」

「その通りだ」

「あいつの借金は自業自得で、赤の他人であるあんたが手助けしてやる必要なんかないとも言ったんだよ」

「いいじゃないか」

「いいのか。お前の目論見《もくろみ》とは正反対のことを言ったんだぞ。お前の魂胆を見透かして、阻止しようとした」

人でなしの割には正義の味方だなと荻野は笑った。

「それでどうなった」

「どうって——」

どうにもならない。

「はいそうですかと言ったか？　私は騙されていました、教えてくれてありがとうと言ったのか？」

いや。

あの、目は。

通じなかっただろと荻野はまた笑った。

「いや、通じてはいるのか。通じているのに理解はしてくれないんだろ。言葉も、意味も通じているのに、お前の話は全く届かない——そうだろう。違うか」

違わない。

「信じているんだよ」

「何をだ」

「お前をさ」

「なら何故忠告を聞かない」

「だから信じているからだ」

お前の話が通じないと言うと、俺を信じてねえからだと言われた。

「あの女が信じているお前はな、あの女が作り出したお前なのであってお前本人じゃないんだよ。だからお前の発する言葉は、あの女の中ではあの女が作り出したお前の言葉に他ならないのさ」

「それは——」

違うものなのか。

違うのだろう。

多分、俺の見ているオギノは荻野そのものではないのだ。違うということが自分で判っているからこそ、俺は荻野をオギノだと思ってしまうのだ。

荻野の言う通り、俺はオギノを信じていない。

こいつは荻野そのものではないと、そう感じているからである。同じように塚本祐子にとって、俺はやはり尾田慎吾ではなくオダシンゴだということなのだろうか。

彼女はそのオダシンゴこそが俺なのだと信じ、かつ信頼さえしている——ということか。

信じるということは疑わないということだろうと荻野は言った。

「疑わないってことは考えないということだ。思考放棄だよ。私はあなたに全幅の信頼を置いていますというのはな、私はあなたの言動に就いて何も考えませんという意味よ。だから何もかも、都合の良いように変換されちまうんだ。言うことを聞いて欲しかったらな、いや、お前の本心を伝えたいのなら、だ。お前はあの女の中ででき上がってるお前のふりをしなくちゃならない」

「ふり——か」

「そうだ。お前がお前の影を演じることができないのなら、お前の言葉はあの女には届かないんだよ。演じるってことは嘘を吐《つ》くってことだ。あの女の中のお前とお前本人がぴったり重なっていない限り、少なくともある程度の嘘を吐かなけりゃお前の言葉は理解されない――ってことになる」

「なる程な」

「お前は嘘なんか吐かないだろう」

言われるまでもない。

俺は嘘が吐ける程に器用ではない。自分も騙せない。

騙せていたなら、家族を失うことも、職を失うこともなかっただろうと思う。嘘は時に思い遣《や》りと同義になるのだろうし。

俺にはそれすらないのだ。

ヒトでなしだからだ。

「だからお前にはどうしようもないと言ってるんだよ。お前の思い通りにはならないんだ。勿論俺の思い通りにもならないのさ。あの女だって同じことだ。誰の思い通りにもならないだろう。でも、もう遁《に》げられないんだよ」

「遁げたいんじゃなかったのか」

「遁げられないと、お前が教えてくれたんじゃねえかよ。俺達に明日はねえなんて気取ってみたところで、眠って起きれば明日になってる。あるじゃねえか明日。なら何処にも遁げられやしないんだ。俺は」

俺からは遁げられねえと荻野は言った。

「俺も、お前も、あの女も、遁げられやしないんだ。なら」

「気に入らないな」

何故かは解らない。

「ものごとが思い通りにならないなんてのは当たり前のことだろ。気持ちが通じないのも厭という程知っている。でも――俺は気に入らない」

「どうでもいいんじゃなかったのか」

「どうでもいいさ」

「どうでもいいなら、気に入るも入らないもないだろ」

「いいや。気に入らない。阿ることはないんだろ。なら好きにする」

俺は寝室のドアを開けた。

所在なげに塚本祐子が座っていた。

「あんたはもう帰れ」

「でも」

「でもじゃない。あんたも面倒臭い問題を抱えてるんだろうし、この荻野も問題を抱えてる。でもそれは別の問題だ。お互いに何の関係もない。だから、それぞれが解決すべきだ。互いに互いを巻き込んだって仕方がないだろう。だから出て行け」

塚本祐子は悲しそうな顔になった。

厭だ。

何を見ている。

お前が見ているのは俺じゃないじゃないか。お前が見ているのは俺の顔をしたお前だ。お前自身だ。だから気持ちが悪いんだ。

その目は――。

鏡を見ている目だ。鏡に映った裏返しの自分に見蕩《みと》れている、気味の悪い目だ。理性があったって、自分の顔ばかり眺めていたのじゃ、白痴と同じじゃないか。

俺は寝室に踏み込んで、塚本の腕を摑《つか》んで立たせた。

「立て。出て行け。とっとと帰れ。二度とここには来るな」

「尾田さん」

その目だ。

そんな目で俺を見るな。

気味が悪いんだよ実際――。

「俺の名前を気安く呼ぶな。出遭いはしたが、偶然だ。俺はあんたと知り合った覚えはない。さあ、ここはあんたの居る場所じゃないんだ」

腕を引いてリビングに引き出し、玄関の方に進んだ。

意外にも荻野はただ成り行きを見守っている。止めるでもなく、騒ぎもしない。窓辺に立ったまま、ただ黙してこの猿芝居を眺めている。

勿論、知ったことではない。

「私は――帰る処《ところ》なんかないんです」

「なら作れ。金があるなら何でもできるだろう。家でも会社でも買えばいいんだ。ぐずぐず言ってたってどうにもならないだろう。仕事したいなら会社まるごと買え。それなら仕事だって好き勝手にできる。いいや、婚約者だって買い戻せるだろう」

そうだ。

人は金で買える。

「金次第で何処にでも靡《なび》くような男だったんだろうが。なら、もうちょっと積めば幾らでも戻って来るぞ。親戚の言うことなんかに耳貸す必要はないだろ」

——どうせ。

「どうせこんな、クズ野郎に大金出すつもりでいたんだろうが。親戚もクズ、元婚約者もクズなんだろうが、こいつだってクズなんだよ。一面識もないクズの借金返す手助けなんかしたと知れたら、それこそ親戚連中が黙ってないんじゃないのか。それなら、欲っ集《たか》りでも元婚約者に貢《みつ》いで縒《よ》り戻した方がずっとマシだろうよ」

「そんなこと——」

どんなことだと俺は言った。

「金で態度変えるような人間は下等か。その金がなくて首縊《くく》る奴だっている。金のために命売る奴だっているんだ。貧乏人は誰だって金で動くさ。そうしたくなくたって動かざるを得ないからだよ。仕方がないんだ。それが下等か」

そんなことは思っていませんと女は涙声で言った。

「そうじゃなくて、あの人は」

「いいや、そいつだけが特別だった訳じゃない」

俺は断定した。

本当かどうかは知らない。言い訳も聞きたくはない。どうでもいいのだから、好きなことを言うだけだ。

「誰だって金には靡《なび》くんだ。金に目が眩んだ程度で見切りつけるあんたの方が驕《おご》ってるんじゃないのか。金持ちの驕りはないのか。自分だけは金があっても変わらない美しい人格だとでも言うのか。それとも、金で買えないものもあるなんて、聞いた風な口を利《き》くなよ」

俺は女を突き放した。

「金で買った縁だって、悪いものとは限らないぞ。金を馬鹿にするなよ」

女は、塚本祐子は目に涙を溜《た》めている。

涙で焦点がぼやけて、多少は気味の悪さが薄れている。でも。

そんな涙は何の役にも立たない。

俺には通じない。

「さあ。帰れ。いいか、俺はこういう人間だ。あんたも解《わか》っただろう。あんたは必ず俺を詰《なじ》るようになる。俺はヒトでなしなんだよ。ヒトでなしってのはこういうもんなんだ。人は、ヒトでなしと一緒にいると厭な気持ちになるんだ」

そう。

「それが普通だ。解ったら出て行け」

俺は女の肩を押した。

女はつんのめって転びそうになり、壁に手を突いた。

「尾田——さん」

「だから気安く呼ぶな。あんたは充分に幸せだ。なら無駄遣いするな」

女は下を向き、それから靴を履いた。

「あの」

「もう話すことはないよ。いいや、最初から話すことなんかなかったんだよ。二度と会うこともないだろう。さあ」

俺は裸足《はだし》のまま玄関に降り、女越しに身体を乗り出してノブに手を掛け、ドアを開けようとした。

その時——。

突然、僅《わず》かに開いた隙間《すきま》から腕が差し込まれた。

男の腕だった。

ドアが勢い良く全開になって、俺は蹌踉《よろ》けた。塚本祐子はバランスを崩し、廊下に向けて倒れ込んだ。

坊主頭《ぼうずあたま》の、何処《どこ》を見ているのか解らない男が突っ立っていた。

「あんた誰だい？」

男は妙な調子でそう言った。

「この女は何だい」

男は塚本を足先で突《つつ》いた。

塚本祐子は怯《おび》えて身を竦《すく》め、這《は》うようにして廊下の壁まで進んだ。俺は咄嗟《とっさ》にドアを閉めようとしたのだが、男は半身を玄関の中に突っ込んだ。

「痛ェなあおっさんよ。挟まっちまうよ」

「何の用だ」

「それより、あんた誰。ここはさ、金返さない荻野さんの部屋じゃないのかな」

「ああ。ここは荻野の部屋だ。それがどうした」

「あのさあ。荻野さんはスンゴい借金してる訳よ。だからね」

あんまり勝手な真似《まね》してると気に障《さわ》んだよと、突然大声を上げて、男は俺の胸倉を摑んだ。

「何ゴソゴソしてやがるんだコラ。どういう了見だコラ。え？　好き勝手してんじゃねえぞコラ」

俺は黙って、為《な》すがままにされた。

「遁げようとしてやがるんじゃねえのかよコラ」

やめろ、と室内から声が聞こえた。

荻野が出て来る気配がする。俺は吊《つ》り上げられているような恰好《かっこう》なので、後ろを見ることもできない。こいつは――。

背は低いのだが、力がある。

「そいつは関係ない。そっちの女性は」

「関係ないことないじゃない。ここに出入りしてるじゃない。お友達なのかな」

「そうだ友達だ。俺のこと心配して様子を見に来ただけなんだ。無関係だよ。だから離せよ」

「そういうの無関係とは」

言わないんだよと言って、男は胸倉を離した。俺は一瞬爪先《つまさき》立ちでフラついて、踵《かかと》を下ろす前に視界が乱れた。

どうも殴られたらしかった。

俺は半回転して床に倒れた。倒れて暫《しばら》くしてから、左の頬に鈍痛を感じた。

「な、何すんだお前――」

「おいおい、乱暴すんじゃねえよ、鍋《なべ》よ」

聞き慣れない声だ。

顔を上げた。

左目がチカチカして、能《よ》くものが見えなかった。坊主頭の後ろからもう一人の男が現れたようだった。

「何てことすんだよこのチンピラはよ」

視界が暈《ぼ》けている。

莫迦《ばか》野郎という声が上がり、坊主頭が一度跳ねるように動いて、多分蹲《うずくま》った。殴られたのだろう。

「暴力振るってんじゃあねェぞこのチンピラが。あ？　あ？　慰謝料請求されったろうが。暴行傷害で訴えられっだろうがよ。あ？　警察呼ばれるだろうがよ。おい。そしたらどうすんだこの莫迦野郎が。え？　金貸して、返して貰《もら》えなくて、こっちは悪くないのに捕まっちまうだろ。弁《わきま》えろこのボケ」

暈けた影は数回坊主頭を蹴《け》った。

「すいませんねえ。そちらの方。平気ですか。まあ今のは、このチンピラの一存で仕出かしたことなんですよ。それに、まあ故意じゃなく過失ですからね。穏便にお願いしますよ。お前も謝れこの莫迦野郎」

坊主頭は蹲ったまま姿勢を動かして、土下座のような恰好になった。

多分、俺に謝っている。

「いやいやいや、それにしても荻野さんも悪いよなあ。ねえ、そうでしょうよ荻野さん。困るなあ。閉じ籠《こも》りは困るんだよ。ここは入れないから」

「入ってるじゃないか」

「いやいや、人の出入りがあるからね、いくらオートロックだって、住人や業者さんと一緒に入れば、忍び込むくらいはできるもんなんですよ。何しろ、こんなチンピラだって」

男はまた坊主頭を蹴った。

「入れちゃうんですよ、荻野さん。管理人の目を盗むより簡単なんだ。まあセキュリティ完備ったってねえ、穴はあるから安心はできないですよ」

男は、どうやら俺を殴った坊主頭の上の人間であるらしかった。

やくざなのだろう。

どうにも視界が定まらない。

仕方なく左目を瞑《つむ》り、右目だけで見てみれば――。

予想に反して、そこに立っていたのはスーツ姿の、ただのサラリーマン風の中年男だった。

「でもね、荻野さん。建物に入り込んだって、ここのドアは開かないしねえ。開けてくれないでしょうあなた。だからといって、昔と違ってね、少しでも騒ぐとすぐ来るんだよね、警察。誰が通報するのか知りませんけどね、酷《ひど》いよねえ。こっちは悪くないのにさ。夜は警備員がいるしねえ、こいつなんかは、チンピラで」

スーツの男は今度は立ち上がろうとしている坊主頭を小突いた。

「こんな恰好してるから、目立つしね。目立つんだよ莫迦野郎ッ」

坊主頭の小男は口を尖《とが》らせて、すんませんと言った。

「それに四六時中見張ってるのも不経済でしょう。人件費が高いからねえ。こんなチンピラだって廉《やす》くは使えないんですよ、荻野さん。見張りだってタダじゃないんだよね。これさ、こいつもね、こんな使えねえチンピラだけど、飯も喰う訳。こいつの人件費さ、借金の額に上乗せしていいかな荻野さん」

「そんな話――」

冗談だよ冗談と男は言う。

「冗談も通じねえのかよ荻野さん。まあだからさ、ここ二三日何となく人の出入りがあるみたいだしね、待ってたんだよね。昼間の客が来るのをさ。客は来れば帰るからね」

扉も二回開くのよと男は言った。

「それで。何の用なんだよ」

「何の用はないなあ。だって話し合いが必要でしょう我我にはさ。あんた、借金があるんだから。ねえ荻野さん」

「話し合ったって金は涌《わ》いて出たりしねえけどな」

「そんなことはないって。あんた次第だよねえ、荻野さん。色色方法はあるでしょうよ。でもさあ、こっちで勝手にはできない訳よ。あんたの同意ってのがね、必要だからさ」

会ってくれないのは卑怯《ひきょう》だよと男は慇懃《いんぎん》な感じで言った。

「こんなとこに籠城《ろうじょう》してたってさあ、いつまで保《も》つんだか、ねえ。先延ばししてるだけでしょう荻野さん。一日一日利息は増えてる訳なのさ。うちはねえ、これ、別に違法じゃないからねえ。利息が法定金利より高いとか、そういうことはないからね。悪いことなんか何もしてないよ」

「忍び込んで無関係な人間殴り飛ばすのが悪いことじゃないのか」

荻野はそう言って、俺に手を貸して立たせた。

「悪かった。油断した」

何も言わずに立ち上がった。

頬が二度ばかり引き攣《つ》ったが、それだけだった。刺激は残っていたが、痛みというよりも痺《しび》れに近い。

荻野が平気かと尋《き》く。

答えなかった。

平気なのかどうか自分でも判らない。

「話し合うって態度じゃねえだろ」

「ほら。こういうこと言われるンだよこのチンピラはよッ！」

男は坊主頭を殴った。

「死ねよてめえ」

蹴る。

俺よりも酷い目に遭っている。

坊主頭は口の端が切れたのか、ほんの少し血が滲《にじ》んでいる。

「こいつはね、あんたを見張るためだけに雇ったチンピラなんですよ。うちとは関係ないんですよ。そちらの方も、居合わせただけとはいえ、災難でしたねえ。それもこれも荻野さんが会ってくれないから——」

「で。何だよ。マグロ漁船でも乗れっていうのか？　それとも臓器でも売るか？　保険入って死ねばいいのかよ」

　そんな非合法なことを強要したりしませんよと男は言った。

「どんなことでも強要は——しません。ただ話し合いをしたいと言ってるんですよ私は。だから部屋に入っても宜《よろ》しいですかね、荻野さん。勝手に上がり込んじゃねえ」

「もう入ってるだろ」

「じゃあいいんですね」

「私が」

　私がお支払いします——と、塚本祐子が言った。

「はあ？」

　男が振り向いた。坊主頭がうるせえてめえは黙ってろと塚本を怒鳴りつけた。その坊主頭を男は再び殴った。

「うるせえのはてめえだ鍋谷《なべや》。てめえ本気で使えねえな。何なんだよ。黙ってられねえなら本気で死ねよ。てめえの保険で補塡《ほてん》しろよチンピラ」

　坊主頭は黙った。

「止《よ》せ」

俺は——言った。

「お嬢さん、今、聞き捨てならないことを仰《おっしゃ》いましたなあ。何ですって？」

「止せって」

「私が」

「止《や》めろ」

「あんたもうるさいなあ。こちらのお嬢さんと話してるんだよ私は。お嬢さん、この荻野さんとどういうご関係ですか。借金の肩代わりするようなご関係ですか」

そんな関係じゃないよと荻野が言った。

「その女《ひと》こそ関係ない」

「どんな関係でも構わないんですよ。我我はお金を返して貰えるんなら、犬にだって頭を下げますからね。お嬢さん、今のお話ですが——」

「止《よ》せと言ってるんだッ」

俺は——大声を出した。

女の方を向いていた男は振り向いて俺を睨《にら》みつけた。

俺は。

睨み返す程の胆力を持っていない。

「おい鍋谷。そちらの人に少し黙って戴《いただ》きたいと、てめえから丁寧にお願いしてくれないかな。使えねえチンピラでもそのくらいのお願いはできるだろ」

坊主頭は右手で口許《くちもと》を拭《ぬぐ》い、土足のまま上がり込んだ。

俺の前に立つ。間に荻野が割って入った。

「おい」

坊主頭は荻野を見上げた。

まだ若いのか、小柄だから若く見えるのか判らない。

眉間《みけん》に力を籠《こ》めて、ゆっくり首を傾ける。因縁をつける時のスタイルなのだろう。

荻野と若造は暫く睨み合っていた。

男は塚本の方を向き、どういうお申し出でしょうかねと言った。

「ですから、私が払います」

「はあ！　お嬢さん。あなたはこの荻野さんがどのくらいの借金を抱えていらっしゃるかご存じなんですかあ」

塚本は首を横に振った。

「こりゃあ涙ぐましいな。まあ――あなたが献身的にがんばったって、十年、十五年以上はかかるかなあ」

塚本祐子の境遇をこの男は知らない。

「でも、見上げたもんだお嬢さん」

「止《や》めろッ」

荻野が言う。

坊主頭は、今度は荻野の襟首に取りついた。荻野が振り払う。

「おい鍋。殴るなよ。今度殴ったらてめえぶっ殺すぞ。大事なお客様なんだから直接触るんじゃねえよ。さあ、お嬢さん、場所を変えてお話ししましょうかね」

男が塚本の肩に手を掛けた。途端に荻野が坊主頭を薙《な》ぎ払うようにして乱暴に横に退け、前に出た。鍋谷とかいう小柄な男は、俊敏な動きで荻野に取りつき、猛獣のように歯を剝《む》いて唸《うな》った。

「だからお客に直接触るなって言ってるんだよボケッ」

男は鍋谷を荻野から引き剝《は》がして力一杯殴り飛ばした。

鍋谷は床に転がった。

「すいませんね荻野さん。こいつ莫迦なもんでね。今のも暴力行為じゃあないんですよ。でも、あんたがいけないなあ。挑発するようなことするからですよ。さて」

お嬢さん、と男は塚本を呼んだ。

「いいですかぁ。このあなたのお友達の荻野さんはね、八千万も借金してるんですよねえ」

「八千だと？」

「おっと、金額が違うとか言わないでくださいよ荻野さん。また小口の債権纏《まと》めたもんで、少しばかり増えてるんですようちの分がね。いいですかお嬢さん。うちの他にもねえ、まだ小口の借金が何口もあるんですよ荻野さんは。しかも——それ、銀行から借りてる分を除いてですよ」

荻野は黙っていた。

順番下だと無理だわなあと男は言う。

「なあ、せめてうちの分だけでも返してくれませんかねえ」

「返せるなら返してるって」

「威張るようなことじゃねえだろがッ」

突如男は怒号をあげた。

「ま、このお嬢さんの心意気は嬉《うれ》しいけどもね。年に一千万は——無理かなあ。この景気だからなあ。ちょっと無理だな。じゃあ十年でも無理かア——」

男は舐《な》め回すような視線で塚本を値踏みした。

「十年保《も》つかなあ」

「すぐに――返せます」

「あのね、私の話ちゃんと聞いてたのお嬢さん。千円二千円って話じゃないからね」

「判ってます。私」

「言うな」

俺は――口を挟んだ。

「でも」

「言うことはない。あんたは関係ない」

「だからうるせえんだよあんたッ」

私には払えるんですと塚本祐子は大声で言った。

「だから――」

「ははあ。荻野さんも人が悪いなあ。何だよ、もしかして金返す算段してくれてたってこと？」

こちらは金主《きんしゅ》なんだあと言って、男は再度塚本を見回した。

「金持ちには見えないけどねえ」

塚本は震えている。遠目にも判る程震えている。痙攣《けいれん》に近い。

「嘘《うそ》じゃねえだろうな」

「嘘だよ」

俺は男の後ろに立った。

「その場凌《しの》ぎの嘘に決まってるだろ。こんな女が何でそんな大金持ってるっていうんだよ。莫迦じゃないなら判るだろ」

「あんたな」

実際うるせえと言って男は身体を返して俺に詰め寄った。やめてと塚本が声を張り上げた。

「いちいち横から口出すんじゃねえよ。自分こそ関係ねえなら黙ってろ」

男は顔を近づけて、ただ俺を威《おど》すつもりだけ――だったのだろうが、止めようとした塚本が背後からぶつかって来たので、結果的に俺に覆《おお》い被《かぶ》さるような恰好になってしまった。俺は後ろに尻餅《しりもち》をつき、三人がフロアに傾《なだ》れ込むように倒れた。

「きゃ」

奇妙な声が耳許《みみもと》で聞こえた。

「客に触るなって言ったじゃねえかッ」

そう、聞こえた。

何がどうなっているのか判らなかった。

大きなものが右から左に勢い良く移動して、俺は何かに打ち当たったような痛みと衝撃を同時に感じた。視覚がまだ完全に回復していなかった所為《せい》か、激しく動いていた所為か、ピントが暈《ぼ》けた連続写真をコマ送りで見たような、凡《およ》そ不明確な画像だけが認識された。

塚本祐子が俯《うつぶ》せになっていて、俺の上に男はいなかった。

何だか祝詞《のりと》のような、念仏のような声が聞こえている。

「お前が言ったんじゃねえかお前が言ったんじゃねえか。何触ってんだよお前が触るなって言ったんじゃねえか」

——何だ。どうなった。

頭を振って、身体を起こした。

口を開けた荻野の間抜けな顔が先《ま》ず目に入った。それから両手を突いた塚本がゆっくり顔を上げた。

眼を円《まる》くしている。

首を左に曲げてみた。

何かの塊が、同じ運動を何度も繰り返していた。

「うるさいのお前だ。うるさいのはお前だよ。オレはチンピラじゃねえし。チンピラなんかじゃねえし。自分で触るなって言ったんだし。おまえが悪いし」

「お――」

俺は、やっと起き上がって、きちんとそれを見た。

鍋谷が男に馬乗りになって。両腕を上げたり下げたりしていた。

飛沫《ひまつ》が。

飛んで、俺の頬についた。

拭うと掌が真っ赤になった。

「な――何してるんだ」

「オレはばかじゃねえから。ばかばか言うんじゃねえよ。お前が悪いし。お前うるせえし」

「おいッ」

俺は――とびきりの大声を張り上げた。

鍋谷の動きが止まった。

ナイフを持っている。

「お前――何してる」

「オレは」

鍋谷は先ず下を見た。

それから顔を上げて、中空を見て、その後に自分の左手を見て、やっと右手の凶器を確認した。

「あー」

鍋谷はだらしなく何かを吐《は》き出すような声を出して、それから俺の方を見た。顔が半分くらい血飛沫《しぶき》で斑《まだら》になっている。

「ああー」

男が俺に伸《の》し掛かって来た瞬間に、右側に転がっていた鍋谷が横から跳び出して来て、多分男を刺したのだろう。鍋谷はそのまま俺を踏み越えるようにして男を床に押し倒し、それから馬乗りになって――。

滅多刺しにしたのだ。

塚本の眼が二回りくらい大きくなり、それから口が開いた。悲鳴を発する前に荻野が肩を抱いて、口を塞《ふさ》いだ。

「駄目だ。静かにしろ」

ドアは開け放してある。

俺はそのまま立って、玄関に降り、ドアを閉めた。

それから。

振り向いてリビングを見渡した。

室内は別にそれ程乱れてはいない。今朝と、昨夜と同じ情景である。

ただ、荻野がガタガタと震える女を押さえつけているのと、血塗《ちまみ》れになった小僧がいるのと。

ついでに多分、死骸《しがい》がひとつ、増えている。

「こういうことになるんだよ荻野。浅知恵を巡らせるとロクなことにならない。どうする――気だ」

「ど、どうするって――どういうことなのか俺にも判らねえよ」

坊主頭はだらしなく口を半開きにし、死骸の上で弛緩《しかん》していた。俺は。

俺は若造に近づく。

徐徐に血溜まりが広がって行く。

踏むと面倒なことになりそうだったからその赤黒い液体を避け、俺は屈《かが》み込んで倒れている男の顔を覗《のぞ》いた。

まだ息がある。

ついさっきまで憎憎しい言葉を吐いていた口が、ただひくひくと蠢《うごめ》いている。左手が何かを摑むかのように一度握られて、そして握り切る前に開いた。

虫の息とはこのことだろう。多分、もう眼は見えていない。痛みは感じているのだろうか。思うに、この男が状況を一番認識していない筈《はず》だ。

俺は鍋谷を見た。

見ようによってはこちらの方が死人に見える。まるで蠟細工《ろうざいく》のようだ。視点も一向に定まっていないようだった。

「おいッ」

俺は声を掛ける。

血塗れの小僧は反応しない。

「おい。しっかりしろ」

肩に手を当てた途端に触るなと言って鍋谷は左腕を振り上げた。俺は避《よ》ける。右腕だったら切られていたかもしれない。

「触るなじゃないだろう。お前、何をしたか判ってるのか」

「え？」

鍋谷は俺の顔を見た。

本当に、まだ小僧である。

「こいつに――苛《いじ》められてたのか」

「え？」

「しっかりしろ馬鹿野郎。お前はな、今人を刺したんだよ。判らないのか」

「え？」

「ちゃんと見ろよ」

鍋谷はもう一度自分の両手を顔の前に翳《かざ》し、それからわあと短く叫んで死体から離れた。血溜まりに足を取られて前のめりになり、身体《からだ》を回して手を後ろに突く。その際にナイフがフロアに当たったのか、妙に硬質な音が聞こえた。

腰が抜けているらしい。

俺は腰を上げ、一度死骸を見下ろす。

どうやら完全に死んだようだ。

脈を取るまでもない。

「死んだな」

あれだけ滅多刺しにしたのだから、応急処置をしようが救急車を呼ぼうが、助かっていたとは思えない。

「こいつの名前は」

こいつの名前は何だともう一度叫ぶと鍋谷は何度か咬《か》みながら、

「え、江木《えぎ》」

と言った。

「江木か。で——お前、幾歳《いくつ》だ」

「ああ」

「齢《とし》だよ齢。何歳だ」

「じゅ、十九」

「そうか」

俺は鍋谷の横まで進み、右手を取った。小僧は無抵抗だった。腕の力は抜けているが、ナイフを握る手は石のように固まっている。俺は確乎《しっか》りと握られた指を一本一本こじ開けるようにして、ナイフを奪った。

鍋谷は首を竦めて後ずさった。

「あ、あああ、あ。こ、殺さないで」

「馬鹿野郎」

筋金入りの馬鹿野郎だ、この小僧は。

俺はナイフを何度か握り、それから死骸の上に置いた。

何故《なぜ》そんなことをしたのか自分でも解らない。

まるで意味不明の行動である。

「おい荻野。どうする。警察喚《よ》ぶか」

「そ――そうだな。い、いや」

ちょっと待て整理すると言って、荻野は塚本から離れた。離れるなり、女は叫び声を上げた。

「わ、私が悪いんですッ。私が――殺してしまったんです」

何を言っているのか。

「お、尾田さんの言う通り、何も言わなければ良かった。いや、すぐに帰っていれば良かったんです。いいえ――来なければ良かった。私が」

その通りだよと俺は言った。

「荻野。お前の予言は当たったな。思い通りにはならないもんだ。塚本さん。あんたはこのまま帰ってもいいぞ。何も知らない関係ないで押し通せば、まあ済むことだろう。本当に関係ないんだからな」

「関係なくないです。もう、関係なくなんかないです。私が」

私が私がうるさいんだよあんたと、俺は怒鳴った。

「あんたが押した所為でこいつが俺に覆い被さったからこの小僧はキレたんだ。だからあんたの所為だよ。気が済んだか」

さあ荻野と俺は友人を呼ぶ。

「ここはお前のマンションだ。こいつもお前の関係者だ。どうするか——決めろ」

慎吾と短く言って、荻野は俺を見た。

第五話　奔

俺はヒトでなしだ――。

呪文《じゅもん》のように繰り返す。

既にこの言葉は免罪符のようなものになっている気がする。

人なら赦《ゆる》されないが、ヒトでなしだから赦される――そういう呪文だ。

人なら堪えられないが、ヒトでなしだから堪えられる――そういう呪文だ。

ただの逃避に思える。

でも逃避であったって構いやしない。俺はヒトでなしなのだから、卑怯《ひきょう》だろうが背徳的だろうが、後ろ向きだろうが、構ったことではないのである。

本当に構ったことではない。

車窓を流れる景色は何も変わらない。俺が死のうと生きようと変わるまい。ならば俺の性根など世界にとってはどうでもいいことである。

運転をしているのは塚本祐子《つかもとゆうこ》だ。

助手席には荻野《おぎの》が座っている。

後部座席には俺と、鍋谷《なべや》という小僧が並んでいる。

トランクには——死体が積まれている。

生きている時は江木《えぎ》と呼ばれていたらしいが、よく知らない。

俺は死体を運搬しているのだ。しかも他殺体、殺したのは隣に座っている小僧である。俺は、いや俺達は、犯罪の隠蔽《いんぺい》に手を貸しているのだ。殺人犯の逃亡を幇助《ほうじょ》しているのだ。

のみならず、多分この死体は何処《どこ》かに捨てるか埋めるかすることになるのだろう。

そうなれば死体遺棄である。

共犯だ。

真っ当な人間のすることではないだろう。考えられない。ドラマなど、作りごとではあることなのかもしれないが、通常はない。日常的に殺人現場に居合わせることなどはないし、あったとしても、人殺しを目撃したら警察に通報するだろう。犯人には自首するように勧めるだろう。

善良な人間ならそうする。いや、善良であろうとなかろうと関係のないことだ。普通なら関わらない。関わりを避ける。利己的であればある程に、そんなこととは関わらない方向で行動する筈《はず》だ。逃げる、見て見ぬ振りをする、それが常套《じょうとう》だろう。

それがどうだ。

この有り様はどうだ。

常軌を逸するとは正しくこのことである。

よく知らないが、そうした現場は保存しておくものらしい。証拠隠滅のような愚かしいことをする訳もない。況《ま》《し》てや遺体を犯人と共に車に乗せるなど、狂気の沙汰《さた》だ。

と——思う。

でも、俺には関係のないことだ。

ヒトでなしだから。

常軌も狂気もあったものではない。

付き合う謂《い》われもないといえばないのだけれど。

窓の外を見た。

何だか、昔の写真のように覇気のない色合いの、殺風景な景色が、するすると流されるように来ては去る。

何の感動もない。

見ても見ても、終わりがない。去っても去っても景色は次次に現れる。同じようなスカスカとした空だの大地だの建物がどこまでもどこまでも続いている。

多分、この景色の中には無数の人が潜んでいて、それぞれに得手勝手なことを考えながら、実は交わらない人生を諾諾《だくだく》と送っているのだろう。

どうでも良いことだなあと思う。

そんな無為なものを眺めていても仕様がないという気になって、俺は顔を反対側に向けた。

頭の悪そうな小僧が座っている。

まだ十九だと言っていた。瞳《ひとみ》の焦点は暈《ぼ》けている。助手席のシートと自分の中間くらいの空間を見ているようだ。そんな処《ところ》には何もない。

放心している訳でもないらしい。反省している様子もない。怖がっているのでも悲しんでいるのでもない。何も考えていないように見える。

現場ではわあわあ喚《わめ》いていた。ただ、今も興奮状態から脱したというだけで、現状を認識してはいないのかもしれない。

「おい」

声を掛けた。

車に乗ってからは一切会話はなかったから、場違いな呼びかけにも思えた。

反応はなかった。

鍋谷は右の頬をひくりと僅《わず》かに動かしただけだった。

「おい小僧」

鍋谷は一瞬瞳を収縮させ、痙攣《けいれん》させるように俺の方に——俺にではなくあくまで俺が座っている方向に——僅か視線を移動させて、すぐに戻した。

「小僧じゃないか。鍋谷だったか。ちゃんと名前を呼ばないと」

刺されちまうなと、俺は言った。

鍋谷は漸《ようや》く俺を見た。

「そうだろ」

「う」

うるせえとでも言いたいのか。

「刺すなら刺せよ。いいか、その代わり必ず殺せよ。死ぬのは別に怖くはないが、痛いのは厭《いや》なんだよ」

「刃《ヤッパ》がねえ」

「やっと口を利《き》いたな」

俺は再び外を見る。

別に、こんな奴《やつ》と話がしたかった訳ではない。

何を考えているのか判《わか》らない人殺しが横に座っているのが厭だっただけだ。

——こんな。

人だかなんだか判らないようなものは何を始めるか判ったものではない。次の行動の予測もできない。殺意を剝《む》き出しにしているとか、錯乱しているとか、泣いているとか、そういう判り易《やす》い状態の方がまだしも扱い易いだろう。口を利いたからといって頭の中が覗《のぞ》ける訳ではないのだが。

「どうすんだ」

それなのに、何故《なぜ》声を掛ける。

突然道の両側にフェンスが立ち現れて視界が遮蔽される。

「お前、判ってるか」

「あー」

判ってはいないのかもしれない。

「お前はな、鍋谷。人殺したんだよ。殺人罪だ。それがどうしてこんな、知りもしない人間と車に乗ってるんだ。おかしいと思わないか？　平気なのか」

返事はない。

まあ、平気なのだろうと思う。

人殺しは大罪だ。重大な法律違反だ。倫理的にも道徳的にも許される行為ではないだろう。

だが。

それは、社会の中に於《お》いてそうだということなのであり、つまりは人間同士の関係性に於てそうだというだけのことだ。ルール違反であることは疑いようがないが、違反に対するペナルティを与えるのはやはり人間であって、天でも神でもない。

その証拠にこの小僧は、何ともない。

人を殺したからといって角が生える訳でも顔の色が緑色になる訳でもない。肉体的には何の変化もない。腹が痛くなる訳でもなければ眼が見えなくなる訳でもないのである。

こいつは、腕を振り上げたり下ろしたりする運動をしただけだ。

ナイフを握っていなければ、そしてその先に人間がいなければ――何も起きてはいない。

いや。

実際には、この男の手には刃物が握られていたのだし、こいつの下には人間がいた訳だけれども、それでも――この男には何も起きていないのだ。

死んだのは相手なのであって、こいつではない。

殺人を犯したところで、物理的な変化はないのだ。変化があるとするならば、それは内面の変化ということになるだろう。

良心だとか道徳心だとか、思い遣《や》りだとか優しさだとか、慥《たし》かに人にはそういうものがあるのだろう。俺にだってある。あるけれど、同時にそうでないものもある。悪《あく》心《しん》だとか不道徳心だとか、憎しみだとか攻撃心だとか、そうしたものだってある。誰の中にもある。

それは選ぶもので、どちらを選ぶかはそいつの勝手だ。

そんなことをして心が痛まないのかと人は人を詰《なじ》る。だが、痛みを感じない心というのもあるだろう。それ以前に、心が空っぽならばどうだ。そもそも、心なんてものがあるのかと、俺は思う。痛む心がないのなら、痛くも痒《かゆ》くもない筈だ。

頭の中で考えたこと――。

それが心なのだろうか。

そうなら、そんなものはないのと同じである。何も考えていない人間には心がないということになる。心神喪失という言葉があるが、そんなものは言葉の上の問題でしかない。要するに考えることができない状態をしてそう呼ぶのだろうと思う。

ならば、理性と情動の差は何だ。

理性をなくし、感情の赴くままに行動するなどと謂うが、どんな感情も理性に置き換えられなければ行動するには至らないと思う。

考えなしに人は行動できない。考えなしといわれる行いは、誤った考え方をしているか、考えが及ばないというだけのことで、考えていない訳ではないのだ。感情的になるというのは、理性的であることを捨ててしまうということではない。考えていることが明文化できないというだけだ。どれだけ冷静さを失っていたとしても、人は何か考えてはいるのである。

こいつだって考えて刺したのだ。

そして今、こいつは何も考えていないように見える。だから、行動もできない。言葉も発することができない。考えていないのだから——。

心もない。

痛む心もないのだ。

だから、平気だということだ。心を取り戻した時——この小僧の頭が働き出した時に、こいつがいったいどうなるのかは、やはり予測のできないことである。

どうも思わないのかもしれない。

ならば——。

俺と同じ、ヒトでなしだ。

「おい荻野」

オギノと、俺は声を掛ける。

どこかで降ろしてくれと言った。

「莫迦《ばか》だな」

曇《くぐも》った声だけが聞こえる。

「高速の途中でどうやって降ろせってんだよ」

「高速を下りて降ろせという意味だよ。俺はこれ以上お前に、いや、お前達に付き合う気はないからな。何を考えてるのか知らないがもう充分協力しただろう。これ以上とばっちりを受けるのは御免だと言ってるんだよ俺は」

警察に通報しないと決めたのは荻野である。

現場は荻野のマンションで、被害者は荻野の客である。荻野は明白な事件関係者なのだ。それは事実で、その事実から逃れることはできない。

だから通報しようがしまいが、それは荻野の勝手である。荻野が決めることだ。

だからそれはそれで——いい。

俺の知ったことではない。

そもそも俺は、この小僧とも、死んだ江木とも無関係だ。犯人が荻野だとでもいうのならまた話は別だが、死んだ奴も殺した奴も赤の他人なのである。塚本祐子に至っては俺や荻野とさえ無関係なのだ。

とっとと現場を離れてしまえば疑われることもない。荻野が口を噤《つぐ》んでくれさえすればそれで済む。未来永劫《えいごう》無関係だ。

縦《よし》んば、何かの弾みで事実が露見してしまったとしても、俺達はただ現場に居合わせたというだけの参考人でしかない。俺も塚本も何もしていないのだ。犯人もちゃんといる。罪に問われることはない。

どうとでもなることではないか。

それなのに——。

塚本祐子は、何故か現場から去ろうとしなかった。状況が状況であるから、混乱したり錯乱したりするのは解《わか》る。しかしそういう訳ではないようだった。

塚本は荻野に指示を仰いだのだ。

気が狂《ふ》れているとしか思えなかった。

だが——それならそれでいい。何をしようとこの女の勝手だ。

望んで巻き込まれたいというのなら、好きにすればいいことだ。

でも俺はもう関係ない。

最初からずっと関係ない。

予期せぬ闖入者《ちんにゅうしゃ》が引き起こした不測の事態——正に最悪の事態に依《よ》って、荻野の引いた良からぬ計画はすっかり狂ってしまったことになる。ならば、そちらの方でも俺は用済みということになるだろう。

だが。

荻野は去ろうとする俺を引き止め、去るつもりならその前に手伝えと言った。

何故手伝わなければならないのか。それ以前に——いったい。

何を手伝えというのか。

片づけるんだと荻野は言った。汚れたら掃除するだろうと、俺の知らない俺の友人は言ったのだ。この男は馬鹿《ばか》じゃないのかと俺は本気で思った。思ったが、何も言わなかった。

荻野は先《ま》ず死骸《しがい》をどけると言い出した。

考えられないことである。だが、俺は従うことにした。

ヒトでなしだからである。

俺が口を出すような問題じゃない。

血が滴《したた》って、ぬるぬる滑った。その上変な臭《にお》いまでした。

迷惑だなと思った。

死骸というのは迷惑なものだ。このまま腐って朽ちていくだけのものなのだろう。尊厳もヘチマもあったものじゃない。死骸はただのモノである。使い道のまったくないゴミである。処理されるべき廃棄物である。こんなもの、大事に扱う必要なんかない。

大切に扱われるべきは死骸ではない。死んだ者が死ぬまで生きていたという事実それ自体である。見知らぬ死骸には、生の証《あか》しがない。記憶も記録もない。だからこれは迷惑なだけのものである。

引き摺《ず》れば血の筋が伸びる。持ち上げればぽたぽたと落ちる。実に扱いにくい。

シーツを敷いてその上に載せた。

江木の死骸は顔面を醜く歪《ゆが》め、弛緩《しかん》した頰は弛《たる》み、口許《くちもと》は緩んで半端《はんぱ》に歯が見えている。左眼は明後日《あさって》の方向に向き右眼の方は白目を剝《む》いている。

実に巫山戯《ふざけ》た顔だ。殆《ほとん》どギャグである。笑わせようとしているとしか思えない。人はそれ以外の動機であんな顔はしないし、できない。

だが、死体は見る者を笑わせようと思っている訳ではない。

そもそも死体は何も思わない。思いようがない。

だからこれはこういう形のものだ、と——俺は再度己に言い聞かせた。人だと思うからおかしな具合になる。尊厳も何もないゴミではあるが、形だけは人間なのだ。だから勘違いしてしまうのだろう。

荻野は江木のスーツのポケットを探って財布とカードケース、携帯電話と車のキーを抜き取った。その後、移動させた死骸をシーツで二重に包《くる》み、更に毛布を巻きつけ梱包《こんぽう》用の紐《ひも》で縛った。

これは荻野と俺が二人でした。

その段階で、何故そんなことをするのかという疑問は一旦《いったん》棚に上げられていたと思う。血が出て扱いにくいから梱包してしまった方が楽だというような、その程度の感覚で、俺はただ作業をしたのだ。

作業自体には、死者を悼《いた》む気持ちなど欠片《かけら》もない。犯罪に加担しているという自覚もない。ただきちんと包もうと考えていただけだ。

フローリングの血溜《ちだ》まりを拭《ぬぐ》い、飛散した血痕《けっこん》を拭《ふ》き取る。これは塚本がやった。

丁寧な仕事だった。

床は綺麗《きれい》になった。

ただ、絨毯《じゅうたん》に付着した血を完全に落とすことはできなかったようだ。色こそ薄くなったが染《し》みは広がった。洗剤を使えば落ちるかもしれないと塚本は言ったが、それは荻野が止めた。

鍋谷はその間ずっと、意味不明の言葉を喚き散らしたり立ったり座ったり放心したり、忙《せわ》しなくしていた。ただ逃げ出そうとすることはなく、乱暴を働くようなこともなかった。錯乱はしていたのだろうが、果たしてどういうつもりだったのかは、計り兼ねる。

その血だらけの鍋谷を風呂場《ふろば》に連れて行き、シャワーで洗って、無理矢理に着替えさせた。

鍋谷は小柄なので荻野の衣服ではサイズが合わなかったのだけれど、たくし上げたり捲《まく》ったりして何とか恰好《かっこう》をつけた。汚れた衣服や血を拭いた布はビニール袋に纏《まと》めて、遺体を包んだ毛布の中に無理矢理押し込んだ。

部屋は、ほぼ元通りになった。

原状復帰は、メンタルなものも復調させる効果があるのだろう。

それから。

江木の車のトランクに死骸を積み込めと、荻野は言った。

これには少し呆《あき》れた。

そんなことをする意味が解らない。

もしや裏でもあるのかと勘繰ったりもしてみたが、そんな不出来なミステリ小説のような展開は現実には断じてない。例えば荻野と鍋谷が裏で通じているようなケースは、やはり考えられないだろう。事件は偶然の集積として起きたとしか思えない。

つまり。

荻野がイカレているということだ。

いや、イカレているというのなら、塚本も鍋谷も、そして俺も、ベクトルが違うというだけで皆イカレていることに違いはない。

その時、日はまだ高かった。多分一時を過ぎたくらいだったと思う。

でかい高級マンションは大きな道路に面して建っている。車も人も通る。

これで、例えば車が停めてあるのがマンションの地下駐車場というのであればまだ良かったのだが、生憎《あいにく》江木はマンションの裏手にあるコインパーキングに駐車しているようだった。

そこまで遺体を運ぶのは危険だ。

エントランスの前に横づけさせて運ぶ方が安全だと言ったが、これも即座に却下された。

江木という男の残骸は思ったよりずっと重く、一人では動かせない。運ぶのは二人掛かりになるだろう。

しかし横づけした後に運転手が車を離れる訳にはいかないだろう——と荻野は言った。それはただの違法駐車であるから、管理人に発見されたらお終《しま》いだというのである。警備員を呼ばれたり、警察に通報されたりしたなら、言い逃れはできない。

死体を積むのだから。

だが——鍋谷は使い物にならない。塚本が運転するとして、俺と荻野が運ぶとなると、この部屋に鍋谷を一人残すことになる。

一緒に連れて行けば済むだけの話であるように俺には思えたのだが、それも無理だと荻野は言った。慥《たし》かにその時の鍋谷は、やや落ち着き始めてはいたものの、素直に指示に従うような状態とは思えなかった。言うことを聞かせようと思うなら、誰か一人が付き添うなりする必要はあるだろう。

何故言うことを聞かせなければならないのかは解らなかったのだけれど。

いずれにしろ俺は、白昼堂堂他殺体を運べと命じられて、それに従った。

多分――。

ヒトでなしだからだ。

俺は頭を持った。脚を持つ役は荻野でも鍋谷でもなく、塚本祐子だった。これも荻野の指示である。死骸を持った俺達二人は、僅かな距離とはいうものの、人通りのある往来を移動した、ということになる。

無防備にも程がある。いや無防備というよりも無謀、無計画、無節操というべきだろう。少しでも不手際《ふてぎわ》があれば、捕まるのは俺と、塚本である。

運ぶなら堂堂と運べ、堂堂とやれば平気だと荻野は言った。

日中、人目の多い街中に、死骸を運ぶ莫迦がいると思う者はいない――という理屈である。それもそうだと思った。事実、そうだった。

それなりに人はいたのだけれど、誰一人このおぞましい犯罪行為に気づく者はいなかった。俺にとって通行人がただの風景に過ぎないように、俺も塚本も彼らにとってはただの風景に過ぎなかったのである。

血が滴りでもしないかと思ったのだがそれもなかった。荷物でも積むように、俺達は人間だったものを車のトランクに詰め込んだ。

不安も罪悪感も何もなかった。

そのまま塚本が運転してエントランスの前につけ、俺がインターフォンで荻野を呼び出すという段取りだった。

やがて鍋谷を伴った荻野が姿を現した。

二人は不自然なまでにぴたりと寄り添っていた。まるで刑事が犯人を連行しているように見える。考えてみればこの若造は荻野の監視役だった訳だから、見ようによっては荻野の方が連行されているように見えないこともなかった。

荻野は悠然とドアを抜け、後部座席に鍋谷を放り込むと助手席に乗り込み、塚本に行き先を指示したのであった。

塚本はそれに従った。

それから二時間近く、死骸を積んだ車は無言のまま走り続けていたことになる。何処に向けて走っているのかは知らない。

「いいから降ろしてくれ。俺は何処で降ろされたって構わない。困ることは何もないからな。何なら高速の上で降ろされたっていいさ。警察に保護して貰《もら》えるだろ。俺の場合はな、何処にいたって状況は変わらないんだよ。お前は債務があるし、この鍋谷は殺人犯だ。塚本のことは知らないが、まあ何処かに逃げたいのだろう。でも俺は何処にも行きたくない」

「何処にいても一緒なら別にいいじゃないか慎吾《しんご》」

良くないよと言った。

「俺がいなくたってもう構わないじゃないか。俺を置いて何処へでも逃げろよ。地の涯《はて》でもこの世の終わりでも、どこにでも逃げればいいじゃないかよ」

「そんなとこまでは行かねえよ」

「どうする気なんだ」

「どうって――知りたいのか慎吾」

「いや」

興味はない。

とにかく降ろせと言ってるんだよと俺は繰り返した。

「降ろせ降ろせって煩瑣《うるせ》えな。お前、怖《お》じ気《け》づいたのかよ人でなしの癖に。それとも何か？　良心の呵責《かしゃく》とやらに堪えられなくなったとでも言うのか」

「それはこっちのセリフだ荻野」

「何だと？」

「俺を降ろさないのは、降ろした途端に俺が警察に通報するとでも思ってるからじゃないのか？」

人なら、そうするだろう。

「怖くなったんだろ。俺を引き摺り込んで共犯にさせて、後戻りできなくさせたつもりだったんだろうがな、残念なことに俺には守るものも何にもないからな。逮捕されようが起訴されようが、俺はちっとも困らないんだ。留置されたり刑務所に入れられた方が、今よりマシだしな」

衣食住が保証される。

そりゃ俺も同じだよと荻野は言う。

「いっそ俺が殺したことにしちまった方がいいのさ。その方が楽なんだよ。刑務所の中にまで借金取りは来ねえしな。通報されて困るようなことはねえさ」

通報する気なのかよ慎吾と荻野は前を向いたまま問うた。

「しないよ」

「そりゃ何か、塚本さんのためか」

「違うよ」

「じゃあ何だ、お前の隣のチンピラ守るためなのか？」

鍋谷が反応した。

唇を突き出している。

まだきちんと機能してはいないようである。

「何で――俺がこいつを守らなくちゃならないんだよ」

「守るつもりだったんじゃないのか」

「何を――言ってるんだ荻野」

俺の目は節穴じゃないぞ慎吾と言って荻野はヘッドレストの上から顔を半分覗かせた。

「お前、罪を被《かぶ》る気だったんじゃないのかよ。その――未成年の」

「あン」

鍋谷が初めて俺を見た。

「齢尋《としき》いて、それから凶器に自分の指紋をつけてたろ。それをわざわざご丁寧に死骸の上に置いたよな？　そいつ逃がして身代わりに自首でもするつもりだったのか。そうだろ」

そうなのか。

慥《たし》かに、俺はそんなことをした。

したのだが、多分、そんな気持ちで行った訳ではない。

どうしてそうしたのかは、全く解らない。したくてしたというだけだ。

「先のない自分を犠牲にして、前途ある若者を救おうとしたってとこか？　人でなしどころかとんだ偽善者だな」

「違うよ」

矢鱈《やたら》に振り回されると危ないから凶器を取り上げただけ――だと思う。年齢を尋いたのは、話が通じるかどうか確かめたかったから――だと思う。

死骸の上にナイフを置いたのは。

解らない。

多分、床が血だらけだったからだ。大きな意味はない筈《はず》だ。

――いや。

意味というのは、多く後からつけられるものなのだろう。これは荻野の罠《わな》だ。何でもない俺の行動に、それらしい意味づけをして、俺を何だか解らないモノに仕立て上げようという魂胆なのではないのか。

さっとフェンスが消えた。

現れた空は薄暗くなっていた。

窓に、穢《きたな》らしいヒトでなしの顔が映っていた。

見窄《みすぼ》らしい。

額を撫《な》でる。

手を放して見ると、爪《つめ》の先に洗い損ねた血液が黒く凝固して溜まっていた。途端に遣り切れなくなって、顔を横に向けると、鍋谷はまだ俺を見ていた。

「おい。勘違いだ。みんな荻野の口から出任せだよ」

鍋谷は何も言わなかった。

何だ、この小僧。

──ああもう。

この車の中の空気を吸いたくない。

「どうでもいい。降ろせ。次の出口で下りろ。下りた処で俺を解放してくれ」

「次のサービスエリアで止めるよ」

そうしてくれと荻野は塚本に言った。

「おい。そんな処で止められたってどうにもできないだろう。そこにずっといろってのかよ。いいから次の降り口で下に行けよ。俺はそこで降りるから。大体、此処《ここ》はどの辺りなんだよ」

そう言った途端に標識が車窓を通り過ぎた。

まるで読めなかった。

「何処だっていいんだろう。お前には、関係ねえんだろうが。それよりな、俺は腹が減ってるんだよ。何も喰ってねえじゃねえか。きっと塚本さんも空腹だろうさ。それからそこの若造も、そしてお前も」

荻野は首を捻《ひね》って顔を俺の方に向けたようだったが、見えたのはシートの横から覗いた指の先だけだった。

「おい荻野。まさか四人で飯喰おうなんて言い出すのじゃないだろうな」

「何がまさか――だよ。四人いるんだから当たり前じゃないか。トランクの中の奴はもう喰わなくていいんだよ」

「あのなあ」

鍋谷を見る。

まだ俺を見ている。

いや、この眼は塚本と同じ種類の眼だ。狂信者の、言葉の通じない眼だ。

「こいつ――こいつはな、今は温順《おとな》しくしているが、これから先、いつ何をするか判らないぞ」

そいつはお前に任すよと、荻野は無責任なことを言った。

「どういうことだよ」

「お前さ」

荻野は身を捩《よじ》って顔を見せた。

「どうなんだ？　何もかも、どうでもいいんじゃやなかったのかよ」

「どうでもいいさ」

「なら協力したっていいじゃないか」

「協力だと？」

いいんだよ何もしなくてと荻野は言う。

「言ったじゃないか。お前はそのまま、好き勝手にしてればいいんだよ。特別なことをする必要はない。ただ——」

同行してくれと言い放ち、荻野は再び前に向き直った。

こいつ——。

「お前、まだ諦《あきら》めてないのか」

「諦めるって——何をだ」

「何をだ——じゃないだろう。あの、訳の判らん謀《はかりごと》だよ、謀。あのよく解らない話はまだ生きてるのか？　生きてるんだとして——だ。なら、こんなことして何になるんだよ」

「脱出はできたぜ」

「あ？」

慥《たし》かにそれはそうなのだ。

債鬼は死んだ。勿論《もちろん》、相手は一人ではないのだろうし、借り入れ先も一社ではないのだろうから、これでカタがついたという訳ではない。他にも荻野を見張っている者はいたと考えるべきだろう。それでも。

取《と》り敢《あ》えずそこはクリアしたということになる。

「あのな、お前がいなくちゃ始まらないんだ――って、俺はそうずっと言い続けてるじゃないか慎吾。俺の計画はお前ありきなんだよ。お前に外れられちゃあこんなことした甲斐《かい》がねえんだよ」

「俺の知ったことじゃないよ」

「だから。何処に居たっていいってんなら一緒に居たって同じことだろうと言ってんだよ」

「お前な」

俺が何か言おうとした時、思い出したかのようにサービスエリアが出現した。塚本の運転する車は緩やかに本線を逸《そ》れ、吸い込まれるようにそこに入った。

大きめのサービスエリアだった。

荻野が降り、俺が降りた。それから鍋谷が出て、塚本が出た。

間抜けな光景だと思った。

先ず、トイレに入った。トイレを出ると、荻野と鍋谷が並んで俺を待っていた。鍋谷は取り分け暴れる様子もなく、寧《むし》ろ従順だった。

一番遅かった塚本が、ごめんなさいと言いながら駆けて来る。

滑稽《こっけい》だ。

滑稽だろう。

破産した借金塗《まみ》れの男と、金と引き換えに他人への信頼を見失った女。人を殺したてのチンピラと、凡《すべ》てを失ったヒトでなしとが、まるで友達同士でドライブでもしているかのように振る舞っている。

こんな滑稽なことがあるだろうか。

何だか、少し可笑《おか》しい。血塗れの手も泥塗れの服も、なかったことにされている。

今、この瞬間、それは此処にない。

俺を詰《なじ》った妻だった人も、俺が慈《いつく》しみ損ねた死んだ娘も、此処には居ない。

居ないから、いいのか。

いいのだろう。どうせ俺はヒトでなしなのだ。忘れるのではない。覚えているのに忘れたように振る舞える。今だって幼い娘の死に顔は明瞭《めいりょう》に思い出せる。それなのに俺は、こんなイカレた連中と、愉《たの》しげにドライブをしている。

死体を梱包している俺より、今の俺の方が余程ヒトでなしだな、と思った。

レストランに入った。

こういう場所は、あまり好きではない。

家族で来る処だからだ。いや、家族で来たことがあるからだ。娘達が並んで、作り物の食品を指差しながら、アレがコレがと言ってはしゃいでいた、そんな情景が記憶されているからだ。

その記憶の中の情景を上書きするかのように、荻野や、鍋谷や塚本が視界を占領する。懐《なつ》かしく美しい記憶を土足で踏み躙《にじ》るようなこの状況は、寧《むし》ろ快感に近いかもしれない。

どいつもこいつもハンバーグだのラーメンだの、子供が喰うようなものばかり選んで——食券を買った。

テーブルを家族のように四人で囲んだ。

塚本がセルフサービスの水を酌《く》んで来てくれた。

誰も、何も言わなかった。

注文の品は、わりとすぐに、しかも四人分纏めて運ばれて来た。

無言のまま喰った。

気拙《きまず》いというより、知人の少ないお通夜《つや》のようだった。

「ひとつ」

俺が口火を切った。

ひとつ尋いてもいいかと、俺は荻野だけに視線を投じて問うた。

「あのな、どう考えても警察に報《しら》せた方が良かったのじゃないかと、俺にはそう思えてならないんだが、どうなんだ。殺したのはこいつなんだし、こいつを庇《かば》う謂《い》われもないだろうに」

「もう共犯じゃねーか」

荻野は水を一気に飲み干した。

「それからな、どうでもいいけどもう少し小声で言えよ慎吾」

「今更小声もないだろ。俺はどうでもいいから従ったが、意味が解らない」

あんた解るのかと塚本に問う。

塚本はやや俯《うつむ》き加減になって、それからあの堪え切れない視線を俺に向けた。

目を逸らす。

「それは、尾田《おだ》さんのため――じゃないんでしょうか」

「あ？」

どうしてそうなるんだ。

「尾田さんは、この人の罪を被ろうとしているんだと、私にもそう見えました。荻野さんはだから、それを」

「待てよ。誤解だよ」

いや、この世は凡てが誤解で成り立っているのだ。俺が何をどう言い逃れても、この女には通じないのだ。荻野の談に因《よ》れば、この女が夢想している虚構の俺を演じない限り、俺の言葉はこの女には届かないらしい。

解ってるじゃないか塚本さんと、荻野は調子良く継いだ。

「お前に逃《ふ》けられたりしたら何もかもおじゃんになるからな。何度も言っているだろうよ。だから、全員救われる道を選んだんだよ俺は」

「まだ――救われるとか言うのかお前」

救われたじゃないかと言いながら、荻野はラーメンを啜《すす》った。

うめえななどと言う。

「普通こういうとこのラーメンは不味《まず》いもんだが、今は美味《うま》く感じるぞ。火が通ったもん喰ったのは久し振りだからな」

「だがな、ザルだろ。あの隠蔽《いんぺい》工作は。指紋だってつき放題だし、血だって」

いいじゃないかと荻野は言う。

「いい？　あのな、日本の警察は」

「優秀さ。ま、多分あの部屋を調べられたら、彼処《あそこ》で大量の血が流されたことなんかすぐに知られちまうさ。でもな、だから何だよ。指紋なんかあったっていいだろ。俺の部屋なんだし、お前は友達だ」

「こいつは」

「借金取りの見張り役だろ」

荻野はぐいと俺に顔を近づけた。

「あのな、事件はまだ、何も起きていないんだぞ慎吾」

また。

言葉の上で誤魔化すのか。

「それを言うなら発覚していないじゃないのか？　あんなに後始末が大変だったんだぞ。忘れたのかよ」

「発覚しなきゃ事件にはならない。事件にならなきゃ犯罪も構成されない。だからまだ何も起きてねえんだよ。俺達四人以外には――な」

「いや、しかし」

死体がなくちゃ――。

「殺人事件にはならないんだよ。これはもう、厳然たる事実だ。指一本でも死体が出れば殺人事件だが、どんなに怪しくたって死体がなきゃ事件にはならない。少なくとも殺人事件にはならない。失踪《しっそう》だ。いいか慎吾。災害が起きた時だって、死者と行方不明者は違うだろうよ。死体がなければ生きているかもしれないと考えるものなんだよ。だから」

「あるだろ」

俺は外を顎《あご》で示す。

「トランクに。俺が入れたんだよ」

「いいや。ない。蓋《ふた》がしてあるからな。見えないんだから、ない」

詭弁《きべん》だと言った。

「詭弁じゃねーって」

「そうかもしれないがな。そんなものいずれは――」

いや。

そうでもないのか。

そうでもねえだろと荻野は俺の心を読んだかのように言った。

「江木は、まあ失踪したということになるだろうな。あんな男だから――って、私生活は知らねえんだけど、二三日戻らなくっても大した騒ぎにはならねえと思う。まあこの――鍋谷も同じく戻らねえから、一緒に何か工作でもしてると考えるだろう。でも、まあ四五日が限度だよ。一週間超せば不審にも思うだろうが、でもそれで警察に届けると思うか？　フロント企業つったってうんと下の方だぞ。この鍋谷なんか、多分準構成員ですらないんだ。江木はアルバイトだとか言ってたけど――盃《さかずき》貰った訳じゃねえんだろ、お前」

鍋谷は妙な顔をした。

よく見れば童顔である。髪型の所為《せい》かもしれない。

「サカズキって、何すか」

「ほらな。こんなだよ。まあ警察が動くなら、他の筋だよ。江木の側からは通報されないと、俺は思う。あんな叩《たた》けば埃《ほこり》の出る連中が、捜索願なんか出すものか。そんなことしたら痛くもない腹を探られ兼ねないだろ。それなら、だ」

いったい誰があの部屋を捜査するんだろうなと言って荻野は大袈裟《おおげさ》に手を広げた。

左手が塚本の肩に当たった。

「俺はあそこにずっと立て籠《こも》ってたんだからな、住んでるのか住んでないのか、管理人だって把握してない。俺の動向一番把握してたのは、寧ろ見張ってたこの鍋谷さ」

「他の借金取りは」

「常時監視してたのはこいつのとこだけだよ。まあ、乱暴な連中もいない訳じゃねえんだが、来たり来なかったりだ。俺が、あの時この鍋谷と一緒にマンションを出たのはだな、縦《よし》んばそういう連中が張ってた時のための保険だ。銀行を除けばこいつんとこが一番大口だから、まあ乗り込んで引っ張ったと思うだろうからな。と――いう訳で、あのマンションはそんなに神経質にクリーニングする必要がねえ場所――ってことだよ」

「だがな、こいつと江木がお前に張りついてたことは、こいつの会社の連中も、他の連中も当然知っていた訳だろ。なら、お前が疑われないか」

「当然疑われるさ。ただ、疑うのはヤクザで、警察じゃない。ヤクザには家宅捜索する権利なんかないし、したとしたって科学捜査はできねえだろ」

「まあ――」

そういうことになる。

「だから死体さえ消してしまえば、まあ何とかなると、そう考えた。だが、そこで問題になるのは、こいつだ」

荻野は鍋谷を指差した。

「死体消しても犯人消さなきゃな」

「消すってお前――」

「おいおい。殺すって意味じゃねえよ。俺は素人《かたぎ》だって。こいつに自首なんかされたらややこしくなっていけないだろう」

「自首――すか」

「自首するな、って言ってるんだよ。お前、家族とかいるのか」

「親います」

「いるのか」

どっかに、と鍋谷は言った。

「どっか――ってお前、家出でもしてんのか？」

「してねっすよ。親が出てったんすよ。男と」

「ああ。親父《おやじ》は」

「それもどっかに居るし」

「そうかよ。それだけか」

「後は江木の兄貴っすよ」

お前が殺したんだろと、俺は小声で言ってやった。

「殺したんすか。俺が。俺、悪いすか」

「そりゃあ悪いだろ。大体なぁ。お前、何だって刺した？」

「だって客に触るなって言ってて、そんで自分で触ったじゃないすか。チンピラとかナベとかクズとか、まともに名前呼ばねえし。俺、鍋谷佑樹《ゆうき》っすよ。小僧とかガキとか、本気ムカつくし」

「だから刺したのかよ」

「しつけーな」

鍋谷は荻野を睨《にら》みつけた。

でも、それだけだった。

「だから——客に触るなって自分で言ってて、自分で触ったからだって言っててんじゃねーかよ」

そんなつまらないことで殺すかと言って荻野は身体《からだ》を返し俺に顔を向けた。

そんなことは——知らない。

「あるんだろ、そういうことも」

鍋谷は上目遣いで俺を見た。

「ある——んすよ。俺も判《わか》んねーけど」

俺は、敢えてそう呼んだ。

「おいガキ」

「他人《ひと》ごとみたいに言うなよ。お前が刺したから、それで江木は死んだんだよ。何度も刺しただろ。何度も、何度も。お前、見失っててんじゃないぞ」

すいませんと言って鍋谷は頭《こうべ》を垂れた。

素直である。

「俺に謝ったってどうしょうもないだろうよ。死人に謝れなんて話してるんでもないぞ。そんな簡単にキレられたんじゃ、一緒にいるこっちが危なくて仕方がないって話だから」

へい、と鍋谷は応《こた》えた。

「本当なんすか。俺が——兄貴の首《たま》ァ取ったって。あんま覚えてねーし」

「もうひとつ尋くけどな、鍋谷よ」

荻野が割って入った。

「お前、組に戻る気はあるのか」

「クミって何すか」

こりゃ平気だなと言って、荻野は肩を竦《すく》めた。

「会社のことだよ。お前を雇ってた会社があんだろ？」

俺就職とかしてねーしと鍋谷は言った。

「中卒で就職とかあり得ねー。俺、兄貴に喰わして貰ってたから。そっから上は知らねーし」

個人雇いかよと言って荻野は顔を顰《しか》めた。

「昔はさ、お前みたいなのがヤクザになったもんだけどな。今はちゃんと履歴書とか書いて就職すんのかよ、フロント企業に。お前みたいなのは、そっち方面でも落ち零《こぼ》れなのか？」

うっせー黙れと鍋谷は小声で言った。

「落ち零れって何だよ。判んねーけどムカツクし。悪いかよ」

「そっちは別に悪かねえけどさ。あのな鍋谷、お前さ、どうであれ殺人犯なのな。そこんとこは自覚しろって。いいか、このまんまだと、ひとごろし」

鍋谷は三白眼になって荻野を睨んだ。

「ガンつけたってひとごろしだって」

「てめえ、金も返さねえでよ。何だよその口の利《き》き方はよ。てめえが金返してたら兄貴殺されねえで済んだんじゃねえかよ」

「それはお前、屁理屈《へりくつ》だろ」

止《や》めろと俺は言った。

見苦しい。聞きたくない。

「あのな、荻野。俺達はもう事後共犯とかなんだろ。お前がそうさせたんじゃないかよ。ならみんな同じだろ」

ホラ見ろと鍋谷は言った。

「てめえも悪いんだよ。オギノさんよ」

「まあ、それでいいけどな。ただ鍋谷、お前もよく覚えとけよ。俺はお前に金借りた覚えはねーんだよ」

少し間を空けて、鍋谷はうっせーバカと小声で言った。それから下を向く。

坊主頭《ぼうずあたま》の所為《せい》か高校生くらいにしか見えない。

「で——鍋谷よ。お前、俺達と一緒に来る気あるか？」

「おい荻野」

「仕方がねえじゃないか。こいつこそ放って置けねえだろ。こんな危なっかしいの野放しにしてたら、どんなことになるか判りゃしねえだろうに。連れて行くしかねえんだよ。俺達は事後従犯だが」

こいつは正犯だぞと、荻野は鍋谷を指差した。

「いいか鍋谷。俺達は運命共同体だ」

「知らねーしそういうの。くだらねえ」

「あのよ、一応助けてやったつもりなんだけどな。解《わか》れよ。莫迦《ばか》」

「何だと」

鍋谷は眉間《みけん》に筋を刻んで、僅《わず》かに腰を浮かせた。ハンバーグセットのナイフを握っている。

俺は、小僧を睨みつけた。

「止《や》めろよ。また刺すのか」

「いや」

「刺すのかって尋いてんだ。お前は一度刺してんだよ、ガキ。大した理由もなくな」

鍋谷は浮かせた腰を沈めた。

「荻野、お前もだよ。助けてやったとか、押しつけがましいことを言うなよ。こいつは助けてくれなんて頼んでないぞ。こいつは慥《たし》かに馬鹿だし、チンピラで、そのうえ人殺しだが、だから何とかしてくれなんて誰にも言ってない。こいつはあのまま逮捕されても仕方ないと思ってた筈《はず》だ。いや違うな。兄貴分刺した報いで殺されても仕方がないと――思ってたろ」

殺さないでくれと鍋谷は俺に懇願したのだ。本気で怖がっていた。つまり、殺されると思っていたのだろう。

「仕方がないとは思ったが――死にたくないとも思ったのか」

鍋谷は顎を引いて下を向き、唇を突き出した。それから死にたくねーだろと蚊の鳴くような声で言った。

「死にたくないか」

「死にたくねーよ。誰だって。あんたは違うって言ってたけど、信じられねーし。死ぬの、こええよ」

「怖いのか」

「こええ」

「江木は――死んだぞ」

うん、と鍋谷はいっそうに下を向いた。

「お前が刺したんだよな。刺されて死んだんだ。痛かっただろうな。お前、何度も刺してたな。どくどく血が出ただろ。痛いよな。指の先ちょっと切っただけだって痛いだろ。それなのにお前は、何度も何度も、思いっ切り刺したよな」

憎かったかと尋くと、判らねえと小僧は答えた。

「お前が判らなくてもお前の兄貴は死んだんだ。痛くて痛くて死んだんだよ。もう二度と生き返らないぞ。あの車のな、トランクに入ってるんだよ。お前の雇い主の江木さんは」

あ、兄貴とひと言発して、鍋谷は右手を顔に当てて、くしゃくしゃにした。

泣くだけ涙が残っているのか。

俺は少しだけ羨《うらや》ましくなる。

「どうする鍋谷。漸《ようや》く判ったな。お前は他人の命取ったんだから、命取られても文句はない筈だよな。なら死ぬか。それならそれでいい。俺は止めない」

早く死ねと、俺は言った。

小僧は頭を左右に振った。

「死にたくないか。怖いか。怖いのか。面倒な奴《やつ》だ。それなら」

この荻野にはあんまり忤《さから》うな──と、俺は言った。

「俺はただのヒトでなしだが、こいつはな、どうやらお前を生かそうとしているらしい。酔狂なことだ。生きたところで一体何の得があるのか、俺には判らない。得なんかないと思う。お前なんかは死んだ方がいいと本気で思う。だから別に勧めやしないが、お前がどうしても生きたいというのなら──こいつの言うことを聞いた方がいいのかもしれない」

鍋谷は顔を上げた。

ガキだ。

ガキの眼だ。

こいつは、先のことなど考えられない人間なのだ。きっと一秒先のことだって考えていない。

幸せなことだと思う。

実際、先のことなど誰にも判らない。

人間は、一秒先のことも知ることができない。それは動かし難《がた》い真理である。

それでも人は、そう思わない。先のことを知っているような振りをする。

フリだ。

人が知っている未来は、予測だったり希望だったり妄想だったりするだけで、それぞれ大した根拠はないものだ。昨日もそうだったんだから今日もそうだろう、前例に鑑《かんが》みればそうなるのが順当だ、このデータから汲《く》める結論はこうである——。

どれも全く当てにならない。

どれだけ精密な予測であっても、予測は予測でしかない。そんなものはいとも簡単に外れてしまうものである。

外れることも予測できる筈なのに、そちらはしないことが多い。想定外などという言葉はどんな場合でもただの言い訳だ。

先のことなんか判らないのだ。

判らないのだが、判らないことを前提に生きようとすると、人は不安になる。

俺も不安だった。

不安を解消する方法はいくつもない。

懸命に、慎重に対処することは、この場合あまり意味がない。

通勤電車が脱線するかもしれない、ホームで通り魔に刺されるかもしれない、駅に着く前に交通事故に遇うかもしれない、家を出た途端に転ぶかもしれない——どれも可能性はある。

僅かでも可能性がある以上、それを避けようとするなら通勤自体を止《や》めてしまうしかない。しかし家に引き籠っていたところで危険に晒《さら》される可能性はあるのだ。確率は全く変わらない。地震が起きる火事が起きる、暴漢が侵入してくる家族が襲って来る、不安の種は常に、何処にでもあるのだ。それを嫌うなら、もう息もできないということになる。

いや、己が忌避する凡ての事象から確実に身を護《まも》ろうとするならば、死ぬしかないということになる。

どこかで線を引かなければ、人は生きていけない。基準は、ない。

それぞれ勝手に引くしかない。だが勝手に引いた基準など俄《にわか》に信じられるものではない。だから人はあれこれと裏づけを欲しがる。何だかんだと理屈をつけ能書きを垂れる。

そして多くの人は、その、他人が捏《こ》ね上げた理屈に乗っかる。どれも、全く当てにならないというのに、そこのところには目を瞑《つむ》る。乗っかって、安心する。

バカである。

どれだけ信頼性が高かろうと、正確だろうと、誠実だろうと、そんなものは安全を確実に保証する根拠にはなり得ない。

それは、考えるまでもないことである。

いや、考えてはいけないのだ。バカにならなければ、そんな都合の良い理屈に簡単に乗っかることなんかできないだろう。

取り分け賢くなくたって、確実なことなんかこの世にはないということぐらいは判るだろう。どんな理屈にも穴はあるし、穴がないのなら、それはどこか間違っているのか、あるいは単純過ぎるのか、そのどちらかである。

この世界はもっとうんと複雑で、そんな単純な理屈で割り切れてしまう程に簡単なものではないのだから。

なのに、人は信じてしまう。

バカになり切れないなら、自分を騙《だま》す。騙してまで信じる。

こうだったら好《い》いのに、こういうのが好ましい、こうであるべきだ――そういう希望だの願望だの欲望だのという身勝手な想念を拠《よ》り処《どころ》にして、それに沿う屁理屈だけに耳を傾け、そうでないものには耳を塞《ふさ》いで、取り繕う。それしか道はない。傲慢《ごうまん》で自己中心的にならなければ、そしてそういう姿勢に無自覚でいられなければ、それは適《かな》わない。

クソだ。

しかし、そんな欺瞞《ぎまん》に満ちた安心は脆《もろ》いものである。必ず、簡単に裏切られるだろう。裏切られると人は烈火の如《ごと》く怒る。自分の思い通りにならないのは乗っかった理屈が間違っていたからだと憤《いきどお》る。都合が良いというだけで採用したにも拘《かかわ》らず糾弾する。信じた自分に非は一切ないと攻撃する。

勝手に信じていた癖に——である。

他者を攻撃することで不安を紛らわせるのである。

クソだ。

それでも不安のまま生きるより生き易《やす》いのだろう。

そう。

不安を解消する方法は、バカになるかクソになるか——この二通りしかないのである。少しでもまともに頭を働かせられたなら、そんな振る舞いはできない。

俺も、バカでクソだった。でも、バカでクソではいけないのかと思い直し、そして結局それ以下になった。

もし俺が、無根拠に明日を信じられるバカ野郎のままでいられたら——自分の行いを棚に上げて、相手を攻撃することで己の正当性を保てるようなクソ野郎のままでいられたら——。

俺は多分、ヒトでなしにまで堕《お》ちることはなかった。

そんな気もする。

妻だった人の言葉も受け流せていただろうし、身勝手に娘の死を悲しめていただろうし。そうだったなら、俺は気づかなかっただろう。

ヒトでなしだということに。

でも、もう遅い。

気づいてしまったら後戻りはできない。

こいつはどうだ。

この小僧には不安はない。

後悔はあるかもしれないが、躊躇《ためら》いも逡巡《しゅんじゅん》もない。学習などしない。

ガキだからだ。

こんな刹那《せつな》的なガキになれたなら、多分もっとずっと幸福なんだろうと、俺はそう思った。

俺は——多分嫉妬《しっと》した。

「あのな鍋谷」

何も言わない。語彙《ごい》が少ないのだろう。

「ひとつ覚えておけ。生きるのは死ぬよりずっと面倒臭いし、辛《つら》いぞ。お前みたいに何も考えられない野郎には、余計辛いかもしれないぞ。お前、頭悪そうだし、その上人殺しだ。一秒後の自分が何をするのかも判らない人間だ」

死んだ江木が言っていた通りのチンピラだよと俺は挑発するように言った。

鍋谷の眼に何かが宿った。

「怒るか？　ほら見ろ。お前、そうやって、その眼で江木を刺したんだよ。だからチンピラだって言ってるんだ。江木がまともに名前呼ばなかったのは、お前に呼ぶだけの価値がなかったからだ。お前なんかは名前がついてるだけ贅沢《ぜいたく》なんだよガキ」

「う、う」

「ウルセエか？　俺は静かに喋《しゃべ》っているつもりだ。でも、もう少し俺が続ければ、お前はまた刺すだろうな。そんな危ない人間はこの世の中に必要ないと思うぞ。だから言っておくが、俺は荻野には反対だ。お前なんかはきっと死んじまった方が世の中のためだし、お前のためでもあるんだよ」

死ねチンピラと俺は言った。

「おい。挑発してどうすんだ。お前、刺されたいのかよ」

荻野が真顔で言う。

「いいじゃないか。刺したきゃ刺せよ。俺は別にいいって言ってるじゃないか。ここで俺が刺されれば、警察が来る。そうすれば、まあ江木の死骸《しがい》も見つかるだろう。そうなれば終わりだ」

「おいッ」

止《や》めろ慎吾と荻野が言う。

「止めないよ。好きに振る舞えと言っただろ、お前。だから好きにしてるんだ。おいこら人殺しのチンピラ野郎。刺さなくたっていいぞ。暴れりゃ警察が来るだろ。それでいいんだよ」

「声が大きいって慎吾」

「いいじゃないか」

「あのな――おい」

鍋谷は思い詰めたような顔でナイフを握り締めている。

「警察に捕まった方がずっとこいつのためになンだろうよ。捕まったって殺されやしないよ。このままフラフラして危なっかしい生き方してるより寧ろ安全だろ。こいつを生かそうっていうんなら、お前より警察の方が確実だよ荻野」

死にたくないいんだろクズ野郎と、俺は更に扇情的に言った。

「生意気なんだよ。生きてる価値なんかないチンピラが、死にたくないだと？　死ぬのが怖いだと？　だから親切に、死なないで済む一番確実な方法を教えてやってるんだ。さあ怒れよ。怒って暴れろよ小僧」

鍋谷は眼を血走らせて俺を見た。

我慢している。

何故《なぜ》我慢なんかする。一秒先のことも考えられないガキなんだから、我慢などせずに行動するべきだろう。

刺さないのかよと俺は挑発する。

多分、嫉妬しているからだ。

俺がこんなにガキだったなら、もっとずっと幸せだっただろうと、そう思ったからだ。不当に詰られて、肚《はら》を立てて、ウルセエと怒鳴って、相手を刺し殺して、それで後悔して泣いて、そんな無分別な行いができていたならば――。

そんな風に振る舞えたなら。

俺は自分がヒトでなしと気づかずに済んでいたのだ。

やめろ慎吾と荻野は言う。

「お前、自棄糞《やけくそ》になってるなら止《よ》せ。俺達を巻き込むなよ」

「それは逆だろ。この小僧、どうせまた殺すぞ。こいつには学習能力がない。でも後悔だけはするみたいだな。一人殺しただけで泣いて怯《おび》えてたじゃないか。でも、こいつさっきまで怯えてたくせに、またこんな凶悪な面《つら》になってるんだぞ。こんな面倒臭いチンピラと行動を共にするなんて、そんなハイリスクなことはしない方がいいに決まってるだろう。お前はともかくその女の方は、今なら巻き添えを喰っただけの微罪で済むだろうよ。それのどこが悪いんだ？」

「人でなしのわりに道徳的なこと語るじゃねえか慎吾。あのな、それ以前に」

「いきます」

鍋谷はそう言った。

それが、生きますなのか行きますなのか俺には判らなかった。

「いく？」

「一緒に行くつってんだよ」

鍋谷は小声でそう言った。

「もう殺さねえし」

「ふん」

俺は小僧を睨みつけた。

「嘘《うそ》を吐《つ》け。今はそう思ってるのかもしれないけどな、すぐに忘れる。お前の頭の造りはそんなもんだ」

「う」

「ウルセエか？　ほら、さっきと同じじゃないかよ。人間ってのはな、そう簡単に変わるもんじゃない。いいか、お前がチンピラなのは誰の所為《せい》でもないぞ。今のお前はお前自身が選んだ姿だ。好きでチンピラになった癖に、チンピラと呼ばれて肚立てて相手刺し殺すような奴はな、未来永劫《えいごう》、絶対に救われないよ。もう助けようがないんだよ。だからとっとと死ぬか、そうでなきゃ警察に捕まれよ。その方が楽だと言ってるんだ」

「いや」

「警察に捕まるのが厭《いや》なのか」

「厭ってか、厭でもねえけど」

「なら罪を認めたくないのか」

「認めるってか」

殺したからと鍋谷は言った。

「認めるも認めねーもねーし」

「だったらどうしてこんな馬鹿な話に乗るんだよ。反省したなら自首しろ、してないのなら、俺を殺せよ。どっちにしたってその方がマシなんだよ」

「マシとか、俺判らねえよ。あんたの言う通り頭良くねー」

「ならこんな男の口車に乗るな」

「あ」

あんたどうなんだよと鍋谷は言った。

「あんたは――」

「俺はヒトでなしだよ、だからどうでもいいんだよ」

「でも生きてるじゃねえか」

「生きてるよ」

「なら」

俺も人でなしでいいよと、鍋谷は力なく言った。

「ヒトでなしでいいって何だよ。いいも何もないんだよ。なりたくてなるもんじゃないんだよ。大体、お前はヒトでなしじゃなく、人殺しだろ」

「おい慎悟」

それくらいにしとけと荻野は言う。

「頼むから。いいじゃないかそれで。ここまで来たら、今捕まるのも明日捕まるのも一緒だろうよ」

　もうみんな人でなしでいいよと荻野は言った。

「人でなしでも何でもいいから、俺の言うことを聞けよ慎悟。鍋谷も行くっつってんだろうが」

「聞けないよ。大体、これから先どうするつもりだよ。あのトランクの——」

　だから黙れと荻野はテーブルを軽く叩いた。

　意外に音が響いて、荻野は慌《あわ》てた。

「ビクついてるな」

「俺はお前と違ってな、慎吾。まだ諦《あきら》めてねえんだ。バカでクソで虫だが、何とかなると思ってるんだよ。何の算段もなしにこんなことはしないって」

「そうは思えない」

「おい。ここまでは上手《うま》くいってるじゃねえかよ。あのな、これから——」

　寺に行くと荻野は言った。

「寺って——お前の祖父だかが持ってる寺とかいうやつか？　出家でもして罪を悔いるというのか？　この四人でか」

「茶化すな」

詳細は着いてから話すよと言って荻野は立ち上がる。ずっと沈黙を守っていた塚本が、それを見上げて言った。

「あの、何か必要なものはないですか。ここで調達できるような——」

別にないと荻野は答えた。

「飲み物でも買っておきます」

塚本はそう言うと席を立って売店の方に向かった。

俺は——。

鍋谷を見た。

鍋谷は下を向いていた。

「本気かお前」

「本気ってか——」

「まあお前がどうなろうと俺の知ったことじゃないけどな」

俺は席を立った。鍋谷も従った。

荻野が運転を代わった。

相変わらず車中は無音だった。

俺は外を見るのを止《や》めた。既に陽はすっかり落ちており、窓には自分の貌《かお》が映るだけだったからだ。世の中で一番見たくないものである。

高速を下りると景色は益々殺風景なものになった。

街燈も少なく、人家も疎《まば》らだ。

街ですらない。

山なのだろう。

車はそれから蛇行した山道を二時間ばかり進んで、止まった。

何も見えなかった。

「着いたよ」

荻野が短く言った。

降りろということだろう。

「こんな処で降ろす気か。おいおい、これから死骸を埋めるとか言い出すのじゃないだろうな。俺は厭だぞ」

「まあ、埋めることにはなるだろうが、今日は埋めないよ。埋めるにしたって鍋谷にやって貰《もら》うさ。それくらいはしてもいいだろ」

鍋谷は横を向いた。

「とにかく降りろ」

「降りるって、だから——」

荻野がドアを開けた。

夜気が侵入して来る。

街にはない気配だ。

人の営みと無関係の空気の流れが車内の温度を下げる。

車外に出ても状況はよく理解できなかった。

外は、ただの夜の塊《かたまり》だった。

場所が何処なのか判らないというだけならまだしも、何もない。情景がない。失明してしまったかのようにまるで見えない。いや、暗いから見えないというだけで何かはあるのだろうが、それが何なのかまるで判らない。判らないのだが、気配だけは充満している。

瞑《くら》く見えるのは空ではなく樹木で、でも空もまた昏《くら》いのだ。樹樹と空とを分かつのは弱弱しく瞬《またた》く、星明かりの点だけである。その、地と図の区別に気づいたのは、見上げてから暫《しばら》く経《た》ってからであった。

山中であることは疑いようがない。

やがて、樹木の間に広い隙間《すきま》があり、そこが何処《どこ》かに続く石段であるということに俺は気づいた。

「寺――なのか」

そう言っていたからそうなのだろうが――ただでさえ暗いのに、まず何がどうなっているのか判らないのだから、それが石段と知れたところで何処に通じているのかは定かではない。得体の知れない山の一部にしか見えない。

「ああ。足許《あしもと》に気をつけろよ。明かりがないからな」

「此処《ここ》にお前の祖父《じい》さんがいるのか」

「ああ。独りでな」

「こんな処にか？」

住めるものだろうか。

「生きてるかどうか知らねえけどな。もう何年も音信不通だ。と――いうか絶縁状態だった訳だからな。でも、ここはうちの寺で、住職は俺の祖父なんだよ」

荻野の声が先を行く。

俺は後を追った。

鍋谷と、塚本が後ろに続く。

「あのな、荻野。俺にはやっぱり理解できない。その祖父さんとやらが生きていたとして、お前、何て言うんだよ。ヒトでなしの友人と、金持ちの女と、人殺しの小僧を連れて里帰りした、土産《みやげ》は死体ですとでも言うつもりか」

荻野は石段の途中で立ち止まり、多分振り向いて、

「そう言うつもりさ」

と、言った。

第六話　覚

ヒトでなしだそうだな――。

「――あんた」

老人はそう言った。

取り分け馬鹿《ばか》にするような口調ではなかったのだが、真剣な問いには聞こえない。内容が内容であるから、これは真剣に聞こえないのが当たり前だろう。

面と向かって、真顔でヒトでなしかどうか相手に問う人間など、まずいないだろうと思う。ハイそうですと答えても巫山戯《ふざけ》ているようにしか聞こえないだろうと思ったから、何も答えなかった。

角張った顔である。

瞼《まぶた》は弛緩《しかん》しており、眼が開いているのか閉じているのか判《わか》らない。眦《まなじり》と口の端には皺《しわ》がある。ただ、顔全体の皮膚には張りがあり、染《し》みのようなものは見当たらない。剃髪《ていはつ》していたのが伸びたものなのか、最初からこうなのか、髪の毛はいい加減に伸びていて、適当な感じで分けられている。

白髪はなく、頭髪は黒黒としているが、髪の毛自体に勢いはない。整髪料などをつけている様子ではないが、ぺたりとしていて、夏場に汗をかいた外回りのセールスマンのようだ。

外見ばかりが気になる。

それもその筈《はず》で、俺はこの老人のことを何一つ知らない。知りたくもないし、知る必要も感じていない。先《ま》ず興味がない。この場合会話は成立しにくい。一方的に尋問されているような具合である。

そうなのかもしれない。

だから、俺の方はこうして対峙《たいじ》してみたところで、見た目を吟味するくらいしかやることはないのだ。

話をする気がない。話すことなど何もないし問われて答える義務もない。答える気もない。

しかし、この老人にしてみればそういう訳には行かないのだろう。

俺は夜半に押しかけて来た、素性の知れない赤の他人だ。いいや、素性などは関係ないだろう。この老人にとって俺は犯罪者でしかない。何しろ土産《みやげ》に死体と殺人犯をセットにして持って来たのであるから、どう考えたってまともな人間ではない。

孫が連れて来たのでなければ、即座に警察に通報されていた筈だ。

いや――。

孫の友人だろうが息子の知人だろうがこの場合は関係ない。殺人犯はともかく、他殺体があるという時点で通報はなされるべきである。

荻野《おぎの》――この老人の孫――は、たぶん久しぶりの肉親との邂逅《かいこう》であった筈《はず》である。

そうだというにも拘《かかわ》らず、孫は挨拶《あいさつ》もそこそこに話すべきでないことを話した。何もかも、有り体に語った。そもそも解《わか》りにくい複数の事情が絡《から》み合っている上、偶発的というか発作的な事象もまた多かったため、多少説明不足ではあっただろうが、少なくとも人が一人殺されていて、その死骸《しがい》が車のトランクに詰められているということは伝わった筈である。

まあ、信じていないという可能性はある。

十年ぶりだか二十年ぶりだか知らないが、連絡もなく突然に孫がやって来て、死体を持って来ましたよなどと言ったところで、そんなものは冗談にしか聞こえまい。あることではない。

老人の反応は、俺の目には奇異なものに見えた。

老人は驚かなかった。

疑った様子もなかった。落ち着いていたし、怒りもせず慌《あわ》てもせず、ほぼ無反応に近かった。いや、反応しなかった訳ではない。老人は荻野の話を聞きつつ、気がついただけでも二度――。

笑った。

俺にはそう見えた。

声を出して笑った訳ではない。ただ老人の横に結ばれた口許《くちもと》が、僅《わず》かにせり上がって、弛緩した瞼の奥の眼が緩んだように思えたのである。どちらかというと厳《いか》つく見える表情が綻《ほころ》んだのだ。

一度目は、荻野が俺を人でなしだと紹介した時。

何だろう、と思った。だから俺は老人を見ないようにした。

二度目は荻野の説明の途中で苛《いら》ついた俺が目を逸《そ》らせた時である。

俺はその時、この展開のあまりの馬鹿馬鹿しさに、この場を立ち去って何処《どこ》かに消えてしまいたいと思っていた。いや、実際に立ち上がり、この建物から出て行こうとしたのである。それまで俺はこの老人には目もくれず、脇《わき》に置かれた木魚だか何だかを漠として眺めていたのだけれど、愈々《いよいよ》耐え切れなくなったので視線を廊下の方に飛ばしたのである。

その移動する途中の視軸が、老人の貌《かお》の綻びを一瞬だけ捉《とら》えたのだ。

俺は席を立つのをやめた。

この状況で笑う訳がない。

そう思ったことは間違いない。明らかにおかしい。だが、だからといって俺は、そのおかしな老人に興味を持ったから踏み止《とど》まったという訳ではないのだ。

逆である。

老人の一瞬の表情に搦《から》め捕られてしまった——という感じに近いだろうか。

魅入られてしまったとか、竦《すく》んでしまったとか、そんな風に言ってしまうと何だか情けない話に思えてくるし、事実それは少しばかり違うのだけれど、俺が立ち上がれなくなってしまったことだけは間違いない。

動揺したつもりもなかったし、また実際動揺などしてはいなかったのだが、その言語化しづらい心の揺れを、老人に気取《けど》られたくなかったのである。

「ただの莫迦《ばか》なのか」

老人は暫《しばら》く俺の反応を待ってから、そう続けた。

「それとも本当の人でなしか」

どっちもですよ——と、俺はぞんざいに答えた。

そりゃあそうだなと老人は言う。

低く、嗄《しわが》れているのに張りのある声音である。鉄を擦《こす》り合わせるような、腹に響く声だ。

本堂には誰もいない。

事情を聞いた老人は、動じることもなく一言、今日は寝ろと言った。部屋は幾らでもあるし布団《ふとん》も何処かにあるから寝てしまえと言った。それしか言わなかった。

荻野は素直に従った。

荻野に促され、鍋谷《なべや》と塚本《つかもと》が立ち上がったので、俺も腰を浮かせた。しかし、俺は老人に止《と》められたのだ。

「あんたは残ってくれ」

そう言われた。

俺は——躊躇《ちゅうちょ》した。

残ってどうする。荻野のした説明の裏でも取ろうというのか。

慥《たし》かに、ここ数日のうちに起こった一連の出来ごとは、何処を取っても胡散臭《うさんくさ》いものばかりである。俄《にわか》に鵜呑《うの》みにすることはできないだろう。半ば当事者《なか》である俺自身がそう思うのだ。

現実感は乏《とぼ》しい。

巨額の借金のお蔭《かげ》で高級マンションから一歩も出られなくなった男も、莫大《ばくだい》な遺産を相続してしまったお蔭で凡《すべ》ての人間関係が壊れてしまった女も、大した理由もなく親代わりの兄貴分を滅多刺しにして殺してしまったチンピラも、俺にとっては一様に絵空ごとである。

同じように、家族も仕事も住《す》み処《か》も財産も思い出も、何もかもを一瞬にして失ってしまった俺もまた、外から見れば絵空ごとなのだろう。

滑稽《こっけい》な、おはなしに過ぎない。

だからこそ、俺に尋《き》くのは筋違いというものである。尋かれたところで俺はまともに答える気などなかった。何であれ、残るなら孫である荻野ではないのか。事情を質《ただ》したいなら直接尋けばいいのだ。疎遠《そえん》だといっても孫なのだろう。

そもそも、俺はこんな場所にいたくないのだ。

俺は関係ないと言った。

いや、どんなに滑稽であろうとも、馬鹿馬鹿しくとも、現実感がなかろうとも、殺人事件に関しては今更関係ないとは言えないだろう。でも、少なくとも俺は、この老人とは関係ない。

他人《ひと》と関わりを持つのはもう厭《いや》だ。

自分と関わることとさえ面倒なのに。

俺は独りだ。

余計な連中と連れ立ってはいるが、それでも独りだ。誓約書に捺印《なついん》して独りになったのではない。ずっと独りだったのだ。それに気づいた途端に、見知らぬ連中との関わりばかりが増えてしまった。

もう沢山だ。

悪いがここにはいたくないと、そう告げて、寺を出ようと思った。しかし荻野は俺の耳に顔を近づけ、小声で、言う通りにしてくれと言った。

「そんな義理はない」

「人でなしの癖に往生際《ぎわ》が悪いな」

「そうじゃない。厭なんだよ。面倒臭いだけだ」

「ふん。大体今ここを出てどうする。徒歩で山を下りる気か？　死ぬぞ」

「熊《くま》にでも行き遭わなきゃ死にはしないだろ。死んだっていいんだよ」

「死んでもいいならここで死ね」

そう言ったのは老人だった。

「途中の山道で死なれたら迷惑だ。発見されなきゃ構わないが、警察やら何やらが来たら面倒だろうよ」

もう死体があるんだろと老人は言った。

「あんたの身許が知れたりしたら、捜査が始まるだろうしな。あんた、詳しい事情は知らないが、本来こんな処《ところ》にいる筈のない人間だろ」

それはその通りである。

こんな連中と関わらなければ、俺はまだあの町をふらついていたのだろう。

金もなかったし、移動手段はない。

「そうなりゃ孫が迷惑する。こいつは犯罪を隠蔽《いんぺい》しようとしているようだからな。まあそうなったらそうなったで別に構わないがな。面倒なのは俺も厭だ」

年寄りだからなと老人は言った。

「付け加えておくが、この山には月の輪熊が沢山いるからな。熊に喰われるってのは冗談じゃないわ。どうせ死ぬ気なら、ここで死ね」

一つ埋めるのも二つ埋めるのも一緒だと言って、老人は三度《みたび》――笑った。

笑ったように見えた。

「あんた――」

「いいから座れ。俺はあんたと話がしたいんだ。死ぬにしても話してから死ね。少しはこの年寄りを喜ばせろよ。何なら、話し終わった後に殺してやったっていいぞ」

「殺す？」

老人は弛《たる》んだ瞼の奥の眼を俺に向けた。

「別に、自殺だろうが他殺だろうが埋めっちまえば判りやしないだろ。明日一つ埋めるんだからな。そうなんだろ常雄《つねお》」

荻野はおよそ僧籍にある者とは思えない暴言を吐く祖父に一瞥《いちべつ》をくれ、沈黙したまま本堂から出て行った。

廊下に塚本と鍋谷が待っていたようだった。勝手が判らなかったのだろう。早く座れと急《せ》かされ、座った途端に俺はヒトでなしかと問われたのである。

「後先になったが、俺は荻野湛宥《たんゆう》という老《お》い耄《ぼ》れだ。老い耄れてんのはひと目見りゃ判るだろうがな、今年で八十二だ。あんたは名前はないのか」

尾田《おだ》ですと答えた。

「オダさんな。俺はまあ、あのクズの祖父でな。坊主《ぼうず》だ」

「坊主とは思えないですがね」

「何故《なぜ》。頭丸めてないからか？　自分で剃《そ》るのは面倒でな」

「見た目の話じゃない。あんた、あんたの孫は人殺しを隠蔽しようとしてるんだ。あんたはその犯罪の片棒を担《かつ》ぐと言っている。判ってますよね」

「判ってるさ」

老人の口調は、何故か嬉《うれ》しそうに——聞こえた。

本当に喜んでいるなら、この爺《じじい》もまともではあるまい。

「ちゃあんと判ってるよ。さっきあのクズが諄諄《くどくど》説明してただろうよ。まだ人の話が解らなくなる程、耄《ぼ》けちゃいないからな」

「孫だから——手を貸すのか」

「そう思うか」

「他に理由はないだろ」

孫可愛《かわい》さかと言って坊主は今度は声を上げて笑った。

「可笑《おか》しいかい」

「可笑しいさ。あんなもの、孫だか何だか判りゃしねえよ。何年会ってないのか覚えてもいないしな。顔だって見覚えがあるようなないような、まあ俺の係累騙《かた》っても得はないから本物だろうという、その程度のもんよ。聞けば、あいつの親同様、クズに育ったようだ」

そのクズのクズ親とかはあんたが育てたんだろと言うと、育てちゃいないと一蹴《いっしゅう》された。

「そもそも俺は出家してるんだから、家族とは縁が切れてるんだよ。出家ってのは家を出ると書くんだぞ」

「詭弁《きべん》だ」

「実際、育てた覚えはない。あいつの親が生まれてすぐ、俺は出家してこの寺に入った。先代の住職がそうしろと言って、俺は従った。家族とはその時縁を切った」

荻野も家族の縁は薄いと言っていた。

「捨てたのか」

「捨てるとか捨てないとか、そういう言い方こそ詭弁じゃないのか、オダさん。昔から出家というのは家族とも社会とも縁を切るものと決まっている」

「それは昔から、じゃなくて昔は、じゃないのか。今、何処の坊さんだって普通に社会生活を送ってるだろ」

出家に昔も今もねえと、老人は突然伝法な口調になって言った。

「他の坊主は知らないが、うちの宗派はそれが決まりごとだ。何百年も、千年も前からずっとそうでな。家持ち家族持ちで修行ができるか」

「修行——か」

修行を積んだ徳の高い僧には——。

とても見えない。

「何の修行をしたんだ。あんた」

老人は顔を上げ、弛んだ瞼の奥の眼を更に細めてから、そりゃあ仏道修行さねと答えた。

「俺は坊主だ。仏法者だ」

「呆《あき》れた仏法者だな。犯罪者は匿《かくま》う、死骸は埋める、揚げ句の果てにあんた、俺を殺すと言ったんだぞ。俺は無学だから詳しくは知らないが、坊さんには生き物を殺さないという決まりがあるんじゃないのか？　それこそ大昔からずっとそうなんだろ。いいや、坊さんに限ったことじゃないだろうよ。普通は殺さないよ、人は」

「古今東西、人殺しは数え切れない程大勢いるだろ。あんただって一匹連れて来てるじゃないか、人殺し」

あれは修行してないよと言った。

「目先の見えない頭の悪い若造だよ。坊主の修行ってのは、そういうことしないためにするんじゃないのか？」

そりゃ勘違いだよと老人は言った。

「そうか？　生臭坊主とか謂《い》う言葉があるじゃないか。ちゃんとした坊主は、肉も喰わないんじゃないのか？」

「半端《はんぱ》だ半端」

老人は破顔した。

「半端？　何が」

「あのな、オダさんよ。俺達はな、生き物だ。どんなに頑張ったって、生き物は止《や》められねえわい。止めようと思ったら死ぬしかないからな。取《と》り敢《あ》えず」

死んだら終わりだ。

それはそうだろうが。

「地獄とか極楽とかあるんだろ」

「そんなものは方便だ」

嘘《うそ》だ嘘と僧侶《そうりょ》は軽く言い放った。

「生きてる以上は喰わなきゃ死ぬ。命ってのは命を喰って生き長らえるンだよ。そうだろ、オダさんよ。そういうもんさ。あのな、けだものは喰っちゃ駄目だが魚ならいいとか、野菜ならいいとかよ、そら半端だと思わないか」

「半端――か」

「半端だろうよ。ほら、あるだろ。何か主張する奴《やつ》がいんだろうよ。牛なら喰っても良くて鯨は喰っちゃ駄目とか、そういうの。で、そりゃ怪訝《おか》しい、同じ哺乳《ほにゅうるい》類で差別するなと言う連中もいる。ありゃ種類じゃなく数の問題なんだろうが、じゃあ数が多けりゃいいのかよってことにもなるわな。養殖なら良くて天然は駄目とかな。そういうのは皆、別の理屈なんだよ。みんなてめえの都合に合わせて理屈捏《こ》ねるだけの話でな、そういう小理屈と、命の重さとは何の関わりもないわ」

「ない――か」

ないだろう。

生態系を破壊しないように努める、絶滅危惧種《きぐしゅ》を保護する――そうした理屈で行われる一連のことと、一頭一匹の生命の重さとは、また別な話なのかもしれない。生態系を守るために外来種を排除するようなことは、事実あるのだし。

「命の重さちゅうのはな、蟻《あり》だろうが人だろうが変わらんもんだぞ。ほら、犬猫は可愛いから人命を賭《と》しても守らにゃならんと謂う者がいるだろ。でも、だ。鼠《ねずみ》や虫はどうだよ。平気の平左で駆除するだろが。害虫だの害獣だのと勝手なことを謂うが、そりゃ人を基準にしてるだけであってな、連中はただ生きてるだけだ」

生きてるぜ、虫と老人は言う。

「可愛いとか可愛くないとか、それだってみんな人基準だろうさ。ペットは家族同様だの謂うが、そりゃただの執着だわ。執着される獣は迷惑しとるわい。蛇なんざ、益虫なのに気味が悪いと謂って殺されるんだわ」

博愛なんてあり方は不可能なんだよと老人は嘯《うそぶ》いた。

「だから生き物は喰わないとか言う奴もおるわなあ。菜食主義とか謂うのだろ。まあ野菜が好きで喰うておるのなら何の問題もないが、植物だって生きておるわ。山川草木、生命はこの世界に満ち溢《あふ》れておる。それらが喰い合って命を繋《つな》いでおるのだ。土喰ったってバクテリヤがおる。そもそも人の体の中にも細菌だのなんだのがごまんとおる。口濯《ゆす》いでもな、奴らは死ぬぞ」

黴菌《ばいきん》、と坊主は憎憎しく言った。

「どこで線を引く？　知能が高いものは駄目とか、哺乳類は駄目とか、植物ならいいとか、そういうことでいいのか。まあいいんだろうさ、社会通念上は。何か基準を設けて、みんながそれで納得すりゃあそれでいいわ。だがな、俺は仏法者だ。どっかで線引いて、ここからは殺していいです、ここからは駄目ですと、そんな半端なことはできんのだ」

「だからって」

「いいや、だからってことだよ。いいかいオダさんよ。法律ってのがあるだろ。あれは社会を保つためには、必要なもんだわなあ。決まりごともなく各々が好き勝手振る舞っていいんだったら、まあ秩序は保たれねえわな。だから法律ってのは要るもんなんだろうよ。違うかい」

「そうなんでしょうね」

「でもな、あれも、その問題に関しては基準にならんのだ。法律上、殺してはいけないのは人だけだ。動物の場合は、所有者がはっきりしている場合は器物損壊かなんかになるのだろう。そうでなくては、特別なもの以外は罪にはならんのだ。蚊《か》や蠅《はえ》を潰《つぶ》しても罰金は取られないな。悪法と言われた生類憐《しょうるいあわれ》みの令だって、植物までは含まんしな。人だけを特別なものとする、そういう線引きしか納得して貰《もら》えなかった訳だな」

殺人は大罪だ。

「でもな」

殺虫《さっそ》も殺鼠も殺菌も合法だ。

「それでも命の重さは一緒だ一緒。つまり、だ」

筋を通すなら。

「不殺生戒《ふせっしょうかい》なんてものを厳守するのは、無理だということだよ。神仏じゃねえんだから。人間如《ごと》きにゃあ無理な相談なんだよ。勿論《もちろん》、殺さないように努める姿勢は大事だろうよ。殺さずに生きることはできんのだ。生き物は生き物を殺すもんなんだよ。殺して生きる。そういうものよ。だから余計に殺さないように、殺し過ぎないように、努めるんだ。でもなあ、明確な線引きができない以上、凡夫に加減は難しいだろ。だから地獄だの極楽だの持ち出して威《おど》したり賺《すか》したりするのさな」

法律上はどうか知らんが虫潰すのも人殺しも、同じ罪よと老人は言って――。

また笑った。

「今更慌てたってしようがないわ。八十年も生きておれば、数え切れない殺生をしておるわ。あんた一人殺したところで、どうもないわい」

「とんだ――破戒僧だ」

「破戒してない僧がおるなら会ってみたいものだわ。法律を遵守《じゅんしゅ》するのと戒律を貫くのとはまるで違うことだからな。この二つは何処かで齟齬《そご》を来《きた》すものだ」

社会の中では、法を破れば罰せられるが戒律を破っても罰はない。

「ここは逆だ」

「逆だ？」

「何度も言うが、俺は何十年も前に出家しておるのだ。社会とは、切れておる」

「無法地帯とでも言うのかよ爺《じい》さん」

「ばれなきゃな」

「ばらしてやろうか」

「止《よ》せ。その前に殺すよ」

老人は角張った顔を俺に向けた。

凡《およ》そ僧籍にある者の面構《つらがま》えではない。悪党にしか見えない。悪党の、しかも親玉といった風貌《ふうぼう》である。

「あんた、破戒僧どころじゃないな。そういうのを反社会的性格とか呼ぶのじゃないのか。道理でクズの孫が頼る訳だよ」

クズと一緒にするなよと老人は言う。

「これでもな、修行しておるからな。その辺のクズと一緒にされちゃ困る。俺はあんなクズに興味はない」

「じゃあ何で手を貸す。孫可愛さじゃないとして、手を貸す謂《いわ》れはない筈だぞ」

あんたと一緒だよと老僧は答えた。

「俺と？」

「あんた、人でなしなんだろ」

「それがどうした」

「じゃあ尋くが、あんたは何だってあんな莫迦どもに付き合っておる。随分と面倒見のいい人でなしじゃあないか。人でなしというのは」

そんな親切なものなのかと老人は尋いた。

別に——親切な訳じゃない。

親切なんか、した覚えはない。

それ以外の何でもない。俺はあの人殺しのチンピラがどうなろうと、あの死に損ないの女がどうなろうと、知ったことじゃない。本心である。心の底からそう思っている。煩《わずら》わしい。本気で煩わしい。

「——成り行きだよ」

友達である荻野だって同じように煩わしい。破産しようが野垂れ死のうが構いやしない。助けたいとも思わないし、思ったところで助けることなどできない。

どうでもいい。

そう。どうでもいいからこそ、俺はここにいるのだ。

俺だって同じだよと悪党面は言った。

「あんな連中はどうなったって構わないのさ。でも連中はここに来ただろう」

「追い返せばいいじゃないか。わざわざ面倒ごと引き受ける筋合いはないだろう」

「そうでもない」

「何でだ。血縁者――ってのは関係ないんだな」

縁は切れているらしい。

孫というのも、戸籍上そうだというだけのことなのだろう。

「関係ないな。俺はな、オダさんよ。坊主なんだよ、坊主。ここは寺だ」

「助けを求めて来た者は救うとかほざくんじゃないだろうな爺さん」

そりゃ宗旨が違うと言って、老人は眉間《みけん》に皺を立てた。

「じゃあ何だよ」

「これもな、修行のうちよ。面倒でも成り行きだ。降りるのは楽だがな、こういう運びになっちまったならしようがないさ。まあ、なるようになる」

同じようなもの――なのか。

「自首を勧めるとか警察を喚《よ》んで引き渡すとか、そういう判断もあった筈だがな」

「だからよ。俺は坊主なんだ」

「ここは——無法地帯か。治外法権ということなのかい。まあ都合のいい話だが、それだって善悪だの良識だの、そういう人道的な判断はあるのじゃないか？」

「仏の道はな」

人の道じゃあねえと老人は言った。

「天の道だの神の道だの、どれもな、人の道じゃあないんだよオダさん。人は、人の道を歩いてるうちはどうにもならない。いやどうにもならなくたって構いやしないんだがな。解脱《げだつ》だの、成仏《じょうぶつ》だの、往生だの、そういうことを言うのなら、人の道を歩いていちゃ駄目よ。俺は仏道を歩くことを選んだんだ」

「そんなもんかい。仏の道ってのは、人を救ったりするもんじゃないのか」

人が人を救えるかいと、老人は何処かで聞いたようなことを言った。

「あんた、そんなこととっくに解ってるんだろうに。違うかい、オダさん。そうだろよ。人が人を救うなんて、とんだ傲《おご》りだ。救ってくれるのは人じゃあない。だから神だの仏だのが要るのじゃないか。仏に救われようと思ったら仏の道をてめえで歩くしかねえのさ」

「なる程な」

荻野も同じようなことを言っていたと思う。

俺もそう思う。物理的に救うという話なら、まあ可能なのだろう。倒れている者に手を貸すとか、飢えている者に施すとか、そうしたことはできる。その場合、手を差し伸べた者と差し延べられた者の間に理解の齟齬は少ない。救った、救われたということになるのだろう。

しかしこの場合はそういう話ではないのだ。精神的に救うとか救わないとか、そうなるともう俺には理解不能だ。そんなものは気の持ちようである。気休めである。勘違いでさえある。塚本が俺に向ける眼差しに、俺は狂気めいたものしか感じない。

ただ、仏教の教義に関しては何も解らないのだが。ひとつも知らない。

他の宗派は知らないよと老人は言った。

「少なくともうちは――そうだ」

そこで、俺は漸《ようや》く薄暗い本堂全体に目を遣《や》った。

寺のことなど何も知らない。見たところで寺だなとしか思わない。いや、精精神社ではないということくらいしか判らない。

勿論、禅宗の寺なのか日蓮宗の寺なのか、そんなことは皆目見当がつかない。そもそも真言宗も浄土宗も、どこがどう違うのか判らない。本尊だって仏像だとしか思えない。お釈迦様《しゃかさま》なのか何とか如来《にょらい》なのか判りはしない。

古い。

それは判る。

建物も調度も本尊も、かなり古い。

仏像の塗りは概《おおむ》ね剝《は》げていて、剝《む》き出しの木部もささくれている。これでは仏像にそこそこ詳しい人間であっても、何の像だか判らないのではないか。

床板は艶艶《つやつや》しているが、真っ黒である。塗った色ではない。おそらく日に焼けたのだろう。いや、何十年か何百年か知らないが、それだけの歳月が染みついているのだろうか。その歳月を塗り込めて、その歳月分で磨き上げた、そんな色である。

漆喰《しっくい》なのか何なのか、壁もまた黒い。

光が回っていない所為《せい》だけではない。変色しているのだ。

元は多分、白かったのだろうと思う。

室内を照らす光源は数本の大きな蠟燭《ろうそく》と、梁《はり》の数箇所に設置されている蛍光灯だけである。

通常の感覚では計れない。比較対象物もなく、スケール感も狂ってしまっているようなので正確な広さは判らないが、いずれ本堂はかなり広い。天井も高い。

圧倒的な空間の質量に比するに、その明かりはあまりにも微弱である。

光源の近くにいる老人の貌《かお》は見えているが、老人に俺の顔は見えているのか。

梁の上は漆黒の闇《やみ》だ。滲《にじ》んだ弱弱しい燈《あかり》がある所為でよりいっそうに暗い。何も見えない。天井などないようにも思える。

蓋《ふた》のない箱か。

上に広がるのは天か。

将《はた》また上下反転した奈落か。

「古い」

そう言った。

それ以外に的確な感想はなかった。

「まあな」

国宝級だと老人は返す。

「本当かよ」

「まあ本当だ。世俗じゃあそれくらいの価値はあるだろうな。但《ただ》し、相当傷《いた》んでいるからな。いや、これだけ傷んでいたって歴史的価値だけでも国宝級だろうとは思うがな。ま、俺はそういう世間の価値みたいなことは判らん。だから想像だし、国宝じゃなくて、あくまで級だろって話だがな」

「そうかい」

百年二百年では済まないということか。

蠟燭が一本、瞬《また》いて消えた。

白い煙の筋が立ち昇る。白線は二三度揺れて、その後真《ま》っ直《す》ぐになって、薄れて消えた。

本堂はまた少しだけ暗さを増した。

すでに日付は変わっているのだろう。

耳を澄ましたが、何も音はしなかった。

無音という状態は、都市にはない。ないと思う。少なくとも、何かの音は聞こえている。いや、山だって海だって、何かの音は聞こえている筈だ。風が吹いたって音はするのだ。

神経を集中する。

蛍光灯の発する、ジイジイという如何《いかが》わしい音が聞こえたような気がした。

錯覚かもしれないのだが。

俺は立ち上がって、ほぼ真っ暗な高い天井を見上げた。

何処にいるのか判らなくなった。

「ここは——何宗の寺なんだ」

興味が涌《わ》いた訳ではない。そんなことには一筋の興味もない。ただ、場繫ぎ的に口をついた無意味な発言に過ぎない。

ヒトでなしでも、人だと思っていた頃の癖は中中抜けないものなのだ。会話の空白が気拙《きまず》い。今となってはどうでもいい筈なのだが。

「聞いたって判らないけどな」

そう言った。言い訳染みている。

言ったって判らないだろうさと、老人は言った。

「俺のところの宗派はな、まあ、あんた達は知らないだろうな。もう、檀家《だんか》も残っておらんしな。そもそも、教団のようなもんがないのだ」

「新興宗教ってことかい」

「新興だぁ？」

老人は弛《たる》んだ右の瞼をひくつかせた。

蠟燭が一本消えた所為で、顔の陰影が濃くなっている。彫りが深いのだ。

「あんた、たった今、自分で古いと言ったじゃないか。その通りだよ。ここは古いんだ。古いのに新興ってのは理屈に合わんだろ」

「そうだが――よく知らないが、聞いたことがあるのさ。浅草の浅草寺《せんそうじ》だとか、京都の鞍馬寺《くらまでら》だとか、寺自体は古いが、独立した宗派だとか何とか――そういうのじゃないのか」

「それは、一寺が本山と切れて一宗を立てたってことだな」

「そういうのは新興とは謂わないのかい」

「新興宗教の定義を知らん。文字通り新しく興したという意味なら、そこはそうなのかもしれん。元元の宗派から分かれて独自の宗派を作ったんだろうからな。だが、この寺は違う。寧《むし》ろ逆だ」

「何だって？」

「逆なんだよ」

「逆ってのはどういう意味だい」

古いのさぁと、老人は語尾を引き伸ばす独特の口調で言った。

「俺んとこを新興なんて言ったらな、とんでもないことになるぞ。うちの宗が新興なら、叡山《えいざん》だって高野山《こうやさん》だって新興ってことになっちまうからな。そうなら、この国の宗派はみんな新興ってことになる。ここはそれくらい古いんだ」

それくらいと言われても、どれくらい古いのか俺には解らなかった。

「俺は宗教には無知だ。でも、憢《たし》か比叡山というのは天台宗で、高野山というのは真言宗じゃなかったか？　なら、最澄《さいちょう》と空海《くうかい》が興した宗派だよな？　それより古いとでも言うのかい、爺さんよ」

古いのさと老人は凄《すご》んだ。

「浄土やら法華やらよりも、ずっと古いんだ。ただ、廃《すた》れちまったんだよ。他と違って、政治力がなかった。布教しようともしなかった。いや、そういうもんじゃなかったんだな」

「そうだろうな。爺さんみたいな坊主が沢山いたのじゃ、世の中良くなるどころか大変なことになるだろうさ」

そう言うと、老人はそうかねえと、妙に肚《はら》に響くような低音で答えた。

「そうかもしれないな」

「そんなじゃ——廃れるんじゃないか」

「ふん。それだって開祖以来千二百年以上、脈脈と法燈は嗣《つ》がれておるのだぞ。まだ俺がいるからな。消滅した訳じゃねえのさ。ただ——明治末にはもう教団の体はなしていなかった。それも排仏毀釈《はいぶつきしゃく》の煽《あお》りを受けてぱあだよ。俺が最後の法脈だ」

「あんたは親父《おやじ》さんから嗣いだのか」

「そうだ」

「代代そうなのか。先祖代代教祖様のお血筋とか——」

「そんなことはねえよ。血筋なんてもなぁ、まるで無意味よ。僧ってのはただ修行するだけのものであって、世襲するようなものじゃあないからな。それに俺は教主でもない。この寺も本山じゃないんだよ。宗門で最後に残った寺だと言うだけだ。俺の親父も、祖父も、曾祖父《そうそふ》も、この寺の住職だったが、それも——」

偶々《たまたま》だと老人は言った。

「そうなのか」

「そうだよ。俺も好きで坊主になった。親父は、だから父親じゃなくて師だ。親父は出家した時に父親已《や》めてるからな。育てられた覚えはない。俺は寺を嗣ぐために、この門を叩《たた》いて出家したのよ」

「息子さんは——」

「その気にならなかったようだな」

「クズだったか」

「クズだったようだ」

「クズだから後を嗣がなかったのか。それとも後を嗣がなかったから——クズか」

違うよオダさんと言って老人は顔をくしゃくしゃにした。

「あのな、俺はあいつに寺を嗣げと強要したことはただの一度もないよ。そんなのはあいつの自由よ。だから、出家しなかったことは構わないのさ。選ぶのも決めるのもあれの勝手だ。どんな道選ぼうと、そりゃそいつの決めることだ。その道をどう歩くかも、そいつの裁量だろうよ。だから、それとこれとは関係ないのよ。そんなこたぁ人の真価量る物差しにゃならねえさ。嗣ごうが嗣ぐまいが、俺があいつをクズと言うのは、クズだからだよ」

「何をした」

「人の道歩くんなら人の道に沿えってことだよ。どんな道行こうが勝手だが、どこ歩くんでも覚悟は要らあ。外道も極道も道は道だが、ただその辺の道歩くよりも歩く覚悟は要るぞ。人の道を歩いてるくせに簡単に外れて、また知らん顔で戻るような厚かましい野郎は、まあクズのうちだろうさ」

何となく解る。

荻野も父親に反発していたらしい。はっきりとは言わなかったが、拝金主義的なところが嫌いだとかいうようなニュアンスのことを言っていたのを覚えている。

それで。

「それで——勘当でもしたのかい」

「あのな、俺は出家した段階であいつらとは縁が切れてんだ。そのうえ勘当なんかしないし、しようもないだろ。それに勘当ってなあ江戸時代の風習だぞ」

「そうか」

この老人の宗派で謂う出家というのはそういうものなのか。

「出家したら家族とは二度と——会わないのか」

「そんなことはないさ。戸籍上は親だ。血縁も絶てるもんじゃねえ。下界——人間社会ではずっと親子のままだ。それに、出家は伝染病患者じゃない。隔離されてもいねえのさ。囚人だって面会はできるだろ。来りゃ会うよ。檀家と、檀那寺《だんなでら》の僧としてだがな」

それもそうなのだ。考えるまでもなく縁を切るとか家を出るというのは概念の問題なのであって、ならば別に物理的空間的に分かつ必要もないのだろうし。

「息子はな、ここを売ると言い出したんだよ。金が欲しかったんだろう。この山は国に取られなかったから、法律上は俺の山だ。税金もかかるし、現金に替えてくれというような話でな。でもそれは呑《の》めない。だから俺が死んで、相続してから勝手に売れと言ったら、まあ怒ってなぁ、寄りつかなくなった」

「金――か」

「金よ。風の噂《うわさ》に聞く限り、俺の息子は稀《まれ》に見る守銭奴なんだそうだ。もう三十年近く会ってないが、いい話は聞かん」

なる程。

「あんたの孫も、その辺りを嫌ってたらしいぞ」

「常雄がか」

意外そうな表情だ。

知らなかったらしい。

「ああ。そっちの親子もずっと絶縁状態らしいよ。あの孫はな、金の亡者《もうじゃ》は好みじゃないらしい。孫本人の談に拠《よ》れば、それも爺さん、あんたの影響だとか――そんな話だったよ。なら、孫の方はそんなクズでもないんじゃないか」

いや。

そんなことはない。

俺の脳裏に突然、痙攣《けいれん》して死んだ江木《えぎ》とかいう男の死相が浮かんだ。

あいつはあの笑える表情のまま固まって、まだトランクの中である。

もう生き返ることはない。

「死骸《しがい》を土産に持ってきた段階で、もうあんたの言う人の道は外れてるか。なら、あんたの孫もクズのうちかな。本人は自分のことをクソだとか——虫けらだとか言ってたがな」

虫はそんなことはせんよと言って老人は笑った。

「どうだオダさんよ」

「その呼び方は厭だ」

「そうか。まあ何でもいい。どうだ、酒でも飲むかい」

「酒まで飲むのか。あんたの宗派に戒律ってのはないのか爺さん」

酒ぐらい何処《どこ》の宗派の坊主でも飲むだろうよと言ってから、老人はおいと声を発して、手を叩いた。時代劇の料亭かと言うと似たようなものだと返された。

「というか——誰かいるのかい」

「いるさ。こんな大きな寺、俺一人でどうにもならないよ。おい。鶴宥《かくゆう》。酒の用意をしろ」

酒はあまり飲みたくなかった。

「茶でいいよ」

「面白くない人でなしだな。おい、茶だそうだ。茶を淹《い》れろ」

本尊の右脇《みぎわき》の方に人影が差し、畏《かしこ》まりましたという声が聞こえた。

「弟子でもいるのかい」

「弟子——か。まあ修行僧は四人ばかりいる。まだ半人前だがな」

「どうやって喰ってるんだ？　托鉢《たくはつ》か」

「托鉢もするが、それじゃあ喰えない」

「なら死ぬだろ。檀家がいないんじゃ葬式も出せないし、法要やらもないんじゃないのか。お布施もなしだろう」

「ないな」

「ならどうしている。ご祈禱《きとう》でもしてるのか？　金持ち騙《だま》して有り難くもない経文でも上げて大金巻き上げてでもいるのか。それも方便なのか。それ、仏の道では何と謂うか知らないが、人の道では詐欺《さぎ》と謂うぞ」

「祈禱か。まあ、それもしないよ。できねえや、そんなもの」

「できないのかい。悪霊祓《ばら》いとか」

「そんなものいねえだろ」

　身も蓋もない。

「合格祈願とか、病気平癒とか大願成就《じょうじゅ》とか、何かするもんだろう」

「おいおい。祈っただけで願いが叶《かな》うなら世界中みんな幸福だろう。自分の家だけ栄えろとか、自分だけ試験に受かりたいとか、そりゃ願いじゃなくて欲のうちだろ。そんな手前勝手な祈りなんか金輪際叶う訳はねえ。みんなで別別のこと祈ったら仏は誰の願いを叶えりゃ良いんだよ。お布施の多い方選ぶのかよ。それにな、そんな都合の良いことができたとしたって、坊主は世の中誰かの思い通りにするためにいるのじゃねえよ。坊さんなんかが祈ったって踊ったって、何も起きやしないわ。何一つ変わりやしない。そんなこと信じてるのかよ、あんた。オダさん」

「いや――」

信じてはいない。

「世間じゃそういうもんだって話だよ」

皆――神頼み仏頼みをする。

当たり前にする。

寺も神社も、当たり前にセレモニーを行う。祈る。効くとか効かないとか、そういう判断もしない。それで普通だと思っている。何故するのかさえ考えない。

世間ではそうなっている。

世間たぁ、切れてんだと老人は言う。

「いもしねえ悪霊祓ったり叶いもしねえ他人の願いごと唸《うな》ったりするぐらいなら、便所掃除でもした方がなんぼかマシじゃないか。願いごとってなあ叶えて貰うもんじゃない、自分で叶えるもんだろが。そこ履き違えると転ぶぞ」

「わざと履き違えさせて金儲《もう》けしてる連中も多いってことだよ爺さん。あんたはそういうことはしてないんだな」

「そんなことするかよ」

老人は例の顔になった。

笑ったのだ。

益々悪党面に見えてくる。

「俺の宗派は、そもそも葬式もしねえ。一応法要はするが、加持も祈禱もしねえんだよ。そういうのは一切やらない。葬式は葬儀屋の仕事だ」

「まあ――そうだな」

「大体、経文てのは仏の教えだぞ。読経《どきょう》ってのは釈迦の説法を漢訳したもんを、ただ音読みしてるだけだろ。あんた、あれ聞いて意味が解るか？」

「解らないよ」

意味があることすら認識していない。

「読む方は文字を見てるからな、まあ多少は解る。だが聞く方はどうだよ。もし間違えたって間違えたことすら判《わか》らないだろうに。生きてる者に判らないものが、死んだら判るようになるのか？　悪霊や化け物には判るってのか？　そんな理屈に合わない話はないわい」

「それはまあ、道理だよ」

「そうともよ。経は内容が解ってこそ有り難いって話だよ。そんなもんを死骸の脇で読み聞かせたって意味ないわな。死骸には聞こえてない。死んでんだぞ。況《ま》して、経文は魔除《まよ》けの呪文《じゅもん》じゃあないんだからな。経は、誦《よ》んで、学ぶためにあるんだよ」

「じゃあ——八方塞《ふさ》がりだな」

収入源はないということになる。この老人と四人の弟子は、霞《かすみ》を喰って生きているということになる。

そんな訳はない。

「何かしてるだろ、爺さん」

「修行をしておる」

「嘘を吐《つ》け」

「嘘など言わぬわ。修行はしておる」

「どんな修行だよ。断食か？　喰うや喰わずで何年保《も》つよ。ミイラになる修行とかなのかよ。なら、あんたなんかとっくに干からびてる筈《はず》だぞ。即身仏とかいうのは、あれ宗旨が違うんじゃないのか」

「ちゃんと喰うておるさ」

「何を喰ってるか尋いている」

「山には喰うものがたんとあるぞ。熊《くま》が生きて行けるのだからな。人が生きて行けぬ訳もないだろう」

「それじゃあ坊主じゃなくて猟師だろ。鳥だの猪《いのしし》だの喰ってるのかよ。それともこうやって迷い込んだ客でも喰ってるのか」

　そんな話があった気がする。

「俺は黒塚《くろづか》じゃねえし、青頭巾《あおずきん》でもねえよ。まあ、山菜も茸《きのこ》も取り放題だ。筍《たけのこ》も生える。畑で芋だのも作っておるからな。腹は膨れるぞ」

「芋だけ喰ってるってのか」

「屁《へ》ばかり出るわ」

　悪態を吐《つ》いてやろうと思ったのだが、丁度そこにお待たせいたしましたという控え目な声が聞こえたので止《や》めた。

いつの間にか、盆を持った若い男が突っ立っていた。

こちらは僧侶《そうりょ》に見える。

僧は一度正座し、盆を横に置いて深深と低頭し、お茶をお持ちいたしましたと厳《おごそ》かに言った。

上げた顔は薄暗くてよく見えなかったのだが、かなり若い。まだ二十代前半、もしかしたら十代かもしれない。

「他のお客様もそれぞれお休みになられました」

若い僧は茶を勧めるとそう言った。

「そうか。まあ放《ほ》っておけ」

老人は素っ気なくそう言った。

畏まりましたと僧はまた頭を下げた。

「朝餉《あさげ》などは」

「要らん。放っておけ。突然勝手に来たのだ。欲しければ言って来るだろう」

僧は三度低頭し、去った。

「まあ、ただの茶だ。あんたが茶がいいと言ったからな、茶だ」

「酒よりいいと言っただけだ」

そんなに飲みたくもない。

一口含む。思ったよりも熱い。

咽《のど》から胃まで、熱い液体が下って行くのが判る。美味《うま》いとは思わなかったが、妙に沁《し》みた。

「で――」

話はもういいのかと問うた。

これ以上聞いたところで仕方がない。

こんな山寺の事情を知ったところで、俺にはあまり意味はない。まるでない。それに、俺の方は話すことなど最初からない。

「何だ。山ァ降りるか」

既に日付は変わっている。

今更山道を行くのは億劫《おっくう》ではあった。

「出て行けというなら行くが」

「最初から出て行けとは言ってないだろうが」

「そうだな。しかし、爺さんが話したいというからこうして話してるが、俺の方は何も話すことはないんだよ」

実際、俺は俺自身のことを何も話していない。専《もっぱ》ら聞かされる一方である。それ程興味もないくせに、聞き糺《ただ》したりまでしている。

無為である。

「俺も、ヒトでなしの割に付き合いがいいだろ。でもあんたの茶飲み友達には向かないよ」

老人は不敵に笑う。

「で——どうするね」

「ただまあ俺は積極的に死にたいとは思わないからな。そんなに熊がいると言うのなら一晩は泊めて貰おうか。明日には出て行くよ。爺さんに殺されるのも厭《いや》だしな」

「そうかい」

荻野の奇妙な祖父は、そこで大儀そうに立ち上がった。

「あんたな、どうして俺があんたを残したか、解《わか》ったか」

「あ？」

そんなこと解る訳がない。まあ、他の連中よりはいいということだろう。言葉もロクに通じない小僧や、話の通じない娘よりはマシだというだけではないのか。

そう言った。

「まあな。それはまあそうだがな、そんなことより――」

あんた人でなしなんだろ？

「ああ」

俺はヒトでなしだ。

「だからよ。あんた、聞いてて解らなかったか。俺はな、出家して、この寺で、もう何十年も、人でなしになるための修行をしている」

「何だと？」

「修行しても修行しても、どうして立派な人でなしにはなれないもんでな。浮き世のしがらみはそう簡単に断ち切れるものじゃあない」

「そうか？　あんた充分鬼畜だと思うが」

鬼畜かと言って怪僧は嗤《わら》う。

「慥《たし》かに、俺は肉も喰うし酒も飲む。人殺しだって――まあ実際に殺したことはないがな、別にどうとも思わないよ。現に犯罪者匿《かくま》おうとしてるし、死骸埋めるのも構わんと思っている。目の前で行われる法律違反を見逃そうとしているのだ。これは、まあ世間では悪だ。いや、悪とは違うな。反社会的だっけかな。なら、あんたの言うように鬼畜かもしれない」

道徳だの。

法律だの。

倫理だの。

正義だの。

情愛だの。

人情だの。

善悪だの。

そうしたものは。

「俺には関係のないものだ。無縁のものだ。そうしたものを凡《すべ》て切り捨てて、捨てて捨てて、何もかも捨てて、捨て切って、漸く修行は成る。俺がこうして露悪的に振る舞うのはな、修行がなってないからだ。あんなクズでも孫だとは思うしな。執着もある。未練もある。あるんだよ、何処かに」

それは——。

あるだろう。誰にだってある。あって当然だ。

そんなものは切り捨てられるものじゃないだろう。

「それが何だというんだい」

「それだ」

老人は俺を指差した。

「どれだよ」

「そうよ。それが何だということよ。それが何だと思えないのだ。思えないところが駄目なのだよ。それが何だと衒《てら》いなく思えないことこそを、迷いというのだ」

「俺は」

俺は別に達観しちゃいないよと言った。

「諦観《ていかん》もない。行き切った訳でも諦《あきら》めた訳でもないのさ。何も変わってない。最初っから俺はヒトでなしで、それに気づいたってだけだよ」

「そうよな。あんた、オダさん。あんたはすっかり——切れておる。切り捨てられんのは当たり前だとすんなり言える、それが正しい。そして同様に最初から人でなしだと言える、それが正しい」

「正しくないよ」

煩瑣《うるさ》い。

「望んで気づいた訳じゃない。気づかされただけだよ。買い被《かぶ》るのもいい加減にしてくれないか」

「買い被ってなどいるか。あんたは人でなしなんだ」

「だからそうだって」

「捨てられぬものは捨てられぬと知っている。しかし捨てられぬからといって、執着はしていない。望んでもいないが諦めてもいない」

「しつっこい爺さんだ。俺は無能だ。社会に捨てられ、家族に捨てられ、人生に捨てられただけの、落後者だ。ただ――死にたいとは思わないだけだ」

生きてるからな。

「捨てられた――か」

捨てたのじゃないのかと老人は言った。

「あ？」

「そうよな。そういう比喩《ひゆ》もな、まああんたの嫌いな詭弁《きべん》のうちだろう。あんた、莫迦《ばか》じゃないようだしな、何があったのかは知る由《よし》もないが、もっと上手に立ち回ることもできたのじゃないのか。それこそ、俺達の言う方便だって使えた筈だ。そうすれば何もかもなくさずに済んだかもしれん。違うか」

「まあ」

そうかもしれない。

巧《うま》く嘘《うそ》が吐《つ》けていたなら。

悲しむ振りができていたなら。

いや——それは振りなのか。俺は、娘が死んで悲しかった筈だ。酷《ひど》く悲しかった筈だ。今だって悲しい筈だ。その悲しみを上手に伝えることができなかっただけだ。

表現できなければ、他人に伝えることができなければ、そんな感情はないに等しいのだと、俺は学習した。

それだけだ。

悲しいよ辛《つら》いよ苦しいよと辺り構わず感情を振り撒《ま》くことができていたならば、こんなことにはなっていなかったかもしれない。

妻に——妻だった人に伝えられていたなら。そうなら。

否——実際に悲しくなんかなかったとしたって、悲しんでいるというポーズが取れていたならば、この老人の言うように今の事態はなかったのかもしれない。

そうしなかったのは。

できなかったから——。

いいや。

俺がそうしなかったから——か。

望んだ訳ではないと思う。しかし俺がしたことだ。俺は、俺の意思で、取り繕うことを止《や》めたのだ。

自分に正直に——などと余人はよく謂《い》うが、この場合はどうなのか。

俺は何を望んでいた。

本当の俺は——。

いいや。

本当の俺とは——何だ。嘘の俺なんかいないだろう。俺は常に俺だ。嘘も本当もない。何もかも俺が決めたことだ。本当というなら全部本当だ。

人は、望んだ通りになる。

今の俺は、俺が望んだ姿だ。

そういう意味では。

——俺が捨てたのか。

そうだよと老人は言った。

「オダさん。あんたは社会に捨てられたんじゃない。社会を捨てたんだよ。世間だの何だの、そういうものを絶対視するから捨てられたみたいな言い方になる。あんたの主体はあんただ。あんたは望んで」

出家したんだよ。

家族も。

社会も。

愛情も。

過去も。

俺が捨てたのか。

「そうだ。あんたが捨てたんだ。あんたの言う通り、そういうもんは容易に切り捨てられるもんじゃない。その通りだろう。だが、あんたは、それが何だと言えるじゃないか」

言えないんだよ中中、と坊主は言う。

「人ってのはな、人であって人でない。両方だ。要はどっちを選ぶかだ。あんたは人でなしを選んだんだろ」

好きで。

望んで。

選んだ――のか。

俺は。

「何十年も坊主やってるがよ、選び切れない瞬間はあるぜ。俺はまだまだ——修行がなってねえんだよ」

「だから」

何だと言うのか。俺はどうするつもりもない。

荻野湛宥は俺に背中を向けて、顔の判らない本尊を仰いだ。

「どうだ」

「何だよ」

「暫《しばら》くこの寺にいろ」

「あのな、爺さん。あんたのクズな孫は孫で、何か企《たくら》んでるようだぞ。何をしようとしてるのかは知らないが、あれはあんたも利用する気だ。あんたは兎《と》も角《かく》、俺は誰であろうと、他人に利用されたくはない」

「されろ」

「どういう物言いだよ」

「孫が何を考えているのかは大体察しがつくことだよ。だが、そう巧く行くか。クズはクズだろうからな。お里が知れるさ」

「なら」

あいつなんかはどうなったっていいんだよと、クズの祖父は言う。

「いざとなったら世俗の闇《やみ》に沈むだけのことだ。そりゃあいつの勝手よ。俺の知ったことじゃない。ただ、あんたは――面白い」

「面白い？」

「ああ面白いな。あの女も、あんたに救われたと思い込んでいる。あの小僧もそうだろう。いやいや、常雄もそうなんだ。あのクズは小賢《こざか》しく立ち回って何かしようとしてるんだろうが、それだって」

あんたが救ったからだ。

「おい。さっきと言うことが違ってるだろう爺さん。人は人を救えないんだろ。適当なこと」

「人じゃねえだろうよ。人でなしは人じゃねえ」

俺に背を向けたまま、僧は大声でそう言った。

「それにな、連中は救われたと思い込んでるだけだ。何もかも思い込みよ。それでいいんだ。連中は人だからな。思い込めばそれが真実なんだ。どっかの宗旨で謂うだろうが。信じる者は救われる――とか。あんたは人でなしだから、救ったなんて思ってないんだろうがな、それでいいんだよ」

「いいのかよ」

「いいんだよ、それで。何も信じない。だから何にも救われない。救われたいとも思わない。それが——人でなしだ」

俺の目指すところだよと言って、老人は振り向いた。

「俺のクズの孫は、あんたや俺を利用しようとしているように見えるさ。だが、それはそう見えるだけよ。あれは、あんたや俺に頼ってるだけだよ。信用してるんだ、頭から。どっこい、こっちは信用なんかしてないからな。あんただってそうだろう」

信用は——。

してないだろう。

「信用してる者と信用してない者と、どっちが優位かは考えるまでもないわな。信用している者は騙される。騙されても、騙されたことにさえ気づかない。だから信用している相手が沈めば一緒に沈む。裏切られればそれまでだ。一方で、信用していないなら騙されもしない。裏切られもしない。沈み始めたら切ればいい。見極めてさえいれば」

あんたに損はない。

「損得じゃないだろ」

「いや、損得でいいんだよ。いずれあんたはあの連中を――操ることができる」

そんな。

「面倒なことはしたくない。爺さんのいうことを信じるなら、俺はもう出家してるってことになるんだろうが。なら世間や人とは切れてる筈じゃないのか」

「そうだ。だから捨てられたんじゃねえ、捨てたんだと言ってるんだよ。あんたが世間を捨てたんだ。だが世間はあんたを捨ててないのさ。連中は、向こうの方からあんたに寄って来てるんだよ。餌《えさ》にありついた捨て犬みたいに尾っぽ振って擦り寄って来てるんだ」

「うざったい話だ」

「そうさ。このままじゃな」

「じゃあどうしろと言うんだよ。俺は面倒臭いんだよ。あんな連中はどうなったっていいよ。死んじまえばいいとも思うさ。でもあいつらは」

あの信じ切ったような眼。

「面倒臭いから俺があいつらの前から消えてなくなる――それが一番じゃないのか」

「同じことを繰り返す気か」

「あ？」

「あんたがそういう振る舞いをする限り、同じように擦り寄ってくる勘違い連中は跡を絶たないぞ。あんた、姿を消すといっても死ぬ気はないんだろ？　なら、嫌でも世間と関わりを持つことになるだろう。いずれあんたが捨てた社会の中であんたは生きることになるんだ。違うかな？」

違わない。

ホームレスになったって、何処か見知らぬ町に行ってやり直したとしたって、結局は同じことの繰り返しなのだろう。そこには必ず社会がある。ならば道徳だの法律だの倫理だの正義だの情愛だの人情だの善悪だの、俺が捨てたものがある。

人のいない場所で、たった一人で生きる以外、世間を持たずに暮らすことはできないだろう。そして人のいない場所で、たった一人で生きることは、不可能である。

なら――。

「熊に喰われたいというなら止《と》めない」

死ぬなら死ねと老人は言った。

「ただ、色色と厄介だから死ぬならここで死んでくれと、最初に言ったな。死なないのなら、暫くここにいて、あのクズの口車に乗ってみろ。そう言っている」

「口車に乗る――のか」

「そうよ。勘違いしてる連中にはとことん勘違いさせてやれ。奴《やつ》らは自分の意思で進んであんたの言いなりになるだろう。言いなりになっていることさえ気づかないだろう。神輿《みこし》を担《かつ》いでいるつもりが、神輿の手足になってることに気づかないのだ」

「それ」

面白くないよと俺は言った。

他人を言いなりにして何が面白いと言うのか。

「そうだな。面白くないだろう。だからこそ良いのだ」

「何がだよ」

「あんたに欲があったなら、そりゃもう駄目だ。どっかのカルト教団と変わりがねえものよ。あんたは何をどうしようとも思ってないだろ？　誰かを利用して何かをしようとか、まるで思ってないだろ。望みもなければ夢もない。欲もない。金も、色も権力も名声も、あんたは何も欲しくない。そうだろ？」

そんなものは欲しくない。

「愛情も――欲しくない」

「ああ」

要らない。

「執着がない。未練もない。俺が捨て切れない何かを、あんたは捨てっちまってんだよ。絶対に切り捨てられないことを承知で、それを織り込み済みで、捨てちまってるんだ」

面白いじゃないかと老人は破顔した。

「何ごともな、基本は大事だよ。骨子や基礎は大切だろ。宗教だの信仰だの、そういうものは概《おおむ》ね、死や自然など、人知の及ばない驚異に対する畏怖心《いふしん》みたいなものに還元しよるだろう、学者なんかは」

知らないよと答えた。

本当に知らない。

「まあ、それは間違っちゃいないのだろうさ。そうしたものがなくちゃ超自然的な存在なんてものは生まれようもなかったのだろうし、それがなきゃ、信仰も崇拝もないわな。だがな、俺は思うのだ。それだけでは宗教にはならん。信心は生まれるだろうが、それだけだ。誰かが教え、多数がそれを信じる、そういう仕組みがなければ宗教は宗教にならんだろう。逆を言えば、それができているなら、神仏抜きでも似たような関係というのは成立してしまうもんなのだ。違うかな」

そんなことは——知らない。

過去、俺の人生に宗教的なものが入り込む余地はまったくなかった。だから考えたこともないし、これから先も考える気は一切ない。

仏教というのはな、と僧は続ける。

「いや――うちの宗派は、と言い換えた方がいいか。我が宗の教えにある神秘的な部分は、全部方便だ。地獄も極楽も、仏でさえも方便だ。でもな、それをなくすと、教義がただの哲学になっちまう。これな」

誰も信じない。

「そんなもんか」

「そうだ。納得もするし感心もする。でもどれだけ説得力があったって、それだけのもんだ。前にも言ったが、教えは時に世間とはズレる。例えば執着を持ってはいけないと言っても、それが親子の情だとかいう話になれば、もう勝てない」

親子の情――か。

「死んだ子の歳《とし》を数えても始まらん。だが何年経《た》っても妄念から離れられぬ者もおるのさ。世の相は移ろうもの。無常ってのは真理であろうな。だが、そんなことを言うとな、それは情に欠けると返される。子が死んで悲しむことの何処《どこ》がいけないのかと言われるだろ。泣いたって喚《わめ》いたって死んだ子は戻らんわ」

そう。

戻らない。

「死者を悼《いた》むのはいい。しかし死者に囚《とら》われてしまってはならん。死んだ者はもう何処にもおらんのだ。そう言っても言っても解らんから、やれ輪廻《りんね》だ、あの世だ、供養《くよう》だと方便を考え出さねばならん。そんなものは」

ポーズ、ということか。

俺が上手にできなかった、悲しみを知らしめるためのポーズということだろう。

他者と。自分に向けた。

「供養なんてものはな、生きてる者の方便でしかない。死んだ者には無関係よ。そんな道具立てを用意してやっても、まだ解らん者がおるのだ。これはもう、愛情ではなく執着だ。仏道に於いて執着は廃すべきものだ」

俺の捨てたもの――でもある。

「神秘だの儀礼だの、そういうもんを抜いてしまったら――哲学だの真理だの、そういうもんでは、情やら欲やらには勝てないんだよ。道徳や法律や、そうしたものの方が人の道には沿っているからな。理屈抜きで無条件で信じるという姿勢が、宗教には欠かせないのだ」

だからこそ、と僧は声を荒らげた。

「宗教者は欲を持ってはならんのだ。金が欲しいとか美味《うま》いものが喰いたいとか女が抱きたいとか、幸せになりてえとかな、そういう欲は持ってはならん」

「犯罪に加担するのはいいのにか」

「おう。そりゃ欲じゃあねえし執着でもねえ。人を殺したいという欲を持ってるなら話は別だがな。俺はそんな欲は持ってねえよ。誰が生きようが死のうが関係ねえというだけだ。虫踏んで殺すのも人殺すのも、同じ殺生《せっしょう》だと言ってるだけだ」

「なる程な」

欲はないのか。

欲は要らねえのよと老人は言う。

「宗教者ってのはな、幸福なんて求めちゃいけねえんだよ。幸福求めてンのは信者の方だろ。教え導く方が欲ったかりでどうするよ。信仰は、どんなもんでも狂信だ。それでいいのだ。ただ信じている対象が邪《よこしま》だと、良くないことになるというだけだ。そこを見誤ると時に大変なことになる。いいか、人は迷う。迷って、間違える。欲も出る。欲で目が曇る。そんな奴を信じるのは大いなる過《あやま》ちだろう」

「まあ――そうかもな」

「人でなしは迷わないのよ。だから連中はあんたを信じてる。多分、無条件に信じている。そして、あんたには欲がない。人でなしは——」

人の道は歩かない。

「実に、面白い」

爺は声を上げて笑った。

「止《や》めろ。俺は面白くない。それに、さっきから何を言ってるのかさっぱり解らないんだよ、爺《じい》さん。黙って聞いてれば、まるで俺が教祖か何かにでもなったみたいな口振りじゃないか」

「クズの孫もそう思ったんじゃないか」

「けっ」

馬鹿馬鹿しい。

俺は畳を軽く蹴《け》った。

「あんたも、あんたの孫も、どうかしてるんじゃないのか？」

「どうかしてはいるだろうな。それでも俺は——あんた達の顚末《てんまつ》が見たい。そのためには手を貸すぞ」

僧は右手の掌《てのひら》を俺に見せた。

「そんな手は要らない。俺は初対面の爺さんの道楽のために生きてるんじゃないんだよ。俺は年寄りの玩具《おもちゃ》なんかじゃない」

　解ってるよオダさんと僧は言う。

「何度も言わすな。この寺を出たって同じことの繰り返しになるだけだと言ってるだろ。あんたは誰かと関わるし、関われば何人かはあんたに擦り寄って来る」

「どうかな」

「あんたにその気がなくたって、必ずそうなるよ」

「知らないよ。そうなったらなったで放っておくだけだ」

「どうでもいい、か。つまり、嫌われようとも思わない訳だよな？　なら、同じことよ。思うようにはいかねえよ」

「そうかな」

　あの女も。

　あの小僧も。

　そして荻野も。

　どうでもいい。どうでもいい扱いをしたつもりだ。いいや、嫌われようとさえしたかもしれない。でも――。

「あんたの気持ちなんざ、これっぽっちも関係ないんだって。狂信というのはそういうもんだ。いいや、信仰というのはそうでなくてはならんのだ。救われるためには何であれ無条件に信じなくちゃあならねえんだよ。そうでなくちゃ救われねえのよ。いいかい、あんたが救ってるんじゃねえ、向こうが勝手に救われてるんだ」

面倒とか言うんじゃないぞと爺は言う。

「いいか、あんたがそうしている以上、そういう関係はこの先も必ず生まれる。次次にな。面倒というならそっちの方が余計面倒だろ。そういう話だ。何しろ」

あんたは人でなしなんだから。

そこは——。

解らないでもない。

人だった頃、俺は果たして他者とこのような関係を築くことができただろうか。

まず不可能だったと思う。

俺は、老人の貌《かお》を見返した。

立ち上がった所為《せい》で蠟燭《ろうそく》から離れ、無機質に照りつける蛍光灯に近づいたため、より陰影が深くなっている。

僧侶というよりも、最早《もはや》魔物のようにしか見えない。

「で――この寺にいるとして、俺はどうすりゃいいんだ？　俺は何もしたくない。ここにいろと言うのならいるが、思い通りにはならないぞ。あんたの思惑にもあんたの孫の思惑にも、乗っかるかどうかは解らない。嫌になったら出て行くし、したくないことはしない」

「それでいい」

「いいのか？」

「寧《むし》ろそうでなくてはいかん」

人でなしらしくしてくれオダさんと荻野湛宥は言った。声が――。

楽しそうで忌忌《いまいま》しかった。

第七話　毒

ヒトでなしなんだと笑われた。

軽蔑《けいべつ》されたと言うべきかもしれない。

どうでもいいことだが。

やけに眼が大きくて、その大きな眼が黒黒とした色で縁取られていて、それが蠟燭《ろうそく》のような青白い膚《はだ》の表面で、まるでこの世の裂け目であるかのように主張している。

鼻も口も小振りで、唇に色はない。

眉毛《まゆげ》もない。だから余計に眼だけが目立つ。

半端《はんぱ》に伸びた髪の毛は先の方だけ色が抜けていて、艶《つや》もない。

木切れのように瘦《や》せ細った腕には蚯蚓《みみず》腫《ば》れのような筋が幾本もついていた。老人のように見えるが、多分少女である。いや、少女というのが幾歳《いくつ》までを指す言葉なのか俺は知らないから、それは適切な表現ではないのかもしれない。二十歳《はたち》を過ぎている可能性もある。そうだとしても。

若いことに変わりはない。

それなのに、若さのようなものは全く感じられない。板の間に座る姿勢も老婆《ろうば》のようである。

「バカじゃね」

娘はそう言った。

俺は鶴宥《かくゆう》を横目で見た。

若い僧侶《そうりょ》はどうぞお入りくださいと平板に言った。

「何故《なぜ》」

「作業が終わりますまで尾田《おだ》様にはこちらでお待ち戴《いただ》くよう、師より申しつかっております」

「作業って穴掘りじゃないのか」

「そう承っております」

「誰が掘るんだ。あんたら坊主か」

「いいえ。鍋谷《なべや》様と塚本《つかもと》様。そして荻野《おぎの》様が今朝から」

「今朝？」

今何時だと問うと、僧は午前十一時を少し回っておりますと答えた。かなり緩寛《ゆっくり》と寝てしまったらしい。

俺は一瞬にして多くの物ごとを半端に考え、そのすべてを否定した。俺が穴掘りを手伝う謂《い》われは何もない。もちろん、塚本にもないのだろうが、好きでしていることなのだろう。殺したのは鍋谷なのだし、本来、鍋谷が一人ですべきことである。

——違うか。

死骸《しがい》を埋めるのは殺した本人の責任、という理屈は正しいようで正しくない。殺すのも犯罪だが、埋めるのも犯罪だ。罪を重ねているだけである。手伝うも手伝わないもない。巻き込まれたのはこっちの方なのだし、いずれ俺には関係のないことだ。

放っておけばいい。

とはいうものの。

「何で此処《ここ》にいなくちゃいけないんだ？」

「それは存じません。師の令《いいつけ》でございます」

「この人は」

俺は顎《あご》で娘を指し示す。

興味がないのだろう。年齢の判《わか》らない娘は無表情になってそっぽを向いていた。

高浜由里《たかはまゆり》様でございますと鶴宥は答えた。

「そのタカハマって誰だと尋《き》いているんだよ」

「詳しいことは存じません」

無表情なのは鶴宥も一緒だった。

「知らないのか。ここにいるのに」

「はい。わたくしは皆様のことも能《よ》く存じませんし」

それも――。

「そうか。ひとつ尋いていいか」

頭を下げて立ち去ろうとする鶴宥を俺は引き止めた。

「はい」

若い坊主の肩を摑《つか》んで、戸口に押しつける。小娘から見えないように顔を背け、そのまま耳許《みみもと》に問う。

「あんた――いや、あんた達は、連中が何のために穴掘ってるのか知ってるのか」

鶴宥は答えなかった。

「あんたの師匠とかいうクソ爺《じじい》は知ってるようだがな。埋めてるのは――死体だぞ」

動揺するか。

反応はなかった。

「犯罪行為だ」

「そうですか」

「どうも思わないか」

「修行でございます」

「そうか」

なら、もう俺には関係ない。とんだお節介である。

鶴宥を放す。

廊下に顔を出すと、戸口の外には別の僧が立っていた。最初からいたのか、途中でやって来たことに気づかなかったのか、一向に判らない。俺は起きてからこの部屋の戸を開けて中を覗《のぞ》くまで、何も考えず何も見ずにいたようだ。

実際、元の部屋に戻れといわれても無理だ。廊下を幾度曲がったのかも覚えていない。無駄に広いし、寺など何処《どこ》も景色は同じである。位置関係がまるで判らない。

立っている僧は微動だにしない。

きっと、ずっといたのだ。置物のように気配がしていないだけである。

「見張りつきか」

「見張りではございません。ご用があります時は、こちらの——鶴正《かくしょう》に何なりとお申しつけください」

鶴正は無言で礼をした。

鶴宥より齢《とし》は上だろう。

忌忌《いまいま》しいが、どうしようもない。

ここは諾諾《だくだく》と従うしかないのだろう。

こんな、見ず知らずの娘と同じ部屋に見張りつきで閉じこめられるのは厭《いや》だ。しかし死骸を埋める穴掘りを手伝う気は更更ない。どちらも厭だ。厭だが、所詮《しょせん》どう動いてもあの憎憎しい爺《じい》さんの掌《たなごころ》の上なのである。そう思うと釈然としないものがあったが、肚《はら》も立たなかった。

どうせ流されているだけだ。

最初から好きでしていることではない。

ヒトでなしだと気づいてしまった瞬間からずっと、俺は主体性というものを放棄している。自分はどうだ自分はこうだというのは人のもの謂《い》いである。

自分など、どうでもいい。

好悪《こうお》の感情はある。

雨に濡《ぬ》れれば不快だし、疲れれば休みたいと思うし、痛いのは適《かな》わない。腹が減れば弱る。そういうのは厭だ。厭だが、厭で何がいけないとも思う。

厭だとしても、所詮厭なのは俺だけだ。

ならば我慢するのかといえば、それもしたくない。でも、積極的に回避しようとは思わない。厭でなくなればいいというものでもないからだ。

濡れたって、雨が上がればやがて乾くのだ。いつまでも雨が降り続くなら、それはもう仕方がないことではないか。

自暴自棄という訳ではない。極めて自然体で臨むというのに近いだろう。

ただ。

実のところ、そうやって、流されるままにしていても、そうでなかった時と大きく変わることはないのだということに、俺は気づいた。

強い欲求やら欲望やらを持ちさえしなければ、自発的に選択してもそうでなくても結果や状況に大きな差はない。どっちに転んでも同じことなのである。

考えてみれば当たり前のことなのだ。

金が欲しいと思わなければ損をしたとも思うまい。美味《うま》いものを喰いたいと欲していなければ不味《まず》いとは思うまい。地位だの名誉だのに拘泥《こうでい》しなければ、零落《おちぶ》れようが貶《けな》されようが何とも思うまい。

生きたいと思わなければ死ぬのも怖くはあるまい。

前向きさだとか遣《や》る気だとかいうものの多くは、いや、全《すべ》ては、浅ましい欲や見苦しい執着に支えられているのだ。

建設的であることを止《や》めてしまうと、欲も執着もなくなってしまうのだろう。

おかしなものである。

俺は部屋に入り、板の間の隅に座った。

鶴宥はいずれお呼びに参りますと言ってから低頭し、戸を閉めた。

格子《こうし》の嵌《は》まった窓があるだけで、後は何もない部屋である。窓にガラスは嵌まっていない。雨は吹き込まないのだろうか。

そんなことを思った。

納戸《なんど》か何かではないのか。

人のための部屋ではない。

ヒトでなしだからこれでいいのだ。

と――。

そこで俺は部屋の異分子に気づく。

俺とは反対側の隅に、小娘が膝《ひざ》を抱えて座っている。世界の裂け目のような巨《おお》きな眼は見開かれているのだが、何も見ていない。瞳《ひとみ》は虚《うつ》ろである。

最初に部屋を覗いた時は顔しか印象に残らなかった。黒いTシャツにジーンズという質素な出で立《いた》ちである。

何者なのか。

名前は何といっただろう。

タカハマとかいっただろうか。

手首についた幾筋もの線は、傷跡だ。

リストカットとかいうやつか。自傷癖のある娘なのだろう。

山中で自殺でもしようとしたところを見咎《みとが》められて、保護されたのだろうか。

――そんなことはないか。

あのクソ爺が自殺を止《と》める訳がない。警察ごとは面倒だといって自殺者の遺骸を埋めたとかいうのなら解《わか》るが。縦《よし》んば人が自殺しようとしているところに出会《でくわ》したとしても、何もするまい。

何かするとしたら死ぬのを見届けてからのことだろう。

娘は動かなかった。

少し前なら、俺は戸惑っていたと思う。

気まずい。だから座持ちをしなければならないと考えたに違いない。

しかしこんな娘と話すことなどない。年齢が違い過ぎるし、そもそも何者なのか判らないのだ。それでも、以前の俺なら何か話し掛けなければならないと思ったことだろう。多分、必死で話題を探していたことだろう。

くだらない。

そもそも、この娘はどう見ても危ない。

一般的な話題が通じる相手とはとても思えない。

しかも偶《たまさ》か同じ空間に居合わせたというだけなのである。機嫌を取らなければならない理由などない。

それでも昔の俺なら、もしかしたら自己紹介くらいはしていただろうか。

俺は娘から視線を外す。

話し掛けられても迷惑だ。気まずいとも思わない。

相手がどう思おうと、知ったことじゃない。

それ以前に、この娘は俺のことをあの爺から聞いているのに違いない。

ヒトでなしだと。

どうせあのクソ爺のことだから、もうすぐここに男が来るが、そいつはヒトでなしなんだそうだ――とでも言ったのだろう。

紹介は済んでいるということだ。

ならば何も言うことはない。あの、蔑《さげす》むような笑みこそがこの女の俺に対する評価なのだろうし、それは正しい評価である。

格子の向こうは空だか山だかで、ただ明るい。格子の影が部屋を斑《まだら》に染めている。

鳥の声が聞こえた。

暫《しばら》く鳥の声を聞いていた。

意味を持たぬ音を聞くのは心地良いものである。人の声は、言語を構成していなくとも何がしかの意味が付帯している。その意味が邪魔だ。

鳥の声が止《や》んだ。

完全な無音ではない。

山の音がする。木や草が鳴らす音なのだろうか。風の音なのだろうか。それは鳥の声以上に意味がない。

でも、ノイズではない。

街には意味が氾濫《はんらん》している。その中に於《お》いてはノイズにしか聞こえない音である。雑音として処理されてしまう音だろう。

でも。

これが——本来の音だ。

暫く。

そうしていた。

舎弟に殺された滑稽《こっけい》な死体や、怯《おび》えるだけの頭の悪い殺人者や、狂信者の眼をした女や、虫けらのような友人や、立派なことを言う妻だった人や、もう二度と会うことのない娘や、死んだ娘が、どんどんと遠くなって行く。

本当に、どうでもいいことだ。

本当に——。

そこで俺は何か得体の知れない焦燥を感じた。無意味という安寧が何かに揺さぶられている。

不愉快だ。窓から視線を外す。

娘が。

俺を見ていた。

さっきまで何も見ていなかったというのに。

大きな眼が俺を見据えている。

この視線こそが焦燥の正体である。

俺は見返した。

睨《にら》んだつもりはない。他人を睨む程、俺に主張はない。ただ、機嫌が良い訳でもないから、視線を向けられた方にしてみれば睨みつけられたように見えるだろう。

娘はただこちらを見ている。

ガンをつけるというのはこういうことを謂うのだろうか。この場合、目を逸《そ》らした方が負けと謂うのだろう。俺には別に勝ちも負けもない。

だから床に視線を落とした。

本堂のように黒くはないが、艶《つや》がある。

磨かれているのだ。何十年だか何百年だか知らないが、ずっと研磨され続けているのだ。

こんな部屋の床を磨いたところで詮方《せんかた》あるまい。磨かれていなくとも誰も困らぬし誰も怒らない。磨かれていても誰も喜ばないし誰も得をしない。これもまた無意味である。無意味の積み重ねである。この床の光沢は、無意味の塊《かたまり》だ。

意味は、要らない。

何かのために為《す》るのも、何のためにもならぬことを為るのも、行為としては同じなのだ。

つまり行為自体に意味はない。人が、勝手に意味をくっつけているだけだ。

俺は鍋谷を思い出す。

あの頭の悪い小僧は、ただ刃物を持って腕を上下させただけだ。その先にあの江木《えぎ》とかいう男がいて、男は死んだ。鍋谷に殺意があったのか、なかったのか、多分社会的にはそこのところこそが肝腎になるのだろう。

でも、どうなのだろう。

鍋谷は馬鹿《ばか》だ。為《し》たことは犯罪だ。

でも、どうなのだろう。

死んでいなくても、殺人未遂か、暴行傷害か、そういう行為には違いない。これは悪いことなのだろう。社会に於ては許されることではない。しかし、あの小僧は。

腕を上下させただけだ。

馬鹿ではあるが。

どうなのだろう。

そんなことを考えた。

そしてまた視線を上げると——。

娘はまだ俺を見ていた。

何か言おうかと思ったが、止《や》めた。別にサービスする必要はない。構ってくれという意思表示なら、どう反応しようが反応した段階でそれはサービスである。恫喝《どうかつ》ですら機嫌取りになるだろう。

そんな義理はない。

ないが。

何だか根比べでもしているようだ。そう思うと馬鹿らしくなった。

「何だ」

俺は声を発した。

娘は横を向いた。

「何か言いたいことでもあるのか」

折角こちらから折れてやったというのに、それを拒否するようなその態度は何だ。

馬鹿馬鹿しい。

この態度は拒否しているのではない。こいつは、俺に更なるサービスを要求しているのである。

声を出して損をした気分になる。

――損か。

つまり俺は、拒否以外の反応を期待していたということだ。

だから損と感じたのだろう。何も望んでいないつもりでも、こんなところでつまらないことを望んでいる。ヒトでなしのくせに、人に未練が残っているか。

浅ましいものである。

少し可笑《おか》しくなって、俺は笑った。

「何が」

娘は言った。

「何が可笑しいの」

横を向いたままである。

お前の知ったことじゃないと答えた。

そしてそのまま黙った。

また、鳥が啼《な》いた。

啼き止むと、山の音になった。

「あたしが可笑しいのかよ」

娘が言う。

「あたしを笑ったのかよ」

言葉ではあるが、もう俺の中では意味を成さない。鳥の声と一緒だ。だから何も答える気はない。外で啼いている鳥にいちいち返事をする者はいない。いるとしたらそれは余程浮かれたお調子者か、狂人だろう。

床の艶は無意味である。

格子の外には何もない。

鳥の声には意味がない。

娘の声からも、意味が汲《く》み取れない。

断続的に囀《さえず》りのような声が聞こえているが、もう届かない。音は聞こえているが意味は失われている。

「無視かよ」

突然、その四文字だけが意味を成した。

娘は俺を睨んでいた。

それでなくとも大きな眼は上目遣いに大きく剝《む》かれ、憎悪を籠《こ》めたかのような三白眼の照準は俺に合わせられている。

ただこちらを向いているのではない。

これは、明らかに俺を睨んでいるのだ。

しかしどんな表情で、どんな思いで睨《ね》めつけたとしても、それをして他人をどうにかすることなどできはしない。見られているのが繊細な神経の持ち主であれば、あれこれと思い悩んだりすることもあるのかもしれないが、そうでなければ何の効果もない。怨《うら》みの籠《こも》った視線などと謂うが、それは感じる方の疚《やま》しさの裏返しである。見るだけで物理的にどうにかできるような錯覚を以《もっ》て世間を見るのは、やはりイカレた人間だけなのである。

アニメか何かのように眼から光線が出る訳でもない。見られている方にしてみれば、見ている奴《やつ》など風景の一部に過ぎないのである。

要するにこの娘の態度は、自分からは何も言いたくないのだけれど、この表情だけで何かを察してそちらからアクションを起こしてくれ、ということである。

そんな幼稚な自己顕示が通るのは幼児のうちだけだろう。なら駄駄《だだ》でも捏《こ》ねられた方がまだ直接的で通じ易《やす》い。拗《す》ねてみせたり睨みつけたりするだけで何がしかの意思表示が叶《かな》うなどと思っているのなら、それは人以下のガキである。

そんなものに構う必要はない。

考えも浅く物ごとも判っていない無能のくせにやたらと自己中心的で尊大な態度を取る——そんなあり方は、許されるとしても精精がところ就学前までだ。

小学校に入るくらいになれば、厭でも言葉による自己表現や意思表示を求められることになってしまうのだし、そうなればボディランゲージの有効性はうんと下がってしまう。世の中は独り善がりの主張を一方的にするだけではどうにもならないと、思い知らされることになる。

意味はロゴスに封じ込められて行く。

そうして人は人に成るのだ。

大人と子供の差異というのは、即《すなわ》ち語彙《ごい》の多寡《たか》に他ならないのだろう。

明文化できなければ適切な表現はできない。だからこそ、言葉ではカバーし切れないのではないかという不安は常に残る。

それが、気遣いだの機嫌取りだのという不自然なコミュニケーションを生む。

気を遣って、空気を読んで、先回りしてフォローして――そんな自分をすり減らすようなコミュニケーションは不自然な在り方ではあるだろう。

しかし、時に社会はそうした不自然さを要求するものなのである。人は愚かなものだから、それで円滑な関係性が築けるようなケースもあるだろう。

だからといって。

それはこんな娘に対して執るべき態度ではない。

それに、俺はヒトでなしなのだから、そんな人らしいコミュニケーションをしなければならない謂われなどないのだ。

この娘は、人に成りきれぬガキだ。

そして俺は人を辞めたヒトでなしだ。

通じ合えるものは何もないし、通じる筈《はず》もない。疎通《そつう》を求める意味もない。俺達の言葉は鳥の囀りと風の音のように、互いにただ鳴り合っているだけの雑音である。

当然、無視し合うよりない。

と、いうよりも、考えてみれば先に無視をしたのはこの娘の方なのである。

俺はいっそうに馬鹿馬鹿しくなった。

だから黙っていた。

だが。

見たくもないのだけれど、ほぼ正面にいるので視野には入る。

娘は、薄い唇を軽く歪《ゆが》めている。依然眼は見開かれているから、泣きそうな顔にも見える。別に泣こうが喚《わめ》こうが知ったことではないのだが、同じ部屋に二人きりでいるのだから、煩瑣《うるさ》いのは適わない。

暴れられるのも御免だ。

暫く沈黙が続いた。

鳥も啼かず、何故《なぜ》か山の音も耳に届かなかった。

「あんたさ」

娘が言った。

「誰に連れて来られた」

「誰に？」

意味が解らなかった。

「あんた大人じゃん。くだらねーとか思わねえ？」

まるで通じない。

しかし、くだらないとは思うから生返事をした。

「説教とか、通じねーし。大人の言葉通じねーし」

お前の言葉も通じない。

「俺の言葉も通じないだろ」

「知らねーよ。話してねーし」

「俺はガキじゃない」

「こんなとこ来てんじゃん。大人のクセにバカじゃね」

「馬鹿だよ」

「ヒトでなしって何」

「人じゃないんだよ」

面倒臭い。こんなガキと話したくない。

「意味解んねーし」

「お互い様だろ」

漸《ようや》く、鳥が啼いた。

娘は初めて眼を伏せて、それから膝を抱えていた右手を外し、指先で自分の足の爪《つめ》を弄《いら》った。

「笑ったり怒ったりしねーの？」

意味解んねえよと言い返した。

「普通、笑うし。笑うってか、見下げて逃げるし。後、同情とかする。それから怒るだけ」

「くだらない」

まあ、そうした反応が一般的なのだろうとは思う。

人は自分と違うものを認めたがらないものである。

笑う、というのは嘲笑《ちょうしょう》するということなのだろう。蔑むことで対象を自分から隔離する。然《しか》る後に遠ざける。日常を異物に侵蝕《しんしょく》されたくないのである。

そんなものだ。

同情も嘲笑と同じことである。対象を哀れむことで自分から隔離する。独善的である分、始末が悪いかもしれない。

怒る、というのは対象を自分と同じものに矯正しようとする行為なのだろう。

どれも――。

「それこそくだらないな」

「何が。あたしが」

「全部だよ」

「全部って」

「お前も、お前に関わってる連中も、俺も全部だって。何もかもくだらないよ。しかも面倒臭い」

娘はふうん、と言って少し黙った。

「あんた何してるの」

「座ってる」

「楽しい？」

「楽しくないよ」

「じゃあ苦しい？」

「煩瑣《うるさ》いな。どうでもいいだろ」

「どうでもいいけど」

「なら黙れ。俺はお前と話したくなんかない。お前だってそうだろが。構って欲しいのかよ。ならそう言え。それでも俺はお前なんかに構いたくない」

娘はまた眼を上げた。

「それって、あたしとか、バケモンとかに見えるから？」

「化け物なんか見たことないよ」

「ふうん」

通じていない、と思う。

俺は表層的に反応しているだけだし、この娘は自分の都合の良いように解釈しているだけだ。

しかし、大方の会話はそんなものなのである。

通じているような気になっているだけだ。

この娘は、大人の言葉が通じないと言っていた。俺の言葉はたとえ曲解されていたのだとしても届いてはいるようだ。

そうしてみると、俺はこの娘と会話をしていることになるのだろうか。

死にたいんだよねと娘は呟《つぶや》いた。

独り言のような物言いだったのだが、目の前には俺しかいないのだし、俺のリアクションを求めた発言ではあるだろう。

別に反応はしなかった。

「死にたいって思うの、ダメなの」

「ア？」

「何でダメなんだよ。あたしが死にたいんだから死んでもいいじゃん」

「何言ってるんだ？」

「だって」

「死にたきゃ死ねばいいだろが」

俺はもう、辟易《へきえき》していた。

そして思い出す。

俺は塚本にも同じようなことを言ったのではなかったか。

娘は俺を見据えた。

「いいんだ」

「知らないよ。俺に関係ないだろ」

「何で死にたいとか、尋《き》かないんだ」

「どうせ大した理由なんかないんだろ」

「何それ」

「死ぬのに理由なんか要らねえよ。生きるのに理由が要らないのと一緒だ。なら考えるだけ無駄だろ」

「考えるって」

「尋かれてから考えてんじゃないのか。考えなきゃ解らないんだろ、理由。ならないんだよそんなもん。生きるのが辛《つら》いとかほざくんじゃないぞ。辛くて当たり前なんだからな」

「そんなの――耐えられねーし」

だから。

「なら死ねと言ってる」

「死にたいんだって」

「ウザい女だな。止《と》めてないだろうが。社会から疎外されてるとか親と断絶してるとか、そんなのみんなそうなんだよ。生きる意味が解らないとか生きてる価値がないとか、頭悪過ぎだよ。そんな小学生の作文みたいな理由なんか聞きたくもないよ。生きる意味なんかないよ。死んでないから生きてるってだけだ。生きられないなら死ね。

「そんなの――聞いたことねーし」

「わざわざ言うことでもないからだ。理由だの意味だの、関係ないよ。生きるの死ぬのに大義名分なんか要らないんだよ。死ぬだけの理由があれば死んでいいのか？　そんなことは誰も言わないだろ。なら理由なんかどうでも良いんだよ」

「いらねーんだ。理由」

「いるかそんなもの。お前が死にたいっていうならそうなんだろ」

「あんたひでえ」

「酷《ひど》いさ。俺は」

ヒトでなしだからな。

娘は――。

泣き顔になった。

「何だよ。その顔」

「別に」

「別にじゃないだろ。何なんだよ。嘘《うそ》なのかよ。死にたい死にたいってのはポーズなのか？　どうせそうなんだろ？　注目されたくてそんなこと言ってるだけなんじゃないのか馬鹿馬鹿しい」

「ポ――」

顔が歪んだ。

「ポーズなんかじゃねーし」

娘は急に激昂《げっこう》し、両手を揃《そろ》えて俺に手首を向けた。

無数の筋。リストカットの痕《あと》なのだろう。

それが。

「それが何だよ」

「これ――」

「失敗してるだけじゃないか。そんなもん何の自慢になるんだよ。どうせ本気じゃなかったんだろ。痛いだけだ」

我慢大会かよと俺は言った。

「うっせーよ。本気だよバカ野郎。でも死ねなかったんだって」

「何だよ。邪魔されたのか？　ヘボい話だな」

「そうだよ。あの――クソ親とか。バカ教師とか。医者とか。警察とか。友達も」

「馬鹿かお前」

「何だよ」

「部屋だの学校だの人目につくとこでばかりやったんだろ？　それなら邪魔されるに決まってるだろうが。何度も邪魔が入って良かったじゃないか。その度《たび》に目立って嬉《うれ》しかったか？　世間は大抵くだらないけどな、お前は格段にくだらないよ」

「黙れよ」

「人前でそんなことしたって無駄に決まってるだろ。止《と》めて欲しいんだと思われたって仕方がないぞ。そんなものパフォーマンスだパフォーマンス」

「黙れよ」

「構って欲しくてやってるだけだと思われるに決まってるじゃないか。そういうのはな、効果があっても一回だよ、一回。二度目からは誰も本気にしやしない。だから本気で死にたきゃ一人で死ねよ。周りに誰もいなきゃ止める奴もいないぞ。山ん中で首でも吊《つ》ればいいんだよ」

「黙れって」

「それとも何か？　手首切るのが恰好《かっこう》良いとか、そういうこと言うのかよ。死ぬのに恰好つけるんじゃねーよ。死んじまえばそれで終わりだからな。後のことなんか知ったことじゃねえぞ」

「う」

うるせえよッと娘は怒鳴った。

「あんたなんかに解るかよ」

「解らないよ。解りたくもないよ。お前が勝手に喋《しゃべ》ってるだけだろ。ガキの相手してやってるんだ。まともに取り合って貰《もら》ってるだけ有り難いと思えよ」

「あたしは――」

「お前は化け物なんかじゃない。ただのガキじゃないか。俺はガキじゃない。でも説教するほど親切じゃないし、同情もしない。笑いも怒りもしないがな、お前みたいなのの相手するのは面倒なんだ。厭なんだよ」

「人でなし」

本気でそう思ったのだろう。

そう――俺はヒトでなしだ。

「そうだよ。だから、死にたいなら早く死ねって。ここは山ん中だから誰も邪魔しないだろ。俺も止《と》めないし、きっと坊主《ぼうず》どもも止《と》めないと思うぞ。それとも何か？　お前、死のうとしてこの山に登って来たのか？　山の中で死のうとしてこの坊主に保護されたってのか？　ここの坊主どもは鬼畜ばかりだから、そんなこともしないと思うがな」

違《ちげ》ーよと娘は言った。

「クソ親に連れて来られたんだよ」

「連れて来られた？」

そんなことはさっきも言っていた。

「何でだ」

「知らない。だからあんたも」

「俺は」

俺も連れて来られたことに変わりはないのだが。

迷い込んだようなものだと言った。

「あたしとは――違うんだ」

「当たり前だろ。もういいか。黙れ」

俺は顔を窓に向けた。

窓の外は相変わらず何もない。ただ少しだけ色が変わっているようにも思えた。

こんな娘の戯言《たわごと》を聞かされているくらいなら、山の音を聞いていた方が良い。

板の間は硬い。

この部屋は心地良い。荻野のマンションのように豪華なベッドも大型テレビもシャワーもない。何もない。

俺に——向いている。

無音かと思っていたのだが、山の音は聞こえていたようである。

耳を澄ます。

意味を持たない無声音が沁《し》みてくる。音源は一つではない。無数である。数が多いのではなく、数えられないのだ。山の音は渾然《こんぜん》としていて不可分である。

それでも何の過不足もない。

娘はまだ俺を見ているのだろうか。

もう、気にもならなくなっている。

突然、強い風が吹いたようだった。一斉に、何かが騒《ざわ》めく。

ああ、と娘の声がした。

目を遣る。

娘は膝を突いて身を起こしていた。

蹲《うずくま》っていた時よりも、ずっと華奢《きゃしゃ》に見える。瘦《や》せているというよりも、やはり瘦せ細っているといった方が良い。

娘は左手を突き出した。

何かを持っている。俺は顔を向けた。

カッターナイフのようだった。

「おい。どうする気だ。俺を殺すのか」

ナイフの刃先が震えている。

「ならどう」

「別に」

「何強がってんの？　あんた、人に死ねとか言って、自分はどうなんだよ。どうせ死にたくねーんだろ」

「死にたくはない。でもな」

死んだって別に構わない。

「え？」

「俺はな、別にどうでもいい。こんなになって、今更命が惜しいなんて思うかよ。ヒトでなしだぞ。死んだら——終わりなんだから、そりゃ楽だろうよ。さっきも言ったが、俺は死なないから生きてるだけだよ。生きたいとも思わないが死にたいとも思わない。殺してくれるなら」

それはそれでいい。

「ウソ」

「嘘じゃないよ。俺は何も持ってない。捨てるものは何もない。だから未練も執着もない。あるのは命だけで、これが中中なくならないから仕方なく生きてるだけだ。お前がその命を取るっていうのなら、別にそれでもいいよ」

「ウソ——言うな」

「信じないならそれでもいいよ。別に俺がどういう人間でもお前には関係ないことだからな。殺したいなら殺せよ。簡単だろうよ。頸《くび》でも切ればいいんだよ。ただ、痛いだけで死なないってのは厭《いや》だからな、殺すならちゃんと殺せよ」

俺は首を突き出した。

「殺せよ」

「違う」

「何が」

「あたしは死にたいの」

娘はそう言うと、自分の右腕に刃を当てて、引いた。

青白い、蠟燭《ろうそく》のような腕に赤い筋が刻まれて、鮮血が三筋ばかり垂れた。娘は吐息のような声を漏らした。

「死にたい」

「嘘吐《つ》きはお前じゃないかよ」

俺は姿勢を変え、ゆっくりと立ち上がった。

「そんなんで死ぬかよ。上《うわ》ッ面《つら》なぞってるだけじゃないか。いいか、ただ手首に傷つけたって死にはしないんだよ。動脈切って、血がどんどん流れ出て、失血して死ぬんだよ、人は。お前はただ自分傷つけて酔ってるだけじゃないか。死ぬ気なんかないだろ」

「死ぬの」

娘はもう一筋腕に傷を作った。

「死ぬの」

ああもう面倒臭い。

「なら早く死ねよ！」

俺は大声を出した。

娘は蚊の鳴くような声で、長い悲鳴を上げた。

「そんなに死にたいかよ」

俺は左手で血に染まった娘の腕を摑《つか》む。

「放せえッ」

娘はカッターナイフを振り回した。

しかしその勢いは弱弱しく、二三度肩を押しただけで凶器は床に落ちた。

板の間にぼたぼたと血が滴《したた》る。

「何すんだよう。やっぱ止《と》めるんじゃないかよう。何が人でなしだよ」

「止めてるんじゃねえよ」

俺は腕を強く引いた。

娘はナニ、ナニと言った。

「何じゃない。お前、死にたいんだな」

「ウルサイウルサイウルサイ」

俺は娘の頰をぶった。

他人をぶったのは初めてだった。

「痛い。やだやだやだ」

「聞けよ」

俺はもう一度娘をぶった。ただ巧《うま》くぶてなかったようで、手が痛かった。

「俺はな、本当に死にたいのかとお前に尋いてるんだよ」

「死ぬの」

死ぬの死ぬのと娘は譫言《うわごと》のように繰り返した。

大きな眼からは涙の粒がぼろぼろと溢《あふ》れ出す。

顔色は青白いのを通り越して透けているかのようだ。

悲壮といえば悲壮な様子なのだが、熱に浮《うか》されているようでもあり、その分、死ぬのという重い筈《はず》の言葉が嘘臭くも聞こえた。

「あたし死ぬの」

「なら——死なせてやるよ」

俺は更に強く腕を引いた。枯れ枝のような腕は細く、おまけに血でぬるぬると滑るので、俺の手は摑んだ形のまま抜けた。俺はカッターナイフを拾ってから、今度は両手で娘の肩を摑んで無理矢理に立たせ、押し出すようにして戸口に向かった。

「何するの」

「死なせてやると言ってるんだから感謝しろ。面倒臭いんだよお前」

俺は戸を開けた。

廊下にはさっきと同じ姿勢の鶴正が突っ立っていた。

慌《あわ》てる様子もない。どう考えても尋常なシチュエーションではない筈なのだが、気にはならないようである。

裡《なか》の会話も聞こえていたのだろうに。

「おいあんた」

「ご用でしょうか」

「ご用は何なりとか鶴宥が言ってたからな。あんた、何処《どこ》で穴掘ってるか知ってるよな」

存じておりますと鶴正は答えた。

「なら――そこに連れて行け」

「畏《かしこ》まりました。こちらでございます」

鶴正は音も立てずに歩き出す。

俺は娘の肩を摑んで後に続く。

廊下を曲がる時にちらりと振り返ると磨き込まれた板の上に点点と赤黒い液体が落ちていた。

廊下に出た途端娘は温順《おとな》しくなり、為《な》すがままに従ったが、足許《あしもと》は覚束《おぼつか》なく、濡《ぬ》れた小動物のようにわなないていた。震えているというよりも、痙攣《けいれん》に近い。寒いとか怖いとか興奮しているとかいうものではなくて、何かもっと機械的な振動のように感じられた。

中庭だか裏庭だかを突っ切る渡り廊下を通り、庭に面した廊下を回り、薄暗い廊下を抜けた。

娘は庭が見えなくなると聞き取れないくらいの小さな声で何かを呟き始めた。声は徐徐に大きくなっていったが、何を言っているのかは全く解《わか》らなかった。

大きな眼は死んだ魚の眼のようで、焦点が合っていないどころか瞳孔《どうこう》が開いているかのように思えた。何も見えていないのだ。それどころか、何が起きているのか理解していないのだろう。

人事不省という奴だろう。

それでも構いはしない。俺はあれだけ何度も確認したのだ。

本当に——。

死にたいのかと。

死にたいんだろう。

玄関に出た。鶴正が履物をお持ちしますと言うのを退け、俺は娘の肩を摑んだまま並べてあった突っ掛けを乱暴に履いた。

引き寄せる。

何処を見ているのか判《わか》らない惚《ほう》けた娘は体の右半分を血で黒く染めて訳の解らないことを呟いていたが、三和土《たたき》に足がつくなり嫌嫌をするように頭を振った。

こんな状況でも裸足《はだし》は厭なのか。

知ったことではない。

どうせこれから死ぬ人間だ。足が汚れようと、怪我《けが》をしようと何の問題もない。無理に土間に降ろそうとすると、娘は突如何かを取り戻し、

「どうするの」

と言葉を発した。

「死なせてやると言っただろ」

俺は血だらけの手で娘の左手を摑んだ。

引く。

娘はぐらりと揺れて、それから俺の手を振《ふ》り解《ほど》こうとしたが叶わず、奇妙な姿勢でやはり出し放しになっていたサンダルを履いた。ふらついている。

まるで草臥《くたび》れたビニール人形だ。

鶴正は黙ってこちらを見ている。

背筋が伸びていて、落ち着いてもいる。若い僧は血だらけの錯乱した娘とそれを引き回すヒトでなしを、ただ静かに見据えている。

俺の目にはそんな鶴正の方が異常に映っている。こんな状況に直面しても何とも思わないのだろうか。それとも感情を顕《あらわ》にしないよう訓練でも受けているのか。何も感じないのだとしても、感じたことを表に出さないのだとしても、いずれ普通ではないだろう。

そういえばあの爺はヒトでなしになる修行をしているのだそうだ。

弟子もそうなのだろう。

鶴正はすうと体の向きを変え、こちらでございますと言って歩き出した。俺は娘の手を引いてその後を追った。

山中の何処かに埋めているのだろうと俺は勝手にそう思い込んでいた。

正確な住所こそ判らないが、この寺はかなりの山奥である。

人里から徒歩で来られるような場所ではない。寺以外に人工物は何もない。鬱蒼《うっそう》とした、熊《くま》が出るような山である。周囲には樹木しかない。人目につかない場所なら幾らでもある。

しかし、その思い込みはまるで外れていた。

穴は、境内に掘られていた。

尤《もっと》も何処からが境内で何処からがそうでないのか、そんなこと俺は知らない。

ただそこは門の中であり、整地されている場所でもあった訳で、それ故《ゆえ》にそうだと思っただけである。

敷地内ではあるのだろう。

苔生《こけむ》した石仏らしきものや、壊れた石塔のようなもの、ただの石塊《いしくれ》、そんなものが幾つも幾つも突っ立っている。古い墓地のようにも見えるが、多分違うのだろう。地面は短い草や苔や羊歯《しだ》や、そうしたもので覆《おお》われている。

朽ちかけた柱に屋根をつけただけの粗末な雨除《あまよ》けの中に、辛うじて石仏と判るものが三体並んでいた。

地蔵だか何だか俺には判らない。

その奥に、大きな土の山ができていた。

山の横には泥だらけになった塚本と、スコップを持った荻野が立っていた。鍋谷の姿は見えなかった。荻野の足許には毛布で包《くる》んだ江木の死骸《しがい》が横たわっている。積まれた土の量から推し量るに、かなり大きな穴を掘っているようだった。

荻野は額の汗を拭《ぬぐ》い、そのままの形で固まった。俺に気づいたのだ。

「慎吾《しんご》。お前——」

「ご苦労なことだな」

「お前、何だよ。その女誰だ？」

塚本が振り返った。

「おい。何だよ。慎吾お前怪我してるのか？　何があったんだ？　血が——」

「黙れよオギノ」

「黙れって、だからその女は誰だって尋いてるんだよ」

「知らないよ」

本当に知らないのだから紹介のしようがない。

莫迦《ばか》かお前と荻野は言った。

「知らないってな、巫山戯《ふざけ》るのもいい加減にしろ。俺達が今何してるか、お前だって承知してるだろうが」

「だから来たんだよ」

正気かお前はと言って、荻野はスコップを地面に突き立てた。

「とにかく説明しろ説明」

「できないよ」

俺にも解らない。

「それよりその穴、もっと深く掘れ」

「ア？」

「小僧は何処だ」

穴の中から塚本より更に汚れた坊主頭が覗《のぞ》いた。鍋谷の身長程度の穴を掘ったということだろうか。

なら充分か。

俺は娘の手を強く引いた。

娘は痛いと言った。自分で切り裂いた腕の傷は痛くないのか。

「おいおい。おい。慎吾」

遮ろうとする荻野を突き飛ばして穴の縁まで進む。

深さだけでなく広さも充分そうである。

鍋谷が見上げている。

俺は、娘を穴に突き落とした。突き落とすというより放り込むといった感じだろうか。悲鳴も上げずに娘は転げ落ちた。素人《しろうと》仕事であるから垂直には掘れない。坂のようになっているのである。

「な——何すんすか尾田さん」

「おい鍋谷」

「何すか。この娘——」

「お前よ」

その娘殺せと俺は言った。

「あン？」

「よくドラマなんかで言うだろ。一人殺すも二人殺すも一緒だ——って。だから殺せよ」

鍋谷は眉《まゆ》を顰《ひそ》め眼を円《まる》くして、間抜けに口を開けた。

「おいお前」

血と泥と土に塗《まみ》れて俯《うつぶ》せになっていた娘は爬虫《はちゅうるい》類のような姿勢で顔を上げた。白い膚《はだ》が黒く汚れてしまっていて、白目が余計に目立つ。

「その小僧はな、人殺しだ。自分の親代わりの男をな、大した理由もなく滅多刺しにして殺したんだ。昨日な」

娘は這《は》い蹲《つくば》ったまま、鍋谷に視線を移した。

「嘘じゃねえぞ。死骸はここにある」

俺は爪先《つまさき》で江木の屍《しかばね》を突《つつ》いた。

「見るか？」

「おい」

荻野が俺の肩を摑んだ。

「止《よ》せよ。それより事情を話せ」

「事情はないよ。強《し》いて言うなら」

あのクソ爺の所為《せい》か。

「てめえの爺《じい》さんに尋け」

「祖父に？」

俺は荻野の手を振り払う。

どうだ死骸見るかと俺は大声で言った。

「見ろよ。お前がずっと成りたがってるもんだぞ」

俺は娘の振り回していたカッターナイフをポケットから出して、死体を括《くく》った紐《ひも》を切った。毛布を剝《は》がし、シーツを捲《めく》ると青黒く固まった江木の滑稽《こっけい》な顔が見えた。

厭な匂《にお》いがした。

死体というのは、こんなに臭《くさ》いものなのか。既に腐敗が始まっているのか。これが死臭という奴なのだろう。

「おい愼吾」

「黙ってろ」

俺は立ちはだかる荻野を押し退《の》け、江木の残骸を蹴《け》った。勿論《もちろん》、蹴ったぐらいで動くものではない。毛布の端を持って穴の縁まで引き摺《ず》り、もう一度蹴って、俺は穴の中に死骸を落とした。

滑るように骸《むくろ》は穴の中に落ちた。

毛布は途中で外れたが、シーツは絡《から》まったままで、死骸は少し曲がって鍋谷の横で止《と》まった。

小僧は絞り出すような声を上げた。

顔が見えているのだ。

自分が殺した、恩人の顔が。

「ああああああ」

鍋谷は逃げ出そうとしたのだろう。穴を登ろうとして前のめりに転んだ。坊主頭が土に突っ込んだように見えた。踠《もが》いた鍋谷の手が死骸に触れた。

「うあああ」

鍋谷が暴れた所為《せい》で、不安定な形で止まっていた死骸が倒れた。

その拍子にシーツに絡まった死骸から何かが滑り落ちた。

江木の命を奪った——凶器のナイフだった。

俺が死骸の上に置いたものである。考えてみれば置いた後の記憶がない。捨てたり隠したりした覚えもない。一緒に梱包《こんぽう》してしまったのだろう。

鍋谷は興奮して無意味な動きをし、無意味な言葉を発した。土に塗《まみ》れた顔は恐怖に硬直している。

「煩瑣《うるさ》いよ小僧。てめえのしたことじゃないか。その後始末してんだろうよ。今更ガタガタ言うんじゃないよ」

「あああ」

「喚《わめ》くなってガキが。ちゃんと眼見開いて確乎《しっか》り見ろよ。それはな、お前が殺した江木だよ。江木の成れの果てだ」

泥だらけの鍋谷は腰を抜かして死骸を見詰め、空気が抜けたように萎《しお》れた。

「おい、お前。お前が成りたがってるのがそれだ。見ろよ、汚いだろが。きっともう腐ってるんだ。臭いだろ。どうだ、お前もそうなるんだよ。なれよ早く」

鍋谷ッと俺は怒鳴る。

「そのナイフを拾えよ。それはお前の得物だろうが。それでな、その娘を刺せ」

「な、何でだよ」

「理由なんかないよ。お前、その江木刺した時に何考えた？　何か論理立てて考えてから刺したのか？　名前をちゃんと呼ばないから刺したのか？　それともどつかれたから刺したのかよ。そんなもの理由になるかよ。お前は何も考えず、ただ刺したくて刺したんだ。他に理由はない。ならできるだろ」

できるかよと鍋谷は虚勢を張った。

「い、意味解んねえよ」

本当に意味解んねえぞ慎吾と荻野が言った。

「意味なんかないんだって。何度言ったら解るんだよ。おい。早くしろよ。もう昼だろうが。一緒に埋めちまったほうが手間が省けるだろう。さっさと済ませて、昼飯でも喰えよ」

「あ、あんた、尾田さん」

「俺はな、ヒトでなしだって何度も言ってるだろうが。やれよ！」

「お、俺に命令すんじゃねえ」

「黙れよ」

　こんな小僧、どうにでもなる。

「人殺しておいて威張るんじゃねえ。お前なんか何にもできないじゃないか。逃げることもできないし、自首することもできなかっただろ。後始末だってできてねえ。みんな他人の言いなりだよ。誰かに何か言われなきゃ何にもできない小僧が、命令すんなとか言うなよ。そいつが生きてた時にはそいつの言いなりだったんだろうが」

「お、俺は」

「俺はとか言える程、お前に自分なんてないんだよ。だから名前呼ばれなかったんだろうが。そんなガキはな、誰かに命令されなきゃ何もできないんだよ。だから親切に命令してやってるんだ。いいか、お前が自分で、自分の意思でしたことってのは、今までにたった一つだ。人殺しだよ」

　殺したろ殺したじゃないか死んでるだろ死体を見ろよ。

「その娘はな、死にたいんだそうだ。だからこれは人助けだ。殺せ」

殺せよッと俺は恫喝《どうかつ》した。

鍋谷は両手で顔を拭った。

いっそう汚らしくなった。

そして――。

小僧はナイフを拾った。

「おい、お前。今からお前の望みを叶《かな》えてやるよ。ここには親も教師も警察も友人も誰もいないから――」

確実に死ねるぜ。

「坊主は生臭だがここは寺だし、供養《くよう》くらいはしてくれるんじゃないか？　いや、金払わないと何もしてくれないかもしれないが、構わないだろ。何度も言うが死んじまえばそんなことどうでもいいことだ。死んだら腐るだけだ」

「止《よ》せって慎吾。おい鍋谷、やめろ」

穴に入ろうとする荻野を俺は止《と》めた。

「いいだろ別に」

「よ、良くねえだろ。あれ、誰なんだよ慎吾。お前、どうしちまったんだよ」

「どうもしないよ」

俺はずっと。

ヒトでなしだよ。

鍋谷はよろよろと娘に近づいた。

「おい鍋谷」

荻野が手を伸ばす。

這《は》い蹲《つくば》った娘は、本当に爬虫類のように這ったまま逃げようとした。穴は、深さこそそこあるが、狭い。逃げても何処に行けるものでもない。娘はそれでも動くのを止《や》めず、まるで穴の斜面の土でも掘るような仕草を繰り返している。

鍋谷は左足でその腰の辺りをぐいと踏みつけた。

娘はぐう、という声を発した。そしてまるで虫ピンで留められた昆虫のように、痩せ細った白い手足をじたばたと動かした。

人間には見えなかった。

「早くしろよ。見苦しいよ」

鍋谷はナイフを振り上げる。

娘はううと獣のように唸《うな》って、鍋谷の足を撥《は》ね除《の》け、体を返した。ああ、ああと吠《ほ》える。

鍋谷は左手でその娘を突き飛ばした。

折れてしまいそうな痩せた娘は穴の斜面に仰向けに倒れた。

鍋谷は娘にのし掛かり、馬乗りになった。

両手でナイフを摑んで振り上げる。

娘は両手で鍋谷のダブついたシャツを摑んで、意味不明な言語を叫んだ。

そのまま。

二人は動かなくなった。

ただ握られたナイフの切っ先だけがぐらぐらと揺れている。

泥と血と土で汚れた娘の顔に、この世の裂け目のような大きな眼が二つ見開かれている。

何が見えているのか。

頭の悪そうな小僧の汚らしい顔が見えているのか。

鍋谷は今、どんな顔をしているのだろうと、俺は思った。

「どうした鍋谷。その娘は死にたくて死にたくて、何度も死のうとして死に損なった娘だ。死に損ないだよ。今の今だって手首切ったんだ。死にたい死にたい煩瑣《うるさ》くて仕方ないんだよ。だから遠慮は要らないんだよ」

殺せと俺は言う。

鍋谷はひゅうと音を立てて息を吸い、両手の指に力を籠《こ》めた。腕の筋肉が脈打つ。

しかし鍋谷は、大きく上体を反《そ》らせはしたものの、結局吸った息を吐き出しただけだった。振り上げられたナイフは、一度大きく波打っただけで、振り降ろされはしなかった。

「何だよ」

躊躇《ためら》うか。

「お前、世話になった恩人は滅多刺しにできるのに、何処の誰だか知らない娘の方は殺せないのかよ。どんだけ腰抜けなんだよ鍋谷」

ナイフを振り上げたまま、鍋谷は振り向いた。

泣いていた。

「横見ろよ。それはお前に目をかけてくれた兄貴分の江木さんだぞ。そこでズタズタになって腐ってるのは、お前がぶち殺した江木なんだよ。忘れたのか？　それはお前の仕業だぞ。そんな酷《ひど》いことができるんだぞ、お前は」

ナベヤッ――と、俺はひときわ大きな声で怒鳴った。

鍋谷は俺の顔を凝乎《じっ》と見詰めて、意を決したかのように泣き顔を娘に向けた。

「ア、アアアア」

「やだッ」

娘が叫んだ。

「やだ。やだやだッ」

「何が厭なんだよ。お前死にたいんだろうが。喜べよ」

「いやだあ」

「何故《なぜ》だよ。親もクソ、教師もバカ、友達もみんなダメなんだろ？　お前は生きていたくないんだろ？　何度も何度も手首切ったんだろうが。なら死ね。そんな奴《やつ》は死ねよ。死んじまえば楽だからな。そうだろ？　大人の話は通じないんだろ？　説教も通じないんだ。いいよそれで。いいけどな、そんな面倒臭い奴は、死んだ方がいいんだよ。みんなそう思ってるよ。お前なんかにクソ呼ばわりされた親だって、バカ呼ばわりされた教師だってな、死ぬなとか頑張れとか、そりゃ口では言ってたかもしれないけどな、肚《はら》の底では死んじまえこの馬鹿娘と思ってるさ。いいじゃないかよ。お前も死にたい、周りも死んで欲しいと思ってるんだよ。目出度《めでた》いよ。で、その殺人鬼が今ここで殺してくれるって話じゃないか。悪いことはひとつもないよ。何が」

「いや」

何が厭なんだ。

「厭じゃないだろう。ろくな理由もなく死にたいと言う奴は死ねよ。死にたいって何度言ったよお前。何度言ったんだッ」

娘は顔を小刻みに振った。

「今更やだは通用しないんだよ。おい、鍋谷」

「やめて」

「だから何でだって」

「し」

死にたくない、と娘は言った。

「もう遅いって。あのな、簡単に撤回するなら死にたいとか言うなよ。しかも一回二回じゃないんだろ。その手首の傷の、その何倍も口にしてるんじゃないのか。それだけ死にたいと言ったんだから、きっと神様にでも通じたんだろ。良かったな」

娘はこれ以上開かない程眼を見開き、俺を見た。

「望みは叶うんだよ必ず」

いやあ、と娘は悲鳴を上げた。

「辛《つら》いの。辛いんだよう」

「ならその辛いのも終わりだよ」

「辛いから生きたくないよ。生きたくないけど」

死にたくもない。

「そうかよ」

それなら俺と一緒だ。

「でもな、本気で遅いよ。それならそう言えばいいじゃないか。馬鹿かお前。頭悪いにも程があるぞ。どんだけガキだよって話だ。いいや、ガキだからってな、取り返しのつかないことってのはあるんだ」

そう。

時間を戻すことはできない。

鍋谷の腕が震える。

ナイフを持ったまま、空中で反復運動を繰り返している。

そして。

鍋谷はナイフを落とした。

「こ」

殺せねえと言って、小僧は娘の上で項垂《うなだ》れた。

荻野が膝《ひざ》を突いて、穴の縁にぺたりと座り込んだ。

仕方がない。

本当に――。

「手の施しようのないクズどもだな」

俺は穴の中に降りた。

鍋谷の襟首を摑んで立たせる。

江木を殺した時以上に役立たずになっているようだった。

乱暴に体を裏返す。

汚い顔だ。

「俺の顔を見ろ小僧」

鍋谷は目を逸《そ》らす。

「ちゃんと見ろよ」

二度、ぶった。

鍋谷はやっと目を合わせた。

「人殺ししかできないクズが、人殺しもできなくなったのか」

「俺は」

「クズじゃねえか。この江木を殺したんだぞお前は。充分クズだろ」

「兄貴――」

鍋谷は江木の残骸に目を遣《や》る。

「いいか。俺はヒトでなしだが、お前はクズだ。いい加減に身の程を知れよ」

俺は鍋谷を江木の方に押し退け、痙攣している小娘の細い腕を摑んだ。

「起きろガキ」

「殺さないで」

「殺さねえよ。死にたいと思うのは勝手だが他人巻き込むんじゃねえ。死にたいとか口にする暇があるなら、ちゃんと死ね。一人で死ね。自分でできないんなら我慢しろよガキ。言葉ってのは他人に向けて吐《は》くもんだからな」

娘は何も答えず、そのまま崩れ落ちた。

失神したのだろう。

仕方がないから抱き上げて、俺は鶴正を呼んだ。

「こいつの手当てでもしてやれ。何者だか知らないが、お前らの客なんだろ」

娘は軽い。

人間の重さではない。

「畏まりました」

鶴正は娘を穴から引き上げ、抱えて寺の方に連れて行った。

「お前もいつまでも泣いてるんじゃないよ鍋谷。お前もガキか。早く埋めろ」

小僧は江木の前に座って泣いている。

今更悔いたって遅い。

「埋めろよ」

俺が再度言うと、鍋谷はくね曲がったままになっていた江木の死体を抱えて、穴の真ん中に寝かせた。それから絡まったシーツを引き抜き、その上に掛けた。

俺はナイフを拾ってその上に置いた。

「早く埋めろ」

俺はそう言って穴の上を見る。

荻野はまだ放心している。

「おいオギノ。お前がそんなでどうすんだよ。手を貸せよ」

伸ばした俺の手を摑んだのはオギノではなく塚本だった。

「あんたも落ちるぞ。こらオギノ」

「ああ」

荻野は夢から覚めたかのように何度か頭を振って、俺を引き摺り上げた。

「何だ。あの娘」

「執拗《しつこ》いな。爺に尋《き》けよ。それよりお前も早くこの穴埋めろ。何なら、あの小僧ごと埋めちまえよ」

「慎吾、お前」

「ここに風呂《ふろ》はないのかよ」

手伝う義理はない。

俺は踵《きびす》を返して寺に向かった。

玄関には鶴宥が立っていた。

全く動じた様子がない。

「あのガキは何だ」

答えはしないだろう。

「はい――」

「何か隠してるだろ」

「わたくしからは申し上げられません」

「言うとは思ってない」

鶴宥は口を一文字に噤《つぐ》んだ。

血で汚れていた筈の框《かまち》も廊下も、既に綺麗《きれい》に掃除されていた。

「お前らみんなどうかしてるよ」

まあ、汚れたら掃除するのが当たり前ということなのだろうが、問題は何故汚れたかという方にあるのではないのか。ここまでズレていると、狂っているのは俗世間の方だという気にもなって来る。

「随分と汚くなったもんだな」

「やっと出て来たのか爺さん」

衝立《ついたて》の陰に湛宥《たんゆう》がいた。

「爺さんは止《や》めろ」

「爺さんに爺さんと言って悪いのか爺さん」

「止めろと言っただろうよ。和尚《おしょう》とか、住職とか何とか、言い方があるだろうが。弟子の前じゃねえかよ」

クソ爺でないだけましだと思えと言ってやった。

「そういえば、あんた、俺はここを出ても面倒ごとに巻き込まれるだけだとか適当なことを言ってたよな、慥《たし》か」

「言ったがどうした」

「充分面倒なんだがな、この寺は。俺は一歩も外に出てないが面倒ごとに巻き込まれたぞ。目覚めるなり何の騒ぎだよ。冗談じゃないぞ」

「お前さんが悪いんだよ」

老人は悪人面《づら》に皺《しわ》を寄せて、笑った。

「普通はこんなことにならん」

「俺の所為じゃないよ」

「いいやお前さんの所為だよ。あの子は慥《たし》かに面倒な子だが、それだって初対面の人間の前で自傷行為なんかしねえぞ。話し掛けたって口も利《き》かねえような娘よ。随分仲良くなってるじゃねえか」

「知るか」

「他人の所為にするなよ、尾田」

「他人の所為になんかしてないよ。あんたの所為だと言ってるんだ」

「俺は何もしてねえだろうが。お前をあの部屋に入れただけだ。飯ができるまで、と思ったんだがなあ。飯炊《めした》くよりも早かったな。文字通り朝飯前じゃねえかよ。呆れたもんだな」

「何が飯だよ。ご丁寧に見張りまでつけやがって。俺が逃げると思ったか。俺は一応客のつもりだったんだけどな。囚人じゃないぞ。軟禁される謂れはないよ」

そうじゃあねえよと言って老人は顔をくしゃくしゃにした。

「ありゃ客間だ」

「嘘を吐《つ》け。物入れか何かだろ」

「ここは旅館じゃねえ、寺だぞ」

人間用にはできてねえと老人は嘯《うそぶ》く。

「ヒトでなし専用かよ」

「そういうことだよ。それに、俺以外この寺に僧は四人しかいねえからな。客ごとに坊主つけとく訳には行かねえんだよ。一人は飯炊き、一人は穴掘りの手伝い、鶴宥は他の作務《さむ》に当たってたんだ。仕方がねえだろ」

「あの娘は何だ」

「だから客よ」

「はっきり言えよ爺さん」

金主《きんしゅ》だよと老人は答えた。

「金主？」

「金蔓《かねづる》だ金蔓」

「あの娘が金になるのか」

「なるんだよ。お前がゆんべ言ってた通りよ。坊主も生きものだ。托鉢と畑の作物だけじゃ暮らしちゃあいけねえんだよ」

やはり。

悪事働いていやがったかと言うと悪事なんか働くかよと老人は返した。

「ありゃあお前、神奈川の実業家の一人娘だ。一昨日《おととい》預かったんだ」

「預かった？　託児所か此処《ここ》は」

「まあな」

「それともペットホテルかよ」

「その手のものよ。まあ——あの娘は十七でな。中学二年の秋から不登校になって自傷行為を繰り返すようになった。そういう娘だ」

「珍しい話じゃないだろ」

「よくある話だとしたって、当事者にしてみりゃ深刻だろうよ。でも、どうしようもないのよ」

「どうしようもないもんか」

「人に依《よ》っちゃどうしようもねえさ。いずれ簡単な話じゃねえよ。でもな、幾らどうにもならねえからって、放っとく訳にもいかねえだろ」

「何かあるんじゃないのか。矯正施設とかよ」

「どうかな。でもあの程度じゃなあ。他人を傷つけるとか悪さ繰り返すとか、そういうのじゃあねえからな。そんな都合の良い施設があったって、ポイと入れられるようなものでもねえんだよ。だからって家に押し込めて監禁しとくって訳にもいかねえだろ。病気だ障碍《しょうがい》だと、そう受け取ったところで、薬や注射で治せるものでもねえだろが」

「だからって他人に押しつけるってのはどうなんだよ。つまりここは、問題児預かり所ってことなのかよ」

「ガキだけじゃねえけどな」

「手に負えない連中を引き取って隔離すんのか。それとも姥捨《うばす》て山かよ」

「隔離なんざするか。それに必ず戻すよ」

「更生施設なのか」

「更生もさせねえよ。出家させることはあるがな」

「預かり賃は幾価《いくら》取るんだよ」

それぞれよと湛宥は言った。

「お布施に定額ってなあねえんだ。一円でも一億円でも、同じように有り難がるってのが坊主のお約束だよ」

「お布施なのか」

「檀家《だんか》だからな」

荻野湛宥はそう言ってから、先《ま》ずは風呂に入れと言って、俺のシャツを示した。

シャツは娘の血で赤く染まっていた。

第八話　瘡

ヒトでなしの面《つら》になってきたなと荻野《おぎの》が言った。

やけに機嫌が良い。

機嫌の善し悪《あ》しがある——ということは、コイツは人間なんだなと俺は思う。

俺にはどうも、それがない。

一時は沈んでいたのだろうと思う。

何もかも失《な》くした日は、どうだっただろう。浮かれていた訳はない。家庭も仕事も財産も、想《おも》い出すらも、何もかも失くして喜んでいたのだとすれば、それはもう狂気の沙汰《さた》である。

それはそれで幸せなことなのかもしれないが。

俺はどうだっただろう。

よく覚えていない。雨が降っていたと思う。

塚本《つかもと》と出会ったことは覚えている。

でも。

辛《つら》かった記憶はない。落ち込んでいた訳ではない。

妻だった人とあれこれ先のことを協議していた時期は、それは辛かったように思うし、毎日打ち沈んでいたという自覚がある。

あの人の声がいちいち胸に突き刺さり、夜も眠れなかった。

消えてなくなってしまいたいとか。

目が覚めたら何もかも元通りになっているとか。

時間を戻してやり直せるのならどんなことでもしようとか。

後悔なのか自虐《じぎゃく》なのか、いずれ遣《や》り場のない負の感情が体中に渦を巻いていた筈《はず》である。

でも、あの日はどうだっただろう。

俺は沈んでいたか。

意外に平穏だったように思う。

自暴自棄になっていた訳ではないだろう。それは今でもそうなのだ。どうでもいいとは思っているが、投げ遣りになっているつもりはない。上りも下がりもしないけれども、喜怒哀楽めいたものもあることはある。

あくまでめいたもの、でしかないのだが。

しかもそれは、俺にとってどうでも良いものである。

高揚も落胆もない。

ヒトでなしに機嫌の善し悪しはないらしい。

荻野はここ数日、外出を続けている。塚本と共に車で街まで降りて行っているらしい。興味もないから詳しくは知らない。

説明はしてくれるのだが、聞く気も覚える気もない。

「聞いてるのか慎吾《しんご》」

「聞いてない」

聞けよと荻野は笑いながら言う。

「仕方ねえな。仕切り直しの再出発だってのに」

「再出発だ？」

莫迦《ばか》なことを言う男だ。

「俺は何処《どこ》にも行く気はない。何をする気もない」

「これだよ」

荻野は肩を竦《すく》めた。

「繰り返すけどな、俺の借金は消えた」

「塚本の金だろ。塚本から借りたってことだろ。消えてないじゃないか」

「そうだが、もう債鬼に追われることはない。塚本にしてみても貸したつもりはねえのさ。新規事業への先行投資だ」

お前の尻拭《しりぬぐ》いだろと言った。

「あんだけ金持ってりゃ俺の借金なんて屁《へ》みたいなもんだよ。お前も、あの残高見れば判《わか》るよ」

「判らないよ」

塚本はこの数日で相続その他の手続きを終えたのだろうか。それともそれはもう済んでいるという話だったか。

全く覚えていない。

そもそも、何かするにしてもこんな逃避行の最中にそんな手続きのようなことができるものなのか。

下の街にアパートを借りて住民票を移したんだと荻野は言った。

「俺と、彼女とな。勿論《もちろん》別別にだぞ。まあ住む気はないが、その方が何かと便利だからな。お前も――」

「俺はいいよ」

ほんの一瞬、税金だの国民年金だの国民健康保険だの、そういうものの請求はどこに来るのだろう——というようなことごとが脳裏を掠《かす》めたのだが、考えてもしようがないと気づいて切り捨てた。

そうした手続きはずっと勤め先や妻だった人がしてくれていた。俺は所得の申告をしたこともないし、保険料を払っているという自覚もなかった。

知らないのだから、考えて判るものではないのだ。

尤《もっと》も、今の俺は収入も財産も何もないのだし、社会保障を受けられるような立場でもないだろう。失業保険なども手続きをすれば貰《もら》えるのかもしれないが、どうしたら良いのか判らない。それ以前に欲しくない。

ヒトではないのだ。

俺はいいんだよと繰り返した。

「良かないよ。この好機もお前がくれたもんだしな。お前と会わなきゃこの状況はなかった訳だ。俺はあのマンションで餓死するか、飛び降りてたか、やくざな連中に甚《いた》振《ぶ》られてたか——ま、いずれ遠からずあの世行きだった訳よ」

荻野に死ぬ気があったとは思えない。殺されることもなかっただろう。ただ、二進《にっち》も三進《さっち》も行かなくなっていたことは確かなようである。

でも死ぬの生きるのという話ではない。

単に困っていて、厭《いや》だっただけだろう。

そう言うと荻野はまあそうだと答えた。

「でもな慎吾。俺に出口はなかったぜ。行けたのはあの世くらいだ」

「あの世にはお前の代わりに江木《えぎ》が逝《い》ったんだろうよ。人殺して埋めといて、好機も仕切り直しもあるかよ」

「殺《や》ったな鍋谷《なべや》だ」

みんな共犯だろと言った。

俺も共犯だ。

まあな、と荻野は再び軽く往《い》なす。

「まあなで済むか。へらへらしてられるのかお前。あの小僧の所為《せい》だとしても、あいつだってここにいるんだよ。この、お前の祖父《じい》さんの寺にな。俺はな、どうなったって構わないと思ってるが、お前は違うんだろうが」

「そりゃ捕まりたかねえよ」

「捕まるよ。一緒に死体運んで一緒に埋めて、その犯人とまだ一緒だ。匿《かくま》ってるんだろ。言い逃れができるか」

「言い逃れはしねえよ。それ以前に、言い逃れしなきゃいけないような事態にならねえしな」

荻野はいっそう愉快そうになる。

「慥《たし》か日本の警察は優秀だとかいう話じゃなかったか？　殺人事件の検挙率は高いんだろ。八割だか九割だかだと聞いた。なら逃げるだけ無駄だし、俺は隠したり偽証したりしないぞ」

「殺人事件ならな」

「殺人事件じゃないか」

「殺人だが、事件じゃないと言ったろ」

荻野は缶ビールを飲み乾して俺の方に向き直った。

「あのな愼吾。殺人ってのは個的な事象なんだろうがな、事件ってのはあれ、社会的な事象なんだよ。何より、他殺体がなきゃ始まらねえの。まず死体ありきだよ。江木はそこに埋まってるが、埋まってることは俺達しか知らない。あいつはただの行方不明。失踪《しっそう》だよ。前にも言ったが、天災だって遺体が出ねえうちは死亡者じゃなくて行方不明者なんだよ。どう考えても生きてる見込みがなくたって、見つからなきゃ行方不明なんだって」

「だから何だよ。同じことだろう」

「同じじゃあねえよ。殺人事件の捜査と失踪人の捜索じゃまるで違うだろうよ。それに、江木の行方は不明なんだろうが、その行方不明は事件になってねえの。連中が捜索願なんか出す訳がねえって言ったろ」

「家族が出すかもしれないだろ」

出さねえ出さねえと荻野は手を振った。

「かみさんとは別居中らしいぞ」

「何故《なぜ》知っている」

電話したと荻野は言った。

「電話だ？」

「ああ。金振り込んで、それから奴《やつ》の事務所に電話した。江木さんには色色心配掛けたが、言われた通り返済できたのも江木さんのお蔭《かげ》だし、一言挨拶《あいさつ》がしたいと言ったんだよ。そしたらいねえと言うから、せめて一言お礼したいから自宅の連絡先教えてくれと言ったら、電話掛けたって誰も出ねえと言う。江木も色色あるんですよと言われたぜ」

「愛想が良いな」

「済《かえ》すもん済せば客だよ。上客だ。で、俺は尾羽打ち枯らして都落ちするから、もう連絡は取れない、落ち着く先も決まってないから、くれぐれも宜《よろ》しく言ってくれと頼んだ」

「宜しくか」

「宜しくよ。この伝言はまず伝わらねえ訳だがな。まあ叩《たた》かなくたって埃《ほこり》だらけの連中が、交番の前遠回りして歩くような男がいなくなったからといって警察に連絡するとは思えないって。女房にしたって失踪してくれた方が何かと都合がいい訳よ。何かの間違いで警察に行くようなことがあったとしたって、ずっと先のことだろ」

「腐ってるな」

お前が言うんじゃねーと荻野は言った。

「それに、だ。あのマンション」

「殺人現場だろ」

「おう。あのマンションだがな」

「だから。あんなぞんざいな掃除じゃすぐにバレるって。証拠の山だろ」

一応見た目だけは復旧してから出て来たとは思うが、所詮《しょせん》は素人《しろうと》仕事である。カーペットは汚れたままだし、血だの髪の毛だの残り放題だろう。

「いや。それもないって話な」

「ないことないだろ」

「ないさ。江木がいついなくなったのか誰も知らないんだし、あの時間あそこにいたことすら把握してる奴はいない。それにあそこはな、さっき売った」

「売った？」

「ああ」

「そんな簡単に売れるかよ」

「簡単には売れねえよ。あそこは高価《たけ》えからな。でも、抵当もはずれたし、業者に格安で委託しちまった。家財の処分も含めてな。売れるもんは売り払うし、汚れ物は廃棄だ。で、売るためには内装し直す。週明けには作業に入れるように、明日打ち合わせに行く。リフォームだ」

「あの街に戻るのか」

俺は別に疚《やま》しくないと荻野はいけしゃあしゃあと言った。

「というか、もう戻ってるよ。役所に行ったんだからな。塚本だって一度家に戻ってる。必要なものを取りに行ったんだ。印鑑だの通帳だの着替えだの、お前みたいなのと違って、人にはそれこそ色色と付属物があるんだよ」

俺に付属するものはない。

「それから車も必要だったしな」

「車？」

いつまでも江木の車に乗ってる訳いかねえだろうよと荻野は言った。

「なきゃないで不便だしな。塚本、軽《けい》を一台持ってるって話だったから、乗って来て貰った。江木の車はもう使わない」

「どうすんだ」

「どうもしないよ。乗り捨てて来たりしたらいずれ怪しまれるだろ。車両登録番号かなんかで持ち主はすぐ判っちまう。江木の車と知れりゃ、それこそどうなるか判らねえ。調べられたらマズいのさ。トランクに何が残ってるか知れたもんじゃねえ。かといって勝手に廃車にもできねえからな。まあ、この寺の裏にでも停めておきゃあ未来永劫《えいごう》見つからねえさ」

何ごとも小細工しないで普通にしてりゃあいいのさと荻野は嘯《うそぶ》いた。

「業者がクリーニングして、リフォームまでしちまったような部屋からは、流石《さすが》に何も出ねえだろうさ。この寺だって割れることたあねえよ。どう考えたって江木とここは結びつかねえものよ」

証拠もない死体もない訴えも出ないじゃ事件にはならないよと荻野は言った。

そう簡単なものだろうか。

人一人を殺害しておいて。

そうなのかもしれないが。

いや、そんなものなのだ。

簡単だなと言った。

「いやいや、簡単じゃあないさ。普通はこうはいかねえって、慎吾。それもこれも塚本の財力あってこその力技なんだよ。金がなくちゃできねえことだよ。手間だってかかってるぜ。それに加えて、俺と塚本、そして鍋谷には殆《ほとん》ど接点がねえ。殆どというか全くねえ。そこも幸いしてる訳だよ。こんなチームはあり得ない。俺と塚本が鍋谷を庇《かば》う理由は、皆目ねえ」

ないだろう。

そもそも庇ってはいないだろう。

「俺と塚本はお前を介しての知り合いということになるが、お前と塚本だって道で出会っただけの他人だ。この寺と鍋谷だって無関係だしな。俺達四人は、世間的にはバラバラなんだよ。だから辿《たど》ろうったって辿れねえんだ」

そうかもしれない。

何日か前までは、互いに風景に過ぎなかった間柄だ。

「もしお前らが死骸《しがい》運んだところ見られてたとしたって、江木の失踪と結びつける奴は誰一人いないだろう。お前と塚本は本気で江木とは無関係だからな。大体お前らが何運ぼうと、そりゃ知ったことじゃねえという話だろ」

「それで——安心してる訳か」

そんな理由で機嫌を良くしているというのなら気分の悪い話だ。

再出発が聞いて呆《あき》れる。

何だよその顔はと荻野は搦《から》む。

「慎吾、お前がタレ込みでもしねえ限りは大丈夫だと言ってるんだ。今のお前はどうにも読めねえが——警察にチクる程の元気はねえだろうし、そんな正義の人じゃねえだろ」

ヒトでなしだから。

それはそうだ。ただ、正義とか不正義とかそういうことは判らない。

自発的に言う気はないが、尋かれたとしたら隠す気はない。

何よりも——だと言って、荻野は身を低くした。

「殺したのは名前も知らなかったどっかの小僧で、殺されたのも俺の人生にはあまり関わりのねえ、社会のダニみてえな野郎だったってとこが大きいのよ」

「大きいって何だよ」

「その所為《せい》で、俺には罪悪感というヤツがないんだよ。いや、まるでない訳じゃないが、それも犯罪を隠蔽《いんぺい》したという背徳《うしろめた》さなのであって、人殺しという重罪の重荷じゃないんだよ。これは大きいぜ」

「罪悪感か――」

大きいも小さいもない。

要するにこいつの中でどう折り合いをつけるかというだけの問題だ。荻野は責任逃れをする理由を見つけてそこに逃げ込んでいるだけだ。目を瞑《つむ》って、知らない振りをしていいという大義名分がある――ような気になっているだけだ。

そんなものはないだろうに。

まやかしだ。

「鍋谷は」

鍋谷にはそのまやかしすらない。

「あいつは別だ。だから漏れるならあいつからだろ。でも、あいつは大丈夫だよ」

「何故」

　お前がいるからと荻野は言った。

「どういう意味だ」

「あいつがボロ出しゃお前が困る」

「俺は困らない」

「困るとあいつが思ってる。そう思い込んでるんだよ。あの小僧は」

「そうか？」

「そうだよ。鍋谷はどういう訳かお前を信じてるからな。何だか知らないが絶対的な信頼だって気がする。それは塚本も一緒だよ。だからあの二人はお前のためにやってるんだよ。一緒に来たのも穴掘ったのも、お前のためと思えばよ。病気だな。特に塚本は、別に染めなくてもいい犯罪にまで手を染めて、その上大金注《つ》ぎ込んでるんだから、こりゃ重症だな。俺はまあ、漁夫の利だ」

「迷惑な話だな」

「そうか？　俺の見込んだ通りだよ」

　何だというのだ。

　俺は旧友を睨《にら》みつけた。

「おっかねえ顔だなあ。まあ、だから心配はねえさ。鍋谷だってな、コトが露見して一番ヤバいのは自分なんだしな。お前に義理立てするとかいう前に、喋《しゃべ》らねえよ。あのチンピラには良心の呵《か》責《しゃく》に耐えられなくなる程良心もねえようだし。度胸もねえだろ。ありゃ」

莫迦だと荻野は言って、新しい缶ビールをクーラーボックスから出した。

「時代錯誤なのは知ってたが、冷蔵庫がねえとは思ってなかった。まあ電気が通じてるだけマシだったがな。冷蔵庫は来週にでも調達して来ないとなあ、温《ぬる》いビールはいただけねえよ」

「そんな派手に暮らしていいのかよ」

「いいって。何度も言うが殺人はあったが事件はない。冷蔵庫買ったら事件になるなんてことはない。いいか慎吾、殺人事件の検挙率は慥《たし》かに高い。だがな」

荻野は俺に顔を寄せた。

「事件にならない殺人は、たぶん沢山見逃されているぞ」

「そうかい」

驚くことはない。

そんなものかもしれない。

「大体な」

荻野は顔を斜め下に向けて、俺から目を逸《そ》らした。

「あんまり言いたくはなかったがな」

「何だよ」

「お前の」

お前の娘さんは。

「あれは事故なのか？」

「何を」

何を言い出すのだろうこの男は。

動揺はしなかった。

ただ何か、胸の奥の奥の方で柔らかいものが潰《つぶ》れたような、そんな気がした。

「ちょっと目を離した隙《すき》に——とかいう話だったろ。詳しくは知らないが、ニュースで見た。最初は事故だなんて言ってなかっただろ。発見が早かったからか続報も出なかったが、慥《たし》かかなり離れた場所に」

「やめろ」

あれは事故だ。

事故だと――警察は結論を出した。

疑う理由はない。

「事故だという根拠は何だ。何と説明された？」

「覚えてないよ」

誘拐《ゆうかい》されたと思った。

たった五歳の子である。

目を離した時間は、一分に満たない。いいや、三十秒にも満たなかった。

繋《つな》いでいた手を離し、風に飛ばされてしまった娘の帽子を拾ってやっただけだ。拾って、被《かぶ》せようと振り向いたら。

いなかった。

普通の往来だった。人混みという程混雑してはいなかった。逸《はぐ》れるという程離れてもいなかった。消えたとしか思えなかった。

見回した。

五歳児の足であるから、移動するにしても高が知れている。どれだけ走ったとしても、そんなに遠くまで行ける訳がないのだ。隠れたか、ちょこまか逃げ回っているのか。そうだとしても目の届かぬ処《ところ》まで行ける訳がない。

ない――筈だった。

でも。

娘はいなかった。

どこにもいなかった。

煙のように掻《か》き消えたのでなければ、攫《さら》われたのだとしか思えなかった。

すぐに警察に知らせた。

そして――。

「すぐ見つかった。その時はまだ息があったんだよ。いや、息はしてなかったが」

死体には見えなかった。

「関係ないだろ。それは」

「四時間くらいだ」

手を離して。

探して。

見つかるまで。

「だから事故だということにはならないって。四時間もありゃ充分だろう」

「何に充分だ」

荻野は俺を見返した。

「お前がヒトでなしだから容赦しないで言うぞ。攫って殺して棄《す》てるのには充分な時間だと言ってるんだよ」

「棄てるか」

ゴミのように。

棄てられていたのか、あの子は。

「悪戯《いたずら》されている様子はなかった。外傷もなかった。溺死《できし》だ。盗《と》られているものもなかった。だから」

「だから事故だと言われてハイそうですかと言ったのか？」

何も言わなかった。

「いいか？　世の中には変態がゴロゴロいるんだよ。そもそもみんなどこかは変なんだよ。幼児ポルノだって、あんな胸糞《むなくそ》の悪いものも需要があるから存在すんだよ。小児性愛者だって掃いて捨てる程いる。俺には全く理解できないけどな、いるんだよ実際。勿論、その全部が全部犯罪者になるとは言わないがな。社会と折り合いつけられる奴は、まあ何とかするんだろうが、そういう奴ばかりとは限らねえんだぞ」

「解《わか》ってるよ」

「ホントかよ。ロリコンとか言ってるうちは平和なんだ。あのな、そういう性的嗜好《しこう》は多種多様なんだろうし、それ自体は責められるもんじゃないのかもしれないが、それとは別にな、世の中には社会病質者とか精神病質者ってのが一定数いるんだよ。反社会的な人格ってのは、理屈じゃねえから。説教したって拷問《ごうもん》したって治るもんじゃないんだ。だから」

いるんだよそういう連中は、と荻野は声を荒らげた。

「罪悪感なんてものはない。ないさ、解らないんだよ、理屈じゃ。他人を傷つけたり殺したりすることが、いけないことだと理解できない人間ってのも存在するんだ。そういう連中の中にだって、子供を性的対象とする奴らはいるんだよ」

「いるんだろうさ。でも」

「別に姦《おか》す必要はねえんだよ慎吾。ナイフで刺したり、拳銃《けんじゅう》乱射したりするのだって、セックスの代償行為だったりすんだから。もっとえげつない奴だっているさ。だから首締めたり――溺《おぼ》れさせるのだって充分に」

「解ったって。お前に力説されたって」

どうしようもない。

そうなのかもしれない。

そうだったとすれば――。

いや。

俺には想像しかできない。

どれだけ慈《いつく》しんだ愛《いと》おしい娘と雖《いえど》も、娘は俺自身ではないのだ。

怖かっただろうとか痛かっただろうとか苦しかっただろうとか悲しかっただろうとか辛かっただろうとか、そんなことは容易に想像できることだし、もっともっと酷《むご》い想像だって幾らでもできるけれども、それは所詮《しょせん》想像に過ぎないのだ。

俺が想像したところで娘が生き返る訳でもないし、娘の辛さや悲しさや痛さや怖さが遡《さかのぼ》って和らぐ訳でもない。

可哀想《かわいそう》だなと思うだけである。

いいや。

別に殺されたのでなかったとしても、それは同じことなのだ。同じように怖かっただろうし痛かっただろうし苦しかっただろうし悲しかっただろうし辛かったに違いないのだ。

死んでしまったのだから。

あの時は色色考えた。

考えると心が痛くなる気がしたものだ。

そうだろうか。

俺はヒトでなしだから、結局死んだ娘に同調《シンクロ》することはできなかった。

俺は死んでいないのだ。想像するだけなのだ。想像して、それでどんな状態になろうとも、それは俺の一人よがりに過ぎないだろう。本当の意味で同調はしていなかったと思う。妻だった人はそれが何より気に喰わなかったのだろうし。

悲しいとは思った筈だ。

そう思い込んでいただけか。

見つかった娘は、本当にゴミのようにドブ川に浸《つ》かっていたのだ。何なんだ。こんなのは――。

ないだろ。

それは慥《たし》かにそう思った。だから。

事故だと言われた方が楽だったのかもしれない。疑う理由がないのではなく。疑わない方が楽だったのか。

なら。

やはり俺には人でいる資格がない。

自分が楽だというそれだけの理由で、娘の死をパッケージ化してしまっただけだ。

「ただな、荻野。慥かに事故だという証拠はないかもしれない。でも同じだけ殺人だという証拠もない」

「いや」

お前知らないのかよと荻野は言った。

「ネットなんかじゃ結構言われてたんだけどな。俺は――お前の家族のことだから気になって、一時期ずっと見てた。お前も当然知ってることと思ってたけどな」

「子供が死んでネット見るかよ」

「見ない――か」

そうでなくとも普段から見ない。

俺はスマートフォンもタブレットPCも持っていなかったし、仕事以外でコンピュータは使わない。インターネットを見るという習慣がない。もしあったとしても、死んだ自分の子供に就いて検索するようなことはしないと思う。する意味がない。

「本当に知らないか？」

「何をだ」

「似たような事件が起きてるんだよ」

「おい。子供の水死なんか毎年毎年、幾らだってあるだろうよ」

そうじゃねえよと荻野は言った。

「これは――連続殺人事件だと」

「おい」

俺は荻野の顔を見直した。巫山戯《ふざけ》ている訳ではなさそうに見えた。

いや、どれだけ荻野が虫螻蛄《むしけら》でも、友人の子供の死をネタにして巫山戯る程、クソ野郎ではないだろう。

――本気なのか。

「お前、真面目《まじめ》に言ってるのかよ。なら馬鹿なことほざくなよ。それなら――幾ら俺が鈍感だって知ってるさ。報道だってされるだろうよ。俺だってニュースくらいは観《み》てたよ」

「気がついてないんだよ」

「誰が」

「みんなだよ。警察も」

「それはどうかな。そこまで無能じゃないだろうよ」

「場所が離れてるんだよ」

「あ？」

「発生した県が違うんだよ。間隔はほぼ半年おきだ。お前の娘さんの事件の半年前に滋賀《しが》で、一年前には福島《ふくしま》で、一年半前には長野《ながの》で、同じくらいの年頃の子が、同じような場所でいなくなって、それで溺死体で発見されてるらしいな。それ以上はよく解らない。というかそこまでしか覚えてない」

「関係ないだろ」

「そうかな。まあ事件化されたのは長野だけだ。長野では攫ったところを目撃した者がいたんだよ。だから誘拐殺人事件だ。犯人はまだ捕まってない。後は全部事故で処理されてる。連続殺人事件どころか、殺人という認識すらされていないんだよ。お前のところも然《しか》りだ。お前の娘の後は——正直、あまり知りたくなくてな、注意してなかったから起きてるかどうかは判らない」

「そうかい」

それ以外に言うことはない。

そうだったとして——。

いいや、もう。

どうでもいい。

驚かねえなと荻野は言った。

「ホントなら、これは所謂《いわゆる》シリアルキラーってヤツだな。勿論偶然かもしれない。でも、そうでないなら、無責任で無節操なネットの住人どもの意見が正しいとするなら、そいつは最低四人殺してて」

捕まってない――と荻野は言った。

「いいか、そいつは四人も子供殺して、捕まってないんだぞ。いいや、もっと殺してるのかもしれないんだぜ。今も続けてるのかもしれん」

「あんまり――」

現実的じゃない気がすると言った。

「そんなことはねえよ。いいか、ホントに犯人がいるなら――そいつはストーカーみたいに目をつけた女の子をずっとつけ狙《ねら》ってて、それで攫ったとは思えないわな。場所が離れてることもあるが、どこも人混みで攫ってるようだし、こりゃ計画的犯行ではないだろ。目についた子を衝動的に攫ってる感じだ。ただまるで無秩序という感じもしない。間隔が一定だから、まるで衝動的にしているとも思えないような気もするな」

「矛盾してる」

荻野の言う通り、人目のある場所で誘拐するというのは衝動的な行為以外の何ものでもない気がするが、半年おきというなら無計画とも思えない。常に一定の期間を空けて衝動が起きるとでもいうのか。

「そいつなりの理由があるんだろ。俺には想像もできないがな、矛盾してるように思えるから連続と思われないってのはあるだろう。それに、シリアルキラーってのは戦利品持ち去ったり署名行動したりするものらしいが、そういうのもない」

「そうじゃないからじゃないのか」

「そうだったら、って話してんだよ。まあ、もしかしたら何かあるのに見逃されてるのかもしれないけどな」

事故だと思えばそんなことは気にしないだろう。単独の事件だと捉《とら》えるなら共通点など探しはしない。

「それにな、児童誘拐犯がよくやるように、長時間連れ回したり、連れ帰って監禁したり、性的暴行を加えたり、そういうことはしてない。サッと攫ってすぐに殺してるんだな。だから――露見しにくいというのもある。何かやって、その結果殺してしまうのじゃなく、口封じのために殺すのでもなく、どうやら殺すのが目的だ」

「子供殺して面白いのか」

「面白いかどうかは知らないが、殺さずにはいられないんだろ。まあ真の目的は満足感なり充足感なりを得ることなんだろうけどな。その結果死んじまうということなのかもしれない。というか、なら」

殺すために攫うのと一緒か。

「まあ、そういう野郎が実際にいたとするならば、日本にはＦＢＩはないからな。捕まらないかもしれない。県警同士が合同捜査するだけの根拠がなきゃ、事件化もしにくい。指紋か体液でも出ればいいんだろうが、事故と判断されれば、それまでだからな」

どうだ、と荻野は言った。

「何が」

「捕まらない人殺しは俺達が思ってるよりずっと多いんだ。いや、事件化しない殺人が多い、と言うべきかな」

「だからお前も――いや、俺達も捕まらないとは限らないよ」

俺はそう言って立ち上がった。

そして、あまり調子に乗るなと言い残して部屋を出た。

荻野と――というより、人と一緒にいるのが息苦しくなったのだ。

坊さん達はどこにいるのか判らない。
鍋谷や塚本の居所も判らない。
自分がどこにいるのかも覚束《おぼつか》ない。
俺はいまだに寺の構造が理解できていない。覚えようという努力もしていない。
適当に歩いているうちに本堂に出た。本堂から玄関までの経路だけは覚えていたか
らそのまま表に出た。
曇り空が鬱陶《うっとう》しい。
多少肌寒くもある。
山だからか。
あの子の。
娘の死に様が目の裏に浮かんで、それは中中消えなかった。
あの頃。
俺はまだ、自分がヒトでなしだと自覚していなかったのだ。だから、どうやって悲
しんだらいいのか、人間はこういう時にどのように悲しむものなのか、真剣に考えて
いたと思う。
考えるようなことではないのかもしれないが。

子供が死んだということを、ゴミのようになって死んでいたという理不尽な事実をどう受け止めればいいのか、それが解らなかったのだ。

——違うな。

そんなこと、考えるまでもない。

悲しければ悲しい、それで済む。

——だから俺は。

悲しみ方を考えていたのではない。

考えていたとするなら、自分が悲しんでいるということを誰かに伝える方法こそを考えていたのだろう。俺は、悲しいというポーズをとるのが下手だったのだ。悲しさだけではない。感情を表すこと全般が下手だったのだ。実際俺の真情は妻だった人には通じなかった。

何故そんなに下手だったのか。

嘘《うそ》だったからだと、今は思う。

俺は悲しくなかったのだろう。

そうでなければあんなに無様な思案はしない。

ただ泣いた筈《はず》だ。

それに、受け止めるも受け止めないもないのだ。娘が死んだのは事実なのだ。単に受け止めたくないというだけのことだ。逃げていただけだ。

悲しい振りだけをして、肝腎なところは認めずに。

ヒトでなしだ。

あんな小さな、無垢《むく》な子が、ゴミのようにうち捨てられていたというのに。殺された——のかもしれないのか。

ならばもっと悲しむべきなのだろう。いいや、怒るべきだろうか。怒るだろう。目の前が真っ白になる程に怒り狂うのではないか。

俺には怒りも悲しみも涌《わ》かない。少しの戸惑いと、あの日のあの子のあの掌の感触が、ほんの僅《わず》か甦《よみがえ》っただけだ。

のろのろと歩く。

江木の死骸を埋めた辺りまで行った処で山鳥か何かの啼《な》き声が聞こえて、それで俺は足を止《と》め、結局どこにも行かずに玄関の方まで戻った。

三門の方に進む。

門を潜《くぐ》り長く続く階段を見下ろした。

見慣れない小豆《あずき》色の軽自動車が認められた。塚本の車だろう。

江木の車は見当たらなかった。代わりに黒塗りの高級そうな車が停めてある。荻野が調達してきた訳ではないだろう。

なら客の車か。

客が来ているのか。いや、帰るところのようだ。坊主《ぼうず》が三名ばかり立っていて後部座席の中に向け挨拶をしている。

階段は長い。離れているのでどの坊さんか判らない。

剃髪《ていはつ》していて同じ衣装であるから、区別がつかないのだ。

体格から判断するに、一人は鶴宥《かくゆう》のようだ。他の坊主どもは顔も名前もうろ覚えだから、判別する以前にそもそも誰が誰だか認識できないのだけれど。

何も考えたくなかったから、陰鬱な空を見上げた。

「どうした尾田《おだ》」

湛宥《たんゆう》の声だった。

「どうもしない」

「まあそうだろう」

草臥《くたび》れた悪党は、竹箒《たけぼうき》を手にしてはいたが、掃除をしている様子はなかった。

湛宥は俺の横に立って、下界を見下ろした。

「大層感謝してたぞ」

老僧は嬉《うれ》しそうにそう言った。

「感謝とは何だよ」

車が発進した。見送りの坊主どもが礼をしている。老僧は山を離れる車を目で追った。樹樹が鬱蒼《うっそう》と繁《しげ》っているから、車はすぐに見えなくなってしまった。

ありゃああの娘の親だと湛宥は言った。

「あの娘？」

「お前さんが墓穴に放り込んだ小娘だ」

「ああ」

高浜《たかはま》――とか言ったか。

「まだ生きてるのか」

「生きてるどころか」

湛宥は大袈裟《おおげさ》に両手を拡《ひろ》げた。

「まるで素直だ。粥《かゆ》も喰った。あの娘はここに来てからずっと水しか飲まなかったんだがな。返事もするぞ。死にたいとも言わねえわ」

「ふん」

死にたくないと言っていた。

気が変わったのか、元からそうだったのかは知らない。

「親父《おやじ》殿はそりゃあ驚いてたな。話しかけて返事したのは、何年振りかなんだそうだぞ。しかもあの娘、謝ったようだ」

「謝っただと？」

湛宥は笑った。

「なあに、一言パパご免といっただけだそうだ」

パパごめん――か。

俺はあの、黒く縁取られたこの世の裂け目のような小娘の眼を思い出す。

眼しか思い出せない。

そして白く細い血だらけの腕。

ぬるぬるした血液の感触が、死んだ娘の掌の温もりの記憶に重なった。

「何に対して謝ったんだ」

「さあな」

「親はクソだと言ってたがな」

そりゃあ糞みてえなもんだろなあと湛宥は言う。

「糞はしなきゃあ死ぬが、ついてりゃ臭《くせ》えもんだからな。子供にしてみりゃ、親なんて大方そんなもんだろうぜ。だがな、親にしてみりゃあ糞扱いってのは堪《たま》らねえだろさ。だからな、人にとって、尻《しり》についた糞をいかに優しく綺麗《きれい》に拭《ふ》くかってのが大事なとこなのよ。ちゃんと拭けりゃあ糞にも感謝できるわな。拭きもしねえで、ケツに糞つけたまま臭《くせ》えの汚えのいうガキが一番質《たち》が悪いのよ」

「汚い喩《たと》えだな」

「先に糞と言ったのはお前だ尾田。あの高浜さんってのは、あの莫迦娘の所為《せい》で相当苦労してるんだよ。母親の方は心労で入院してるそうだ。頭下げて回って、心配して世話ぁして、誠心誠意尽くした揚げ句に糞呼ばわりされて、それで死にたがられちゃやってられねえさ。その繰り返しだ。まあご免の一言で済むようなもんじゃあねえのだろうがな。そんなもん、これまでのこと考えりゃあお前、如何《いか》にも釣り合いの取れねえ寝言みたいなもんだ。でも親父殿にしてみればその一言が感涙ものなのよ」

「ご免で済めば警察は要らないとか謂《い》うけどな」

「済むのよ。社会じゃあ済まない。でも心持ちは別よ。そこにな、割に合わないだの何だの、外の世界の物差しを持ち込むと、おかしくなるのよ。そんなじゃ気が済まないとか謂う奴がいるだろ？　ありゃ破落戸《ごろつき》の理屈だ。済むんだよ、気は」

「そんなものかよ」

「だってよ」

　い、い、い、どうでもいいだろと老僧は言った。

「心なんてもんはねえんだから、どう思うかはそいつ次第だぞ」

「まあな」

「喜怒哀楽なんてもんはどうでもいいものよ。表に出たものと肚《はら》の底のもんが同じとも限らねえしなあ。自分でも解らないだろうよ。数量化もできやしねえわ。そんなものを基準に世界を計ることはできねえだろうよ。自分がどう感じていようと三千世界に影響はねえ。だがそいつが世界をどう感じるかでそいつにとっての世界は変わるだろうな。地獄にするも極楽にするも当人次第だ。そりゃどう思おうと構わねえが、自分にとって地獄だからって他人にも地獄を押しつけるなあどうかよ」

「押しつけるってのは解らないよ」

「だからよ。俺が地獄なのにお前が極楽なのは納得行かねえ、お前も地獄に堕《お》ちろってのが、まあ釣り合いを取ろうとする奴の言い分だ。だから破落戸だというのよ。てめえが地獄なのはてめえの所為よ。そんなに厭《いや》なら、そう思うのをやめりゃいいんだよ。簡単なことだぜ」

「簡単なのか」

「簡単だろ。あの親父だって、娘のたった一言で地獄抜けられたんだ。まあ、勘違いのうちなんだろうけどな」

それでいいじゃねえかと湛宥は言った。

そこで見送りの坊主どもが階段を上がってきた。やはり一人は鶴宥だった。師匠の湛宥がやさぐれているというのに、弟子どもはどれも姿勢が良い。

三人の坊主は湛宥の前に至ると居住まいを正し、師に一礼した。

「お帰りになられました」

「何か言ってたかい」

「感謝されて泣いておられました。奥様も喜ばれるだろうと」

「そうかい」

三人の弟子は再度一礼して、寺に向かった。

俺はその後ろ姿を目で追う。

「あの小娘は――帰したのか」

「帰さねえよ。今帰しちまったら元も子もねえ」

「いい子になったんじゃないのか。治ったの隠して金ふんだくる気か」

治ってねえよと老人は嗤《わら》う。

「そう簡単に変わるか。性根なんてもんはお前、一生ついて回るのよ。糞と違って尻《しっ》尾《ぽ》みてえなもんよな。犬には必ず尻尾があるがな、それは取ろうったって取れるもんじゃねえやな」

「変わらないのか」

「変われねえのよ」

老人は、もう疾《と》うに見えなくなっている車の方を眺めつつ断言した。

「学習したって修行したって、人は変わらんのだ。反省すりゃあ失敗は減る。学習すりゃあ成功も増える。経験積めば効率は良くならァ。でも、根っこのとこはおんなじだ。伸びた枝葉は刈ることもできるだろうが、根っこは弄《いじ》れねえ。下手に掘りゃ枯れるよ。だから解ってたってどうすることもできねえのよ。そうでなくっちゃ後悔なんて言葉は生まれねえだろうが」

解っちゃいるけどやめられねえのだよと適当な節で歌うように言ってから湛宥はまた笑う。

ジジイは古いなと言った。

「しかも下手だぞ」

「爺《じじい》だからな。というか爺は止《よ》せと言ってるだろうが。まあよ、あの親父さんも地獄だったろうが、あの娘の地獄はもっと深《ふけ》えや。ただ、どんなに深くても抜けるな一瞬だ。だが、まあ、またすぐに堕ちるのさ」

「そんなものか」

「オウよ。まあ、今回はお前さんが酷《ひど》いことをしたからな、その反動で、一時的にその気になってるだけだろよ」

酷いこと――か。

「死にたい死にたい執拗《しつこ》いから死ねと言っただけだよ」

考えて見れば俺は出会う者すべてに死ねと言っている気がする。

塚本にも死ねと言った筈だ。鍋谷にも死ねと言った。

荻野にだって、似たようなことを言ったと思う。

言っただけじゃねえだろうがよと湛宥は言う。

「穴に放り込んで殺させようとした。とんでもねえ男だな」

「死にたいと言うからさ」

「だからって普通の人間はあんなこたしねえよ。刃物持った人殺しの小僧のいる穴に放り込んだんだろ？　ご丁寧に、そいつが殺した死骸《しがい》と一緒によ」

「偶々《たまたま》だよ」

「あのな、こりゃ古い友達の精神科医に聞いた話なんだがな。重度の精神疾患を患《わずら》った人間でもな、生死に関わるような局面に至ると、その瞬間だけパッと治るんだそうだぞ。生存本能みたいなもんが働いて、繋がりの悪いところが繋がったりするらしいんだな」

「叩《たた》いて繋がる古いテレビかよ」

「同じようなものよ。どんなにイカレていてもな、生きてはいるからな。つまり息を吸ったり吐いたり、もの喰ったり糞したりすることはできてる訳だよ。どんなにこじれた連中でも、そこんところが駄目になれば生きてはいられねえからな。つまり、そういう奴《やつ》は動物としてはまともなのよ。動物としてはどうでもいい部分、ヒトの部分だけがイカレてるんだ。それがな、いざ死ぬ段となるとな、まともな部分の方に繋がるんだろ」

「死にたい奴もか」

「死にたいというのはな、死ぬのとは違うだろ。希望だよ希望。死ぬのを希望してるんだから。それに死にたい奴にも色色あらあ」

「理由ということかい」

「理由なんてもんは、大方は後からくっつけるもんでな、要は気分だろ。ただその気分を左右すんなあ、尾っぽだ尾っぽ。尻尾は長けりゃ邪魔だし、短けりゃ振りにくいわな」

「振りにくいなら振らなきゃいいだろ」

長けりゃ巻いとけと言った。

「そりゃそうなんだが、自分の尻尾が気に喰わない奴というのは多くてなあ。長いのに引っ込めてえとか短《みじけ》えのに振り回してえとか、そういう無理を言うのよ、そういう奴は。でも尻尾は切れねえし伸ばせもしねえって」

だろ、と老人は俺を見た。

「お前さん修験《しゅげん》って知ってるか」

「山伏とかかい」

「オウよ。連中はな、山で修行する。荒行だ荒行。墜ちたら絶対に死ぬような谷底覗《のぞ》いたり、崖《がけ》登ったりな。あれな、相当に怖いらしいぞ。腰が抜けて小便漏らす」

汚い爺だなと言った。

「お前さんもやってみるといい。本気で怖いそうだ」

あんたはやったのかと尋《き》くと宗旨が違うわと言われた。

「ま、教義たぁ無関係にな、体は鍛えるもんじゃなく労《いたわ》るもんだてぇのが俺の信条でな。まあそりゃそれとして、一般の者もサワリだけはできるんだよ、修験の修行。サワリだけでな、もう、一回死んで生まれ変わったような気になるそうだ。こう、断崖《だんがい》絶壁にせせり出されてな、腰紐《こしひも》一本くらいで支えられてるとか、まあ知らないが、そういう状況よ。紐持ってる奴が手を離したら、もう死ぬのさ。紐一本だ。一本」

怖《こえ》えぞと老人はいやらしく笑った。

「そんな状況で、性根入れ替えろと責められる。入れ替えなきゃ殺すとか言われてる訳じゃないんだが、もう状況として忤《さから》えないだろ。必死で謝るらしいな」

「何を」

「何かをさ」

「何でもいいのかよ」

どうでもいいことだろうからなと老人は言った。

「引き上げて貰った後は、本気で生まれ変わった気になる。清清《すがすが》しく、一から遣《や》り直そうって気分になる。生まれたての童《こども》みたいな無垢な状態になる。地獄も抜ける」

「慥《たし》かに簡単なものだな」

「簡単なものさ。でもなあ尾田よ。そりゃあ――戻る」

「戻るか」

「戻るさ」

　老人は俺を見上げて踵《きびす》を返した。

「やがては元通りだよ。獅子《しし》に怯《おび》えて尻尾を丸めたってな、獅子がいなくなりゃだらりと伸びるさ。どれだけ保《も》つかという話よ。だからな、修験者は修行を止《や》めねえんだよ。延延と続ける。禅宗の坊主が座禅組んで座ってよ、まあ悟る。でもな、それは終着点じゃねえのよ。そんな悟りは捨てるんだ。悟りってのは得るものでも至るものでもねえ。あるもんだ。だからそんな座ってるだけで現れるようなもんは噓っぱちなんだ。だから捨てて、また座る。終わりはねえ」

「じゃあ意味がないじゃないか」

「意味はないよ。そういうもんなんだよ。あの娘だっておんなじことよ。お前さんがぶっ殺すみたいなことしたから、生理的恐怖からまともになっただけで、すぐに戻るだろうよ。三日か一週間か一年か、どうせまたやさぐれて、死にたいとか言い出すだろうよ。今度《こんだ》ぁもっと悪くなるかもしれねえや」

「じゃあ」

　あの父親も糠喜《ぬかよろこ》びだなと言うと、糠が大事なんじゃねえかと老人は言った。

「永遠に続く喜びなんてねえわさ。美味《うま》いものばかり喰ってたら美味く感じなくなるわい。それに美味いな一瞬だ。飲み込んだら味はしねえよ。人生は糠喜びの積み重ねだろ。あの親父はな、これまでの辛酸を釣り合いの取れねえ言葉足らずの一言で帳消しにした。そりゃああの娘のことで苦労もしたんだろうし、辛《つら》い思いもしたんだろうがな、勘違いみてえな一言でそれがみんな報われたんだ。心なんてものは実際にはねえから、大きいも小さいも重いも軽いもねえわさ」

「重いも軽いもないか」

ねえよと爺は軽く答える。

「そんなのは思い込みだって。何もかも思い込みよな。悲しいから泣いてるのか泣いてるから悲しくなるのか、判《わか》りゃあしねえよ誰にも。要するにどうでもいいことよ」

「どうでもいいか」

「こういうことを積み重ねるしかねえってことだよ。継続は力なりってなそういうことだって。地獄極楽紙一重、行ったり来たりが常套《じょうとう》よ。そこんところに気づくまではただの勘違いだ。良くなった、治った、そう感じた時が一番危ねえ。そんなのは気の迷いだと知って、てめえで良くも悪くもできるようにならねえと、同じことだ。だから、まああの娘もまだ帰せねえのよ」

「つまらないな」

「この世はつまらないもんだろ」

湛宥は竹箒を戸口に立て掛け、寺に入るのかと思いきや、俺の方を向いた。

「一千万出した」

「あ？」

「あの親父だよ。高浜さんだ。だから、まだ途中だと言って半分返した」

「途中って、終わらないいんじゃないのか」

「終わらねえさ」

湛宥は戸を開けて土間に入り、上り框《がまち》に腰を下ろした。

「終わりじゃないんだから途中だろ。嘘じゃねえだろう」

「おい。永遠に毟《むし》るのかよ」

「金くれとは言ってねえ。前にも言ったがお布施に相場はねえんだよ。寄付と同じで出す方の気持ちだ気持ち。心は数値化できねえって言っただろうが」

「孫も酷《ひど》いが祖父も酷いな」

俺は湛宥の横に座った。

「家系かよ」

「人でなしに言われたかねえ」

「ああいう檀家《だんか》は多いのかよ」

「檀家なあ」

老人は眉間《みけん》に皺《しわ》を寄せ、眼を細めた。

「まあ寄進してくれるから檀越《だんおつ》ではあるんだが、一般的な檀家とは違うし、そういうつもりもねえんだけどな。いると言えばいるよ。法要だの供養《くよう》だのはしないから別に縛っちゃいねえが、まあ通っては来る」

「金持ち騙《だま》して儲《もう》けてるのか」

「金は関係ねえよ。来るのは色色だ。世の中には、本当にどうしようもねえ奴がいるからなあ」

湛宥は一度振り向いた。

「出来損ないの孫から聞いたが、尾田よ。お前さんの娘――」

「その話はいいよ」

もう――いい。

「まあな。孫の話だとな、お前さんの子が殺されたんだとしたら、殺した奴は連続殺人犯――ってことになるらしいな」

「あんたの軽薄な孫はそう思ってる」

ろくでなしらしい思い込みだなと祖父は笑った。

「それが本当かどうか俺は知らねえが、この世の中に人殺しを何とも思わないような奴が存在するこたァ確かだ。殺すのが好きだという奴もいるし殺さずにいられないって奴もいるだろう。他人を支配し、時に拷問《ごうもん》し、殺しても、何とも思わねえ。こりゃ理屈じゃあない。道徳でも法律でもどうすることもできねえ。本人にだって止められねえ。更生は、まずしねえわな」

「ならどうする」

「どうもできねえ」

「じゃあ仕様がねえだろう」

「そうだな。だがな、尾田。そういうのは今に始まったことじゃねえさ。訳知り顔の輩《やから》が現代社会の病巣みたいなこと謂うけどな、いつの時代にだってそういうなあ一定数はいた筈よ。こりゃあ、そうでない者にとっちゃ迷惑なものだわなあ。殺すんだからな」

「何が言いたいんだよ爺《じじい》」

「まあ聞け。で——だ。お前さん、どう思うよ」

「何を」

「娘が殺されたんだとしたらば――殺した奴は憎いかい」

「さてな」

知らない。

考えたこともない。

考えようとも思わない。

もし娘を殺した奴がいたのだとして、ヒトでなしの俺は、人並みに人を憎む資格なんか持っていないだろう。でも。

「悪い奴だと思うか」

「悪いんだろ。人殺しだったら」

そうかねと老人は言った。

「あの小僧な」

「鍋谷か」

「あれも人殺しだろ」

「ああ。だから悪いだろ」

「悪人だと思うか」

それこそ知らないよと答えた。

「あれはガキだし馬鹿《ばか》だ。それは間違いないだろうよ」

「だから悪だと思うか」

悪。

悪って何だよ。

「知らないと言ってるんだよ」

俺は乱暴に言った。

正しい答えだなと湛宥は応じた。

「馬鹿にしてるか？　ジジイ」

「莫迦《ばか》にしてねえだろうよ。知ったか振りしたり決めつけたりする奴ァ莫迦だが、お前は知らないんだろ？　俺だって、ンなこた知らねえよ」

ならば尋くなと言った。

「あのな、悪、悪と一口に謂うが、悪にも色色あるんだよ、この国には。善悪の悪と良し悪《あ》しの悪、好悪《こうお》の悪は違うだろ。劣っているとか、好ましくないとか、激しいとか、大体そういうものよな、悪は。でもそれはどれも同じじゃあねえだろうさ。だがな、今、普通に悪と謂えばよ、どうやら主に絶対悪のことだろ」

「絶対悪？」

「そう思うけどな。相対的に判断されるものじゃなくってな、誰が何といっても悪って悪のことよ。こりゃ——あちらさんの考え方だ」

老人は何故《なぜ》か上を向いた。

俺もつられて上を見たが、煤《すす》けた天井しかなかった。

「あちらさんってどちらさんだ。上にいるのか？」

「耶蘇《やそ》教だよ。あちらにはそりゃあ立派な神様が一柱だけ御座《おわ》す。唯一《ゆいいつ》の神、唯一の真実だ。これが絶対的に善なる者よな。それに対抗するもんは全部——」

悪だ、と老僧は言った。

「俺は爺だから知らないが、言葉が違うんだろ。正義の反対語はいつから悪になったんだよ。正義の逆は不義じゃねえのか？　それが何もかも悪だよ。そういうのはあっちだよ、あっち」

老人はまた上を向いた。

「神に背く者、神に背く行為は、みんな悪なんであって、悪ってのはあってはならんものなんだよ、あっちは。で、法律も道徳も、そういう在り方と齟齬《そご》を来《きた》すもんじゃあねえ訳だ。だから、こらまあ解《わか》り易《やす》いわ」

悪巧みの面だ。

「褒めてるようには聞こえないがな」

「そりゃお前が捻《ひね》くれてるからだ。眇《すがめ》で人を見んな。解り易くていいんだよ。それで成り立つんなら、結構じゃねえか」

「成り立たないって口振りだがな」

「だからそう捻くれるなよ。まあどんなもんでも単純なのに超したことはねえさ。真理ってのは単純なものだろうし、単純な構造の方が堅固で長持ちする。だが、長い間にゃ齟齬も出るだろうさ。そりゃ仕方がねえよ。いずれにしても、基本的に悪は排除されるものなんだろうな、あっちでは。まあ、当然人殺しも悪だよ。こりゃまあ、社会通念上もそうなんだろうからな。排除されるのさ」

それこそ当たり前のことではないのか。

別にキリスト教文化圏に限ったことではないだろう。

どこの国だって、どこの文化だって、人殺しは犯罪だ。犯罪者は罰せられるものだろう。監禁されたり死刑になったりするのだ。

そうなんだろうなと老人は言う。

「罰ってなどんな社会にもあるわな。でもなあ、矯正不能の連中はどうなる」

「どうなるって、同じだろ。為《し》たことに対して罰が下されるんだろ。量刑は様様だろうけど、同じことだろ。ルールがあるんだから、違反者にはペナルティもあるもんだろうさ」

「ルールよなあ」

　老人は厭そうな顔になった。

「あんたみたいなクソ爺はルール違反が好きなんだろうけどな」

　人でなしがよく言ったもんだと湛宥は毒づいた。

「てめえのことを棚に上げるなよ尾田」

「ヒトでなしだってだけで罰するような法律はない」

「そうだな。そう、どうなんだ、向こうの警官は人質とったイカレ野郎なんかは平気で撃ち殺すんだろ？　見たことはねえから本当かどうかは知らんが、それもルールなのか」

　俺もそんな場面は見たことがない。

「映画なんかじゃそういうシーンを多く見かけるけどな。あれは人質に危害が及ぶリスクを下げるためだろ。一発で殺せばそれで終わりになるが、下手すりゃ余計に危ないだろうよ。凶暴になるだろ」

「でも日本の警官は殺さないだろう。鉄砲撃つにしたって手とか足とか狙《ねら》うだろ。頭撃ったり心臓に何発も撃ち込んだりはしねえと思うが、どうだ。ま、実際はどうであれ、そういう映画が受け入れられてるんだったら、そういう文化なんだろうさ。どうしようもねえ奴は――殺す」

「悪だからか」

「悪だからだ」

「待てよ、爺。海の向こうにだって死刑廃止って処《ところ》もあるだろう。何でもかんでも殺すという訳じゃないだろうしな。緊急事態とか、正当防衛とか、そういうのだろ」

「どんな状況だって殺生《せっしょう》は殺生だと思うぞ」

「そらそうだよ。でも人殺しは殺していいなんて大雑把な法律はないだろ」

「ないだろうが、状況によって悪は滅ぼしていいという認識はあんだよ。だから矯正不能の連中は、やっぱり殺される。さもなきゃ一生出て来られねえ処に閉じ込められるんだな」

「いいだろそれで」

　別に不具合はない。

「まあな。いけないとは言ってねえさ。でもこっちはまた違うんだよ」

「こっち？」

「仏道はな」

赦《ゆる》すんだよと老僧は言った。

「何だと？」

「判断の基準が違うんだって」

「それはあれか、善人なおもて何だ、成仏《じょうぶつ》するとか何とかいうヤツか？　悪人もなんとか——」

それも宗旨が違うと湛宥は言った。

「俺の宗旨の方が古い。まあ他宗のことは知らない。でもあちらさんは」

老人は上を示す。

「愛すだろ。こっちは慈《いつく》しむ。これは別物よ。愛ってのは、こっちじゃあ捨てるもんだしな。執着だからな。慈しみってな施しだ」

「キリスト教だって赦すだろ。素直に言えばいいんじゃなかったか？」

「あちらも赦すがな、赦されるためには悔い改めなきゃならねえのだ。懺悔《ざんげ》して、告解して、それで赦して戴《いただ》く訳だよな、神様に。赦すなあ神様だけだ。赦されたと思うのは、懺悔した本人だけよな」

「いいじゃないか」

「いいけどな。社会は許さねえだろ、ルール違反は。神様が赦してくれたからもう無罪ですという訳にゃあいかねえさ。まあ、懺悔するような者だったら罰だって受け入れるんだろうし、反省もしてるんだろうさ。だがなあ、さっきも言ったが」

　人は変わらねえよ。

「特に、理屈の通じないところで道を外れた奴らは、どうすることもできねえさ。他人の痛みが解らない奴らは、どうやったって解らない。解ったような気になったってやっぱり解らない。それは絶対悪じゃねえんだ。悪ですらねえ。解らないんだから仕様がねえのさ。どうして人を殺しちゃいけないのか理解できない人間は、死ぬまで理解できないのだ。さあ、どうするよ。殺すのか？　閉じ込めるか？」

「どうでもいいよ」

　そう答えた。

「正解よ。ただ、そんな奴ら放っといて、そうそう殺されちまったんじゃ適《かな》わねえからなあ、社会の中じゃ野放しにはできねえだろさ。法律上は犯罪者だから、社会の中では裁かれるべきなんだろうしな。だが、その枠を外した時には――」

　赦すしかねえよと湛宥は言った。

「俺が言った帳尻合わすってのはな、社会の中での話なんだよ。心の領域の話じゃあねえんだよ、尾田。この寺は社会の外にある。ここにいるのは、社会と切れた俺みてえな出家か、さもなきゃ社会から弾《はじ》かれた――檀家からの預かりもんよ。社会とは切れてるのよ」

「あのな」

何が言いたいんだよと俺は言う。老いた僧は皺に埋もれた細い眼をやや見開き、それから苦いものでも嚙《か》み潰《つぶ》したような顔になった。

「尾田よ」

「何だよ」

「鶴宥はな、まだ若いが」

四人殺してると湛宥は言った。

「あ？」

湛宥は大儀そうに立ち上がった。

「あの男は十四の時に妹を殺した。理由はない。捕まって、施設に入れられたようだが、十七で出された。だが、出るなりまた殺した。十二三の女児ばかり、三人続けて殺した。理由は――ない」

老僧は顰《しか》め面《つら》を向ける。

「勿論《もちろん》、すぐに捕まって、今度は病院に入れられてカウンセリングだかを受けさせられてな、治療されたようだがな。何年か入院加療を続けて、また出て来たが――治らねえのよ。自分で、自分はまたやる、殺すと思ったんだそうだ。それでな、親がここに連れて来た。もう六年からここにいる」

「そう――かい」

どうだと湛宥はまた問うた。

「あれはな、人殺しだ。連続殺人の犯人なんだ。人を殺しても何とも思えない人間なんだよ。見た目は普通に振る舞ってるが、治った訳じゃねえ。あれは、お前さんの娘を殺したかもしれない奴と――同類なんだぞ」

娘を。

俺は想像した。

鶴宥が川の中で娘の頭を押さえつけ、溺《おぼ》れさせている場面を。

絵空事だった。

それに俺は、もう娘の顔を細かく思い出すことができない。細部は暈《ぼや》けている。全体としては紛れもない娘なのだが、細部は曖昧《あいまい》で、古い映画のようだ。

忘れたとは思わない。

きっと最初からこんなものだった。

俺は――。

やっぱりヒトでなしだ。

あんなに可愛《かわい》い子を、自分の血を分けた何より愛《いと》おしい子供を、何の罪もない、無《む》垢《く》なる存在を――俺は一度もちゃんと見ていなかったのじゃないか。見ていたなら覚えている筈《はず》じゃないのか。

その子が殺されて、ゴミのようにうち捨てられていたのだから、本当なら気も狂わんばかりに怒ったり泣いたりしてしまうものなのじゃないのか。

何なのだろう、この。

静寂さは。

「そうかい」

そう答えた。

それだけかと湛宥は言う。

「それだけって――それだけだよ」

「どうも思わねえか」

「あの坊主《ぼうず》と俺は関係がない。俺が口を挟むようなことは何もないさ。だけどな、これで解ったよ。この寺は他殺体運び込んだってそれを庭に埋《い》けたって、ビビるような奴は一人もいないってことか。鍋谷なんかは寧《むし》ろ小物なんだな。他の連中もそういう奴らばかりなのか」

違うよ――と湛宥は面白くなさそうに答えた。

「一人一人事情は違うさ。この間も言ったがな、ここは人格矯正施設じゃねえ。収容所でもねえよ。ここは寺だ。寺。修行する処だよ。修行僧の中にもな、高浜の娘みてえな事情でここに来てよ、そのまま出家して居着いた奴もいるよ。鶴宥とはまるで逆の立場の者もいる。鶴正《かくしょう》は、ガキの時分に家族全員を失った男だ」

「事故か何かか？」

「そうじゃねえ」

「殺されたのか」

「判らねえのよ。学校から帰って、遊びに行って家に戻ったら、家族全員消えてたそうだ。家業がある家だったようだから、父親も母親も祖父母も弟も、みんな家にいたらしいが、それが全員消えていた。あれ一人残してな」

「それは」

どんな気持ちなのか。

「混乱しただろうな。血痕《けっこん》も残ってたらしいから何かはあったんだろうが、判らず仕舞いだったそうだ。事件的要素はあるものの、まあ失踪《しっそう》だわな。あれは結局、家族だけではなく言葉も表情も失った。そのまま施設で育って、ここに来て、それで人並みに振る舞えるようになるまで三年かかった」

「訓練でもしたか」

「何もしねえさ。だから社会復帰訓練所なんかじゃねえって、ここは。俺は坊主だからな、ただ赦せと言っただけだよ」

「誰を。犯人をか」

「いねえんだよ犯人は。犯罪かどうかも判らねえんだぞ。もしそうだったとしたってよ、犯人が誰だか判らねえんだから。そんなもん赦しようがねえだろ。そうじゃなくて、赦すなぁいなくなった家族だ」

「なる程な」

湛宥が寺に上がったので俺もサンダルを脱いで続いた。

「家族は大事よ」

老人は俺の方を見ずに歩きながらそう言った。

「想《おも》い出《で》も大事よ。掛け替えのないものだろうよ。でもそりゃあ、どっちも執着だ執着。大切に慈しむ、それはまあ悪いことじゃねえさ。いいことよ。でも考えてもみろよ。家族だって友達だって、いなくなっちまったらそれまでだぞ。いないものは慈しめねえだろうが。対象が存在しているうちはそこに世間もある。だから慈しむてえのは、一種の社会的な在り方なんだろうな。でもいなくなっちまったら、そりゃもう個人の中の問題よな。対象のねえ執着なんか、そりゃただの妄念だ。なら、そんな執着はきっちり捨てるべきだろうよ。そりゃもう――」

「どうでもいいことか」

湛宥は廊下の途中で突然立ち止まり、俺に顔を向けると、やや上目遣いで俺の目を見て、片頬を吊《つ》り上げて笑った。

「それだ」

「何だよ」

「お前さんも失《な》くしたな」

「ああ」

「どうでもいいか」

「どうでもいいさ。俺は――ヒトでなしだからな」

俺は、そう言った。

本堂に出た。

本堂の真ん中には高浜由里《ゆり》が突っ立っていた。

放心しているようだったが、幾分血色が良くなったようにも思えた。相変わらず眼が見開かれている。縁取りはこの間程ではないが、それでも眼ばかりが目立つ。

視線からは毒気が抜けている。

腕には包帯が巻かれていた。

小娘は俺の姿を認めると泣き笑いのようなぎこちない表情を浮かべた。

何かを言おうとしたようだったが、俺はそれを無視して、湛宥を追い越し本堂を横切った。

第九話　罰

ヒトでなし様様だと荻野《おぎの》は言った。

どうした不本意か、そうは言わせないぞと被《かぶ》せてくる。

口調が弾んでいて、言葉が浮いている。多分友人は上機嫌なのだ。

返事をするどころか、顔を向ける気にもならない。

荻野はずっと何か工作をしている。

頻繁に出掛ける。

何をしているのか知りたくもないし、それこそどうでもいいことだから尋ねたこともない。この寺は山奥で基地局もないらしく、携帯電話や何かは繋《つな》がりにくい。その所為《せい》か、昼夜を問わずに山を降りる。誰かと連絡を取っているのだろうが、そんなに出入りするのならいちいち帰って来なければいいと思う。

一度は身動きができぬところまで追い詰められていた虫けらの友人は、外出するたびに物腰が軽快になってくる。表情も和らいでいる。和らいでいるというより、今や軽薄だ。

死骸《しがい》を埋めに来た人間とは思えない。

どうかしていると思う。

いや、それはヒトでなしの俺が思うことではない。

余計なお世話とはこのことだろう。

そう思うといっそうにどうでも良くなる。どうでも良いのだが、ならちょろちょろと絡《から》んで来て欲しくない。目障《めざわ》りだ。何か尋《き》いてくれと言わんばかりの顔が正直鬱陶《うっとう》しい。

何も尋きたくない。

喋《しゃべ》りたいなら自分から言えばいいのだ。尤《もっと》も、語られたところで貸す耳もない。今までも何かは言っていたのだが、聞いていなかった。

生返事すらしていない。無視である。

「どうだよ、慎吾《しんご》」

まだ言うか。

煩《わずら》わしいので腰を上げようとしたら腕を摑《つか》まれた。

「逃げるなよ」

「何から」

「現実からよ」

「逃げているのはお前だろ」

荻野は弛緩《しかん》した表情を一瞬だけ引き締め、また口角を上げた。

「まあ、逃げてるわな。でも逃げちゃ駄目か？」

別に、と言った。

「逃げ切れるなら逃げればいいよ」

「逃げ切れないと思うか」

それこそ知らない。

俺はな、逃げ切るよと荻野は自信たっぷりに言った。

「勝算がある。そういう時はな、後ろを見ちゃ駄目だよ。前向きよ前向き。行けるとこまで行くんだよ」

「この前もそうだったんじゃないのか」

「この前って」

「何とかで起業した時だよ」

俺は投げ遣《や》りにそう言った。

「失敗すると思っていたのか」

「いや——失敗すると思って何かするヤツはいないだろ」

「失敗しただろ」

「したな」

また同じことを繰り返すんじゃないかと言った。

ただ、俺はこの友人がその時いったい何をしたのか、殆《ほとん》ど知らないのだが。

荻野は、そりゃねえよと答えた。

「俺はよ、慎吾。慥《たし》かにあの時はしゃいでたよ。高波に乗っかってる時はな、落ちるとも思わないし波が鎮《しず》まるとも思わないもんだよ。ただな、肚《はら》の底では——怖かったんだと思うぜ」

「落ちると思わないのに怖いのか」

怖いのよと低い声で言って、荻野は急に真顔になった。

「あのな慎吾。ジェットコースターってあるだろ。あれはよ、まあ安全よ。安全対策してるからな。事故もあるが、事故を起こしたらお前、営業停止だよ。総スカンだろうよ。非難囂囂《ごうごう》ってことになる」

当たり前である。

そう言うと、当たり前じゃねえだろと荻野は言った。

「絶叫マシンだぞ。怖がりたくて乗るんじゃねえのか？　なら安全バーなんか緩めておけよ。その方が怖いだろうが」

「乗る客全部が死んだら商売にはならないだろうが」

「ふん。全部は死なないさ。何人かは死ぬことになるだろうがな。でも怖いじゃねえか、その方がずっと。あんなもの、高い、速い、振り落とされるかも、振り落とされたら危ない、怪我《けが》をするかも、死ぬかも――と感じるからこそ怖いんだろうが、本来は。でも客は口を揃《そろ》えて安全か、安全かと尋く。遊園地は安全だ安全だと言う。実際安全なんだろうよ。それなのにみんな怖がる」

「それこそ事故もある」

だから怖いって訳じゃねえだろうよと荻野は言った。

「どのくらいの確率で事故が起きるのかは知らねえが、そんなもん、道歩いてて上から鉄材が落ちてくるのと変わりがねえくらいのもんだろ。交通事故の方がずっと起きる確率は高い筈《はず》だ。なら道歩く方がずっと怖いってことになるぞ。そうじゃないんだよ。安全かどうかはあまり関係ねえんだ。人間は普段、あんな軽装備であんなに高いとこまで昇らねえし、昇ったってあんな勢いで降りない。途中で回転もしない。そういう非常識なシチュエーションが、予感させるんだよ」

「いいか、実際に死んじまったら怖いも何もねえ。怪我したって痛《いて》えだけだ。そうな、、、る前が怖いのさ」

それはそうだろう。

いきなり刃物で刺されたら、怖いと思う間もない。突然殴られたとしても、もう一発来ると思うから怖くなるのである。

予想されず突発的に起きる事象はいずれも怖くは感じないだろう。起きた後に再発を怖《おそ》れる、または済んだ後に起きたことを反復して、もしかしたら死んでいたかもしれないなどと後づけで予測するから怖くなるのだ。

「怖さってのは想像なんだ。理屈じゃない。想像し易《やす》い環境であれば、理屈抜きで怖くなるもんなのよ」

たとえ安全だと解《わか》っててもな、と荻野は言った。

「想像ってのはな慎吾。アタマでするもんじゃねえと思う。どちらかといえば、こっちが肝心なんだ」

友人は胸を叩《たた》いた。

「こっちってどっちだよ」

「予感か」

「ココロ。感情。いや、もっとずっと原始的な何かだ」

「感情――か」

俺は何故《なぜ》か死んだ娘を思い出す。

「そういうもんは、理屈抜きで涌《わ》くもんなのよ」

「理屈抜きな」

そうかもしれない。

殺されたのだとしても、事故に遭ったのだとしても、娘は突然に逝《い》ったのだ。外傷はなかったのだから、もしかしたら怖いと感じなかったのかもしれない。

溺死《できし》だった筈だ。ならば水が肺を満たすまでの間は、苦しかっただろう。

しかしその苦しみが死に直結していたかどうかは怪しい。苦しいこと自体は考えるまでもなく厭《いや》だっただろうが、幼い娘はその時、自らの死を予測しただろうか。

それは甚《はなは》だ怪しい。

死んだことがある奴《やつ》はいない。だから死は常に他人《ひと》ごとである。自分以外の者の死を横から見て、想像するしかない。しかし死に纏《まつわ》る諸々《もろもろ》を知らない幼子はどうなのだろう。きっと、想像することすらできないだろう。

ならば。

怖くはなかったか。

「怖さは理屈じゃねえさ。理屈はな、怖さを抑制する唯一《ゆいいつ》のクスリだ。いいか、毎日毎日、朝から晩まで絶叫マシンに乗ってるヤツは、怖くないだろ？　事故が起きる確率は同じなのによ」

「慣れるだけだろ」

「慣れるってのは学習するってことだろう。体が覚えるとかいうけどな、意識されないだけで、覚えるのはこっちだ」

荻野は己の頭を突《つつ》く。

「明文化されなくたって理屈は理屈よ。人間には速度メーターも高度計もないから数値は判《わか》らないだろうが、どのくらいの時間でどの程度上がって、そしてどのタイミングでどんな風に落ちるか、何度も乗りゃあそういうのが判るようになるだろ。つまり殆ど正確に先が読める、予測ができて、その予測が確実に中《あ》たる——ってことだ。だから怖くないのさ。いいか、予測できないことを予感しちまうから怖いんだ。予感ってのは、予《あらかじ》め感じるって書くんだぞ。理屈で予め測る予測とは違う」

感じるものなんだよと荻野は言った。

「安全と判っててても、普段と違う環境になりゃ怖くなるのさ」

「なる程な」

「俺はどんどん昇ったからな。金は面白いように増えた。信用は金では買えないなんて世間じゃ謂《い》うがな、そりゃ端《はし》た金では買えないというだけのことでな、一定額を超えりゃあ金と信用は同義になる。で、信用は更に金を生むし、地位も名誉もちゃんとついて来るもんよ。だが金で買った信用や名誉はな、金がなくなりゃ一緒に消えちまうってだけだ。とにかくあの頃の俺は、もう天辺《てっぺん》まで昇ろうって勢いだったから、文字通り有頂天ってヤツだな。だから」

怖かったよと荻野は言った。

「逃げてるってなら、あの時だって逃げてたのよ。その、肚の底から涌く怖さに目を瞑《つぶ》って、大丈夫だ平気だと思い込むようにしてたんだからな。自信たっぷりに振る舞うことで、つまりちゃんと予測はできてるぞと思い込むことで、まあ、逃避してた訳だよ」

「予測は外れたか」

予測なんかできてなかったんだよと荻野は自嘲《じちょう》するように言う。

「フリだよフリ。おれはその時、初めて絶叫マシンに乗ったんだ」

先のことなんか判るか。

「学習できてなかった。経験値もない。それを凌駕《りょうが》する知識もない。だから危機管理どころか安全管理もできてなかった訳よ。それで見事に落っこちた。予測はまるハズレだったが――予感は的中さ」

「今度もそうなるだろ」

そう言った。

別にネガティブなことを言うつもりはない。ポジティブでないというだけだ。

俺には、楽観も悲観もない。

だからならないよと荻野は言う。

「何故」

「お前がいる」

「俺は関係ない」

「関係あるさ。ここにいるだろう。お前が関係ないと思ってるだけだよ、慎吾。さっきも言ったがな、勝算があるんだ。勝算ってのはな、勝てる見込みじゃあねえ。負けた時にどれだけ手当てができるかってことだよ。負けのパターンをいくつ想定できるか、それぞれの負けにどれだけ適切に対処できるかが決め手だ」

「負け方は無限にある」

「パターンはあるだろ」

「想定外は必ずあるんじゃないのか」

「あるということを想定しろ、ということだよ。想定外も想定しておくのが危機管理だよ。この前の俺はよ、予感するだけで予測できてなかった訳。今回はな、予測している。恐怖に対するクスリが効いてる」

「過剰投与だろ」

たぶん。

気分の問題なのだ。最終的には。

それそれと荻野は嬉《うれ》しそうに言った。

それとは何かと問うと、だからと言って友人は俺の目の前に顔を出した。

そして。

「お前、人でなしだな」

と言った。

「だから何だ」

「俺が思うに、それ、感情が壊死《えし》しちまったってことじゃないのか」

「それは」

違う。

感情が――初めからなかったんじゃないかと疑ったから、そしてその疑いがどうやら真実だったから、俺は。

いや違うなと荻野は言った。

「気づいただけか。あのな、感情なんてもんはねえよ慎吾」

「ない？」

「あるような気がするだけだ。ココロなんてもんはよ。この、胸の中から涌いて出るのは、怖さと、安心と、概《おおむ》ねそんなもんだよ。大したもんじゃねえのよ。精精ポジとネガの二種類だ。それをな、小理屈捏《こ》ねて色色にしてるだけだよ」

「色色か」

「色色だ。色色を作り出すのは社会だよ社会。恋人と別れました、辛《つら》いわ悲しいわと謂うだろ。別れたっていったって、何の変わりもねえよ。物理的に癒着してた訳じゃねえんだからな。元元離れてる。心の繋がりだの家族の絆《きずな》だの、そんなもんは言葉のアヤだろ。生物学的にも物理学的にもなんにもねえ。社会の中でだけ通用するお約束みたいなものだよ」

「社会か」

「世間でもいいよ。自分と、自分以外がいるという状況こそが、まあ社会だの世間だのってことなんだろ。社会性ってのは、要は集団の中で巧《うま》く立ち回れるかどうかってことでしかないじゃないか。巧く立ち回るためにポジとネガを粉飾して、複雑で大仰なもんに仕立てる――それが感情だよ」

そう。

俺は、家庭という最小単位の社会の中でさえ、巧く立ち回ることができなかったのだ。それは事実だ。そして巧く立ち回れなかったのは感情をきちんと表現できなかったからに他ならない。

自分自身の悲しさを、悔しさを、辛さを、俺は妻だった人に一切伝えることができなかった。

だからこそ、あの人は俺を――。

ヒトでなしと。

そう呼んだのだ。

俺はそれで納得したのだ。表現できないのは感情がないからだ、最初から人らしい感情が欠落していた所為《せい》なのだと、俺はそう結論づけたのだ。

しかし、そうではなかったのかもしれない。

感情がないから表現できなかったのではなく、表現すること自体が感情そのものなのだ。泣くから悲しくなるのでも、悲しいから泣くのでもない。泣くことが悲しむことなのだ。

お前、社会を棄《す》てただろと荻野は言う。

「だから感情も棄てちまったようなもんなんだよ」

それはそうかもしれない。快や不快はある。でもそれだけである。後は――。

どうでもいい。

「それをして人でなしと呼ぶなら、まあお前は立派な人でなしなのさ。でもな、考えてみろ。それは極めてシンプルな在り方だ。何のしがらみもなければ、粉飾もねえ。見栄も張らなきゃ謙遜《けんそん》もしねえ」

「そんなものはないよ」

動物と変わりない。

そう言うと、違うと言われた。

「ケダモノはな、もっと臆病《おくびょう》だよ。ありゃ生きるだけのものだ。生き物というぐらいだから、徹底的に死を忌避するワケ。生きようとする。それしかねえからだよ。お前はケダモノと違って生きようとも思ってねえだろ。動物よりはうんと賢いぜ」

「別に嬉しくないな。褒め言葉じゃない」

「そうでもねえぞ。お前、怖くねえだろ。あの小娘にカッターナイフ突きつけられても、怖くなかったんじゃねえか？」

「まあな」

「普通はな、少しは怖い。切られれば痛いし死ぬ可能性もある。切られたくない、死にたくないという想《おも》いがほんの少しでもあれば、恐怖を生むさ。そういう時の対処の仕方を熟知してるヤツ以外はな。そういうヤツは、まあ怖くないだろう。予測ができるからだ。だがお前はそうじゃねえだろ。凶器持ったイカレた小娘の扱いに慣れてたのか？」

「普通の人間と普通に関わるのにも慣れてないよ」

「でも怖くなかっただろ。シンプルだからだよ。普通は、どれだけ可能性が高くても死ぬことまでは視野に入れない。入れたくないからだ。怖い気持ちから逃げたいから目を瞑る。それ以外の選択肢しか選ばない。つまり、予測される負けのパターンが大幅に減る。それに依《よ》って行動が制限される。勝算はぐっと下がる。だから手を出さないで回避する。そういうもんだろ。だが、お前は死ぬことも怪我することも選択肢に入ってる。だから――」

勝算が上がる。

「詭弁《きべん》だよ」

「詭弁じゃねえよ。ごちゃごちゃ複雑な感情を拵《こしら》えるから、折り合いつけるのに手続きが要るんだよ。義理だの人情だの愛情だの、そういうもんが邪魔する訳だ。というか、それこそが社会性だよ。他人のことまで考える。縦《よし》んば損をしても感情的に収まりがつきゃそれでいいと思う。そういうことだろ」

「俺は損得はどうでもいいよ」

「呑《の》み込めよ。どうでもいいと思うからこそ、予測が正確になると、俺はそう言ってるんだよ」

「正確な予測だと？」

そんなことはした覚えがない。

そもそも先のことなど考えない。どれ程考えたところで何も判りはしないし、判ったところでどうということもない。

悪い未来が予測されても変えようとも思わない。面白くもない。

どうなっても良いと思っているのだから、考えるだけ無駄である。

そう言った。

「いいや、考えてるさ。だってお前は死んでねえからな。動く。どう動くかは意識しないだけで考えている。感情だの大義だのという余計なものを排除して、それでも判断はしてるだろ。あの娘を墓穴に放り込んだのだって、判断した結果だ」

「面倒臭かったからだよ」

「そうやって判断してるじゃねえか。その結果、あの娘の状態は好転したぜ。今じゃ塚本《つかもと》のいいアシスタントだ」

それも――。

何だか気に入らない。

湛宥《たんゆう》は何も言わない。

あの破戒僧は、預かっている他人の娘を、しかも問題児を好き勝手に振る舞わせている。あの娘――高浜由里《たかはまゆり》は、どういう訳か塚本になついたらしく、行動を共にしているようである。

単に同性だというだけではなく、あの二人は何か、何処《どこ》かで同調している。

どうでもいいことだが、その塚本は目の前の虫螻蛄《むしけら》の手伝いをしている訳で、鯔《とど》の詰まり二人ともこいつのために働いているのと変わらない――ということになる。

鍋谷《なべや》よりは使えるぜと荻野は言った。

「使うなよ」

「俺は何も強制してねえよ。塚本だって、ありゃ自主的にしてることだよ。俺は金貸せだの資金提供しろだのなんて、ただのひと言も言ってねえ。単にプランを話しただけよ。賛同者だよ」

「だからだよ」

その――。

「プランとやらがどうなんだと言ってるんじゃないか。何をしているのか、何がしたいのか知らないが、地に足が着いてるようには見えない。前と同じように失敗するかもしれないだろう」

別に失敗したっていいじゃないかと荻野は言った。

「いいのか」

「いいのさ。失敗したって塚本にはまだまだ金があるんだ。お前も含めて他の連中の肚も痛まない」

「それが勝算か？」

「言ったろ。負けのパターンをどれだけ沢山想定できるか、そしてそれぞれの対処法をちゃんと想定できるかが肝心だと。お前に学んだんだよ」

「どういうことだ」

「だから、普通は大コケまでは想定しない。それは想定できないんじゃなくてしたくないからだ。コケれば損するからな。まる損は困るんだよ普通。で、まあ損してもいける線ってのを半端《はんぱ》に用意して、それで小さい勝負に出る。まあ大きくても小さくてもギャンブルだよ。そこにリスクが発生する訳だ」

「当たり前じゃないか」

「でもな、コケてもいい、コケること前提で、それでも損しないプランってのは、デカい勝負に出られるし、リスクもねえ訳さ」

「損は出るだろ」

「損のうちに入らないって。そうだな、お前、中《あ》たれば現金が二十円貰《もら》えるクジ引いたとしてみろ。そのクジはな一枚十円だ。中たれば倍の二十円になる。十円しか持ってない場合、クジ買えば終わりだな。中たれば持ち金は倍になるが、スカだったら無一文だ。どうだ。買うか？」

「買わないよ。十円しか持ってないなら余計に買わない」

「でもな、実際にはそれでも買うヤツがいるんだよ」

「いるのか、そんな奴――」

いるのかもしれないが。

どうせ座興で買うんだろと言うと遊びじゃないんだよと荻野は答えた。

「それで買うヤツってのは、中たることしか考えてねえのよ。ホントに買っちまうんだから、そうなんだろな。とはいえ、一枚じゃ中たりもハズレも五分五分、確率は同じだよな。こういうのをギャンブルというんだよ」

「まあ――金をドブに棄てるようなものだな」

「ドブに棄てるのさ。あらゆるギャンブルは、金をドブに棄てるのと同じ行為なんだよ。稀《まれ》に、棄てた時の跳ねっ返りも金で、しかも棄てた金より多く戻ってきたりすることがあるってだけのことなのさ。だから、どんだけ棄てる金があるかって話なんだよ。そして、まあ十割方損をする訳だ。夢を買うとか謂うけどな、それは即《すなわ》ち何も買えないということだ。夢なんざ買わなくたって見られるぜ。タダのもんに金払うんだから、ドブに棄てるのと一緒だよ。でもな、お前、十円のクジ買うのによ、一万円の持ち金があったとしたらどうだ？」

「どうだ――って」

「一枚十円だから千枚買えるぞ」

「買わないって。千枚買ったって全部中たる訳じゃないんだから確実に損だ」

「そう。絶対に全部は当たらないわな。五百枚当たってってトントンだわな。でも五割当たるとは思えないよな。実際にそんな勝率のクジはねえからなあ。十枚に一枚中たったって二千円にしかならねえの。これはお前、八千円の損だぜ。そんな莫迦《ばか》なことするヤツはいない——と、思いきや、世の中はそういう莫迦で溢《あふ》れてる訳よ。大概、その阿呆《あほ》でも解る当たり前の理屈より、中たるとウレシイという感情が勝つのだな。そういう場合は八千円で夢を買ったとかほざくんだろうが、まあドブだよドブ」

「よく解らないな。それがどうした」

「あのな、一万円持ってて、それ全部突っ込もうとするからそんな莫迦なことになるんだよ。一枚買って中たれば一万十円になるんだぞ。中たらなくたって九千九百九十円になるだけだろ」

「あまり変わらないよ」

「その、一億倍だったらどうだよ。中たれば十億円の儲《もう》けだ」

「外れれば十億円の損だろ」

「持ち金の桁《けた》が違うって話だよ。十億ドブに棄てていいですよと、今回はそういう話なの。そんなに棄てねえけどな」

荻野の顔がみるみる軽薄になっていく。

何だか見るに堪《た》えない。

「塚本のお蔭《かげ》じゃないか、何もかも」

「いいや」

お前のお蔭だと荻野は言った。

そして破顔した。

「どうしてだよ」

「だから慎吾様様だと言ってる」

「塚本は俺のために力を貸してくれてる訳じゃねえからよ。あいつはお前のために俺のプランに乗った。あの小娘だって、そんな塚本に同調したんだ」

「止《よ》せ」

関係ない。

関係を持ちたくない。

「だから。不本意だとは言わせねえよ。お前がどう思おうと、そうなんだから仕方がない。それが現実よ。鍋谷だってそうだろうさ。あいつは坊さん達の仕事手伝ってるぜ。真面目《まじめ》に床拭《ふ》いたり飯炊《た》いたりしてるじゃねえか。多分、あいつは生まれて初めてマジで働いてるよ」

「まやかしだ。環境が変わってそんな気になってるだけだよ。お前のクソ爺《じじい》も言ってたが、そんなのはすぐ戻るそうだ」

「元の暮らしに戻れば、だろ」

「おい」

戻らない——気なのか。

「少なくとも鍋谷はずっとここにいるだろうな。あいつは、ガキだし莫迦だが、そんなに欲はねえ。どう生きていいか判らなかっただけだ。床拭いてるだけで褒められるならそれでいいのさ」

まあ——。

それはそれでいいのかもしれない。

鍋谷は人殺しだ。本来ならその罪を償わねばならない身の上なのだろう。だが罪を償うといっても、それは裁判を受けて、懲役か何かを科せられるというだけのことだ。ならば。

この寺で一生床を拭いて暮らすのと何処が違うというのだろう。世間的には、こんな暮らしぶりは充分に罰のうちではないのか。社会から隔離監禁されているのに等しいのだし。ただ、法が下した罰でないというだけのことである。

一方、服役したとしてもやがては出所する。刑務所を出れば――元の暮らしに戻るだけだ。社会に放り出されたとして、学歴も何もないチンピラの行き場はそう多くない。更生して地道に働ければいいが、環境が元通りになれば人も元通りになる。再犯を重ねる可能性もある。いいや、その確率は高い。

あいつが選んだのなら。

不本意でもないのだろうし。

再び罪を犯すこともないだろう。

だが。

「あいつはともかく、お前らはどうなんだよ、床拭いてないじゃないか」

「拭かねえよ。俺は出家するつもりはないからな。俺は人一倍物欲もあるし、人並みに色欲もあるんだよ。俺は、まだまだ社会を棄ててねえ」

「なら社会とやらに行けばいいだろ。ここにいたってしようがないと思うがな。電波が届くとこに行けよ」

「だからよ。俺にとっては、お前は必須アイテムなんだって。洩《も》れなく塚本がついてくるからな」

「迷惑だな」

どうでもいいんだろと荻野は言う。

「ならいいじゃねえか。俺はお前にああしろこうしろと指図した覚えはねえ。ただ勝手なことされても困るからここに連れてきただけだ。厭なのかお前、ここ」

厭ではない。でも、いたいとも思わない。

どうでもいいのだろうにと荻野は繰り返す。

「どうでもいいならずっといてくれ。俺が頼んでるんだ」

「お前の頼みを聞く謂《いわ》れもないがな」

「聞かないという謂れもねえだろ」

「それは」

どうでもいい。

「いいか、どうでもいいってのはな、慎吾。無敵の強みでもあるんだが、同時に最大の弱みにもなるもんだぞ。何たって、どうでもいいんだからな。右でも左でも上でも下でもいいんだろ。どうでもいいんだろ?」

答えたくもない。

「そこでむくれちまうところが、まあお前のいいところだよ。その辺はまだ人だ」

「人――か」

慥《たし》かに、こんな奴を相手にする必要は全くないのである。人だと思い込んでいた頃の残滓《ざんし》が、俺を少しだけ人として留めておいてくれているのか。

「お前はずっとここにいろ」

軽薄な顔を止《や》めて、荻野は俺の眼を見詰めた。

「あのな――」

「幸いうちの祖父《じじい》の眼鏡《めがね》にも適《かな》ったようだしな。まあ、俺の目にも狂いはなかったということだな。お前はな慎吾、この寺を継げ」

「何を？」

何を言っているのだ。

「孫はお前だろ。それ以前にお前の親父《おやじ》がいるんじゃないのか」

「世襲じゃねえよ、ここは。というか寺が世襲になったのは最近のことだろ。明治に寺領が政府に召し上げられて、残った寺が坊さんの個人所有になっちまったからそうなったんじゃないのか？　信仰じゃなくて相続の問題だろうが。お前に相続して貰おうなんて思ってねえし。どんな寺だって一番立派な坊主《ぼうず》が住職するもんなんだよ。弟子が上がるか、本山から下《くだ》ってくるか。今だって個人の持ち物じゃねえようなでかい寺はそうだろ」

「俺は立派でもないし、坊主でもない」

「いいや。立派な出家だ。その辺の坊主よりずっと坊さんだ」

「黙れよ」

「お前はな、教主だ。言っただろ、俺は宗教団体を始めたいんだよ。この寺をベースにしてな」

「いい加減にしろ」

俺は立ち上がる。

「どこ行くんだ。聞けよ」

「厭だ」

荻野はごちゃごちゃ言っていたが、聞くのを止《や》めて部屋を出た。

流石《さすが》に半月近く過ごしていると建物の構造くらいは覚える。入ったことのない部屋も多いから隅隅まで把握している訳ではないが、何処を曲がれば何処に出るかくらいは覚える。尤も、風呂《ふろ》と便所と寝床以外に用事はないから、それすら覚えないというならその方がどうかしている。

他に、本堂と台所くらいは覗《のぞ》くが、用はない。何かを手伝うつもりもない。手を貸せと言われれば貸すが、進んで役に立ちたいとは思わない。

それでも出て行けとは言われない。

言われないのをいいことに居候《いそうろう》をしているのだが、悪いとも思わない。

ヒトでなしだからだ。

出て行けと言われたら出て行くだけだ。

何の未練もない。寂しいとも悲しいとも思わないだろう。同時に、居座り続けても気が引けることはないだろう。ただ飯を喰わせて貰っているのだから有り難いとは思うけれども、無理強いしている訳ではないのだし、必要以上に媚《こ》びる気もない。

どう思われようと構わない。

そんな人間のいったい何処が立派な坊主だというのだろう。気が狂《ふ》れているとしか思えない。

これ以上面倒なことを言い出すようならこの寺を去るしかないだろう。

そう思った。

あと一回角を曲がれば、本堂に繋《つな》がる渡り廊下のようなところに出る。

このまま本堂を突っ切って外に出ようと思った。

曲がると、高浜由里が突っ立っていた。

面倒だなと思ったが、引き返すのもどうかと思ったので無視することにした。

「あの」

案の定声を掛けられた。

「いま——人が来てます」

「人？　客か」

「あの、あたしの」

「クソ親か」

わざと憎憎しく言ってやった。元元この小娘自身が言ったことである。

親ですと高浜は小声で答えた。

「クソがとれたのか」

娘は横を向いた。

大きな眼を縁取っていた黒いラインがかなり薄れてきている。

剃《そ》り上げていた眉《まゆ》も少し生えてきていて、そうして見ると、何だかやけに痩《や》せっぽちの普通の子供だ。

「行けばいいだろ。帰るんじゃないのか」

帰りませんと小娘は言った。

「帰らないのか」

「ここにいます」

「親が嫌いか」

「親のためにいます」

「ふうん」

会話が成立するだけマシになっている。

鍋谷よりも話は通じる。

「それで揉《も》めてるのか？」

「揉めてません。親は――誰か人を連れて来ていて」

「他にもいるのか」

新しい客――檀家《だんか》だろうか。

湛宥《たんゆう》がこの寺の宣伝をしているとは思えないし、そんなことをする玉でもないと思う。ならばこうやって、口コミで自然に広がっているということなのだろう。

「クソ坊主め、また儲ける気かよ。あんたの親が連れて来たってことは、まあ金持ちなんだろうな」

「知らないけど」

素直だ。気味が悪い程である。

「あのなお嬢ちゃん。こんな処《ところ》にいたってしようがないぞ。この寺はな、俺も含めてロクな奴がいない」

　鍋谷は人殺しだ。鶴宥《かくゆう》は連続女児殺人鬼だったらしい。

「そんなことない」

「何故だ。思い出してみろよ。俺はあんたを穴に放り込んだんだぞ。しかも人殺しの小僧がいる穴にだ」

「でも生きてるし」

「偶々《たまたま》だよ。あの小僧がもう少し肝の据わった馬鹿《ばか》だったなら、あんた今頃土の下なんだぞ。いいか、俺は、こうなることが判っててやったんじゃないぞ。本気で死ねと思ってたんだ。勘違いするな」

　高浜は下を向いた。

「まあ、あんたの人生だからあんたの好きにすればいいが――妙に恩を感じたり義理立てしたりはするなよ。そんな大人じゃないだろ。それから、この間までの自分は嘘《うそ》だったとか、生まれ変わったとか、そんな風にも思うな。手首切ってたのも、ちゃんとあんただ。そしてあんたは、本質変わってないぞ」

「はい」

何だろう。

反発を買うつもりで言っているのに、この従順さは——。

酷《ひど》く気持ちが悪い。

本堂の方から鶴宥が現れた。

気配のしない男である。

「高浜様がお帰りです」

「はい」

高浜由里はぎこちなく礼をすると、そのまま本堂の方に進んだ。親に挨拶《あいさつ》でもするのだろう。

鶴宥は一度こちらに視線を送って、それから姿勢良く一礼して消えた。

本堂を突っ切る気は失《う》せてしまった。

だから庭を見た。

庭というのはつまらないものだと思う。

平らになっているだけだ。美しかろうが穢《きたな》かろうが、それだけのものである。草があろうと燈籠《とうろう》があろうと、何の役にも立たない。樹木が生えていたって花が咲いていたって同じことである。

無駄だ。

自然を生活に囲い込むのだとか癒《いや》しになるとか余人は色色と謂うが、みんな後講釈に過ぎないだろう。

無駄だから要るのだ。

どうでもいいからあるのだ。

そうに違いない。

季節が判らない。こうして草花を見ていても、夏だか秋だか判らない。それもまたどうでもいいことだ。

星の光は、地球に届くまで何千年も何万年もかかるとか聞いた。地べたから見上げる星は、何千年も何万年も前のものだ。その間に星が消滅したって、それを知るのは何千年も何万年も後のことで、その頃は此方《こっち》が先に消滅しているかもしれないのだ。

ならば、眼前の景色だって、見えているのは厳密な意味では今ではない。刻めない程僅《わず》かな時間ではあるのだろうが、過去のものである。

目に見えるものは概ね虚像だ。

俺というものがあって、俺以外のものがあって、そして社会が成り立つのだと荻野は言っていた。

だが俺というものがなければ俺以外もない。俺などというつまらない線引きをするから、何もかもおかしな具合になってしまうようにも思う。

世界は、何もかもが俺で、俺というものは世界にはない。だから。

俺が見ているこの庭は。

俺だ。

そんな戯言《たわごと》を思ってみる。

「尾田《おだ》」

いつの間にか湛宥が横に立っていた。

「何だ爺。カモは帰ったか」

「口が悪いな人でなしは。まだ帰ってねえよ。そこで待たせてある」

「何で待たせるよ。来る者は拒まず去る者は追わずの構えじゃなかったのかよ。それとも勿体《もったい》をつけているか」

「つけてるよ」

湛宥は眩《まぶ》しそうに眼を細めた。

「人でなしの意見を言え」

「あ？」

「この寺は、まあ来る者は拒まねえさ。お前らみたいな犯罪者だってよ」

「そうみたいだな」

「社会と切れたい連中は、まあここに居着くよ。別に構いやしねえ。ここは更生施設じゃあねえからな。同じように収容所でもねえ」

「何度も聞いたよ。くだらない小理屈だと思うが、まあクソ爺がそう言うんならそうなんだろ」

「それからな、駆け込み寺でもねえのよ」

「まだ理屈つけるのか」

老人は実に厭《いや》そうに俺を見た。

「つけんだよ」

「つけるなよ」

「あのな、尾田。俺は別に無茶苦茶してる訳じゃあねえぞ。ここは俗世とは切れてるが、ちゃんと戒律はある」

「守らないと言ってたじゃないか」

「守れねえような戒律は余計だと言ったんだよ。というかな、俺は未《ま》だ修行の途中だからな。お前みたいに人でなしじゃあないんだよ。精精がクソ爺だ」

「認めたな。というか、駆け込み寺ってのはよく解《わか》らないがな。何か駆け込んで来るのか？　忙《せわ》しないことだな」

揶《から》揄《か》うなよと老人は抑揚なく言った。

「クソ爺のわりに歯切れが悪いから揶いたくもなるだろう」

「だからよ」

湛宥は顔を歪《ゆが》めて庭を見た。

「罪を犯した者が、罪を逃れるために逃げ込んで来る――そういうことよ」

「それは」

俺やあんたの孫のことだろと言った。

「鍋谷は殺人。あんたの孫と塚本、そして俺は事後従犯とかの死体遺棄。立派な犯罪者だよ。あんただって犯人蔵匿《ぞうとく》とか逃亡幇助《ほうじょ》とかになるんじゃないのか」

そんなこたあどうでもいいんだよと老僧は余計に伝法な口調で言った。

「いまそこで待たせてる男。高浜の親父の古い知人らしいが――息子というのを連れて来てんだよ。まあ、高浜さんは詳しい事情を知らずに案内して来たようだがな」

「何で」

「手がつけられない息子を何とかしたいということでな」

「いいじゃないか」

さっきの小娘と同じだ。

「そうよ。自分の娘と同じようなものだと思ったんだろうさ。まあ、あの娘だって手はつけられなかったんだ。お前さんが穴に放り込むまではな。だから、そういう話だと思った」

違うのかと聞くと基本的には同じだよと湛宥は答えた。

「基本って何だよ」

「まあ不登校だ自傷行為だって話じゃあないようだな」

「何だよ。俺にまで勿体つけてるのか」

「まあな」

老僧は本堂の方を見た。

「高浜が辞した後に話を聞いた。ま、聞かされても別に慌《あわ》ても驚きもしなかったんだがな。一応修行の身だからよ。あのな、息子ったってもう三十過ぎた男よ。子供でもねえし学生でもねえ。でな――」

「はっきり言えよ」

人殺しがやめられねえそうだ――と老人はそう言った。

「もう何人も殺してるらしい。そして、昨日も殺したそうだ。それでな、親に捕まって縛られて強制的に連れて来られたと、まあこういう寸法だ」

「何だそりゃ」

胸糞《むなくそ》の悪い話ではある。

「何で警察に連れて行かない。メンツか何かか」

「可愛《かわい》いんだとよ。息子が」

「三十過ぎた男だろ？　可愛いも何もあったもんじゃないとは思うけどな。その親の方が問題なのじゃないか？　どうでも――」

「どうでもいいと言うなよ。先にこの俺がどうでもいいと思ってるんだから。お前さんの言う通りよ」

親が道外してるよと湛宥は言った。

「十人以上殺してるから死刑は間違いねえと来た。まあそうなんだろ。だからってここに連れて来て、それでどうするよ。ここは寺で」

「人格矯正施設じゃあないんだろ」

「そうだよ。前にも言ったが、そんなものは治りやしねえし、ここはそんなの閉じ込めとく牢屋《ろうや》じゃねえからな」

「あの娘の親父もそれ知ってて連れて来たのか？」

「高浜さんはそういう事情は知らなかったようだがな。知ってたら通報するだろ。そういう人だよ。連続殺人犯を匿《かくま》ってくれなんて頼みに来る人じゃあねえ」

「でもな爺さん」

そりゃ仕方がないよと言った。

「仕方がねえか」

「そりゃそうだろ。そういうことしてるんだよあんたは。どんな理屈つけたって外から見りゃ同じことなんだから。何度も言うが、世間じゃあんたは犯人蔵匿罪の犯罪者だよ。匿わずに見逃しても、知ってりゃ犯人隠避だ。同じだよ。今更うろたえるなんてのはあんたらしくもないぞ」

湛宥はいっそう顔を顰《しか》めた。

「何だよ。警察が来るのが厭なのか。あんたも捕まるからかよ。でも、仕方がないだろうよ。来るよいずれ。そいつがそんな殺人狂なら、もう指名手配されてるかもしれないしなあ。いっそ――」

通報すりゃいいじゃないかと言ったら電話がねえよと言われた。

「出家のすることじゃあねえしな」

「なら迷うことはないだろ。何人殺したか知らないが、量の問題じゃない。鍋谷だって同じことじゃないか。いいや、俺達はみんな同罪だろ。構わないよ。警察が来たらあんたの孫も捕まるかもしれないが、それも仕方のないことだろうさ」

その方がサッパリする。

こんなことでプランとやらが頓挫《とんざ》するとは、荻野も思っていないだろう。結局前と同じことになるのだ。虫螻蛄の目論見《もくろみ》は失敗するだろう。こればかりは、幾ら財力があってもどうなるものでもない。

勝ち負けとか、損得とか、リスクがあるとかないとか――そんなことで物ごとを測るなら、必ずこうなる。荻野が危なっかしく感じるのは、まさにその辺のことに対する配慮が欠落しているからだろう。

湛宥は伸ばした皺《しわ》だらけの頸《くび》を捻《ひね》っている。

「煮え切らないな。どうでもいいだろうがそんなことは。これがヒトでなしの意見だよ。思いの外建設的だろう。俺も自分で驚いてるくらいだよ。まあ、あんたの孫は裏切り者と詰《なじ》るかもしれないがな」

「あのな尾田」

「何だよ」

「独り合点で先に行くなよ。俺はお前らがみんな捕まろうが、不出来な孫が死刑になろうが構いやしないよ。そういう話じゃあねえのよ」

「どういう話だよ」

「その息子な。日野博《ひのひろし》とかいったかな。そいつはな、幼女を攫《さら》って殺す男――なんだそうだ」

「幼女？」

「そうよ。しかもな、悪戯《いたずら》するんでも連れ回すんでもなく、ただ水に浸《つ》けて殺すんだとよ。

水に浸けて。

殺す。

どうだよ尾田、と湛宥は俺を呼んだ。

「どうって」

「まあ、判らないがな。そいつは」

「そんな偶然はないだろ」

「ないとは言い切れないだろ」

「まああったとしたって、だ」

「いや、違ったとしてもよ。その男が犯人でなくたって、だ。いや、お前さんの娘が殺されたのじゃなく、事故で死んだのだとしたってだよ。そいつはお前さんの死んだ娘くらいの年齢の女児を、お前さんの娘が死んだ時のようにして殺す——そういう男であることに違いはねえのさ。どうだよ尾田」

俺の、死んだ娘。

妻だった人から、名を呼ぶことさえ禁じられた、あの娘。

ゴミのように川に浮いていたあの——。

「だから何だよ」

俺は老人を見据えた。

「だから何だよと言っている」

湛宥は何も答えなかった。

「もし——俺の娘が殺されていて、万が一その日野とかいう男が犯人だったんだとしても、だ。その男にとって、俺の娘は俺の娘じゃなくて、手にかけた子供の中の一人だろ。もっと言うなら、世の中にごまんといる幼女の一人でしかないんだよ。そいつは俺の娘を殺したのじゃなくて、誰でもいい、可愛らしい女の子を殺したんだ」

「お前さんそう割り切れるのか」

「割り切るも何も、そうだろ。偶々《たまたま》流れ着いたここに、偶々そんな野郎が連れられて来て、それが偶々人殺しで、おれの娘も殺してたなんて——そんな偶然があったとしたってだよ。別にどうもないよ。真実そいつが殺したんだとしても、俺の娘が死んだことと、そいつの人殺しは関係ない。そいつの罪はそいつのもんだ。俺は余計に関係ないさ。もし関係があるというなら」

それは。

「そうかい」

湛宥はこちらに顔を向け、目尻《めじり》に数えきれない程の皺を刻んで、歯を剝《む》いてにやりと笑った。

「関係ないやなあ」

「そうだよ。俺にとってそいつは、多分この庭と同じだ」

「庭か」

無意味だが、ある。

どうでもいいから、ある。

この庭が俺なら。

そいつも。

「そいつが娘を殺したのなら、俺も娘を殺した。同じだよ。そんなことは」

「どうでもいいかよ」

老僧は更に笑って、来るかと尋《き》いた。

「来いという口振りだよな」

「俺は常に強制はしねえよ」

「ふん」

孫と同じようなことを言う。

俺は老いた背中に従った。

きっと――。

全部芝居だ。戸惑った様子も、俺に気を遣うような素振りも、何もかも、この老人の猿芝居なのだ。

俺を試したのだろう。

このクソ爺のことだ。

最初から肚《はら》は決まっていたに違いないのだ。いいや、考えるまでもないだろう。これまでだってこの老人は何年も、何十年もこうして来たのである。今更迷うことなどある訳がない。

こいつは逐一俺の反応を見て愉《たの》しんでいたのに違いないのだ。そして爺の思った通りのことを俺が言ったものだから、あんなに破顔して笑ったのだ。

癪《しゃく》に障《さわ》る。

結局俺はまんまと乗せられた恰好《かっこう》になる。それでも、それ程肚は立たなかった。

本堂の真ん中に、痩せた男が一人、ぽつんと――怯《おび》えていた。

座っていたというより怯えていたといった方がいい。

鶏《にわとり》のような顔の男だ。幾分薄くなった髪の毛を後になでつけ、古臭い眼鏡をかけて、その男はびくびくと落ち着きなく、周囲の凡《すべ》てを気にしているようだった。

六十前後だろうか。

それまであちこちに飛ばしていた視線を俺に留めて、男は二三度痙攣《けいれん》した。

「ご、ご住職、こちらは」

「ご心配なく」

湛宥が何か言う前に俺は言葉を発する。

「あなたの息子と同じ犯罪者です。ヒトでなしですよ」

「ひ――」

まあいい心配はないと湛宥は言って、男の前に座った。

「し、心配ないって」

「拙僧をご信用戴《いただ》けぬか」

「いやその」

男は素手で額を拭《ぬぐ》った。汗をかいている様子はなかったのだが。

「ことがことですので」

「で――」

俺が先に切り出したので湛宥は妙な顔をした。喜んでいるようにも見えた。

「どうなんです。息子さんは」

「匿っていただけるんですか」

匿うつもりはないと湛宥は言った。意外に威厳がある。

「勘違いをせんで戴きたい。ここは寺ですぞ。お預かりすることはできるが」

「お、同じことです。あ、いや、申し訳ない、お気に障ったら謝りますが、その」

「暴れるんですか」

「は？」

息子さんは今何処《どこ》にいるのですと尋くと、男は下の車の中ですと答えた。

「誰かついているのですか」

「別に誰もついてませんが」

どうも話が見えない。

「あなたが息子さんを捕まえて、ここに連れて来たんじゃないんですか？」

「はい。そうですが？」

「捕まえたって、どうやったんです」

「いや、こう」

男は両腕を前に伸ばして何かを捕まえるような仕草をした。巫山戯《ふざけ》ているのか。そうとしか思えない。

「ええと、日野さん。失礼ですがあなたお幾歳《いくつ》ですか」

六十一ですと日野は答えた。

「六十一の紳士が、三十過ぎの息子をそうやって捕まえたんですか。鬼ごっこでもしていたのですか」

「ふ」

巫山戯ないでくださいと日野は言った。

「巫山戯てはいませんよ。あなたの息子さんは殺人者なんでしょう。しかも連続殺人で、昨日も一人殺したとか」

「そう――です」

日野は項垂《うなだ》れた。

「その犯人を、こうやって捕まえたはないでしょう」

でもそうなんですと日野は言った。

「あの子は、普通なんです。とても普通なんですよ」

「普通の人はあんまり人を殺しませんよ」

優しい子なんです優しいんですと日野は口吻《こうふん》を突き出して繰り返した。

まるで負け惜しみをしている児童《ガキ》のようだった。

と、いうか益々鶏染《じ》みている。

「優しい人も人は殺さないでしょう」

「でもそうなんです。別に、暴れたりはしませんよ。温順《おとな》しい子ですから」

「逃げないんですか、一人にしておいて」

「ど、どうして逃げるんですか？」

「そりゃ、人殺しですからね」

「いや、逃げるっていうのはよく判《わか》らないです。追われている訳でもないですし、私から逃げる意味はない」

「追われてないということは警察はまだ」

「け、警察なんてとんでもない」

「とんでもない？」

ズレている。

どこまでもズレている。

これなら高浜由里のほうがずっとまともに思える。

「もう十年以上、バレてないんです。ですから今回だって大丈夫です」

「大丈夫――なんですか」

「はい。事件化していないですからね」

荻野と同じようなことを言う。

「う、疑われるどころか、事件は起きてないんです。事故です事故。警察なんてとんでもないですよ」

とんでもないよまったくと、日野は床に向けて呟《つぶや》いた。

「警察なんか、そんなもの、うちの子とはまるで無関係だよ。全然関係ないよ。何を言ってるんだよ。冗談じゃないよ」

「冗談じゃないでしょう。まあ――なら別にいいじゃないですか」

「いい？」

ぶつぶつ呟いていた日野は顔を上げた。

「何がいいんです？」

「事件じゃないのならいいでしょう」

「そりゃそうだけども」

「そんなことよりですね、日野さん。世間は事故だと思っていても、あなたは知ってたんでしょう？　息子さんが殺したんだと」

「そりゃあ、息子ですから。親として子供のことは知っておくべきでしょうし」

「人殺しだと知っていながら、親のあなたは放っておいた訳ですか？」

「ほ、ほってはおきませんよ。やめるように叱《しか》りましたよ。ちゃんと」

「叱った——だけですか」

「いや、ですから事件にはなってないんですよ。事故だと報道されとるんですよ。それ以上どうするというんですか」

「普通は自首させますよ。そうでなければ通報するでしょうね」

「そんな莫迦《ばか》な」

日野は横を向いた。

「馬鹿ですか」

「ですから、殺人事件じゃないんです。本人だって反省していたし、何度も言いますがあの子は普通の子ですからね。悪い子じゃないんですよ」

「人を殺せば悪い子でしょう」

「ち」

違いますよッと声を荒らげて、日野は突然激昂《げっこう》した。

「あ、会えば判ります。優しい、いい子ですよ博は。そんな、警察に捕まるような悪人じゃないですよ。大体何なんですかあなたは。犯罪者なんですか？　罪を犯してるんですか。それで何を偉そうなこと言ってるんですか。犯罪者なんか、人前に出ちゃいけないでしょう。人でなしって、あなたの方がずっと恐ろしいじゃないですか」

「俺は人を殺してないですよ」

「だ、誰にだって間違いはある。人は過《あやま》ちを犯すものですよ。いかんのですか。ちゃんと意見もしてますよ。やめろと叱りましたよ」

「それで」

何人殺したんですかと問うと、日野はまた下を向いてしまった。

「どうなんです」

「さあ。十五六人じゃないですか」

「そんなに？」

もうよく判りませんよと、日野は力なく言った。

「いちいち勘定したってどうにもならんでしょう。してしまったことは、仕方がないですよ」

処置なしだ。

いや——もしかしたらこの小心者の親父は、既に精神に変調を来《きた》しているのかもしれない。そう考えた方がいいだろう。どんな仕事をしているのか、どんな家庭を築いているのか想像もできないが。

きっと——。

家や会社では普通なんだろう。息子も。

と、いうか。

「ですからね、別にいいじゃないかと言ってるんですよ。俺達は通報したりしませんから」

「つ、通報なんて、とんでもないです。とんでもないですよ。あんた、何言ってるんだ。ちょっと」

「しないと言ってるでしょう」

「ああ」

すいません——と、日野は口を突き出して言った。

「警察に疑われてもいない、事件にもなっていない。で、あなたがた父子の関係も良好なんでしょう。あなたも、別にこれでいいと思ってる。人を殺したって、罪もない幼い子供を殺したって、バレなきゃいいと思ってるんでしょう」

「で、ですから叱って」

「叱られたら止《や》めるだろ、普通」

「叱り方がいかんのでしょうか」

「知りませんよ。でも、それでいいと思ってるならこんな処に連れて来る意味が解らないと言ってるんです。これからも殺すかもしれないが——いや、また殺すんだろうが、そしたらまた叱ればいいことなんでしょう。どうやって叱ってるのか知りませんが、人殺したって叱って終わりというのなら、それでいいでしょうに。その、普通で優しい息子さんと今まで通り普通に楽しく暮らせばいいだけじゃないのか。いったい何の不足があるんですか」

「す、すいません」

「何を謝るんです。俺みたいな犯罪者に謝る必要はないし、俺だってあんたに謝られる筋合いはないですよ」

「もう止《や》めさせたいのです」

「遅いでしょう」

「いやいや。まあ、ですから止《や》めさせたいんですよ、ずっと止《や》めて欲しかった。でも私は上手に叱れていないんです。可哀想《かわいそう》ですよ、死んだ女の子は」

それは——そう思うんだ。

何だかちぐはぐだ。

「だから、私ももう若くないし、何とかしなくてはと思ったんです。そ、そしたら高浜君が」

「高浜さんには何と相談したのですか」

「息子のことで悩んでいると言ったんですよ。悪い癖が抜けない。叱っても諭しても止《や》めてくれない。このままでは警察沙汰《ざた》になり兼ねないと」

嘘はない。

というか、このイカレた親父にとっては正《まさ》にそういうことなのだろう。

「もし」

日野は眼を剝《む》いて、湛宥と俺を交互に見比べた。

「もし事件になったら、捕まるでしょう？」

「捕まるのじゃないですか。今まで捕まらなかったことの方が不思議ですよ」

「あの子は素直なので、捕まったら何もかも喋《しゃべ》ってしまうんです。そうなんです。そういう子なんです。そしたら、まず死刑になるでしょう。なりませんか。死刑ですよ死刑」

何だか短絡的な話振りだが、法律に詳しくない俺でも極刑に相応《ふさわ》しいだけの罪だとは思う。余程のことがない限り死刑になるだろう。

十五人以上殺しているというのだ。

しかも理由もなく。反省も見られない。

まあ、その博という息子が心神喪失状態だったとか、そういうことになれば話は別かもしれないが――それでも、それだけ犯行を重ねていて、しかも十年以上普通に社会生活を送っていたのだとすれば、それもないように思う。

「く、国だか法律だか知りませんが、幾ら何だって殺す権利はないでしょう。ない筈《はず》ですよ。おかしいですよ」

「あんたの息子にもそれはないだろ」

「こ、殺したら殺されてもいいと言うのかあんたは。そんな単純なことなのか」

「もういいよ」

「何がいいんだ。全然良くない。息子は死刑になるかもしれないんですよ。それをもういいってあんた」

「預かりましょう」

湛宥が言った。

「そ、そうですか。いったい幾価《いくら》お支払いすればいいですか」

「旅館じゃあない。金は別に要らん」

「いや、そういう訳には——」

「繰り返すが、匿うつもりではないですぞ。もし警察が来たら、引き渡す」

「いや、それは。それはない」

「ないとは」

「いや、この先殺さなければ、そんな警察なんて」

「ここは寺だ。殺生《せっしょう》はせんし、させん」

なら安心ですと鶏は頸を前後させた。

滑稽《こっけい》である。

「その代わり日野さん。あんた——この後、ご子息には会うことは叶《かな》いませんぞ」

「はあ。面会は禁止ですか」

面会じゃない。

二度と会わせないつもりだろう。多分この親父《おやじ》のために。

「それから、ご子息がここを出ると言ったら、出て貰《もら》う。引き止めはせんよ。未成年じゃない、立派な大人だからな。出た後のことは知らん。それでどうなっても当寺は一切与《あずか》り知らぬ。それでもいいかな」

「い、いや、よく言って聞かせます」

鶏はまた額を拭った。

「で、その、ご住職。あの、この、こちらの方は、は、犯罪者という」

「この男はな、拙僧と同じ宗旨の者だ。犯罪者ではない。出家だ」

「お、お弟子さんで？」

いつから弟子になったのだと言おうとしたのだが、湛宥は透かさず、弟子ではないと答えた。

「うちの宗派は少ないのでな」

何という宗派なのかさえ知らない。適当なことを言う爺だ。

睨《にら》みつけると湛宥は立ち上がった。

「ご子息に会わせて戴こう」

「つ、連れて来ますか」

「いや。行くぞ、尾田」

俺も行くのか。

湛宥はいつもより足早に、颯颯《さっさつ》と歩き出す。

鶏がひょろひょろと続く。

玄関には鶴正《かくしょう》が立っていた。

鶴正は丁寧に辞儀をして、それから履物を出して揃《そろ》えた。

外は少しだけ肌寒かった。中庭も同じような気温だった筈なのに、おかしなものである。

三門に至る。

石段の下に赤い車が停まっていた。

車種は判らないが、多分高級車だろうと思う。横に停めてある塚本の軽自動車と比較すると、その差は歴然としていた。

湛宥は枯れている。

石段を降りる時も、まるで体重がないかのように歩を進める。どこかエアプランツのようだ。その後から、餌《えさ》を啄《つい》ばむ鶏のような日野が、頸を前後に揺らしながらついて行く。

笑える光景だと思う。

全然可笑《おか》しくは感じなかったが。

山はいつもの山で、樹樹もいつもの樹樹である。人間だけが卑小だ。

俺は俺の姿を見ることはできないが、もし見えていたならば、俺が一番場違いで滑稽に見えているのだろうと思う。

それにしても。

いや。

この間荻野が言っていた、ネットで話題になっていた幼女連続殺人の話と、この鶏の息子の話は妙に符合する。荻野の——というより、ネット民の予測通りにその一連の事件が連続殺人だったのだとして、その場合の犯人は日野の息子、ということになるのだろうか。その確率は高いように思う。

そうだとしたら。これは、この現実は、本当に有り得ない偶然が起きてしまったと考えるべきなのか。

違う。

万が一そうだったとしても、である。

俺の娘がその一連の事件の被害者であるという確証は全くない。確証がないどころか、それは妄想に近いものである。それが妄想の域を出ない限りは、何がどれだけ符合していようとも、そんな符合には何の意味もないと思う。

それはもう、偶然とさえ呼べない。

どうでもいいと思う。

思うが。

石段を降りきる。

この寺に来てから、初めて下まで降りた。

赤い車の後部座席に人影らしきものが覗《のぞ》いている。

鶏が駆け寄る。

博博と呼んでいる。

しかし反応はなかった。

鶏の親父が、窓を叩《たた》いた。

漸《ようや》く、人影はのそりと動いた。

窓が開く。

「おい、博。こちらで」

「もういいの？」

間延びした声だった。

「いや、博。その、このお寺で」

「何？」

イヤフォンをしていたらしい。

「あのな」

「降りるの？　降りるよ」

ドアが開いた。

大柄な男が降りてきた。チェックのシャツにジーンズ姿である。

べたついた長髪の小太りである。とろんとした眼の、冴《さ》えない男だった。

「あのな」

「ここに住むの？　そうか。何だか古いお寺だなあ」

男――日野博は階段を見上げた。

「おい、博。こちらが」

荻野湛宥だと爺は名乗った。

「こんにちは」

日野博は頭を少しだけ下げた。

「ほら、ちゃんと挨拶《あいさつ》しなさい。これからお世話になるんだから。事情はみんな話したから心配はないからな」

「そうなの？」

「そうだよ」

「じゃあもう知ってるんだね？」

「そうなんだ。知ってるんだよ」

気持ちが悪い。

何だろう、この気持ちの悪さは。

この親は子供のことを強く想《おも》っている。

そしてこいつは親の言う通り素直な子供のようである。

それなのに。

まるで猿芝居だ。どれだけ人だと思って観ても人には見えない。どんなに上手《うま》く演じても猿は猿だ。気味の悪い大きな猿が、人の服を着て人のフリをしている。

いいや、この気持ちの悪さは、もっと質《たち》が悪いものだ。

べったりと、腹の底にヘドロがへばりつくような、そんな感じだ。

饐《す》えたような臭《にお》いまでする。当然気の所為なのだろうが、俺は鼻を押さえる。

腐臭だ。死臭か。

穴に落とす前の江木《えぎ》が発していた匂いだ。

この親子の情やら愛やらが、腐敗しているのだろうか。

鶏の親父は腰を屈め、何処か豚《ぶた》めいた息子を心配そうに眺め回した。

「あのなあ、博。お前はこれからここで暮らすんだよ。面会なんかはできないんだぞうだ。博、一人で大丈夫か？　ちゃんとできるか？　まあ、子供じゃないからできるんだろうけど、淋《さび》しくないか」

「別に」

日野博は、そこで俺の方を見た。

「普通の人もいるんだ。仕事とか、あるのかな」

「ない」

湛宥が言う。

「ないのかあ」

「仕事を持ち込まれても困るがな」

「働いてないから。別にいいです」

「ネットも繫《つな》がらないぞ。スマホも通じない」

自己紹介する前に、そう言った。

「そういうの興味ないから、それもいいです」

そうなのか。意外である。

この手の人間は皆そういうものが好きなのだろうと、勝手に思い込んでいた。

「僕は、まあ別に好きなものとかないですから、何もしなくても苦にならない性格ですし、何かしろと言われれば、できることならやりますよ。できないことはしたくないです」

鶏が半笑いでこちらを向いた。

ほら素直ないい子でしょうという顔つきである。

どうなのか。

この反応は、普通なのか。

普通なのかもしれないが、少なくとも俺は気味が悪かった。

そもそも、この男には表情がない。少なくとも俺には汲《く》み取れない。

感情は——あるのだろう。社会性もあるのかもしれない。でも、この親子は何か大きな欠落を抱え込んでいるように思う。その欠けている空洞に、腐った何かが充満しているのではないのか。そんな気になる。

正直言って、本当に気持ちが悪い。

他の感想が出て来ない。

日野博は無表情のまま、

「小さい女の子がいなければ」

殺さないで済むしねえと言った。

第十話　鬼

ヒトでなしはアイツっすよと鍋谷《なべや》が怒鳴った。

何なんすか、何なんすかあれと、坊主頭《ぼうずあたま》が聞き取りにくい発音で口角泡を飛ばして叫ぶ。

小僧が、興奮している。

顔が歪《ゆが》んでいてかなり滑稽《こっけい》だ。口吻《こうふん》を突き出し、眼は寄っていて、夜店で売っているひょっとこの面のようである。かなり滑稽だ。

俺はそんなことを思っていた。

笑うことこそなかったのだが。

「何なんですか、あの男――」

「知らないよ。俺に尋《き》くなよ」

知ってるだろと荻野《おぎの》が言う。

邪魔な音がする。

荻野が買ってきた石油ファンヒーターの音だ。

暖房器具がないなんて信じられないあり得ないと言って二三日前に仕入れてきたものだが、別段有り難いとは思わなかった。

慥《たし》かに山は寒い。無駄な空間しかない寺は冷える。

気密性なんかない。場所に依《よ》っては雨曝《あまざら》しである。

だから、そんなに効き目はない。

近づけばいくらかマシになるという程度だ。

塚本《つかもと》は礼を言っていたが、それ程喜んでいるようには思えなかった。俺に至っては石油ファンヒーターなんてものがまだあったのかという感想を抱いただけだった。

そして、うるさい。

ファンの音は山中では異質である。箱から吹き出て来る熱い空気は、風ではない。

これは風の音ではなく、機械の音だ。

同じ石油ならストーブの方がまだ良かったのではないかと思わないでもない。あれは機械という程のものではないだろう。芯《しん》が吸い上げた灯油が燃えるのだ。熱せられた金網の赤色は、それだけで温かく感じさせるのではないか。

いや――。

ストーブはあの匂《にお》いが、多分異質だ。

いずれにしろ、この場所で暖を取ろうと考える方が間違っているのかもしれない。寒ければ布団《ふとん》を被《かぶ》って寝る。ここはそういう場所だろう。それでも寒いというのなら、それを受け入れて凍えるべきだ。その方が相応《ふさわ》しい。

——違うな。

それは、狭い。

人は人工と自然を分けるけれども、人もまた自然を構成するパーツに過ぎないのだから、人の営みも自然の一部なのだろう。人工物と非人工物を仕分けして対比させるのは、人の傲《おご》りのような気がする。

人工というのならこの寺だって人工だ。

山中に於《お》いてこの寺が異物として感じられないのは、単にこの寺が人工物であることをカムフラージュするような佇《たたず》まいを偽装しているから——というだけのことなのだろう。ならば人の手になるものという主張が明確なだけ、ファンヒーターの方が正直なのだ。猥雑《わいざつ》な小細工で何かを隠そうという意図がない。存在を曖昧《あいまい》にしようとしている分、寺の方が卑怯《ひきょう》である。

人工物は、いや人は、限りなく卑小だ。

天然はそんなものを歯牙《しが》にもかけていない。

うううういう機械の唸《うな》りも、そうして聞けば風の音と変わりない。この雑音を特別な音として切り離すのは、人を自然と対等だと思う傲慢《ごうまん》さの顕《あらわ》れだ。

それは不遜《ふそん》だろう。

――いや。

それでもまだ狭い。

自然自然とひと括《くく》りにするが、自然というのは多くの動植物が綯《な》い交ぜになった相であるのだろう。動物も植物も、本来的にはないものだ。生き物なんてものは偶々《たまたま》できてしまったものだろう。それが偶々こんな相を見せているに過ぎない。

虫の声だって。

風の音だって。

厳密にいえば本来あるべきものではないのだ。あるべきではないが、ある。それはこの星が偶々生み出してしまった、不自然な存在でしかないだろう。

俺達の謂《い》う自然は、実は不自然なものなのだ。無機的な世界こそが本来だ。

音は空気の振動に過ぎず、それを音として認識するのは人間だ。空気もまた不自然な相のひとつでしかなく、人間も、空気と同じ不自然なものである。

俺が聞いている、と考えることがそもそも不遜なことなのか。

つまり――。

そんなことはどう、、、でもいい、、、のだ。

俺がとか。

人がとか。

自然がとか。

それは多分、本質的にどうでもいいことなんだと俺は思った。そうすると、ファンヒーターの音はまるで気にならなくなった。部屋の温度が多少上がろうが下がろうがそんなことは本気でどうでもいいのだ。

おい、おいという声がする。

どうでもいいのに。

「慎吾《しんご》。無視するなよお前」

「ほんとに煩瑣《うるさ》いな」

何だと言うのだ。

「お前、住職と一緒に面談してただろ。事情も全部聞いているんじゃねえのか」

「住職？」

「祖父だよ」

「ああ。面談なんかしてない。俺は相談員でも面接官でもない」

「誤魔化《ごまか》すな」

荻野は暗い顔をした。

「あいつが何者なのか、何でこの寺に来たのか、お前は知ってるな？」

「どうでもいいよ」

どうでも良くないだろうがと、今度は荻野が怒鳴った。

一拍間を置いて、また小僧がわあわあ喚《わめ》き出した。

「オダさん、あんなカス野郎のためにオダさんが無理することないっすよ」

「無理だと？」

どこが無理だ。

俺は無理してないよと言った。

「あのな鍋谷。この寺は今時のマンションじゃないから防音なんかしてない。広いから気にならないが、そんな声張り上げたらまる聞こえだぞ」

構わないッすよ別にと言って、その言葉と裏腹に鍋谷は語尾を濁し、膝《ひざ》を抱えてやや身を縮めた。

「あんなブタ野郎は怖くないすよ」

「怖くないなら気にすることないだろ」

「だってオダさん」

「オダオダ気安く呼ぶなよ」

すいませんと小声で言って鍋谷は更に小さくなった。

「おい慎吾、こいつはな、お前のこと心配してるんだよ。俺だってそうだよ。そんなに邪険にするこたァないだろう」

「心配か」

ご苦労なことだ。

「あのなあ、荻野。お前達がそんなにガタガタ騒ぐってことは、お前らはあの日野《ひの》の素性をある程度知ってるってことじゃないのか？」

「知ってるさ」

「なら俺に尋くなよ。俺はあの男の保護者じゃないし、この寺の者でもない」

「だってお前――」

荻野はそこで押し黙った。

友人は――俺のことを心配しているのではない。俺がここから出て行く可能性に対し、懸念《けねん》を持っているだけだ。

俺がいなくなれば、この男の妙な計画とやらは頓挫《とんざ》するのだ。荻野が気にしているのはそっちの方なのだろう。

同じことかもしれないが。

「ジジイが喋《しゃべ》ったのか」

本人だよと荻野は言った。

「てめえで吹聴《ふいちょう》したのか？」

あいつバカっすよと鍋谷が言う。

お前が言うか、という話なのだが。

「俺、飯とか持ってく時にちょっと口利《き》いたんすよ。あいつへらへらしてる癖に礼とか言わねえし、目つきとか気味悪いし、何だこいつとは思ったけど、愛想よくしたんすよ。俺」

「いいじゃないか」

「いいすか」

「礼言って欲しくてしてる訳じゃないだろうよ。へらへらしてたんなら機嫌は悪くなかったんだろ。飯も喰ったんだろ」

「喰ったけど」

「じゃあ何の不足があるんだよ」

不足なんかないすよと鍋谷は不服そうに答えた。

「あいつ、俺のことお坊さんって呼ぶんすよ」

「坊主頭で坊主と同じことしてるんだからお坊さんでいいだろ」

「いいすけど」

何なんだ。

「あいつ、君も何かしたのォ、なんて言うんすよ。そんでもって、僕は女の子を殺しちゃうんだよねえ——って、すげえ楽しそうに言うんすよ」

「それで」

「それでって——オダさん、それ、それ、マジかよって話じゃないすか」

「マジなんだろ」

「だって」

人殺しっすよと鍋谷は言う。

「お前だって人殺しじゃないかよ」

俺はヒトでなしだ。

「そう——すけど」

鍋谷は下を向いて黙った。

おい慎吾と、荻野が継ぐ。

「こいつを責めるなよ。こいつは真剣にお前のこと気にしてんだよ。あのな、お前が見透かしてる通り、俺は純粋にお前のことを案じてるだけじゃねえ。勿論《もちろん》心配はしてるがな、同じだけ自分の心配もしてる訳だよ。だからお前が感じてる通りに若干不純なとこはあるさ、動機にな。だがな、こいつの動機は純粋だぞ。一度に二つのこと考えられる程に頭良くねえ。だから少しは気持ちを汲《く》めよ。鍋谷はお前のことだけ気に懸けてんだよ」

「迷惑だよ」

「おい」

「あのな、鍋谷。どうであれお前には関係ないことだろ？　それに、お前が何を思おうと、何かしようと、この世は何ひとつ変わらない。お前みたいな小僧には何の影響力もない。つまり俺のためにもならないということだ。そんなこと気に懸けるなら床でも拭けよ。綺麗《きれい》になるだろ、床は。大体、日野がお前に何かしたのか？　お前、何か迷惑被《こうむ》ったのか？」

「別に」

「なら何だってんだよ。あんな男はどうでもいいだろう。いたっていなくたって関係ないよ。世話すんの厭《いや》ならしなきゃいいだろうが。お前強制されてる訳じゃないんだろうに。お前がしなくても鶴正《かくしょう》か誰かがするだろう」

「ムカつくんすよ」

「気にするからだろ」

「だってあいつ、自慢するんすよ。気味悪いすよ」

「自慢？」

俺も聞いたよと荻野が言った。

「女の子を殺すのがどれだけ楽しいかって話をすんだよ。聞いてもねえのに。完全におかしいなあれは。今までは話す相手がいなかったんだとよ。親父《おやじ》は話すと怒るから話せなかったんだと」

パパに怒られるのは厭だとよと荻野は呆《あき》れたように言った。

まあ、呆れても当然だ。

「あれは、もうまともじゃないな」

「俺達みんなまともじゃないだろ」

「それじゃあ話が先に進まねえよ慎吾。俺達のことはまた話が別なんだって」

別――。

別なのか。

「まあ、もういいよ。俺もお前もまともじゃないかもしれないけど、そんなことはいいよ。あのな慎悟。あいつは連続幼女殺人犯だ。殺人鬼だよ。しかもだな、ネットで評判になってたあの事件の、多分――犯人だ」

「そうなのか」

証拠はないだろうと言った。

いいや間違いないぞと荻野は言う。

「手口が一緒だ。あいつが、もう手のつけられねえ虚言癖の持ち主でだな、あらぬことを口走ってるだけだとか、妄想と現実の区別がまるでつかねえ、どっか別の星の住人だとかいうんなら話は別だがな、言ってること全部が嘘《うそ》とかじゃねえ限り、あの日野って野郎が犯人だよ」

「ネット覧《み》たんじゃないのか。荻野、お前だって詳しく知ってたじゃないか。俺はお前から聞いたんだよ。ならお前が犯人でもおかしくない」

ネットしたことないそうだと荻野は言った。

慥《たし》かに、そんなことは言っていた。

「あの野郎は、昨今珍しいアナクロ野郎だぞ。テレビもあんまり観《み》ないらしい。聴くのは専《もっぱ》らラジオで、趣味は鉄道——まあ俗に謂うノリテツの一種だ。ただ電車の車両に詳しいとかじゃねえの。親の脛齧《すねかじ》って、ただフラフラ電車乗って旅行して歩いてんだよ。でな、その序《つい》でに、出先で殺し回ってるんだよ」

女の子をよ、と荻野は言った。

「あいつは一年の大半を移動して過ごしてる。しかも緩慢《ゆっくり》と、だ。飛行機は怖くて乗れないそうだし、新幹線も嫌いだそうだよ。それで、定期的に殺したくなる」

半年おきと言っていたか。

「行き当たりばったりの各駅停車の旅だからな。当然、被害者は偶然そこにいただけの初対面の子供で、県も跨《また》ぐからバレにくい。それだけのことなんだな。ネット民の中には周到に計画された連続殺人だと考えてる奴《やつ》もいたけどな、計画性は皆無だ。衝動的というか発作的というか、適当の極みだぜ。ただ、発作が起きる間隔だけは概《おおむ》ね一緒というだけのことでな——」

「お前、少しの間に随分あの男とコミュニケーションを取ったんだな」

何も聞かなくてもあの変態は喋るんだよ勝手に——と、荻野は吐《は》き捨てるかのように言って立ち上がり、部屋の中を無意味に移動した。

「それもジジイの思い出話かババアの昔語りみてえに、遠い目で、楽しそうに語るんだよ。誰もいなくてもぶつぶつ何か呟《つぶや》いてるし、実際気持ち悪いんだよ」

「なら近づくなよ。そこの小僧は坊主どもの手伝いしてるんだろうが、お前はそれこそ関係ないだろうに」

「関係あるんだよッ」

荻野は声を荒らげた。

想像した通り――鍋谷から話を聞いたこの友人は、日野の存在が自らの計画の支障になり兼ねないという懸念を持ったのだろう。だから敢《あ》えて接触を計ったといったところか。

あれは――邪魔になる。荻野は当然そう判断しただろう。それで排除しようとしているのか。いや、それだけではないのだろう。誰だって日野のような男は嫌なのだ。

それはヒトでなしの俺にも判《わか》る。

「いいか慎吾。あいつの自慢話を鵜《う》呑《の》みにすりゃ、ネットで拾われてた事件の数よりあいつの犯行の方が数が多いということになる。もしあいつの犯行がネットの事件と別口だとすれば――連続幼女殺人犯がまだ他にいるとするなら、だ。同じ手口で殺された幼女が三十人以上もいるということになっちまう。そんなことあるか？」

「あるかもしれないだろ」

「ねえよ」

「事故かもしれない」

そう——事実、すべてが事故として処理されているのだろうし、縦《よし》んばその判断が誤りであったとしても、全部が事故でないという確証はどこにもない。

「事故が雑《ま》じってるとしても、って話だよ。本人が自白してるんだから、少なくともあいつは殺してるんだよ。十何人も」

「だから何だ。何故《なぜ》俺に言う」

「いいのかよ」

「知らないよ」

「良くないだろ」

「なら警察に言えよ」

言えないのだろうに。

荻野は極めて不服そうに、また座った。

友人は暫《しばら》く上機嫌だったから、こういう表情を見るのは久し振りな気がした。

荻野は答えなかった。

「あのなあ、荻野。あいつはホントに連続幼女殺人犯かもしれないさ。でも、そうだとしたってだ。それを糾弾できるような立場じゃない訳だろ、お前？　この寺の連中はみんなそうだろ。普通なら即座に通報するよ。それが人として当たり前の行動だろうさ。しろよ通報」

「できればしたい」

「どういう言い種《ぐさ》だよそれは。できるだろうよ。いつもみたいに山降《くだ》って、電波届くとこからそのスマホで電話すりゃいいことだよ。簡単だろ。いや、電話なんかしなくていい。麓《ふもと》の交番に行けよ。それで済むんだよ。簡単なことじゃないか。できないことじゃないよな」

「そうしたいよ」

　ならしろと言った。

「誤魔化してるのはお前だろ荻野。できればしたい――じゃなくて、通報したら自分が困ることになるからしないってだけじゃないかよ。自分は良くてあいつは駄目だなんてほざくのはどうだよ。随分勝手な物言いに聞こえるけどな。もう一度言うぞ。通報したいならとっととすればいいだろう。しろよ」

「慎吾、だから」

「だからじゃないだろうよ。俺は最初からどうも思ってないって言ってるんだ。聞こえてないのかよ。ならそんな俺に愚痴ってる暇はないと思うがな。あのな、社会正義だか道徳だか倫理だか知らないけどな、そういうものよりも自分の都合の方が勝ってるってだけだろうが、お前の言い分は」

「ならどうだと言うんだ」

「そんな自分勝手な奴に、正義や道徳を語る資格はないだろうって、そういう話じゃないのか」

そういう話だろと言った。

荻野は眉間《みけん》に皺《しわ》を寄せた。

「資格はないかもしれないが、それとこれは別だって」

何故別なのか。

「だから別じゃないだろうさ」

「そうか？　まあ俺はお前の言う通り、そんな聞こえの良い題目を唱える資格のない男だろうよ。虫ケラだからな。その自覚はあるよ。でも俺がクソだからといって、あいつの犯罪はあいつの犯罪じゃないか。俺が聖人君子だろうがクソだろうが関係ねえよ。幾ら何でも見過ごせないだろと言ってんだよ」

「執拗《しつこ》いな。見過ごせないのなら通報しろって。それだけだよ。何で話を難しくするんだよ。何度も言うが簡単なことだ。そもそも、見過ごせないのは何でだよ」

「それはお前――」

「法律を犯してるからか？　言うまでもなく殺人は大罪だろうさ。だが罪も、その重さを決めるのも法律だ。法を犯してるという意味じゃ俺達だって同じだろ。別じゃないんだよ」

同じだ。

「そこの小僧は一人殺したぞ。俺だってお前だって共犯だ共犯。死体遺棄だけだって罪は罪なんだよ。一緒じゃないか。どこに違いがあるというんだよ。違わないよ」

違《ちげ》ーよと鍋谷が呟いた。

「一緒じゃねえし」

「一緒とは言ってないよ。あいつとお前は違うだろうさ。ただ、法律違反という意味では同じだと言ってるんだよ。殺人罪だろう。それとも何か？　数の問題だとでも言うのかよ。日野は十何人殺していてお前は一人だ。でもな、数が多いから駄目だなんて理屈は成り立たないだろ。一人くらいなら見逃しますなんて、法律はそんな緩いもんじゃないだろうよ」

「そうじゃねーけど」

「なら何だって言うんだよ。面倒臭い連中だな。どうしてもあの男だけ特別にしたいか？　それとも何か、殺した相手で何かが変わるという話か？」

鍋谷はゆっくりと顔を上げたが、俺を睨《にら》んでいる訳ではないようだった。

哀《かな》しそうな眼をしている。

というか、子供《がき》だ。

「おい鍋谷。慥《たし》かに、お前が殺したのは社会のダニみたいな中年男だし、一方あいつが殺したのは幼気《いたいけ》な女の子だよ。そりゃ全然違うだろうよ。でもな、幼女は殺しちゃ駄目だけどクソ野郎なら殺してもいいなんて都合の良い理屈も成り立たないだろって話だよ。相手が誰だろうと、殺しは殺しなんだよ」

鍋谷を責めるなよと荻野が言う。

「人殺しに人殺しと言って何が悪い」

鍋谷は表情を曇らせた。

実際ヒトでなしの言い分だよなと荻野は言った。

「こいつ、いい奴じゃねえかよ。俺は鍋谷見直したぞ」

「日野の親父も言ってたぞ。うちの息子は素直で優しいって」

「ア？」

「まあ素直だよな。それに優しいのかもしれないよ。でも人殺しだ。その小僧だっていい奴かもしれないが、人殺しだよ」

「そうだけどよ——でも」

あいつは好きでやってんだぞと荻野は怒鳴った。

「自分の意志で、能動的に、しかも繰り返し殺してるんだぞ。愉《たの》しんでる。それとこいつは同じになられえだろ」

「こいつだって好きで殺したんだよ」

「俺は——」

鍋谷は声を上げたが、結局沈黙した。

「そうだろうよ。無我夢中だったとか不可抗力だったとか、そんな御託は何の言い訳にもならないんだよ。無我夢中なら何やってもいいのかよ。おい。鍋谷よ。どんな扱い受けたって、どれだけ酷《ひど》い目に遭わされたって、普通はナイフで滅多刺しになんかしないんだよ。お前、刺しただろ？　誰かに強制された訳でもないし他に選択肢がなかった訳でもない。あれはお前がお前の意志でしたことだろ」

「意志ってか」

「無意識だろうが前後不覚だろうが、お前がしたんだよ。そうだろ」

「そうだけど」

「心神喪失とか、そういうのは関係ないんだよ、小僧。そういうのを忖度《そんたく》すんのは俺でもお前でもない。勿論死んだ江木《えぎ》でもないぞ。もっと偉い人だろ。人というか、司法だよ。法律だ。裁くのは裁判官なんだからな。それ以前に、元元喪失する程の心神がないだろうが。お前は考えナシのバカ野郎だろ」

馬鹿《ばか》なんだよお前もと言った。

「法律の枠組みの中なら、そういう事情は汲んで貰《もら》えるだろうな。それで初めてお前とあの日野には差がつくんだ。量刑ってのはそういうことだろ。でもな、そういう枠から外れちまえば、同じなんだよ。刑法は情状酌量もしてくれるが、法を無視するならそんなものはない。刑に処されることもない代わりに、赦《ゆる》されもしないんだよ」

お前はそっちを選んだんじゃないか。

「刑罰はな、ちゃんと受ければ罪を帳消しにしてくれる。前科者ってのは罪人じゃないんだぞ。でも、法律から逃れたら永遠に帳消しにはならないぞ。罪はずっとお前の中にあり続ける。それをどう扱うかはお前次第だ。ならお前、鍋谷。他人のことどうこう言ってるヒマはないだろうが」

おい慎吾と荻野が止《と》める。

「この鍋谷はな――」

ただの人殺しだろうよと俺は荻野の言葉を遮《さえぎ》る。

「しかも恩人殺しだ。どんなに社会のクズでもな、江木はお前の面倒をみてくれてた人なんじゃないのか？　お前はそれを、大した理由もなくザクザク刺してぶっ殺したんだ。鍋谷、お前がしたことだ。違うか？」

違わねーけどと小声で言って、鍋谷はまた下を向いた。

「なら同じだと言ってるんだ。お前の言う通り、あの日野ってのは、イカレてるだろうさ。顔も態度も胸糞《むなくそ》が悪いよ。やってることは論外だ。何もしてなくたって気持ち悪いよ。俺でさえそう思うさ。たぶん、この世の中であいつの親父以外、誰一人としてあいつを赦そうと思えるような心の広い人間はいないだろうさ」

お前はどうなんだと荻野が尋いた。

「慎吾。お前は赦すのかよ」

「俺は関係ないんだよ。あんな奴はどうでもいいんだって」

ヒトでなしに。

人の世のことは関係ない。

「赦す赦さない以前の問題だよ。いいか荻野。俺はな、お前も、この小僧のこともどうでもいい。だから鍋谷を責めてる訳じゃないよ。関係ないんだよ」

「そう――すよね」

鍋谷は小声でそう言った。

「でも忘れるなよ鍋谷。お前だってやっぱり赦されはしないんだ。いいか、赦して貰うためには裁かれなくちゃいけない。それを避けてる以上、赦されることは永遠にないぞ」

赦されたいと思うなら――ということなのだけれど。

ヒトでなしの俺は、誰かに赦して欲しいとも思わないし、自分を赦そうとも思わない。法律も社会も、道徳も倫理も、俺を救うことはできないだろうし、そんなことは毛ほども期待していない。同じようにそれらに護《まも》って貰うつもりもない。

だから俺には関係ないのだ。

「それにな、荻野。お前の捏《こ》ねた屁理屈《へりくつ》によれば、何をしたって事件化してなきゃ平気なんじゃなかったか？　いつだったか滔滔《とうとう》と語ってたよな。バレさえしなきゃ、何したっていいんだというようなこと――」

鍋谷が顔を半端《はんぱ》に上げて、斜め横で胡坐《あぐら》をかいていた荻野を睨んだ。

睨んだというより、どこか恨みがましい眼差しだった。

荻野を責めてでもいるような目つきだった。

荻野はその視線に気づいたのか、鍋谷の方から顔を背けた。多少バツが悪そうに見える。幾日か前、俺の前ではぺらぺらと調子良く演説していたが、流石《さすが》に鍋谷の前では言っていないものと見える。

気遣いか。気が小さいのか。

「慎吾、それはお前――」

荻野は横目で俺を見た。

なる程、こいつは――人なのだ。相手が考えナシの人殺し小僧であっても、敵でない限りは良好な関係を築こうという努力があるのだろう。

俺にはそんなものはない。

「どうなんだよ荻野」

俺はヒトでなしだ。

「バレてないぞ、日野も。なら別にいいんじゃないのか？」

俺がそう言うと荻野は拳《こぶし》で床板を何度か軽く叩《たた》いた。それから一度下唇を嚙《か》み、あ
あそうだよとやさぐれた口調で言った。

「善人ぶるのは止《よ》す」

俺は心中で嘲笑《ちょうしょう》する。

「誰もお前を善人とは思ってないから安心しろ」

「いや、語る資格のない愛とか正義を語ってるみてえに誤解されてるようだから、それを正すって意味だよ。虫ケラに相応しい下種《げす》な言い方にするよ」

「そうしろ」

どんな言い方をしようが同じことだ。

そもそも俺は、どんな言い方であろうがこんな繰り言を聞く耳は持たない。

慎吾――と、それでも友は語りかける。

「お前の言う通り、殺人は数の問題でも質の問題でもないだろうよ。殺人は殺人だろうさ。それから、俺は慥《たし》かにバレなきゃいいとも言ったよ。いや、逃げ切ると宣言したぜ。俺と鍋谷《こいつ》は一蓮托生《いちれんたくしょう》だ。だから俺はこの小僧を護るよ。自分のためにな。逃げ切るさ。今もそのつもりよ。ただな、見方を変えれば一件隠すのと十何件隠すのじゃ話が違うって話だよ」

初めからそう言えよと言った。

その方がこの男らしい理屈だ。

「要するにお前は、殺された幼女のことを想《おも》っている訳でも、社会正義に目覚めた訳でもないということだな。自分が関わった犯罪を隠蔽《いんぺい》することはするが、あのクソ野郎の面倒まで見るのは厭だと？」

「まあ——厭だよ」

「厭だというより、とばっちりを受けて自分の罪まで露見してしまうことがマズいと思ってるだけだろ？　日野の犯罪はバレてないが、あのクソ野郎自身は自分の仕出かしたことの社会的な意味も重みもまるで解《わか》っていない様子だし、おまけに隠すつもりもないという救いようのない大馬鹿だ。しかも奴の犯罪は件数も多く、おまけに極めて悪質だ。お前にしてみれば、そんな爆弾抱え込むのは怖いよな」

荻野はその通りだよと言った。

「あのブタは俺の、いいや俺達の行く手に暗い影を落とすだけの、極めつきのお荷物だってことだ。正《まさ》に時限爆弾だぜ。あんな危ないものは要らねえ」

「要る要らないはお前の決めることじゃないだろ。この寺はな、お前の寺じゃないんだぞ。お前のジジイの寺だ」

俺達の寺にする予定なんだよと、荻野は言った。

この期《ご》に及んで、そんな戯言《たわごと》をまだ口走るのか。

「まあ解ったよ。じゃあ、お前はどうするのがいいと言うんだよ慎吾」

「執拗《しつこ》いなお前も。何も解ってないじゃないか。俺はどうもしたくないいんだよ。だからどうする気もないって」

「このまま放置か？」

「何もかも放置だよ。俺はあらゆるものを放棄したヒトでなしだぞ」

放棄せざるを得なかった——と言うべきなのか。決して強い意志を以《もっ》て棄《す》てたのではない。それどころか、棄てられたと思ってもいたのだから。

もう既に、何を放棄したのかすら曖昧になっている。

それは最初から何も所持していなかったからだ。俺は放棄などしていない。俺は生来、人の持つものなど何も持っていないのだ。持っていないと悟ったからこそ、俺は自らをヒトでなしと諒解《りょうかい》したのだ。

「俺には何もない。だから俺は何に対しても責任を持ってない。そして、繰り返すが何もしたくない」

「本当に何も——しないのか？」

荻野は両目を見開く。わざとらしい。いちいち反応してやるのも煩《わずら》わしい。

俺は横を向いた。

窓には不釣り合いなロールカーテンが取りつけられている。急拵《きゅうごしら》えの防寒対策はどれもこれも不細工なものでしかない。

「けど、何もしなけりゃ」

「どうなるというんだ？　慥《たし》かにお前のような考え方をするなら、リスクが高くなったということになるんだろうな。俺達の犯罪を隠蔽するのに加え、日野の犯罪まで隠蔽せざるを得なくなる。それはまあ、難儀なことなのかもしれない。だが」

俺は——。

そもそもノーリスクだ。

常に。どんな状況でも。

「俺にはリスクなんかない」

莫迦《ばか》を言えと荻野は言った。

「あの男の犯行が露見したらどうなると思う？　ただの事件じゃねえ。俺が思うに史上稀《まれ》に見る凶悪犯罪だぞ。罪科を決定するのは法かも知れないが、裁くのは司法だけじゃねえ。社会は勝手に裁くんだ。そして時に社会の裁きは法の裁きより重い。あんなもの匿《かくま》った段階で俺達は歴史に残る犯罪集団になっちまうんだぞ。慎吾、お前だってただじゃ済まねえだろうが」

「済むよ」

「済まねえって」

何を言ってるんだこいつ。

「どう済まないというんだ？」

「勿論捕まるのさ。それこそ一蓮托生でこっちの罪も全部バレるだろ。しかも捕まるだけじゃねえぞ。その、社会的な制裁ってのは」

「あのな、俺は社会とは切れてる——んじゃなかったか？　そこのところはお前も認めていたと思うがな」

「まあ切れてんだろうよ。でもな、どんだけ切れてても、社会の方がお前を見過ごさねえって話なんだよ」

「構わないけどな」

「あ？」

荻野は口を開けた。

やっぱりこいつは何も解ってない。

「慎吾。お前は今のところそうやって好き勝手してるがな、ことが露見すればもう逃げられやしねえぞ」

「俺は逃げてなんかいない」

「もう隠棲《いんせい》なんかできねえって話だよ。警察も、マスコミも、その辺の素人《しろうと》も、お前の大嫌いな煩わしい連中が大挙して押し寄せて、永遠に取りつくんだぞ」

「お前のジジイの話に依《よ》れば、俺は社会に棄てられたんじゃない。俺が社会を棄てたんだそうだ。つまり関係性に於ける決定権は俺の方にあるということだな。棄てたゴミが騒ごうが喚こうが俺の知ったことじゃあない」

「騒ぐだけじゃない。攻撃対象になる」

「いいよ」

それがどうした。

「怒られようが詰《なじ》られようが、俺は一向に構わない。殴られたって刺されたって構わないさ。逮捕されようが、懲役を喰らおうが、死刑になったって、俺は何とも思わないよ」

死を望んだことはない。

だが生に対する未練も執着もない。

どうもしたくないだけでなく、どうなったって構わないのだ。そこがどうしても荻野には解らないのだろう。

「いいか荻野、俺は何もしたくない。同時に何をされても、どうなっても仕方がないと思っている。それは、そうすべきだからだ。こっちは何もしないからそっちも何もしないでくれというのは虫の好《い》い話だろうよ。無責任でいるというのはそういうことだ。何もしたくないという権利を主張するなら、俺に対して何かしたいという他者の権利も認めるべきだろうよ。事実そうしているじゃないか。俺はこうやってお前達の話に耳を傾けているだろうに。でもな、俺はお前らの愚痴なんか真実聞きたくないんだよ。聞いても何も思わないがな」

「あのな――」

荻野は顔を歪《ゆが》めた。

「聞き流されたくて話しているんじゃねえよ。いいか、それじゃあ俺が困るんだ。俺は厭だ。俺だけじゃないこの鍋谷も、塚本も同じだ。祖父だってそうだろう」

「ジジイは納得ずくだろ」

坊主《ぼうず》どもは湛宥《たんゆう》に従うだろう。日野を受け入れたのは湛宥である。

「そうでも」

俺は納得しないぞと荻野が言った。

「お前が納得するしないの話じゃない」

「いや。俺だって俺のしたいことをするために生きてるんだよ慎吾。俺には社会が必要だし、そのためにお前も必要だ。そしてあの殺人鬼は必要ない。あいつは俺の必要とするもの総《すべ》てを俺から剝奪《はくだつ》し兼ねない極めつきの疫病神《やくびょうがみ》だ」

疫病神という比喩《ひゆ》は、日野という男の存在を言い表すには実に的確なチョイスだとは思う。

しかし。

寺に居着いた疫病神を追い払う術《すべ》はないように思う。

招き入れたのは住職である。

ならジジイに頼めと言った。

「頼んだよ」

「で？」

「取りつく島もねえ。聞いてくれるだけお前の方がマシだ」

「だったら、どうであれ通報以外に選択肢はないな。でもその一択の通報は——しないというんだな」

「しねえよ」

「じゃあ手詰まりだよ」

荻野は何か言いかけて、止《や》めた。

「何だよ」

「まあ、せめて追い出すとかな」

「なら追い出せばいいだろ。ジジイも自分の意志で出たいというなら止《と》めないと言ってたぞ。それに追い出すなら早い方がいいだろうな。いればいるだけお前は不利になるだろうよ。お前や鍋谷の素性がバレたらあいつは必ず言い触らす」

それは確実だと思う。

それが契機《きっかけ》となって日野自身の犯罪が露見する可能性は高いと思われるが、あれはそんなことに頭が回る男ではないだろう。それ以前に、父親というディフェンスが消失した状態にあっては、自分で自分の罪を喧伝《けんでん》し始めるかもしれない。

荻野が返答しないので、とっとと追い出せばいいだろうと俺は再度言った。

「俺に伺いを立てる意味が解らないよ。みんなが厭ならみんなで追い出せよ」

「俺には追い出せねえんだよ」

「何故」

「出て行く気はないそうだ」

「気に入ったのか、ここが？」

「パパの命令だと」

そこは──従うんだ。

人を殺しちゃいけないという意見にはまるで従わないくせに。

「あの男はなあ──」

厭そうにそう言った後、荻野は天井を見上げ、鼻先に生ゴミでもあるかのような不快な表情を見せた。

「──パパの言いつけだけは守る。ずっと守り続ける。脱いだ靴は揃《そろ》えなさいと小学校二年生の時に言われて、今も守ってるそうだ。小学校入学の時、持ち物には全部名前を書けと言われたので、今も総ての持ち物に名前を書いているそうだ。パンツも名前入りだよ。命令されて、厭じゃないことは永遠に守り続けるんだ。一方で、厭だと思ったら何度言われても守《と》らない。歯磨きの時に水を出しっ放しにするなと言われたことがあったらしいが、止めるのは厭だったから止めなかったそうだ。本人曰《いわ》く、八十五回注意されたけれど直さなかったんだとよ。そしたらパパも言わなくなったそうだ。パパ。パパ」

吐《は》き気がするなと荻野は言う。

「あいつの基準は、やりたいかやりたくないかなんだ。パパに言われても、殺人はやりたいから止《や》められない。でもこの寺にいるのは別に厭じゃない。だから、言われた通りにずっといるんだとよ」

　お手上げだよと言って両手を上げる。

「そうかい」

　思った以上にこじれた男のようだ。

「で？」

「だからお手上げなんだよ」

「お前がお手上げなのは解ったよ。日野がそういう男だというのも解った。俺が尋《き》いてるのは、だから何だという話だ。万策尽きたとして、何故俺に言う？」

「お前が追い出してくれ」

　どういう理屈だ。

「何で俺が？」

「お前ならできるだろ。鍋谷も同じ意見なんだよ。塚本もな」

「冗談じゃないよ。できるか。できたってしたくない。いいや、しようったってできないことだよ」

「そうかな」

荻野と鍋谷は一度に俺を見た。

「お前達、何か大きな勘違いしてるんじゃないか。勝手に俺を祀《まつ》り上げたり特別視したりしないでくれないか。俺が何をしたというんだ？　死にたい奴に死ねといって殺したい奴に殺せと言っただけだ。俺は」

唾棄《だき》されて然《しか》るべき人外《にんがい》だ。

ヒトでなし――。

だからできることもあるんじゃねえのかと、荻野は言った。

「慎吾。お前のやるようなことは、俺にはできないからな。お前は、俺とも鍋谷とも塚本とも関わりたくなかったんだろうし、関わったところでどうもしたくなかったんだろうが、それでも関わった以上何かは変わるし、変われば結果が出る。出てる。そうだろ」

知ったことではない。

「それでも関わるのはご免だ」

「俺が頼んでもか」

「いくら頼まれたってできないよ。できてもする気はない。絶対にご免だ」

「なら」

「なら——何だよ荻野？」

俺は荻野を見据える。

「追い出せないんだろ？　じゃあやっぱり通報か放置しかないんじゃないのか」

「その二択なら、どちらもねえ」

「あのなあ荻野。本来一択しかない通報が厭だと言うから、一択を二択に増やしたんだぞ。それでもどっちも厭だというのなら千日手だ。お説の通り打つ手はないな。もし選択肢が残っているとするなら——」

後は。

「——殺すか？」

それしかないかもしれない。

追い出さずに消すならそれしかない。

荻野は、応とも否とも答えなかった。

「殺せばいなくなるぞ。それは完全にいなくなる。追い出すよりずっといい。一番良い方法かもしれないな。どうだ」

荻野は答えない。

もしかすると、本当に殺害が視野に入っていたのか。

「ま、お前が日野を殺したって、俺はどうも思わないよ。この寺の敷地内で殺して江木の横に埋めちまえば、まあお前の言うリスクは大きく減るだろうな。追い出すより更に少なくなるかもしれない。お前が嘯《うそぶ》いてたように逃げ切れるかもな」

まあなと荻野は小声で言った。

やはりそのつもりだったのか、こいつ。

「ただ――ジジイが何と言うかは知らないぞ。お前の祖父の言動は予測不能だ」

湛宥は、殺人者や他殺体は受け入れても寺の中での殺人行為は赦さないだろう。破戒坊主と雖《いえど》もそこまで堕落してはいないように思う。阻止はするだろうし、強行したら通報する可能性は高いように思う。

仮令《たとえ》手を下したのが孫であっても。

「爺さん、もしかしたら密告するかもしれないな。まあ、もし露見したとしても、お前が殺すのは稀代《きたい》の幼女殺人鬼だ。勿論《もちろん》人殺しだから殺していいなんて道理はないんだが、それでもただの人殺しするよりはお前の言う社会だか世間だかの風当たりも違うんじゃないのか。好きにしろ」

俺は立ち上がろうとしたが荻野の視線がそれを阻《はば》んだ。

「頼むよ。お前が手を貸してくれないとなると、俺は本当にあのブタ野郎を殺すしかなくなっちまうんだよ」

「だから殺せよ。お前ができないならそこの小僧に頼めよ。経験者だろ。それにそいつはお前と同じ意見なんだろうが。あの日野が気に入らないんだろ？　いいじゃないか。今度こそやってやれよ鍋谷。役に立て」

鍋谷は顔を伏せたまま俺を睨む。

いや、睨んでいるのではないのか。

「一人じゃできないか。お前は腰抜けだからな。なら二人で力を合わせればいいだろう。お前はどう思ってるのか知らないが、そこの荻野はお前のことを見直したようだからな。仲良くやれよ。序《つい》でに塚本にも手伝わせろ」

止《や》めろよと鍋谷が突如大声を出した。

「止めてくれよ」

「そうだ。止《よ》せよ慎吾。慥《たし》かにお前の言う通り追い出せないなら殺すしか道はねえだろ。でも殺したくねえからこそ手を貸してくれと言ってるんじゃねえか」

「こっちは厭だと言ってるんだよ」

「みんなが困るんだよ！」

「みんなって誰だ？　俺がと言えよ。主体を暈《ぼか》して一般化すんなよ荻野。お前が困るんだろ？　鍋谷は怒ってるのかもしれないが困ってるとは思えない。塚本もそうだろうさ。坊主どもに至ってはちっとも困ってなんかないぞ？　困るのは主にお前だろうよ荻野」

「それならそれでいいよ。でも俺達は今や運命共同体だ。俺が失敗《しくじ》ればこいつも塚本も、そして坊主どもも困ることになるんだ。お前の主義主張はともかく、俺達の」

「だからお前らが何とかしろよ」

巻き込むな。

堂堂巡りだ。

「何故俺に言うんだという話だ。何度説明したら理解するんだお前は。耳がついてるのかよ。それにな、俺は主義も主張もない。どうでもいいし何もしたくないと、再三再四そう言ってるだけだ。簡単なことじゃないかよ。あの男がこの寺にいることでお前達の立場が悪くなったとしたって、それは俺の知ったことじゃないし、それに対してお前達が何かして事態に変化が生じたところで俺は何の文句もない。その結果、俺が捕まることになろうが殺されることになろうが、俺は構わない。だから俺は関係ない。

「もう一度言うぞ。俺にとっては、あの日野という男とお前達の間に一切の差はないんだよ。いいや、この床や」

俺は床を叩いた。

「天井や、庭や、その辺の草や石ころと同じなんだよ。どうでもいい。どうだよ、石ころなんかどうでもいいだろ？」

増えようが減ろうが割れようが砕けようが、あってもなくても、どうでもいい。

総てのものはそういうものだ。

俺は顰《しか》め面《つら》の荻野と、子供のように膝《ひざ》を抱えたままの鍋谷を見比べた。

石ころだ。

日野も石ころだ。

そして俺も石ころだ。

そう、俺は、俺もどうでもいい。

俺が俺だけがと思うから何もかもが歪んで苦しくなるのだ。

俺というものをなくしてしまえば、話は迚《とて》も簡単だ。

それができないから。

ヒトは迷い怒り争い悲しむ。

俺は、自分が最低最悪のヒトでなしだと自覚した。自覚したからこそ俺をなくすことができたのだろう。俺は俺が要らない。

「さあ鍋谷」

俺は、もうかなり面倒になっていた所為《せい》か、やや挑発的に言った。

「お前や荻野や俺と、それからあの日野って男にどこか違いがあるか？　どうだ」

ないよ。

同じなんだよ。

「批判するなら襟を正せよ。正せないなら我慢しろ。厭なら構うな。それで終《しま》いだろうが。そうじゃないのかよ」

「そうだけど」

鍋谷は膝と膝の間に頭を埋めるようにして、それだけ言った。

ファンヒーターの音がした。

そうだけど、と鍋谷は反復した。

「やっぱ違《ちげ》ーよ」

鍋谷は顎《あご》を抱えた膝に乗せ、床板を眺めるようにして、力なく言った。

「違うか」

鍋谷は同じ姿勢で、やはり力なく、でも堰《せき》を切ったように言葉を発し始めた。

「俺、頭悪《わり》ーし、ってか何で生きてんのか能《よ》く判《わか》んねーチンピラだし、そんでも、しちまったことはもう取り返しつかねーってことぐれえ判るから。だからオダさんの言う通り、兄貴殺したのは俺で、それに関しては言い訳とかしねー」

「おい、鍋谷」

荻野が怪訝《けげん》な顔をする。

「俺、反省とか、そういうのあんま意味ねえと思ってたし、今もそうだけど、でも毎日兄貴の夢見て、そんですげー怖《こえ》え。もうしませんとか、ご免なさいとか、そういうんじゃねー。俺、やっぱチンピラで、学習とかできねえんだけど、でも、何かヤなんすよ。人殺して、ちっとも楽しくねえ。怖え。オダさんにユリちゃん殺せって言われて、そんで、はっきり判ったし」

ユリちゃん——というのは、高浜由里《たかはまゆり》のことだろう。

そんな風に呼んでいるのか。

「俺」

鍋谷は顔を上げた。

眼が赤い。

「俺、人殺すのヤなんすよ、きっと。だってユリちゃん殺せなかったすよ。生きてんだもん。殺したら死んじまうし。俺、チンピラのカスで、ただ兄貴とかの言うことだけ聞いてたから、良《い》いとか悪《わり》いとかはっきり判んねえし、法律とかそういうのもっと判んねえすけど、でもやりたくねえんすよ。いいこと一つもねえすよ。辛《つら》いすよ。殺したら死んじまうって、そんなの当たり前だけど、それすらよく判ってなかったんすよ。スゲえおっかねえんすよ。強がるってか、張り合うってか、そういう風にしかできねえからこんなだけど」

おっかねえんすよ、と鍋谷は——俺に訴えかけた。

「ヤなンすよ。ぜってえ厭なんすよ。人殺すのは、駄目とか駄目じゃねえとかそういう難しいことじゃねえす。ただ、俺がヤなんすよッ」

鍋谷は駄駄を捏《こ》ねるようにうう、ううと唸《うな》った。

「でも、あいつ、何なんすか」

日野か。

「あいつ、人殺し大好きなんすよ。悪いとか少しも思ってねーすよ。ホントはまたやりてえとか言うんすよ。好きなんすよ。だから」

違うじゃないすかオダさんッ——と鍋谷は怒鳴った。

「それに、俺、てめえがガキだからか、その、子供とか好きなンすよ。ちっちゃい子と遊んでンと楽しいってか、何てか、いい人ぶる気ねーけど、幼稚ってか、子供可愛《かわい》いってか、その」

「いいよ。解ったよ」

こいつは馬鹿だが、やはり人だ。そういうことだろう。何かしら足りないものが補われていれば、人殺しもしなかっただろうし、多分もっとずっと普通に暮らせていた人間なのかもしれない。

誰だってそうなのだろうけれど。

「小さい子とかって、何てえか、罪ねえってか、俺言葉知らねえけど、それを——殺すなんて、信じられねーってか、それが愉しいとか、ちょっとあり得ねえってか」

「鶴宥《かくゆう》も同じことをしたそうだぞ」

鶴宥も所謂《いわゆる》サイコパスなのだと、湛宥は言っていた。しかも、同じく女児を何人か殺害した過去があるのだ、と。

「か、鶴宥さんは——あんなブタ野郎とは違うすよ。愉しんでねえし。オダさんの言う通り、言い訳も何もできねーから同じ人殺しっちゃそうなんだけど——いや、やっぱ違うし」

「違うかよ。まあ、お前がチキンだということは間違いないようだ。でも、あのブタ野郎か？ 日野か。あれもチキンじゃあないようだし、鶴宥もチキンじゃないな。だからそこが違うといえば違うんだろうよ」

「だから」

「まあお前は違うんだろうよ。人殺しとしても三流なんだ。けどな、鶴宥はそうじゃない。日野と違って愉しくはないのかもしれないが、人を殺すということの社会的意味が理解できない人間ではあるらしいな。あれは、この寺を出たらまた殺人を繰り返すかもしれないからここにいるんだそうだ。なら、日野と同じじゃないか？」

「同じじゃねーっすよ。鶴宥さんは、解らねーってことを解ってんすよ。そして解らねーけどしちゃいけねーってことも解ってるんすよ。だからここにいるんすよ。自分の意志で。あの野郎はクソ親父《おやじ》に命令されているだけっすよ」

「それもあいつの意志だろう」

違いはない。

「そうじゃねえすよ。あいつ、でもってまたやりてえとか吐《ぬ》かすんすよ。子供ここに連れて来たらあいつ喜んで」

殺すンすよと鍋谷は吠《ほ》えた。

殺すのかもしれない。

「殺すンすよ殺すンすよ。笑いながら殺すンすよあのキモいブタ野郎は。いいすかオダさん。あいつ、ユリちゃんのこと見て、あの子でもいいかもなあって、口走ったんすよ」

「高浜を？　あれは幼女じゃないだろ」

「似た感じはするかもなとか、すんげえキモい面《つら》で、ニヤニヤ独り言語るんすよ。俺が横にいんのに」

言い兼ねない——とは思う。

そこのところに限れば、あの男には良心めいたものはないだろう。

「いいすか？　いいかもなあすよ。何すか、いいかもって。幼女の代用っすよ。しかも殺すの前提っすよ。何なんすか」

何なんすかあいつ。

何なのだろう。

何であったとしても——。

「どうせみんな同じだよ」

変わりはない。表面上違って感じられるだけだろう。

雑草にも種類はある。でも草は草だ。草と木は違うが、森は森で、山は山だ。人は、足許《あしもと》に生える草なら種類の違いを知ることができる。形や色が違うのが判るからだ。だが遠くの山を見る時、見る者は雑草の種類にも樹木の数にも気づけない。見る者——俺という観測点が確固としてあるから、そうした差は生まれる。

それを外してしまえば草も山もない。

凡《すべ》ては在るもの、というだけである。

人も同じだ。

そうじゃねえしと鍋谷は怒鳴る。

「違うんすよ。俺も、鶴宥さんも赦《ゆる》されねえってことは俺も解ってるんすけど、あいつは、あいつは、俺が赦せねえんすよ」

「知るか。一緒だろ」

「違う。違う違う。俺はカスだけどあんなのとおんなじじゃねえ。俺は」

「うるさいよ小僧ッ」

俺は。

俺は俺は。

俺は俺は俺は。

「俺は何だよ。俺俺俺俺煩瑣《うるさ》いよ。俺が俺が言うなら、自分のことは自分で何とかしろ。できないなら俺が俺が言うなよ」

俺はどうでもいいんすよと、鍋谷は更に大声で叫んだ。

「オダさんすよ」

「何がだよ」

「あいつがオダさんの娘さん――」

「止《や》めろ」

こいつまで。

そんなことを言うか。

「いい加減なことを言うなよ」

「いい加減じゃないすよ」

「そうだとして、だから何だよ」

何だよじゃねえっしょと言って、漸《よう》や く鍋谷は身体《からだ》を起し、首を突き出して俺を見返した。

「そんなん、アリすか。アリなんすかッ」

「アリもナシもない」

「す」

スカしてんじゃねえよオダさんッと鍋谷は激昂《げっこう》した。

「俺、兄貴殺したんすよね。でも、もし兄貴殺したのが誰か別の奴《やつ》だったら、俺ぜってえそいつ勘弁しねーすよ」

「仕返しに殺すか」

「こ——殺さねえけど、赦せねえ」

「笑わせるな鍋谷。お前はその赦せないことを自分でしたんだぞ」

「だから俺は俺が赦せねーすよ。だからいいんすよ俺のことは。俺は娘とか、家族とかいねーから、これ、みんな想像っすよ。でも、自分の子供殺した奴は、やっぱ赦せねえすよ。赦しちゃ駄目すよ」

「江木にだって親はいるだろ」

「兄貴には——」

知らないのだろう。

「あのな、鍋谷。生きてるかどうかは知らないが、誰にだって親はいるんだよ。江木の親にしてみりゃ、お前は子供殺した憎い犯人じゃないのか。そこんとこはどうなんだよ」

「俺は——だから兄貴の親に殺されたって仕方ねえとは思うすよ。てか、俺の話じゃねーってオダさん」

「お前の話じゃないかよ。俺の話じゃないんだよ。何もかもお前がそう思ってるってだけのことだろ。そうじゃないかよ。それともお前、俺の心の中が解るとでもいうのか？　お前、他人の気持ち慮《おもんぱか》れるような高級な人間じゃないだろう。自分の気持ちだってぐだぐだの説明しかできない癖に、俺のことは解ってるってのか。お前みたいな小僧に何が解るんだよ。お前がどんな想像しようとな、全部ハズレてんだよ。俺はさっきからどうも思わないと言ってるんだ。聞いてないのか？」

「おい慎吾」

　荻野がきつい口調で割って入った。

「いい加減にしろよ」

「いい加減にするのはそっちだろう」

「そうじゃねえよ。鍋谷はお前のこと心配してんじゃねえか。こいつ、莫迦な人殺しだけどな、さっきから言ってることはまともだよ。言葉は足りねえけど、虫螻蛄の俺にだって解るよ。心配してんだよお前を。そりゃ誰だって心配するぞ。一つ屋根の下に子供の仇《かたき》がいるんだぞ。冷静でいられるか普通」

「俺は普通じゃないからな」

「そんなことそれこそどうでもいいんだよ。お前が普通じゃなくたって、周りは普通なんだからな。お前らも普通じゃねえだろとか言うなよ。慥《たし》かに鍋谷は人殺しで俺は虫螻蛄だけどな、それだって人としての感覚は普通にあるんだよ。普通はな、気にするだろよ。気にして考えるんだよ。お前の肚の中は解んねえよ。お前がどう思ってるのか、それは知らねえけどな、お前が——」

辛いのじゃないかとか。

哀《かな》しいのじゃないかとか。

怒っているのじゃないかとか。

「そうやって気にするのが普通じゃねえのか？　そこんとこをな、解れよ。お前は違うのかもしれねえけど、俺も鍋谷も——」

人なんだ。

「人は、他人の気持ちが解らないから、解ろうとするんだよ。解りたいと思うもんだろうよ。それで」

「同情するのか」

「いや、だから」

「代わりに怒るのか？　まあ、俺も人なら気遣いに感謝するかもしれないが、生憎《あいにく》俺はヒトでなしだよ。そんなことで他者《ひと》に感謝するような殊勝な心掛けはない。的外れだし迷惑だ。俺のようなヒトでなしのことを気に懸けたって何の得もない。疲れるだけだから止《や》めろ」

止《や》められるか莫迦と荻野は言った。

「お前はな慎吾。友達だよ。鍋谷にしてみりゃ江木に次ぐ恩人なんだよ。その恩人の子供を殺したサイコ野郎の面倒みなくちゃいけねえような立場なんだよ」

「それは俺の与《あずか》り知らないことだよ」

「お前、なあ慎吾よ。本当に、肚《はら》の底からそう思ってるのか？　女房に棄てられて会社に切られて何もかも失って、それで自暴自棄になってるだけじゃないのかよ」

そう——なのだろうか。

「そんなに簡単に吹っ切れるものか？　俺にはそうは思えねえけどな」

「吹っ切らないでいたってどうにもならないだろう。元に戻るのか？　というか、俺はもう元通りになりたいとは思っていないんだ。今までが間違っていたんだ」

意地張ってないかと荻野は問う。

「お前、前は幸せじゃなかったのか？」

どうだろう。

昔。

あの頃。

妻だった人と、娘だった人と、そして死んだあの子と暮らしていた頃。

幸せだったのだろうか。

不幸を感じたことはなかった。

だがそれを言うなら、今も不幸だとは感じてはいない。

ならば、そんなに変わらないという気もする。

いや、本当に変わらないのかもしれない。

ヒトでなしの暮らしでもいいのなら。

人である必要もなかったのだし。

過去の、人としての幸せな暮らしというのも、ただの勘違いだったのかもしれないとは思う。

わからないよと答えた。

「想《おも》い出《で》はねえのかよ」

「記憶はあるよ」

笑顔。

泣き顔。

笑い声。

泣き声。

肌の感触。

手の温もり。

そういうものはまだある。

でも、想い出というなら。

それは刻刻とそうしたパーツに分解されて行くだけのようだ。

想い出の総体は、今やもう個個のエピソードが年表的に並んでいるというだけのものでしかなくて、そこには既に、懐《なつ》かしさも愛《いと》おしさもないのだった。掠《かす》れて、薄れて、最早《もはや》大昔の他人のアルバムを観《み》る程度のものになり果ててしまっている。

仕方がなかろう。

ヒトでなしの想い出などそんなものなのだろう。

ひとつひとつに対しては、何の感慨も抱けないし、執着も持てない。

ヒトでなしか——と荻野は呟《つぶや》いた。

「それでお前、楽しいか」

「楽しい訳がないさ。でも」

辛い訳でもないけどな。

「慎吾。でもお前がそうなったのは、お前の現在の境遇は、何もかも娘さんが殺されたことに起因するものだよな？」

「違うだろ」

俺は元元ヒトでなしで、それに気づいていなかっただけだ。ヒトだと勘違いして生きていただけなのだ。

「離婚も解雇も、娘さんが殺されたからじゃないのか？」

「それは――そうかもな」

発端ではあるだろう。

「ならそうじゃないか」

「だから違うよ。子供が死んだことを契機《きっかけ》にして、俺は自分の人生の欺瞞《ぎまん》に気づいたというだけだ。そういう意味ではお前の言う通りだよ。だが、あの子が死んだ所為で今の俺がある訳じゃないよ」

好きじゃなかったんすかと鍋谷が泣き声を上げた。

「娘さんのこと、好きじゃなかったんすかオダさんは」

「好き――だと思っていたよ」

あの頃は。

でも、よく判らない。

ゴミみたいに浮いていた死骸《しがい》を見たって俺はどうにもできなかったし、またどうすることもしなかった。泣いたとは思うが涙だって出たかどうか覚えてない。

それに、いまだにこうして平気で生きているじゃないか。

発狂した訳でもないし、命を失くした訳でもない。

生きている。

息を吸って、吐いて。

飯を喰って、糞《くそ》をして。

眠って起きて、生きている。

普通に生きている。

ならば、もしかしたらどうにも思っていなかったのかもしれない。

そう言うと。そんな訳ねえよと鍋谷が言った。

鼻声である。

「オダさんはそう言うけど、俺だったら気が違っちまうかもしんねえ。だって、水に浸《つ》けるんすよ？　ちっちゃい女の子を。あり得ねえすよ。しかもやられてんの自分の子供すよ。で、その犯人が横でキモい顔で笑ってて、また殺してえとか言ってたりしたら、マジ狂うすよ」

そうじゃねーんすかと鍋谷は裏返った声で言った。

ぼろぼろ涙を流している。

洟《はな》も涎《よだれ》も垂れていて、汚い。

こいつは、いつもこんな感じだ。

汚い。

「どうなんすかオダさん」

「お前が興奮することじゃない。日野が救いようのないクソ野郎だということは間違いないのかもしれないが」

あの子を殺した犯人かどうかは——。

あれは事故だよと答えた。

「まだ言うか慎吾」

「こんな偶然はない。妄想だ」

「そんな偶然があったから、この鍋谷はこんなに汚くなってるんだろうが。どう考えたって」

「物証は何もないだろう」

「自白したら――どうする」

「無理だよ。聞けばあいつの犯行は行きずりだ。なら殺した女の子の名前も知らないだろ。それとも殺した後の報道見聞きして全部ノートにでもつけてるのか？」

報道は観てねえよと荻野が暗い声で言った。

「あいつはテレビ嫌いだ。ラジオもな、ニュースは聴かないそうだよ。世の中のこと全般に何の興味もないんだ、あのブタは」

「じゃあ――」

お手上げだろう。

「でも、場所とか覚えてるんじゃないすか。その、特徴とか」

「黙れよッ」

俺は怒鳴った。

「お前ら、何処《どこ》まで自分勝手なんだよ。聞いてればさっきから勝手なことばかり言ってるけどな、何もかもお前らの想像じゃないか。そんなに俺の」

俺の娘を。あいつに。殺させたいのか。

そこで。

突然、引き戸が開いた。

見ると廊下に塚本が立っていた。

「いいですか」

「良くない。塚本、こいつら連れて出て行ってくれないか。いや――俺が出て行く」

立ち上がる。

待ってくださいと塚本は言った。

「何だよ。あんたまで俺に絡《から》むのか。こいつらは声がでかいし昂奮してるから、どうせ全部聞こえてたんだろうが――」

「ええ。そうです。尾田《おだ》さん」

尾田さんの亡《な》くなった娘さんの名前は何と言うのですか。

「え？」

俺は、一瞬塚本が何と言ったのか全く判らなかった。いや、ちゃんと聞こえてはいたのだが、音の羅列が脳の中で意味を構成しなかったのだ。

女の声音は、文章にも、単語にすらなっていなかった。

「娘さんの名前です」

「名を呼ぶことは禁じられている」

父親の資格がない。いや人間としての資格がない。

ヒトでなしだから。

塚本は哀しそうな顔をした。

「じゃあ――いいです」

そう言うと塚本は部屋に入り、後ろ手で戸を閉めた。

「何だよ」

「これ――見覚えないですか？」

塚本は。

人形のようなものを頬の横に翳《かざ》した。

小さくてよく判らない。フィギュアだろう。スマホなんかにつけるストラップかもしれない。

それは――。

塚本はそのまま俺に近づき、更に哀しそうな顔になって、俺の目の前にそれをぶら下げて見せた。

「これ、私、好きなキャラなんです。いい齢《とし》してアニメかって話なんですけど、永く続いてたアニメで、私が高校の頃始まって去年までやってたんです。流石《さすが》に社会人になってからは観てませんでしたけど、別れた男《ひと》と旅行に行った時にどっかのドライインで見つけて、買って貰《もら》って、ずっと携帯につけてたんですよ」

「いや、それは」

俺が。

俺が踏み割ったんじゃなかったか。

「同じの持ってたんです」

「何だって？」

「尾田さんに助けて貰った日、あの陸橋の上で壊れてしまって。キャラに罪はないですけど、あんな男に買って貰ったものだから別にいいやと思ってたんですけど」

「それが？」

「これ、ストラップのところに、小さな字で名前が書いてあるんです、これ」

「名前って──誰の」

「おだみなみ」

「おだ？」

塚本は揺れているフィギュアを摑《つか》み、ストラップを裏返して俺に見せた。

おだみなみ。

妻の。

妻だった人の字だ。

物凄《ものすご》く遠くにいる人の書いた文字だ。

尾田未菜美《みなみ》とは——。

「おいッ慎吾ッ！」

荻野が叫んだ。

煩瑣《うるさ》いんだよお前達。

怒鳴ったり叫んだり喚《わめ》いたり泣いたり。

静かにしてくれないか、少しだけ。

少しだけでいいから。

「これ、尾田さんの娘さんの持ち物じゃないのでしょうか」

どうしたんだそれと荻野が問う。

「日野さんがくれたんです」

「ひ、日野が」

「鍋谷さんが辛そうだったんで——さっき私が食事を運んだんです。そしたらこれがあって、そんな経緯《いきさつ》があったものですからつい目を留《と》めてしまって、そしたら、もう要らないからあげるって」

「あげる？　どうして持ってんだよ」

塚本は一度俺を見て、目を伏せた。

「これが欲しかったんだって。だから」

「だ、だから殺した？　そんなの何処《どこ》にでも売ってる安物のストラップだろ？」

「今の言い方は正確じゃなかったです。日野さんは、女の子が持ってるこれを」

その子を。

水に浸けて。

殺してから。

奪いたかった。

「——のだそうです。どの子の時もそうなんだそうです。何か目につくと我慢ができないんだって——でも、どれも、そのうち要らなくなるって」

「要らなくなる？」

「普通はすぐに捨てるって。でもこれは長持ちしたんだよって——ご免なさい」

ご免なさいと言って塚本は頭を下げた。
辛《つら》いことを言いましたと塚本は言った。
辛くなんかないよ。
でも。
みなみ。
尾田未菜美。
それはゴミのように浮いていた。
俺の娘の名だ。

第十一話　還

ヒトでなし。

ヒトでなしよ。そうよ。どうなの？

あの娘《こ》は死んだのよ。死んじゃったのよ。何普通にしてんのよ。どうしてそうやって、何もなかったみたいにできるの？

あなたが殺したんじゃない。

そうよ。返してよ。返しなさいよ。

生きて連れて来てよここに。あなたが連れてったんでしょ。家を出た時は生きてたじゃない。ちゃんといってきますって言ったじゃないの、あの娘。なんであなただけ帰って来るの？

どうして死んでんのよ。

何なのよ。

手を繋《つな》いで出てったんだから、手を繋いで帰って来なさいよ。

笑って行ったんだから笑って戻りなさいよ。

一緒に帰って来るでしょ？
それが普通なんじゃないの？
帰って来ないじゃないあの子。
どうしてあんなとこで寝てんのよ。
末菜美《みなみ》。
何で息してないの？
呼んでも返事しないのはどうしてよ。
動かなかったわよ。しかも返してくれないじゃない。
警察がどうするって言うのよ。
死んでたわよ。
何よ。
下向いたって怖い顔したって、何も変わらないわよ。
さあ。
早く生きて返しなさいよ。
何よ。
あなた親じゃないの？

父親でしょ。責任あるでしょ。

なら責任果たしなさいよ。

ほら。どうなのよ。

生きた未菜美を返しなさいよ。

無茶なこと言うなですって？　何が無茶よ。そうよ。無茶でもいいわよ。無茶なことと言うに決まってるでしょう？　娘が死んだのよ。死んじゃったのよ。お父さんと一緒に帰って来る筈《はず》の娘が死んじゃって、あなた一人で帰って来たのよ？　無茶なのはどっちなのよ。無茶なことくらい言うでしょう。こんな状態で、冷静になれとか言うの？　なれる訳ないじゃない。何だって言うわよ言わずにいられないでしょう。

人だもの。

人間だもの。

哀《かな》しかったら泣くでしょ。

辛《つら》かったら叫ぶでしょうよ。

苦しかったら呻《うめ》くでしょう。

辛いわよ哀しいわよ。

苦しくて死にそうよ。

無理なことくらい言わせてよ。知ってるわよ。あなた責めたって未菜美は戻らないわよ。バカじゃないんだからそのくらい知ってるわよ。バカにするのもいい加減にしてよ。知ってて言ってるに決まってるでしょう。それくらい黙って聞けばいいじゃないよ。聞いてくれたっていいでしょう？　あなたが殺したんじゃないよ。私の気持ちだって汲《く》んでよ。哀しいのよ。何よ、自分は悪くないとでも言うの？　へええ。あなたは哀しくないんだ。だからそうやって落ち着いていられるんだ。

泣いてもいないじゃない。

娘殺しておいて。

涙も出ないの。

何よ。

触らないでよ。未寿珠《みすず》まで殺す気？

この子は妹が大好きだったの。それなのにもう会えないのよ。二度と会えなくなっちゃったの。あなたの所為じゃないよ。あなたが奪ったんでしょ。この子が泣いてるのはあなたの所為じゃない。この子を悲しませてるのはあなたよ。それでどうしてそうやって親ぶれる訳？　信じられないわ。謝りなさいよこの子にも。あなたこの子には一言も謝ってないじゃない。この子の気持ち考えた？

あたしはいいの。でも子供はまだ。

死ぬってことが解らないのよ。

死んだのよ。そうでしょ。

何開き直ってるの？

やっぱりあなた哀しんでないじゃない。哀しんでたらそんな屁理屈なんか捏《こ》ねないでしょ。悲しい人間はね、ただ泣くの。この子みたいに泣くの。それが普通でしょ。

それは無理だとか、俺は悪くないとか、そんなことどうでもいいのよ。

ただ泣けばいいじゃないあの子のために。

そしてこの子のためによ。

私のためによ。

何なのよ。

このヒトでなし。

このヒトでなし。

このヒトでなし。

この。

ヒトでなし。

そうだよ。

一言一句、はっきり覚えている。

何日も何日も、何度も何度も言われた。

その全部を思い出せる。

覚えていたって仕様がないのだけれど、忘れないものは仕方がない。

俺にどうしろというんだ、俺が何をしたというんだ、俺だって同じだ、哀しいんだと――その時はそう思った。思っていた。

違った。

俺にはどうしようもないし、俺は何もしてないし、俺は俺である。そしてそこから俺というものを差し引いてしまえば、もう何もないのだ。だから、哀しくもない。

哀しくなかったんだよ。

ヒトでなしだから。

受け入れた。

受け入れれば楽になるとか、そういう話ではない。

受け入れたって何も変わりはしない。

当たり前だ。

犬が、犬であることを自覚したって、犬が鳥になる訳もないのだ。況《まし》てや人になんかなるものか。

犬は犬だ。

自覚するまでもない。寧《むし》ろ己を人だと勘違いしている犬がいたなら、それは大いなる誤謬《ごびゅう》だ。

俺がそうだった、というだけだ。

俺は妻だった人の言葉を一つ一つ反芻《はんすう》する。

そして、一言一句に納得する。

あの人は――妻だった人は、本気で哀しかったのだと思う。哀しいと思い込み、哀しげな態度を取り、そうやって哀しさを周囲に振り撒《ま》くことで、何とか均衡を保っていたのだろう。そうでもしなければ、彼女の人としての輪郭があやふやになってしまうからだ。

あの人は、人なのだ。

俺はもう、その頃から既に、いや、かなり前から、人なのかどうか怪しかったのだと思う。俺というものの輪郭は暈《ぼや》けていて、そんな朦朧《もうろう》としたものなのに。それでもなお、俺は人を気取っていたのだ。

そんな、モヤモヤしたピンボケ写真のようなものを相手にしていたのだから、あの人がヒステリックになるのも当然のことだと、今は思う。

妻だったあの人は、自分が混乱しているということも、理不尽な要求をしていることも、何もかもちゃんと理解していた。その上で発言していたのだろう。冷静さは失われていたが、理性はあったのだ。

無茶苦茶をそのまま俺に受け止めて欲しかったのだろう。

そういうこともあるだろう。人なのだから。

そして、それを受け止められるのは、多分配偶者である俺だけだったのだ。

でも俺にはそれができなかった。

俺は、俺にどうしろと言うんだとか俺が何をしたとか俺だって同じだとか、そんなことを考えていたのだ。

俺俺俺。

くだらない。

私私私という人間と俺俺俺という人間が主張し合っていたのだから、ぶつからない訳がないのだ。そのうえ俺の方は、その主張している俺というものが、形の定まらないぐにゃぐにゃの人も〻〻〻どきだったのだから、ぶつかる相手も困っただろう。

そんな、ぐにゃぐにゃの俺は要らない。

だから、俺は俺を棄《す》てたのだ。

荻野《おぎの》は俺が何もかも失って自暴自棄になってるのではないかと言っていたが、そうではないのだ。

そう、俺は、確かに俺を棄てた。しかしそれは、俺という囲いをなくしてしまっただけで、捨て鉢になった訳ではない。

今の俺は、たぶん――否《いや》、考えるまでもなく幸せなんかではないのだろう。

幸せである訳がない。

この状況をして幸福と呼ぶ者はいないだろうし、もしいたとするならば、それはかなりの捻《ひね》くれ者である。それは認める。子供を失い、伴侶《はんりょ》を失い、家庭を失い、仕事も住居も財産も地位も失って、ああ良かったと言う者はいないのだろうし、世間一般にはそれがあることこそを幸福と呼ぶのだろうから。

しかし俺は、不幸でもないのだ。

俺は、俺という囲いをなくした段階で同時に世間やら社会やらも失ってしまったのだろう。自分と他人という区別をなくしてしまうなら、慥《たし》かにそんなものはなくなってしまうのだろうから。

とても、凪《な》いでいる。

妻だった人と別れた後――街を放浪していたあの時は、俺もまだあれこれと想《おも》いが凝《こご》っていたと思う。不平だの不満だの、怒りだの哀しみだの、未練だの後悔だの。

今は、もうない。

記憶の中で反復される妻だった人の言葉も、素直に聞ける。

彼女は、とても遠くに行ってしまったから――。

もう言葉しか残っていないのだが。

ヒトでなし。

そうだよ。

自分という輪郭がもうないのだから、俺は人じゃない。何だかわからないものなんだよ。少なくとも人じゃないことは間違いないよ。

もう、境界が曖昧《あいまい》なのだ。

俺はもう、俺ではない。なのに。

何だろう――この感触は。身体《からだ》の表面が滲《にじ》んで、蕩《とろ》けて、俺以外の凡《すべ》てと馴染《なじ》んでしまっているというのに、ただ一箇所、ほんの小さな面積だけが、俺の名残を示しているような気がする。

これは――。

掌《てのひら》か。

右の掌の――。

ああ。

あの子と手を繋いだ時の、これはあの子の、死んだ娘の手の感触だ。

それだけが。

そこで、目が覚めた。

ここ暫《しばら》く、寝起きが悪かったことなどない。この寺で起居するようになってからは特に目覚めが潔《いさぎよ》い。なのに、今日は起き上がりたくなかった。

右手を握り締める。

それから、細く眼を開けて手を開き、己の掌を眺めた。

輪郭がなくなっても実体はある。何も変わりはしない。手の皺《しわ》も染みも、色も形も見慣れたものだ。

小さくて柔らかい手。

想い出は、何もかももう他人のアルバムのようになってしまったのだけれども、どうも皮膚だけは憶《おぼ》えているようだった。

既に明るい。

珍しく寝過ごした。

寝過ごすといっても起床時間が決められている訳でもないのだし、自分で決めたということもない。一日起きずにいても叱責《しっせき》されることはないし、早起きしたとて褒められることもない。

仰向けになった。

天井の板が見える。

ゆっくりと身体を返す。

枕元《まくらもと》の床にストラップが置いてある。

――これは。

何という名前のキャラクターだっただろうか。いつか話をしたんだけども。

掌を見る。

感触はあるけれど、それはそれだけのものなのだ。

そこから――例えば何かを手繰《たぐ》ることなど、してはいけないことだろう。

日野《ひの》が、殺したようだ。

未菜美を。水に浸《つ》けて。

あの日、あの場所に、日野はいたのだ。そして俺が手を離したほんの僅《わず》かな隙《すき》に未菜美を連れ去って、顔を水に浸けて殺して、そのストラップを奪ったのだ。

——そうかい。

日野が。

優しいのだそうだ。素直なのだそうだ。

でも、人殺しなのだそうだ。

あの小さくて可愛《かわい》い子をな。

俺の——娘を。

俺の。

いや、もう、俺は俺じゃない。だからあの子は、俺の娘じゃない。

ただの、幼く可愛い娘だ。無垢《むく》な、小さいものだ。

それ以上のことは考えなかった。

横たわったまま、動かずにいた。

いつも通りに。

しかし——。

どうも、平素とは違っている。

この違和感が己の所為《せい》なのか、そうでないのか、俺には判別がつかない。どうでも良いことである。縦のものが横になっても、天井が床になっても、あんまり変わりはないだろう。自分という基準をなくしてしまえば、縦も横もない。縦も横もなければ天井も床もないだろう。

朝も夜もない。

生きるも死ぬもない。

ぼんやりとストラップを眺めていると戸が開いた。横倒しの脚が見えた。いや、横になっているのは俺だ。

女の――脚だ。

塚本《つかもと》か。

起き上がる前に塚本は尾田《おだ》さん――と呼び掛けた。

荻野や鍋谷《なべや》と違い、塚本が直接俺に話し掛けることは極めて少ない。このストラップを持ってきた時くらいのものである。

「尾田さん」

もう一度名を呼んで、それから塚本は板の間に投げ出されているストラップに目を遣《や》って、一度黙った。

「何だ」

「尾田さん――その、尾田さんにはきっとどうでもいいことなんでしょうけれど、鍋谷さんが」

そこで塚本はまた黙った。

「鍋谷が何だというんだ」

「というか、由里《ゆり》ちゃんが、その、日野さんに」

殺されたのかと問うとやめてくださいと言われた。

「なら」

構わないだろう。

「気持ち悪いって言ったんです」

「日野は気持ち悪いだろうな。若い娘の目から見れば」

「そうじゃなくって――いいえ、そうなんですけど、その、あの人、日野さんは、由里ちゃんをずっとつけ回して」

「何かしたのか？」

「見詰めてるんですって」

如何《いか》にも日野のしそうなことだ。

「手を出した訳じゃないんだろ。それなら本当に気持ち悪い。気持ち悪いものに気持ち悪いと言っても問題はない」

「問題なんです」

「怒ったのか、日野が」

「怒ったのは鍋谷さんです」

「で？　殺すとでも言ったのか」

「それが」

どたんばたんと、寺には似つかわしくない音がした。

なる程。

この喧騒《けんそう》こそが、平素との違和感の正体である。

「尾田さん、止《と》めてくださいませんか。鍋谷さんは尾田さんの言うことしか聞かないから」

「止《と》める――か」

迷惑な話だと、そう思ったのだが、言わなかった。

塚本の言葉が、さっきまで脳内に聞こえていた妻だった人の言葉の続きのように思えたからかもしれない。

俺はもう一度掌を見た。

この部分だけが、まだ人なのか。

ぬくもりの記憶が被膜の如《ごと》くに残っていて、そこだけが外界と内面を遮断しているかのようだった。

その手でストラップを摑《つか》み、俺は立ち上がった。

廊下に出ると、喧騒が益々大きく響いてきた。声は鍋谷のものだが、動いているのは一人二人ではないようだった。

本堂の方から聞こえる。

「爺《じじい》は」

「それが、ご住職のお姿がどこにも見当たらなくて」

「雲隠れか。やっぱり糞《くそ》爺だな」

老獪《ろうかい》な湛宥《たんゆう》のことだから、面倒ごとから逃げている訳ではなく、どこかに隠れて様子を見ているのに違いない。

そういう男だ。

中庭を抜ける。

うるせえてめえという、汚い言葉が流れてくる。

暫く耳にしていない言葉だ。山中ではまず発せられることのない、所謂罵言《いわゆるばげん》、雑言《ぞうげん》の類《たぐ》いである。

本堂を覗《のぞ》くと、僧達が何かを取り囲んで右往左往しているようだった。

鍋谷が日野に馬乗りになって殴りつけているのだろうと思った。

江木《えぎ》を殺害した時の印象があった所為《せい》かもしれない。

わっと声を上げ、僧の輪の中から荻野が転げ出た。

痛《いて》えな、などと言っている。

「この野郎、いい加減にしろよ」

柱の陰には怯《おび》えた様子の高浜由里《たかはま》が蹲《うずくま》っている。

俺は先《ま》ず、高浜の横に進んだ。

「どうした」

「尾田さん、鍋ちゃんが」

「鍋ちゃんだ？」

ちゃんづけか。鍋谷はこの高浜を殺そうとした人殺しである。そんなに気安くなれるものなんだと、俺はぼんやり思った。

いや――そんなものだろう。

結局鍋谷は殺さなかった。殺せなかったのだ。殺せと言ったのは俺なのだし。そういう意味では、鍋谷こそこの娘の命の恩人と言えないこともない。

俺を見上げた由里の顔はまだ幼い。瞼《まぶた》を腫《は》らし、眼に涙を溜《た》めている。初めて会った時とは比べ物にならぬ程、この娘は人間らしくなっている。その上、実年齢よりもずっと子供に見える。

鍋ちゃんが殺されちゃう、と由里は乳臭い涙声で言った。

「鍋谷が？」

目を遣ると――。

どうやら俺の想像は外れていたようだった。

馬乗りになっているのは、日野の方なのだ。

鍋谷は沸点こそ低いが戦闘能力が高い訳ではない。力はあっても頭が悪い。刃物でも持っているなら話は別なのだろうが、素手ではまるで駄目だ。

威《おど》しが効く相手ならともかく、腰抜けでもあるから、敵が場慣れしていた場合は中学生相手でも敵《かな》うまい。つまり、鍋谷は激情に駆られて人を殺してしまうような馬鹿《ばか》だが、喧嘩《けんか》は弱いのだ。

負ける。

一方、日野は鈍間《のろま》そうに見えるが、体格もいいし馬力もあるのだろう。それに鈍い分打たれ強いのかもしれない。小僧のか弱いパンチなど効きはしないのだ。痛いとすら思わないのかもしれない。

日野は鍋谷の首の辺りに手をかけて床に押しつけているようだった。ただ、頸《くび》を絞めている訳ではないようだから、殺意があるとは思えなかった。

鍋谷の方は駄駄《だだ》を捏《こ》ねる幼児のように手足をバタバタさせて、床を叩《たた》いている。

「放せよ。放せよこの変態野郎」

「いやだ」

「放さないとぶっ殺すぞてめえ」

「じゃあ放した方が危ないじゃないか。放さなければぶっ殺せないから」

それは日野の言う方が尤《もっと》もだ。

「ぶっ殺すとか言うと、殺すよ」

日野は体重を掛けた。

鍋谷はぎゅうと踏まれた蛙《かえる》のような声を出した。日野が更に腕に力を籠《こ》める。そこに背後から鶴正《かくしょう》が取りつき、更に数名の僧がしがみついて、無理矢理鍋谷から引き剝《は》がそうとした。

日野が放さないので鍋谷もじたばたしたまま半身を起した。

そこに鶴宥《かくゆう》が滑り込んで、鍋谷を羽交い締めにし、日野から引き離そうとした。

「止《よ》せよう止せよう」

日野は鍋谷から手を離し、腕を振った。

僧が床に倒された。やはりこいつはかなり力が強いのである。

無駄に腕力がある。馬鹿力という奴《やつ》だろう。

「こいつは僕を苛《いじ》めるんだよ」

「黙れよ変態。てめえ何様だよ」

「僕は何もしてないだろ」

「子供殺してんじゃないか」

「それは済んだことだよ。お父さんだってそう言ってたから。今は何もしてないよ」

「済んだことだと？」

この野郎と怒鳴って、鍋谷は鶴宥の手を振《ふ》り解《ほど》き、猪《いのしし》のように頭から日野に突っ込んだ。日野は鶴正に捕まえられている。力は強くとも動きは鈍い。逃げられる訳もなかった。鍋谷の頭突きを腹に喰らって、日野は呻き声を上げた。

動けなくとも日野の両手は空いている。

日野は、鍋谷の両脇《りょうわき》を摑む。

「何だよう。何なんだよう、こいつ。痛いよう。僕は何もしてないのに、何だってこんな酷《ひど》いことするんだよう」

「何もしてなくねえ」

鍋谷は何か喚《わめ》いたが、もうきちんとは聞き取れなかった。

日野は大きく身体を揺すって鶴正と鍋谷を両方突き飛ばした。そして転がった鍋谷の身体にまたもや馬乗りになった。

「殺すよ。お前、殺すよ」

「うるせえ。てめえみてえな変態は絶対に許せねえ。俺が殺す」

「無理だよ。僕の方が強いから」

日野は薄笑いを浮かべて鍋谷の頸に両手をかけた。

「お前みたいなお坊さん殺したって楽しくも何ともないよ。ああつまらない。でも乱暴するからなあ。殺していいでしょ？」

日野は悪びれもせず、正面にいた鶴宥に問うた。

まあ――。

正常異常で分けるなら、日野は異常の部類なのだろう。

日野を取り巻いている四人の僧は、悉く押し黙った。日野の言葉に反応することさえできなかったようだ。まあ、殺してもいいですかなどと尋ねられることは、僧でなくともないだろう。

「ねえ、殺してもいいでしょう。こいつ殴るし、すごくウルサいんだよ」

鍋谷は自《おの》が頸にかかった日野の太い腕を摑んだ。必死だ。

こうして見ると、小僧の指は細い。振り解くどころか、力を入れた途端に指の方が折れてしまいそうな案配である。

鍋谷の顔が赤くなる。

顳顬《こめかみ》に血管が浮く。

止《よ》せッ、と荻野が叫んだ。既に声が嗄《しわが》れている。既に散散怒鳴っていたのだろう。

日野は腕の力を少し弱めて振り向く。

「何で？」

「何でって——」

「だってこのお坊さん、小さい女の子じゃないからさ」

日野はまた笑った。

摑みかかろうとしていた荻野は怯《ひる》んだ。

竦《すく》んだと言うべきかもしれない。

まったく会話が成立していない。

その場合は怖く思えるものだろう。

「僕のお父さんはさあ、小さい女の子は殺しちゃ駄目だって言うんだよね。子供の親とかが悲しむからって。そうだよね、可愛い子供だもんねえ。可愛いんだから悲しむよねえ。でも、お父さんはさ、お坊さんを殺すなとは言ってなかったし、こんな奴に親とかいないんじゃね？　いないよね？」

日野は、組み伏せている鍋谷本人に尋ねた。鍋谷の眼は真っ赤に充血している。答えられる訳もない。

鍋谷は口を開け、声にならない声を上げて、出した舌を痙攣《けいれん》させた。

「わあ。キモ。気持ち悪いのお前じゃないかあ。何だよう。気持ち悪いとか変態だとか、ウルサいんだよ。ウルサいよ。ああ。やっぱ殺すわ。お坊さんってみんな同じ顔してるからさ、一人くらいならいいよ」

日野は口を開けて、笑った。

「いいよねえ。だってこいつウルサくて何だかウザいんだよねえ。由里ちゃんの親でもないのにさ、見るなとか。でも、こんな奴殺してもつまんないなあ」

再び力が籠められた。

「尾田さんッ」

塚本が俺の袖《そで》を引いた。

「尾田さん、早く」

その時奇妙な声を上げて鍋谷が日野の手を振り解いた。

鶴正が日野に取りつこうとしたが、撥《は》ね飛ばされた。俯《うつぶ》せに身を返した鍋谷の上に日野はまた覆《おお》い被《かぶ》さる。

「何だよこいつ」

後から頸を絞める。

「中中死なないよ、こいつ。面白くないよこんなの。全然違うよお前。小さい女の子だと、こんなに力が要らないんだよ。可愛いし。すぐ終わる。水に浸けるとね、嫌がるんだけど、そこがまた、堪《たま》らなく可愛いんだって。由里ちゃんだったらまだ近いかもしれないけど、こんな男の頸なんか絞めても疲れるだけで、ちっとも面白くないなあ。汚いしキモいし疲れるよ。ほら、死んでよ早く。死んで——」

鶴宥がすうと日野の前に出た。

そして。

日野を殴り飛ばした。

日野は巨《おお》きいから飛びはしなかったが、横倒しにはなった。

「い、痛いよう」

「黙れッ」

誰の声か判《わか》らなかった。

それは鶴宥の声だった。

鶴宥が――叫んだのだ。

「黙れッ黙れッ黙れ黙れ」

鶴宥は喚きながら日野を蹴《け》った。何度も何度も蹴った。

「貴様、何だよ何なんだ貴様」

何を言っているのかまったく判らなかった。というより、それは既に言語ではなくなっているのだ。

鶴宥は意味を成さない音の連なりを発しながら、日野を蹴りつけた。僧達が止《と》めようとしているが、聞くものではない。

鶴正が床でのたうち回っている鍋谷を抱き起こした。

塚本が駆け寄る。

「鍋谷さんッ」

鍋谷は大きく噎《む》せて、それから奇声を発した。

ここに知性や理性はない。

迚《とて》も——茶番染みている。

生きるの死ぬのというのは、世間的には重大事として扱われることではないのか。殺すだの、殺しただの、死ぬだの、死ねだの、そういうことを平気で言い合い、まるで子供の遊びのように、じゃれ合う犬のように、平気で命の遣り取りをしている。

これは修羅場ではなく、茶番だ。

何だろう。

俺はどんどん目の前の現実から乖離《かいり》して行く。いや、離れて行くという表現は違っている。俺が——薄れているのだ。輪郭のない俺は、もう霞《かすみ》か霧のように薄れ、拡散し始めている。

叫び声も、泣き声も、風の音と変わりはない。

どんな狂態も醜態も、水が流れるのと変わりない。

俺はもう、空気のようなものなのだ。

俺が——振動した。

オダサンオダさん尾田さん――。

「尾田さんッお願いします」

鍋谷にしがみついたまま塚本が泣き声を上げている。鍋谷は日野に襲いかかるべく歯を剝《む》き出して塚本から逃れようとしている。

「やめて、やめて鍋谷さん」

「放してやれ」

そう言った。

「え？」

塚本は眼を剝いて俺を見た。

腕の力が抜けたのか、鍋谷はその腕をするりと抜けて、揉《も》めている僧達を搔《か》い潜《くぐ》るようにして日野の許《もと》に向かった。

鶴宥は執拗《しつよう》に攻撃を続けており、僧達はそれを押さえるのに手一杯である。

日野は、頭を抱えて蹲っている。鍋谷が飛びかかった。

「尾田さん」

「鍋谷の腕力じゃ何もできないよ」

「でも――」

鍋ちゃんが死んじゃうようと柱の陰から由里が涙声を発した。

「あの人、敵《かな》わなくたって止《や》めないいんだもん。いくら止《と》めたって向かって行くんだもん。殴られたって蹴られたって突っかかって行くの。死んじゃう」

「死にたいんだろ」

尾田さん、と塚本が声を荒らげた。

「それ、あんまりです。鍋谷さんは由里ちゃんが――」

「関係ないよ」

「まだそんなこと」

「いいか、よく見ろよ」

俺は指差した。

「あいつらはみんな人殺しだ。あいつも、あいつも、そして鍋谷も、みんな、全員人殺しじゃないか。死んじゃう？　そうじゃないだろ。殺されるんだろ。そして殺そうとしてるんだろ。人殺し同士が殺し合ってんだ。それぞれに理由もあるんだろ。納得ずくだ。放っておけよ」

面倒臭いからさっさと誰か死ねよと、俺は大声で言った。

動きが止《と》まった。

鍋谷が汚い顔を向けた。

鶴宥が暴れるのを止《や》め、俺の方にゆっくりと向き直った。

「お——尾田さん」

「そう呼んだのは初めてだな鶴宥」

常に取り澄ましていた貌《かお》が、倦《う》み疲れた凶悪な相に変貌《へんぼう》している。

「どうやらお前も人間だったようだな。俺はまた、もうヒトじゃなくなってんじゃないかと思ってたよ。だってお前、あの糞爺の下《もと》でヒトでなしの修行してたんじゃないのかよ」

修行が足りないよと言った。

「聞けば、お前サイコキラーだそうじゃないか。でもな、そんな攻撃じゃそのブタ野郎は死なないぞ。そいつは無駄に丈夫だよ。暫く人間辞めてヒトでなしの修行してるうちに矛先が鈍ったか」

「わ——拙僧は」

「何が僧だよ。巫山戯《ふざけ》るな。坊主が人を足蹴にするかよ。それとも、殺す気はないとでも言うのかよ？」

「殺し——ません」

「なら何をしてるんだお前。ただ興奮してるだけなのかよ。見苦しい。そんな修行はないだろうが」

「拙僧は――」

「本当は殺したいんじゃないのか？　我慢できなくなったんじゃないのか？　どうなんだ。人殺しがしたくなったんだろ？」

「違う」

違う違う違うと強い口調で言い、鶴宥は脚を踏み鳴らした。

それから何かを肚《はら》に溜めて、一度口を結び、鶴宥は下を向いた。

「拙僧は――私は慥《たし》かに殺人者です。不殺生《ふせっしょう》戒《かい》を幾度も破った。どれだけ精進しようとも、悔いても悔いてもこの罪科は消えない。それだけは身に染《し》みて諒解《りょうかい》しております。ですから、もう、二度と」

「人殺しはしない――か。なら、何故《なぜ》そんなに激昂《げっこう》してるんだよ、鶴宥。今の行為は何だ。お前はこのブタをどうした？　暴行してたよな。あれは制裁なのか。懲罰なのか。お前にそんな権限があるのか？　お前はそんなに偉いのか。人を裁ける程に立派な坊主なのかよこの人殺しが」

「拙僧は」

殴りたくなるのは当たり前だろうと荻野が言った。

「殴るくらいはいいだろが。俺だって殴りたいよ、胸糞の悪《わり》い。この男がどんな男かは、お前が一番よく知ってるじゃねえか慎吾《しんご》。こいつは」

「だから何だよ」

右の掌が。

熱い。

「だからって――いいか、鶴宥はちゃんと反省してるじゃねえかよ。こいつはしてねえぞ。聞いただろ？　まともじゃねえ」

「まともだろうがまともじゃなかろうが、そんなこととお前達には関係ないだろう。それとも何か？　殴ったり蹴ったりすればそのブタ野郎は反省するのか？　反省すればちゃらになるのか？　それともそいつを殴れば、そいつが殺した女の子が生き返るのか？　成仏《じょうぶつ》できるとでも言うのか？」

笑わせるなよと俺は云う。

オダさんッと鍋谷が叫ぶ。

「うるさいよ小僧。お前もお前だよ。そうやってキレて乱暴するしか能がないのかよお前は。そのブタが言った通りじゃないかよ。ウザいしウルサいよ」

オダさんと繰り返し鍋谷は顔を歪《ゆが》める。

「お前らがガタガタ騒いだってドタバタ暴れたって、その辺の鳥が啼《な》いてるのと変わりがないってことぐらい解らないのか？」

いい加減にしろと俺は言った。

「しねーよ。俺、こいつ、こいつだけは許せねえすよ」

「何度も言わせるなよ鍋谷。お前は人殺しなんだよ。日野を責められるような立派なもんじゃないだろう。そうやって喰ってかかって、いったいどうするつもりだったんだよ。また殺す気だったのか」

鍋谷は両手を握り締めて、殺したって足りないすよと言った。

それから噎《む》せて、げえげえと嘔吐《えず》いた。

汚い小僧だ。

「そうかよ。ならそのブタとお前、一緒じゃないかよ。そいつ、尋《き》いてたじゃないかよ。お前がウザくてウルサいから殺していいですかって」

同じじゃねえよと鍋谷は言う。

「どう違うんだよ」

「どうって――こいつ、荻野さんが言ってた通り、反省してねえし」

「反省しない奴は殺してもいいのか？　どうなんだよ。おい、鶴宥。そんな半端《はんぱ》な理屈が成り立つのかよ。大体、反省してるかどうかなんて、どうして赤の他人に解るんだ？　お前が反省してるとこいつらは言うが、俺にはさっぱり判らないな。お前の肚の中なんか俺にはまるで判らない。でくの坊みたいに感情押し殺してれば反省したことになるのか。どうなんだよ。俺は今日初めてお前も人間だなと思ったぞ。真実反省がなってるなら、あんな不自然な態度ばかり取るか？」

「いや、わ」

「拙僧とか言い直さなくていいんだよ。見れば坊主《ぼうず》だってことは判るよ。で、どうなんだよ。反省しない罪人は殴っても蹴っても殺してもいいのか？　逆に、反省さえすりゃ何してもいいとか言うのかよお前らは」

坊さんがそんな無法許すのかと言った。

「娑婆《しゃば》の法律も、お前達の戒律も、そんなこと許しちゃいないんじゃないのかよ。おい。どうなんだよ。答えろよ鶴宥。そんな大雑把な括《くく》りで成り立ってるのかお前達の住んでる社会ってのは。お前達はそんなぐずぐずな教えを学んでるのかよ。おい」

「社会も法律も」

関係ねーっすよと、鍋谷が言った。

「そうか。関係ないのか。ないよな。お前も――社会じゃ殺人者だもんな」

「おい慎吾」

「黙れ荻野。前にも言ったがな、お前も犯罪者だ。社会と関わるつもりなら罪人なんだよ。お前が大好きな、その社会とやらを捨てないのなら、社会と関わって生きて行くつもりでいるのなら――お前も償うべき罪を免れようとしている卑劣な犯罪者としての自覚を持てよ」

「いや――それは」

だから関係ねーしと鍋谷が叫ぶ。

「オダさんの言う通りッすよ。荻野さんのことは知らねえけど、俺は頭悪《わり》い人殺しのクズで、それ、罪ってか、そういうの俺がここにいる限り一生ついて回ることだって知ってるし。でも、それとはやっぱ別なンすよ。俺、バカだけど。バカなりに一所懸命考えたんすよ。こないだオダさんに言われて。でも、やっぱ、こいつのことは赦《ゆる》せないんす」

「誰が」

誰が赦せない。

俺ッすよと鍋谷は言った。

「俺が赦せないんすよ。女の子殺し捲《まく》って悪いとも思わねーで、喜んで自慢して、でもって」

　まだまだ殺そうとしてんじゃないすかそいつっすよそのクソ野郎っすよと鍋谷は泣きながら言った。

「子供殺すなんて、絶対《ぜってー》赦せないッすよ」

「お前が赦せないんだな」

「俺がっすよ」

　俺が。

　俺が俺が。

　俺が俺が俺が。

「お前、偉いんだな」

「何すかそれ」

「お前何様なんだよ。赦さないのはお前の勝手だけどな、お前がどう考えようと、それはお前がそう思ってるってだけのことで、だからそこのブタ野郎を罰していいなんてことにはならないだろうよ」

「だってこいつ」

「お前は何か？　裁判官か何かか？　お前が法律なのか？　それとも神様かなんかなのかよ。違うよ。お前はお前が言った通り、頭の悪いキレ易《やす》い乱暴なチンピラの小僧なんじゃないかよ。クズなんだよ。クズが何を考えようとどう思おうと、そんなもの何の理由にもならないだろうが」

「おい。そうは言うが、法律だってこの日野のことは赦さないだろう慎吾」

「だから法律はお前も赦さないって言ってるんだよ。本気で聞いてないな荻野」

「そうだけどよ」

「そうだけど何だよ。ここはな、世俗と切れた山なんだろ。だからこそ俺もお前もこうやって普通にしてられるんだ。そこのブタだって同じだよ」

同じだ。

「だからここに、この寺の中に社会を持ち込むな。この中にいる限り、法律で罪の重さ量《はか》るようなことは無意味なんだよ」

そうだろうが鶴宥、と言った。

鶴宥は仁王立ちになったまま、がくがくと震えている。

荻野がのこのこと前に出る。

こいつだけ浮いている。そう見える。

「だが慎吾、社会だの法律だの持ち込まなくたって、だ。この山の中にだって戒律はあるんだろうが。仏の教えも人殺しは禁じているんじゃないのかよ。不殺生戒ってのは、生き物全部殺すなと——」

「破ってるじゃないか」

鶴宥は俺を見る。

「でも悔い改めてるだろ、鶴宥も、鍋谷も」

「そりゃ宗旨が違うだろうよ。百歩譲ってもだ、悔い改めれば罪は消えるのかよ。消えないんだよ永遠に。だからよ、お前の糞祖父《ジジイ》も言ってたぞ。そんなもんは」

護《まも》れやしない——。

「そうだな、鶴宥。鶴正」

「慥《たし》かに、拙僧は破戒僧。しかし破戒を繰り返すつもりはございません」

「そうか？　そうやって怒りを剝《む》き出しにするのも破戒じゃないのか？」

「仰《おお》せの通り、貪瞋癡《とんじんち》の三毒が抜けておりませぬ。おりませぬが——」

鶴宥は身体の振幅を激しくした。

「わ、私は——」

「修行が足りないか？」

「いいえ。足りないのではなく、まるでなっていないのです。悟りとは程遠い。僧のフリをしているだけの殺人者です。仰せの通りの人殺し。私は、私はこの男と同じなのです。赦されぬ殺人者なのです。だからこそ、同じ者として――この者を救おうとした。私なら救えるのではないかと思ったのです。しかし、しかし」

こいつは救えないッと鶴宥は怒鳴った。

声も体の震えている。

「救われようと思っていないものを救うことはできない。いや、いやいや、このような外道《げどう》は救うべきでないッ」

鶴宥が身構えたので鶴正がその腹に取りついて止《と》めた。

「お前も思い上がってるのかよ」

「お――思い上がっている？」

「俺は修行もしていないし、仏道だかの小理屈も知らないよ。でもな、お前が救ってやろうなんて言い分は充分思い上がりだろ。救われないと決めつけるのも思い上がりだ。救うべきでないとなると、もう鍋谷と一緒じゃないかよ。仏の代理かお前。そもそもな、悟りってのは何だ？」

「悟りとは――」

「爺が言ってたけどな、そんなもんは気の迷いだそうだ。その気になったってすぐに元通り、人間はそう簡単には変わらないんだ。そりゃそうだよ。そこの小娘だってまるで生まれ変わったみたいに見えるけどな、そう思った途端に、また手首を切るに決まってるんだ。カスはいつまでもカスなんだ」

　ヒトでなしの俺が。

　最初からヒトでなしだったように。

「だからその気になんかならないで、いつまでもくだらないことを続けるのが修行なんじゃないのかよ。何もしてないこの俺でもそのくらいのことは理解できたぞ。それが何だよ。弟子のお前《の》が何だよ。お前は何か？　解脱《げだつ》でもしてるのかよ」

　鶴宥は力ずくで鶴正を除けた。

「わ——私はただの人殺しだ。御仏でもないのに救済だのと口にするのは不遜《ふそん》なことでした。だが、それでも、邪は」

　滅すべきだと鶴宥は言った。

「滅するのはお前だ鶴宥。そいつは、まあお前にとっちゃ修行の邪魔だろうさ。外道だか邪道だか、そういうものだろう。お釈迦様《しゃかさま》の修行の邪魔した悪魔と一緒だ。よく知らないがな。鶴宥お前、そいつに誘惑されたんじゃないのか？」

鶴宥の肩が収縮した。

「違うのか。お前、そのブタが羨ましくなったんじゃないのかよ。そりゃそうだよなあ。お前は我慢してるんだろ。殺したいのに殺さずに、まるで機械人形みたいにカクカク暮らして、面白くも何ともないだろ。でも」

こいつは違うと俺は日野を指差す。

「自分は殺すのを我慢している。なのにそいつはまるで我慢していない。楽しい愉《たの》しい幼女殺しの記憶を、悪びれもせず反芻《はんすう》して、今も謳歌《おうか》しているんだ、そのブタ野郎は。だから」

嫉妬《しっと》したんだ。

羨《うらや》ましくて。嫉《ねた》ましくて。

「悔しくなったのじゃないのかよ。それはつまり、そいつに感化されて、また殺したくなったってことじゃないのかよ」

幼女を。

「違うのか鶴宥。違うなら違うと言えよ。でもな、どんなに正当化したって、お前の今の有り様は、ガキが万引きした大事な玩具《おもちゃ》他のガキに取り上げられて、それを逆に自慢されてキレてるみたいに見えたがな」

「私は——」

　私は。

　私は私は。

　私は私は私は。

「私は私は言うなって。坊さんなんだろが。それじゃあお前、仏の教えも糞もないだろうよ。私に執着し過ぎじゃないのか？　鶴宥、これは所詮《しょせん》、お前個人の問題じゃないか。私が私が言うんなら他人を巻き込むなよ。殺したいなら、そいつみたいに好きに殺せよ。山下りて殺しまくれよ女の子。我慢してたんだからさぞや好《い》い気分だろうよ」

　鶴宥は頭を抱えた。

　抱えるだろう。

　真実《ほんとう》だから。

「それが——嫌だというのなら、そんな気起こすな。その気になるのに嫌だと言うなら、勝手に死ぬとかしろよ。それはお前以外の者にはどうしようもないことだ。そこのブタ野郎に構えば構う程、目が眩《くら》むだけじゃないのかよ」

「しかし、この日野は——」

「そいつ殴って蹴れば、お前の煩悩《ぼんのう》が消えて行くのかよ。どうなんだよ。こいつは除夜の鐘じゃないぞ」

随分日野の肩を持つじゃねえかと荻野が言った。

「流石《さすが》にヒトでなしだな慎吾」

「どういう意味だ」

「お前の言うことは筋が通ってる。いちいちご尤《もっと》もだよ。けどな、お前には情がねえよ。心がねえよ。ご立派な——人でなし様だよな」

荻野も怒りの表情を顕《あらわ》にしている。

荻野にとっても日野はお荷物である。計画の邪魔以外の何ものでもないだろう。だが、だからといって、こいつにはこんなに怒る理由がない。追い出したいのかもしれないが、痛めつける理由はない。

荻野はただ、この場の瘴《しょう》気《き》のようなものに当てられているだけだ。つられてその気になっているだけなのだろう。

荻野は俺を睨《にら》みつける。

「おい慎吾。お前——この」

顎《あご》で示された日野は、頭を抱え、ダンゴ虫のように丸くなっている。

「この日野が憎くねえのかよ。え？　俺はな——憎いぞ」

「何だよ。お前がそいつを憎む理由はないだろうが。単に迷惑で目障《めざわ》りだってだけだろうに」

「いや。憎んでるよ」

「そりゃ一体何でだ？　正義故《ゆえ》か？　同情かよ」

そんな大層なもんじゃねえよと荻野はやさぐれて言った。

「俺はな、慎吾。普通なんだ。そういう意味じゃ鍋谷も鶴宥も普通なんだよ。普通なんてもんはねえとか言うんじゃねえぞ。一般的に、何か意見や心情を述べてだな、極端な異論が出ないならそれが普通ってことなんだよ。お前の言葉は正論かもしれねえが、普通じゃねえんだよ」

「この場合は、この日野を憎むのが普通だと、そう言うのか」

「そうだよ」

荻野の言葉が耳に入ったのか、或《ある》いは単に筋肉が蠕動《ぜんどう》したのか、日野は巨大な芋虫《いもむし》のようにもぞもぞと身体《からだ》を動かした。

「そんなブタの出来損《できそこ》ないみたいなもんに気持ちは動かないよ。精精《せいぜい》、そこの小娘と一緒だ。気持ち悪い、そう思うのが普通じゃないのかよ」

気持ち悪いとは思う。それは不快だということだ。雨に濡《ぬ》れたシャツを着続けるのと一緒だ。それ以上の気持ちは動かない。

それでも。

おい慎吾と荻野が言う。

何が何でも、俺にこいつを憎ませたいか。

「じゃあ尋《き》くがな、人でなしにゃ人の情ってもんはねえのかよ」

「情？」

「可哀想《かわいそう》だろう？　可哀想だと思わないのかよ。小さい女の子。いいや、そうじゃないよ。こいつが殺したお前の」

「黙れ」

「黙らねーよ。可哀想と思うのが普通なんだよ。それが普通なんだって。そこの変態本人はどうか知らないが、普通なら女の子が殺されたら可哀想だと思うんだよ。思うだろ？　殺した奴は憎まれるさ。しかも一度じゃねえんだぞ。何度もだ。加えて悪いとも思ってねえ。全く思ってねえ。まだやるかもしれねえ。こんな野郎は世界中から憎まれるべきだと思うぜ。法律も戒律も関係ねえんだよ。人として、そう思うのが普通だと言ってんだ」

「そうかい」

俺は——違う。

被害者を哀れだとは思う。

被害者家族も同様に哀れだ。

しかし日日、悠久の昔からただ今現在この時まで、世界中で、様様な理由で、それは大勢の人人が、非道で理不尽な目に遭っているではないか。可哀想な人など——。大勢いる。

数え切れない程いる。

世界は哀しみと苦しみで満ちている。

日野が殺した女児だけが取り分け可哀想だとは言えないだろう。

特別視するような理由もない。事故で死んでも病気で死んでも、可哀想であることに変わりはない。いずれ可哀想ではあるのだろうが、誰が一番可哀想かは測ることはできない。同じように遺族の悲しみも測れないのだ。

数値化できないものは較《くら》べようもない。

被害者が女の子でなくたって、殺された訳ではなかったとしても、どんな状況だって苦しみは生まれる。

慥《たし》かに日野は他者に哀しみを齎《もたら》す者であり、苦しみを齎す者ではあるのだろう。しかし、その哀しみや苦しみは、日野が生み出している訳ではないのだ。感じる者が作り出しているだけだ。

因果関係はあるけれど、それは日野の望んだことではないではないか。日野は別に遺族を苦しませようとして殺し続けている訳ではないのである。殺すのが好きで殺しているだけなのだ。勿論《もちろん》、それが大いなる哀しみを生み出す、償うことも叶《かな》わぬ愚行だということぐらいは、深く考えなくても解りそうなものではあるのだが——。

そこが解らないだけなのだ。この、日野という男は。

だから。

俺は左手の指で右の掌を触った。

「そうだとしても」

集団で私刑《リンチ》して、どうにかなるものではない。寧《むし》ろどうにもならないだろう。

「くだらない。そのブタ野郎を責めたって何にもならないぞ。それに、そいつを憎むべきだと言うんなら、鶴宥だって憎むべきだろうよ。違うのかよ。鍋谷の馬鹿はともかく、鶴宥は可愛《かわい》らしい小さい女の子を殺したんだそうだぞ。可哀想なんだろ？　なら憎め。それが普通だと言うならそいつも憎めよ。どうなんだよおい」

鶴宥は肩を落として震えている。

「鶴正、お前達も、その日野が嫌なら嫌で無視しろよ。こんな山寺で、坊主が無理して善人ぶっても始まらないだろう。私憤だか公憤だか知らないがな、迷惑だよ。静かなだけが取り柄の場所じゃないかよ」

「慎吾」

「何だよ」

「お前、憎くねえって言うんだな、この日野のことが」

憎んではいない。

興味がない。庭石と一緒だ。

実際に庭石のように丸まっている。

お前こそ無理してるんじゃないのかよと荻野は言う。

「普通――哀しいだろ。悔しいだろ辛《つら》いだろ。仕返ししたいと思うだろう。怨《うら》むだろうよ。怒るだろうよ。仇討《かたきう》ちたいと思うだろうがよッ。だろ？　それが当たり前だよ。当たり前なんだよ！」

荻野は床を踏み鳴らした。

「俺は当たり前じゃないんだろ」

掌を意識する。

こんな僅《わず》かな面積だけしか、俺は俺としての境界を保持できていないのだ。

なら。

この部分だけは哀しいのか。

悔しいのか辛《つら》いのか。

どうなのか。

いや。

そんなことはないように思う。

寧ろ――そこは懐《なつ》かしかった。

そう、遠い、遠い、霞《かす》んだ、何かそういうものだ。

掌の表面だけが人としての記憶を留《とど》めているのか。

俺には信じられねえよと荻野は言う。

「そんな簡単に諦《あきら》められるもんなのか。赤の他人の俺がこんなにムカッ肚立ててるんだ。俺はこのブタに何の怨みもねえよ。でも、俺にとってお前は大事な友達で、その友達のこと思うと黙ってられねえって、それだけだよ」

迷惑だとか言うんじゃねえぞと荻野は言う

「みんな同じだよ。こいつらだってそうなんだよ。鶴宥も鍋谷も、お前の代わりをしてくれてるようなもんじゃねーかよ。え？　お前の代理で突っかかってるようなもんなんだぞ。これはな、本当ならお前がすべきことだよな、こいつらはお前の身代わりじゃないのか。慎吾。お前こそカッコつけて痩《や》せ我慢してるだけじゃねえのかよ。なら、こいつらを責めるなよ」

「責めちゃいないよ。俺は最初から気が済むまで殺し合えと言ってる。ただな」

こいつらは。

好きでやっている。

「俺の代理なんかじゃないだろ。頼んだ憶《おぼ》えもないし、して貰《もら》って嬉《うれ》しくもない。代理ってのは言い訳だ。みんなやりたいからやってるんだ。なら、誤魔化《ごまか》すなと言ってるだけだよ」

「いや、そうじゃないだろ」

「いいや。俺が赦せない、俺が俺が。私は見過ごせない、私は私は――こいつらは手前勝手な理由で暴力振るってるだけなんだよ。それなのに、正義だの救済だの同情だの、そうやって理由を外に作るなと言ってるだけさ。それは卑屈な責任逃れじゃないかよ。みっともない」

「みっともないだあ？　けッ。随分偉いなお前は。慎吾。いくら人でなしでもな、子供のために泣いたり怒ったり、そのくらいのことしたってバチは当らねえよ。関係ねえとかどうでもいいとか、もう聞き飽きたぞ。おい！」

「俺が同じこと何度も言うのはお前が理解しないからだよ。そもそもお前こそ関係ないだろう。そこのブタがどんだけ鬼畜であってても外道であってもお前にはどうでもいいことの筈《はず》だぞ。繰り返すが、鍋谷にも鶴宥にもそいつ殴っていい権利なんかないんだよ」

何だとォ、と怒鳴って、荻野は俺の襟首を掴《つか》んだ。

「冗談じゃねえよ慎吾。それを言うならお前こそ、この日野をぶっ殺したっていい立場じゃねえのか。お前が何もしねえでそうやって人でなし気取ってやがるから、だから周りが騒ぐんだろうがよ。みんなお前の代わりに怒ってんだよ。お前が最初に怒ってりゃ、そしてそこのブタをぶっ殺そうとしてたなら、だ。そこの坊主どもだっておお前を止《と》めたろうさ。なのに何だよ」

何で平気な面《つら》してやがんだよ、お前が殴れよお前がぶっ殺すべきなんだよと口角泡を飛ばして叫び、荻野は俺の身体を揺すった。

俺は振り解《ほど》く。

「それ、いったいどういう言い種なんだよ。何だよ。何なんだよお前達。え？　殴れだと？　ぶっ殺せだと？　そうやって殺し合うのが人間らしさなのか。こいつはどうだとか俺はどうだとか、くだらないことで殺し合うのがヒトなのかよ。なら俺は、ヒトでなしでいいよ」

いいんだ。

もう。

「とにかく、お前達にはこの日野を殴る権利もなければ、況《ま》してや殺す権利なんか絶対にないよ。やるなら、やりたいからやるってことになる。大義名分は要らない。だったら好きにやれって話だ」

やれよと言った。

もぞもぞと芋虫が蠕動《ぜんどう》し、顔を上げた。

「そうだよ」

日野はそう言った。

「君達に僕を苛《いじ》める権利なんかないよ。その人の言う通りさ」

「てッめえ」

鍋谷が身構えた。

「それなのに君はさ、そうやって僕を攻撃しようとするじゃないか。何の権利もないのにさ。僕に襲い掛かるだろ。痛くするよね。だから、僕には君を殺していい権利が生まれてるよね。僕には権利あるよ君を殺す。正当防衛だよ。そっちのお坊さんも随分乱暴したから、面倒臭いけど殺す」

「日野——」

荻野は絶句したらしい。

日野は立ち上がり、鍋谷を指差した。

「君はもうアウトだ」

日野は笑った。

「おい、慎吾。き、聞いたかよ。こういう奴なんだぞこの男は。てめえのしたことがどれだけのことなのか、ちっとも解ってねえんだよッ」

わかってるようと日野は言った。

「可愛い女の子殺すのは良くないことだって言うんだろ？　いやだな、そんなこと判るって。判ってるんだよ。聞き飽きてるよ。だって何度も何度もお父さんから聞いてるから。何度も何度も叱《しか》られたんだから。止《や》められないけど、そのくらい知ってるからね！」

知ってるよ知ってる知ってると、日野は脚を踏み鳴らした。

「そうかよ。なら殴られたって仕方がねえぐらいのことも解るな？　お前はそれだけのことをしたんだよッ」

荻野は日野に挑みかかる。

「あのさ、そういうの止《や》めてくれないかなあ。良くないことだっていうのは判ってるんだって言ってるじゃん、何度も。それなのに何で殴られなきゃいけないのさ。バカじゃないの？」

荻野は多分、戦意を喪失して身を引いた。

「大体さ、その人の言う通り君達は関係ないんだよね。赤の他人だもの。お父さんが言ってたけども、女の子を殺すとね、その子のお父さんやお母さんが悲しむって。それはすっごく解るよ。お父さんやお母さんは、可愛い女の子が死んだら悲しむだろうし、怒るよねえ。だって自分の子供だもん、殺されたらそれは怒るさ。当然だよ、当然。それは仕方がないことだと思うんだよ。でも」

日野は先《ま》ず鶴宥を指差した。

それから指を移動させて、俺を除く全員を示した。

そして。

お前らみんな関係ないだろッと日野は大声で言った。

「無関係じゃん。他人だろ他人。あのね、僕が殺した女の子のお父さんやお母さんがね、僕のところに来て、それで怒るというなら解るんだよ。僕のお父さんは、もしそうなったらお前も殺されるって言ってたさ。そうかもしれないよ。仕返しだよね。でも僕が殺されたりしちゃったら、今度はお父さんが、自分が悲しいから、だから止《や》めろって」

すごく解るよねえと日野は言った。

「僕が死んじゃったりしたら、お父さんは凄《すご》く悲しむよ。そして、僕を殺した人を殺すと思うんだよね。そうでしょう。きっとそうなるよね。それじゃあお父さんも気の毒だし、可哀想だ。だけどもね、誰も来ないの」

「来ない？」

「殺した女の子のお父さんやお母さん、僕の処《ところ》に文句を言いに来ないんだよね」

「はあ？」

「一度も来たことがないんだよねえ。だから、きっと諦めてるんだよね」

「お、お前なあ――」

荻野は俺の方を見た。

掌が疼《うず》く。

柔らかい、小さな温もりの記憶が、生きている。

俺はポケットに手を入れて、ストラップを握り締めた。

「だからさあ、僕が考えるに、きっとみんな、もう赦してくれたんだと思うんだ。何年も経《た》ってるんだし。可愛い子供殺されて、とってもとっても悲しんだ親がさ、赦してんだよ。そうでしょ？　そうでなきゃ殺しに来るじゃん僕を。来ないじゃん。それなのに何だよ。お前ら関係ないじゃん？　関係ない人にとやかく言われたくないんだよ。親が赦してんのに、他人が何だよ。お前らみーんなウザいよ。僕のことぶったり蹴ったりしてさあ。お父さんが知ったら赦さないぞ。僕が殺さなくたって僕のお父さんが殺すと思うよ。僕を可愛がってるからね。でも、お父さんはここにいないから僕が殺す。権利あるからね。特にお前、お前は今殺す」

日野は鍋谷のいる方に一歩踏み出した。

こいつは狂っているのだろうな。

鍋谷の目に、恐怖が宿っている。

いや——坊主どもも怯えている。

意志の疎通ができない。

俺は。

ポケットからストラップを出した。

そして日野の眼の高さに掲げ、ゆっくりと近づいた。

「何？」

「これ――」

憶えているか。

「憶えてるさ。僕のだ。もう要らなくなったからあの女の人にあげたけど」

「お前の――じゃないだろ」

「僕のだよ。だって、殺して獲《と》ったんだもの。すごく欲しかったんだよね。もう飽きちゃったけどさ。結構長く持ってた」

俺はストラップを裏返した。

「字は読めるよな」

「何だよう。あんたまで僕を馬鹿《ばか》にするのかよ」

「何て書いてある？」

「憶えてるよう。おだみなみって書いてあるんだよ。知らないけど、殺した子の名前かな」

「名前だよ。尾田末菜美。俺の」

俺の。

「俺の――娘だ」

「え？」

日野は硬直した。

「娘だった、と言うべきかな。お前が」

殺したから。

殺してしまったから。

死んでしまったから。

そして俺は、もう親としての資格を失っている。

だから過去形であるべきだ。

「殺したろ」

「ええッ？」

日野は何処《どこ》を見ているのか判らない眼を見開き、小鼻を膨らませた。

「お父さん？」

だから過去形なんだよ。

「あの時な、風が吹いたんだよ」

未菜美は。

白い水玉模様の赤いリボンがついた麦藁《むぎわら》帽子を被《かぶ》っていた。

お気に入りの帽子だった。いつも、いつも被っていたものだ。

ゴムがもう伸びてしまっていて、だからその風で、帽子が飛んで。

未菜美は、ああぼうし、と言った。

それが最後の言葉だった。

俺は、繋《つな》いでいた未菜美の手を離した。

掌の表面に残っている人としての記憶は、だからその瞬間のものなのだ。

二三歩離れて、帽子を拾った。

振り向いて被せようとした時。

「攫《さら》ったな。その僅かな隙《すき》に」

「あの」

「ほんの一瞬だ。その間に攫って、ドブ川に浸《つ》けて殺したんだろう。俺の娘を」

「ほ、ほんとうにお父さん？」

ああそうだ。

俺は、未菜美の父親だった。

日野の顔面に汗が噴き出した。

「あの子のお父さんなの？」

「だから」

そうなんだよ。

そうだったんだよ。

「あの子はこのキャラクターが好きだったんだよ。俺はもう名前も憶えてないが、よく真似《まね》してたた。ただ、名前だか呪文《じゅもん》だかが言いにくくって、ちゃんと言えないんだよな、いつも。こう、手を上げて何か言うんだけどさ、乳臭い声で。でもな、ちゃんと言えないんだよ」

じわりと。

掌の表面が広がって、一瞬だけ俺は俺に戻った。俺という膜がもやもやとした不定形の俺を包んで、俺は俺の形になった。

涙が出た。

「俺の娘を水に浸けたな」

「ご——ご、ご免なさい」

日野はみるみる顔面蒼白《そうはく》になり、膝《ひざ》を突いて、そのままどすんと腰を落し、悲鳴のような声を上げた。

「ご免なさいご免なさい」

「このキャラクターは人気があって、未菜美の友達も、そうだな、三人くらいは同じの持ってたんだよ。だから名前を書こうっていうことになったんだが、小さいものだし、未菜美はみ、という平仮名が上手に書けなくてさ。これは母親が書いてやったものだ。お前が殺す前の日に書いたんだ」

思い出したよ。

「ご——ご免なさい。ご免なさい。殺さないで下さい。殺さないで下さい」

「あの子は何か言ってたか?」

日野は答えず、後ずさった。

「ゆ、赦して下さい。ご免なさい。殺さないで下さい。お願いします」

「怖がったり苦しがったりはしなかったのか」

「ほんとにご免なさい。殺さないで下さいお願いします」

土下座をしている。

もうしませんから赦して下さいなどと口走っている。

無意味だ。
「そうか」
この男は。
風のようなものだ。
あの時風が吹かなければ、俺は繫いだ手を放さなかっただろう。風が吹かなければ
この男も未菜美を殺しはしなかったのだ。
風に、何故《なぜ》吹いたと尋ねても無駄だ。
日野はご免なさいご免なさいを繰り返している。
本当に俺を畏《おそ》れているようだった。父親に言われたことを鵜呑《うの》みにしているのだろ
う。この男は気が狂《ふ》れているのでも頭が悪いのでもない。何か基準がズレているだけ
なのだ。
ご免なさいご免なさいという声が、風の音と変わりなく思えてきた。
そんなものだろう。
俺は、左手で涙を拭《ぬぐ》った。
俺を包んでいた俺という膜が、弾《はじ》けて消えた。掌の表面の僅かな温《ぬく》もりも、一緒に
消えてなくなってしまった。

「日野」

日野は顔を上げた。

本気で恐がっている。

「ほ、ほんとうにあの子のお父さんなんですね」

「そうだ」

「僕のお父さんは、女の子の親が悲しむと言ったけど、僕は、殺した女の子にお父さんやお母さんがいると思ってなかったのかもしれないです。だから絶対に僕の前には現れないと思っていました。だから」

「もう――いいよ」

「ゆ、赦してくれる？」

「いいや」

俺は、日野の鼻先に掲げたストラップを両手で摑んで――。

その首を折った。

尾田さん、と塚本の声がした。

俺は壊れたストラップを床に放った。

硬い床に当たったそれは、高い音を発した。

あ、あ、と赤ん坊のような声を出して、巨漢は後ずさった。

失禁しているようだった。

「赦して。赦してください」

「日野。俺に謝ったって無駄だよ。お前にいくら謝られてもな、俺はどうすることもできないからな。俺は、お前を赦すような立場じゃない。俺はな」

お前なんかに興味はないよ。

「お前が生きようが死のうが、誰かを殺そうが殺されようが、そんなことはどうでもいいことだ」

「どうでもいい？」

「俺はヒトでなしだからな」

日野は大きく息を吐《つ》いて脱力した。

そう。

どうでもいいんだ。

もう、俺は俺でさえない。

だからお前と俺の違いが、俺にはよく解らない。

あるものをあるがままに受け入れる、それだけである。

「俺はなあ、日野。あの子のことだけ考えて、あの子だけ見続けて、そうして生きることができなかった。悲しくて辛《つら》くて哀しくて苦しくて、でもそれで死ぬようなことはなかったんだよ。生きてんだ。こうやって、平気で生きてんだ。どれだけ可哀想だと思っても、腹が空《す》けば飯を喰うし、疲れりゃ寝るのさ。他のことだって考えるんだよ。そしたらな、ヒトでなしと言われたんだ。そうだなと思った」

だから。

「もう、あの子は俺の子じゃあない。可愛い子だったけれども、大好きだったけれども、もう俺の子じゃあないんだよ。俺はあの子の親だったけれど、それも、もうどうでもいいことだ。だからいつまでも憶えていようとか、そんな風にも思わない。それがあの子のためになるとも」

——思わない。

そう言った。

「それが供養《くよう》になるとか、そんなのは生きてる者の方便だろう。人が、人として生きて行くために吐《つ》く嘘《うそ》だ。俺はヒトでなしだから、嘘を吐く必要もないし、騙《だま》されたいとも思わないよ。風が吹いて来て、吹き去るように、あの子は死んでしまった。それだけだ」

それだけなんだよ。

日野は呆《ほう》けたように口を半開きにして何かを考えているようだった。

「お前達」

俺は本堂にいる全員を見渡す。

「これでもまだこいつを殴るのかよ。殴ればこいつは殴り返すぞ。殺そうとしたならやりかえすだろうぜ。どうだ。殺し合うのか？　やるならやれよ。ほら、鍋谷。頸《くび》絞められて苦しかったろ？　だったら仕返ししろ。荻野も、こいつを憎むのは普通なんだろ。なら憎めよ。鶴宥も、やれよ。我慢することはないぞ」

誰も、何も言わず、動きもしなかった。

鳥の声がする。

山の音が聞こえる。

風が吹いているのだな。

いや違う。

風が吹いていいいいいいいいいいいいのだと俺が思っているだけだ。

いいのか、と荻野が言った。

「本当にこれでいいのか慎吾」

「いいも悪いもない」

鶴宥が突然居住まいを正し、正座して低頭した。

鶴正以下、僧達が次次それに倣《なら》った。

「心得違いを致しました。修行半ばの身とはいえ、劣情に駆られた軽挙妄動、恥じ入るばかりでございます」

鶴宥は更に低頭した。

「おい。お前らまで何だよ。このブタ野郎を赦すのか？　認めるのか？」

「そうではございません、荻野様。赦す赦さぬは我らが決めることに非《あら》ず。凡《すべ》ては己の中で起きること」

解《わか》らねえと荻野は言う。

「いやあ、そんな屁理屈《へりくつ》で俺は納得できねえよ。こいつ、このままでいいのか？　鍋谷どうなんだ」

「俺も――もういいっす」

鍋谷は横を向いた。

「おいおい」

おかしくねえかと荻野は怒鳴った。

「俺だけか？　俺だけがこんな風に思ってるのか？　俺が変なのか？　おい塚本。お前どうなんだ。由里ちゃんも、どうなんだよ。あんた、もしかしたらこいつに殺されてたかもしれないんだぞ？　怖くないのか」

怖いですと由里は言った。

「なら」

「でも」

由里は鍋谷の様子を窺《うかが》った。

「でも――」

何だよと荻野は興奮する。

塚本は泣いていた。

「おかしいだろ。おかしくないか？」

「おかしくないよ」

俺はそう言った。

「お前の理屈に従うなら、今この場に於《お》いてはお前の方が普通じゃないってことになる。極端な異論は出ないようだぞ」

「待てよ――おい」

荻野は俺を含む全員を、まるで化け物でも見るような目で見渡し、それから本尊の方にじりじりと後ずさった。友人は明らかに異質なものに変貌していた。それは荻野自身が一番感じていることだろう。

本尊の横に。

湛宥《たんゆう》が立っていた。

老人は、眼を細めて背後から孫の後姿を眺めると、顔を歪《ゆが》め、更に苦苦《にがにが》しい表情を作った。それからすたすたと孫を追い越し、俺の前で立ち止まった。

「尾田」

「何だよ。今頃のこのこ出て来るんじゃないよ糞爺《くそじじい》。これは何の趣向だよ。こんな馬鹿騒ぎは面白くも何ともないんだよ。ここはあんたの寺なんだろ。何なんだよこいつらは。あんたの弟子だろ。こいつなんか金取って預かってんじゃねえのかよ。どこで見物していた」

「ずっとそこにいたよ」

「なら何とかしろ」

「何とかなったじゃないか」

「あ？」

「何ともならなかったのは、あの不肖の孫だけだ。ありゃ駄目だな、俺が思った通りの、クズだ」

荻野は自分の祖父を怪訝《けげん》そうに見た。

「おい尾田」

「尾田尾田呼ぶなよ面倒臭いな。これ以上面倒臭いことが続くなら俺は――」

「お前にこの寺譲るわ」

湛宥はそう言った。

「何だと？」

「多少荒っぽいがな、これで伝法灌頂《でんぽうかんじょう》は済ませたことにする。ごちゃごちゃと何かしたってそれこそ面倒《めんど》臭《くせ》えだけだからな。今からお前が阿闍梨《あじゃり》だ」

「な――何を言ってるんだあんた？」

「俺は引退だってことだ。鶴宥、鶴正。お前達みんな、たった今からこいつの弟子だぞ。そうしろ」

僧達は一斉に控えた。

「巫山戯《ふざけ》るなよジジイ。俺は」

「立派なヒトでなしだ」

何を言っている。

まるで解らない。

「馬鹿なこと言ってるんじゃないぞ。俺は坊主《ぼうず》じゃない。この寺の宗旨すら知らないんだぞ。譲るならそこの孫に譲れよ」

「こいつは駄目だな」

荻野は——複雑な表情で祖父を眺めている。

「こんな俗物、仕込むのに百年かかるわ。無駄だよ無駄。そりゃ自分が一番よく解ってるだろう。そうだな常雄《つねお》」

ああそうだよと荻野は答えた。

「仏の道は、人の道に非ず。人道と仏道は自《おの》ずから掛け離れたものよ。他の宗旨のことは知らないがな、俺のとこは千二百年も前からそうなんだよ。ずっとそうして来たんだからよ。仕方がねえじゃねえか」

「仕方ないじゃないだろ。どんだけ適当なんだよ」

「適当じゃねえさ。尾田よ、お前は立派なヒトでなしだ。お前以外にこの宗旨を嗣《つ》げる者はいねえよ」

湛宥はそう言って、ひょこひょこと日野の横を通り過ぎて、外を見た。

「どうだ、尾田」

俺の宗旨を嗣げと湛宥は言った。

「莫迦な爺だな。嗣ぐにしても――名前も知らないよ」

「名前はねえよ」

「ない？」

「外の連中はな、阿字《あじ》宗と呼ぶこともあるようだがな。実際そう名乗っていた時期もあったようだが、名前なんざどうでもいいのよ。あったってなくたって、構いやしねえ。そもそも」

滅んだ宗派だと思われてるからなと湛宥は言った。

「どうする」

いいいい、どうでもいいよと俺は答えた。

「良い答え方だな」

老人は振り向くと、悪人面をひしゃげさせ、歯を剝《む》き出して笑った。

「決まりだ」

何が決まりだ、だ。

俺は。

何も言わずにその場を離れた。
そして、手水場《ちょうずば》に行って手を洗った。
冷たい水が右手の温もりをすっかり洗い流してしまったので。
俺は本当に――。
ヒトを辞めた。
俺は、ヒトでなしなんだそうだ。

ヒトでなし・金剛界の章／了

解説

長崎尚志《たかし》

京極夏彦という謎《なぞ》めいた名前の作家のことを聞いたのは、二十年以上前、まだ会社員でマンガ雑誌の編集者だった時代だ。

読み切りを描いてもらおうと通っていた高橋留美子さんの仕事場で、雑談中、「そういえば『姑獲鳥《うぶめ》の夏』って小説、ご存じですか？」と高橋さんが尋ねてきたのだ。

「ああ、そう読むんですか。本屋で見かけて、難しい題名だなと思っていました。確か作家さんも変わった名前でしたよね。あれ、おもしろいんですか？」と質問を返した。

高橋さんは、京極夏彦という名を口にして、「とってもおもしろいです。なんというんでしょうか……とにかく不思議で魅力のある作品です」と力説された。

「ミステリーなんですか、それともホラー？」

するとしばし首をかしげて、「うーん、しいていえば妖怪《ようかい》ものですかねえ。ただ、これまでの妖怪ものとは全然ちがうというか……やっぱり、妖怪ものじゃあないかもしれませんね。解釈が斬新で独特で……」と、ややあいまいな答えが戻ってきたことをおぼえている。

高橋留美子さんは大の読書家で、新しい才能を発見することに長《た》けた人である。本来、編集者のほうがその役を担《にな》うべきなのだが、横着者のわたしは、高橋さんを情報源――羅針盤にさせてもらっていた。さっそく書店で購入したのが、京極作品との出会いだった。むろんページを開いた途端、止まらなくなった。

その後、マンガ家やマンガ編集者の間でも『姑獲鳥の夏』が話題の中心になったことはいうまでもない。高橋さんのお陰で、ちょっと鼻が高い思いをしたことを記憶している。

さて、『ヒトでなし』の文庫化である。

もともとは二〇一二年から一五年まで小説新潮で連載された作品で、「堕」からはじまり、「還」で終わる全十一話からなる連作だ。

俺は、ヒトでなしなんだそうだ。

冒頭の、このシンプルで衝撃的な一文。

ヒトではないということは、人間の屑《くず》の物語か、冷血漢……それとも妖怪？　と当然、わたしは思った。

ヒトでなしは、あとで尾田慎吾という名前の元人間だとわかるのだが、いまはただの〝俺〟であり、あくまでただの〝ヒトでなし〟だ。彼は娘の不慮の死をきっかけに会社を解雇され、元妻——妻だった人にも憎まれ、最悪の条件での離婚を受け入れ、まさにすべてを失い、雨と霧の中を彷徨《さまよ》う。

ヒトでなしと自称するのは、妻だった人がそう詰《なじ》ったことが、心の奥底に響いたからだ。思い返してみれば、娘の死も本当に悲しいわけではなく、悲しみ方もわからず、やはり俺はヒトでなしだと納得しているようなのだ。

これほど無気力で自暴自棄な人間を主人公にして、はたしてどういうストーリーになるのだろうかと、わたし同様、読者も不安をおぼえるはずだ。

ヒトでなしは彷徨の末、跨線橋《こせんきょう》の階段を上ったとき、金網から線路に飛び降りようとしている女と出会う。

そこから、物語は動きはじめる。

むろんヒトでなしは金網にはりついた女性を諭《さと》すでもなく、その横をただ通り過ぎようとする。そのとき橋に女がばらまいていたバッグの中身、携帯電話に付いたストラップを踏み砕いてしまう。彼はそのストラップが妙に気になる。見おぼえのあるキャラクターだと思ったからだ。

どうということもない描写なのだが、主人公の心象風景とシンクロしてか、印象に残る場面だ。解説を書くにあたって、わたしは本の欄外に〝このストラップばかり気にしているシーン、実にうまい！〟とメモを残している。

つまり絶対読み飛ばせないような仕掛けを、京極夏彦はほどこしているのだ。

そこからが奇跡のはじまりとなる。もちろん読者には、最初のうちは奇跡とはわからず、痛い事実や情け容赦のない言葉を、次々に疑似体験することになる。しかしこの小説の醍醐味はその部分なのだ。

際立《きわだ》った才能もなく、弁舌さわやかとはいい難く、もともとは凡庸でしかなかった人間――捨て身であるだけの主人公が発する無慈悲な言葉が、なぜか出会う人々の心を打ち、動かしていく意外性の連続。

第四話「獰」までは、静かに静かに進行する。きっとこの小説はおもしろいはずだ、という予感は働くが、この先何が起こるかはわからない。やがて第五話「奔」から、急転直下の展開。読者はおもしろさを確信する。

第七話「毒」に至ってはまさに怒濤《どとう》。第十話の「鬼」まで読み進むと、読者は心の中で叫ぶはずだ。

「ええーっ、ここまでやるぅ⁉」と。

正直、受入れ難い残酷な真相が、ヒトでなしに提示されてしまう。いったいヒトでなしはどうするのだろうか……？

しかしさすがである。納得の結末が、最終話「還」に用意されているのだ。

読者は気づく。いつもと同じだ。最初から最後まで、やっぱり京極夏彦の手の内で踊らされていたのか、と……。

彼の作品を「難解」だという人がいる。確かに凝りに凝ったタイトルと、見なれない単語の数々に、ああ、教養がなければ理解できそうにないな、と思いがちだ。ところが一作でも読んでみれば、間違いだと気づく。いいかえると、実に「難解」な内容を、わかりやすく読者に提供する構成と文体なのである。結果、読むのをやめられない作品に化けているのだ。

本書『ヒトでなし』も、あつかうテーマは難しい。だが内容はよくできたエンターテインメントである。

同時に、絶望のどん底にいる人に、ぜひ読んでほしい最良の宗教書ともいえる。

わたしが感心したのは第八話「瘡」で、破戒僧のような謎の老坊主が語る言葉だ。

「学習したって修行したって、人は変わらんのだ。反省すりゃあ失敗は減る。学習すりゃあ成功も増える。経験積めば効率は良くならァ。でも、根っこのとこはおんなじだ。伸びた枝葉は刈ることもできるだろうが、根っこは弄《いじ》れねえ。下手に掘りゃ枯れるよ。だから解ってたってどうすることもできねえのよ。そうでなくっちゃ後悔なんて言葉は生まれねえだろうが」

人というものに関して、残酷に突き放した言葉ではあるが、なぜか背後にやさしさを感じる。ほっとする。これこそが、京極夏彦が描こうとした宗教観ではないかと思った。

とにかく、一気読みのおもしろさだ。


（二〇一九年一月、作家・漫画原作者・編集者）

この作品は二〇一五年十月新潮社より刊行された。
文庫化時に加筆訂正を行った。

ヒトでなし

金剛界の章

新潮文庫　き－31－2

平成三十一年三月一日発行

著者　京《きょう》極《ごく》夏《なつ》彦《ひこ》

発行者　佐藤隆信

発行所　株式会社　新潮社

郵便番号　一六二―八七一一
東京都新宿区矢来町七一
電話　編集部(〇三)三二六六―五四四〇
　　　読者係(〇三)三二六六―五一一一
https://www.shinchosha.co.jp

価格はカバーに表示してあります。

乱丁・落丁本は、ご面倒ですが小社読者係宛ご送付ください。送料小社負担にてお取替えいたします。

印刷・大日本印刷株式会社　製本・加藤製本株式会社

ISBN978-4-10-135352-4　C0193